KB260209

DONGSUH MYSTERY BOOKS 68

THE CHINESE ORANGE MYSTERY

차이나 오렌지의 비밀

엘러리 퀸/김우종 옮김

동서문화사

옮긴이 김우종(金宇鍾)
서울대학교 문과 졸업. 충남대·경희대 교수 역임. 〈현대문학〉에 평론 〈은유법논고〉〈이상론〉으로 문단 등단 〈난해시의 본질〉〈비평문학의 존엄성〉〈도피와 참여의 도착〉 등 평론을 발표, 지은책에 《한국현대소설사》《작가론》 수필집 《내일이 오는 길목에서》《우리들만의 운명》 등이 있다.

DONGSUH MYSTERY BOOKS 68

차이나 오렌지의 비밀

엘러리 퀸 지음/김우종 옮김
1판 1쇄 발행/1977년 12월 1일
2판 1쇄 발행/2003년 5월 1일
2판 4쇄 발행/2010년 10월 10일
발행인 고정일/발행처 동서문화사
창업 1956. 12. 12. 등록 16-345(윤)
서울강남구신사동 540-22 ☎ 546-0331~6 (FAX) 545-0331
www.epascal.co.kr

＊

사업자등록번호 211-87-75330
ISBN 978-89-497-0153-0 04840
ISBN 978-89-497-0081-6 (세트)

차이나 오렌지의 비밀
차례

등장인물

홀연 나타난 이름없는 사람 살해된 사나이

휴 커크 박사 책에 파묻혀 나날을 보내는 노학자

도널드 커크 보석·우표 수집가. 출판업자로 커크 박사의 아들

마셀라 커크 도널드의 누이동생

글렌 맥그완 마셀라의 약혼자. 도널드의 친구

조 템플 여류작가. 도널드와 약혼함

펠릭스 번 맨덜린 출판사의 공동 경영자

아일린 류즈 여자 사기꾼

제임스 오스본 도널드 커크의 비서

디바시 양 커크 박사를 돌보는 간호사

허벨 커크 집안의 집사

나이 챈들러 호텔 지배인

블래머 호텔 전속 탐정

시엔 부인 챈들러 호텔 22층 안내 담당

엘러리 퀸 미스터리소설가이며 범죄 분석가

리처드 퀸 경감 뉴욕 경찰청 살인과 경감

토머스 벨리 뉴욕 경찰청 살인과 형사부장

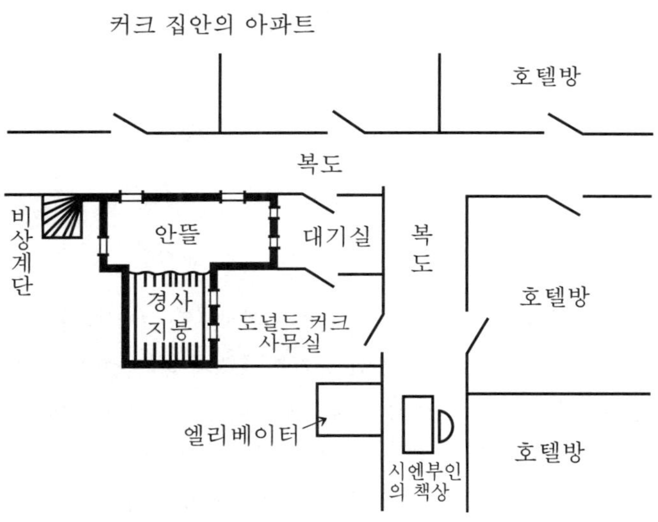

챈들러 호텔 22층 평면도

머리글

나는 물론 나의 친구 엘러리 퀸을 좋아하므로 그에 대하여 선입관을 가지고 있다. 우정이란 비판 능력을 흐리게 하는 것이며, 특히 그 우정에 의해 명성이 좌우되는 경우에는 더욱 그러하다. 그리고 또한 내가 처음 엘러리를 설득하여 그가 메모해 놓은 것을 소설 형식으로 만들도록 권했던 옛날 이후, 그 첫 모험담에 이어 계속 나온(퀸의 첫 작품 《로마 모자의 비밀》 머리글에서 J.J. 맥은 엘러리에게 그 모험담을 소설 형식으로 발표하게 하기 위해 얼마나 애를 썼는지 설명하고 있다) 모든 흥미진진한 소설을 통틀어 이 《차이나 오렌지의 비밀》 원고를 읽고 받은 인상보다 더욱 큰 감명을 받은 적은 없다.

이 소설은 '뒤를 돌아보는 범죄'라고 부제를 붙여도 좋을 것 같다. 또한 '현대에서 가장 주목할 만한 살인 사건'이라고 덧붙여도 좋을 것이다. 그러나 앞에서도 말했듯이 나는 선입관을 가지고 있으므로 아마도 이것은 조금 지나친 찬사일는지도 모르겠다. 내가 하고 싶은 말은 범죄 자체가 비정상적이었다고 한다면 그것을 규명한 심리는 더욱 놀랄 만한 것이었다는 점이다. 해답을 알고 있는 지금도 나는 때때로 정말처럼 여겨지지 않는다. 그러나 또한 모든 이치는 매우 간단하고 매우 당연했던 것이다. ……애를 먹은 것은 엘러리가 늘 지적했듯이 모든 수수께끼란 해답을 알게 될 때까지는 화가 날 정도로 신비의 구름에 싸여 있으나 정작 해답을 알고 나면 어째서 그토록 오랫동안 속고 있었는지 이상할 정도이다. 그렇긴 해도 나는 이 의견에 쉽사리 동의할 수가 없다. 뒤를 돌아보는 범죄의 수수께끼를 풀려면 천재성이 필요하다. 그리고 나는 지옥의 불이 얼어붙는다 해도, 그리고 비록 친구를 잃게 되는 일이 있다 할지라도 그 가능성은 매우 크다는 견해를 고집한다.

나는 또한 때때로 이 사건과 아무런 관련을 맺지 않은 것을 은근히 기쁘게 생각한다. 엘러리는 여러 가지 뜻에서 생각하는 기계 같은 사람이어서 일단 논리의 손끝이 비난의 방향으로 돌아가면 우정 따위는 전혀 존중하지 않는다. 그리고 내가 어떤 관련을 맺고 있었다면——예를 들어 도널드 커크의 변호사로서든 뭐로든——엘러리는 나의 가냘픈 손목에 그 선량한 벨리 부장으로 하여금 수갑을 채우게 했을는지도 모른다. 왜냐하면 놀라웁게도 나는 대학 시절에 두 가지 운동 부문에서 과분한 명성을 떨쳐, 클라스의 수영 선수였고 또한 보트 선수로서 정조수 자리를 맡고 있었기 때문이다.

이러한 아무런 특별한 점도 없는 사실 때문에 나를 이 책 속에서 다루고 있는 살인 사건의 가능성 있는——아니, 지극히 유력한 용의자로 삼았을지도 모른다는 것은 무슨 까닭일까. 그것은 독자 여러분이 틀림없이 스스로 발견하도록 여기서는 언급하지 않기로 하겠다.

뉴욕에서 J.J. 맥

범죄의 탐지 또는 해결은 과학자와 예언자의 소양을 함께 갖춘 탐정으로서의 완벽한 경지에 이르러야만 할 수 있다. 사건을 보고 그것을 바탕으로 예언하는 능력은 매우 특수하고도 선천적인 것이어서, 아주 적은 수의 사람만이 그 최고의 형태를 부여받았다…….

나는 쉴레겔의 Athenaeum(논문집)에 있는 그 흥미 있는 견해를 덧붙이고 싶다. 거기에는 'Der Historiker ist ein rückwärts gekehrter Prophet(역사가는 뒤를 돌아볼 수 있는 예언자이다)'라고 씌어 있다. 나는 그것을 고쳐 말해서 '탐정은 뒤를 돌아볼 수 있는 예언자이다'라고 지적하고 싶다. 또는 칼라일의 한층 더 빼어난 역사에 대한 견해를 지지하는 뜻에서 범죄 탐지(역사라는 말 대신)의 과정은 '소문의 증류(蒸溜)' ――칼라일은 《프랑스 혁명사》 제1부 제7권 제55장 속에서 '역사는 소문을 증류한 것이다'라고 말했다――라고 하고 싶다.

디바시 양의 목가

디바시 양은 주위가 쩌렁쩌렁 울리는 무서운 고함 소리에 쫓기듯 커크 박사의 서재에서 뛰쳐나왔다. 그리고 노신사의 방 밖 복도에 가만히 서 있었다. 활활 달아오르는 볼로 이것으로 깨끗이 액막음을 할 수 있었다고 마음놓으며, 그녀는 한쪽 손으로 모처럼 산뜻하게 풀 먹인 것이 다 구겨져 버린 가운의 가슴 언저리를 누르고 있었다. 신경질을 일으킨 70살의 노인이 갈라파고스 섬의 거대한 거북이처럼 휠체어를 타고 서재 안을 빙빙 돌아다니면서 디바시 양의 흰 모자를 쓴 머리에 고대 헤브라이어며 고전 그리스어며 프랑스어며 영어가 마구 뒤섞인 당치도 않은 복잡한 말로 중얼중얼 욕을 퍼부어 대고 있는 것이 들렸다.

'저런 화석 같은 영감쟁이 같으니!' 하고 디바시 양은 치를 떨었다. '마치 백과사전에나 나오는 괴물하고 함께 살고 있는 거나 다름없지 뭐람.'

커크 박사가 문 너머에서 제우스의 천둥소리처럼 "돌아올 것 없어. 알았나!" 하고 고함질렀다. 박사는 이밖에도 아직 박사의 머리에 가득 차 있는 여러 가지 괴상한 나라말의 은어로 소리를 질러대고 있었다. 디바시 양이 그만한 교양을 지니고 있는지 어떤지는 모르지만, 만일 좀더 높은 교양을 지니고 있어서 박사가 지껄이고 있는 소리를 이해할 수 있었다면 그야말로 눈썹을 곤두세웠을 것이다.

"아이, 꼴보기싫어!" 디바시 양은 문을 노려보며 내뱉듯이 말했다. 대꾸는 없었다. 적어도 만족할 만한 대꾸는 없었다. 기분 나쁘게 키득거리는 가느다란 웃음소리와, 누군가의 무덤에서 파내 온 것 같은 먼지투성이 책이 탁 하고 닫히는 소리에 대해 무슨 할 말이 있단 말인가. 아무 할 말도 없지 않느냐고 디바시 양은 어색한 기분으로 어안이 벙벙해서 생각했다. 정말 화나는 영감쟁이——그녀는 하마터면 소리내어 말할 뻔했다. 사실 그 말은 금방이라도 입에서 튀어나오려다가 잠시 망설이고 있었다. 그러나 양식이 있는 디바시 양은 파리한 입술을 꼭 다물었다. 옷을 갈아입고 싶거든 혼자 마음대로 갈아입으시지, 그렇지 않아도 노인에게 옷을 갈아입히는 일은 애당초 싫어서 견딜 수가 없었다. 디바시 양은 잠시 결심이 서지 않아 멍하니 있었다. 그런 다음 아직도 상기된 채로 직업 간호사다운 야무지고 여유 있는 걸음걸이로 또박또박 복도를 걸어갔다.

챈들러 호텔의 22층은 엄격하게 지켜지고 있는 규칙에 의하여 마치 수도원 같은 정적이 구석구석까지 가득 차 있었다. 그 정적이 디바시 양의 울화가 치미는 영혼을 달래 주었다. 늙어빠진 말이 많고 심술궂으며 만성 류머티즘과 통풍에 걸린——천벌이지 뭔가——악마 같은 영감쟁이의 간호역을 맡는 데는 두 가지 이득이 있다고 그녀는 생각했다. 하나는 아들인 도널드 커크가 자기 아버지를 보살핀다는 어려운 일에 대해 넉넉한 급료를 치러 주는 일이었다. 또 하나는 커크네 가족들의 거처가 뉴욕 중심부의 훌륭한 호텔에 있는 것이었다. 돈과 지리는 많은 불편을 보상하기에 충분하다고 그녀는 병적인 만족감을 가지고 생각했다. 메이시며 김벨리며 그밖의 백화점들이 몇 분 안 걸리는 데 있고, 영화관이며 극장 및 그밖의 온갖 재미있는 것이 바로 현관 앞에 있었다. 그렇다, 참아야 한다. 인생은 고달프다. 그러나 반드시 보상이 있다.

때로는 견딜 수 없을 정도로 괴로운 일이 많았다. 디바시 양이 여태까지 얼마나 기분 나쁜 숱한 사람들의 변덕 속을 헤치고 나왔는지는 하느님만이 아신다. 그리고 늙어빠진 그 커크 박사도 싫다. 비위를 맞출 수가 없다. 사람인 이상 때로는 인정도 있고 고마운 마음을 가질 적도 있을 것이다. 남에게 어떤 때는 "미안하지만"이라고 하고 또 어떤 때는 "고맙소" 정도의 말은 하리라고 생각된다. 그런데 그 바알세불(마태복음 12 : 24 참조)에 한해서는 절대로 그런 일이 없다. 만일 폭군이라는 것이 있다면 박사야말로 바로 그 폭군일 것이다. 그는 사람을 부들부들 떨게 하는 눈빛을 하고 있고, 흰 머리카락은 이 사람으로부터 될 수 있는 대로 멀리 달아나려 하고 있는 것처럼 끝이 곤두서 있다. 식사를 가져가면 먹지 않고, 안마를 해 주려고 하면 구두를 집어 내던진다. 앤지니 의사가 걸어서는 안 된다고 하면 방 안을 돌아다니고, 운동을 해야 한다고 하면 꼼짝도 하려 하지 않는다. 단 한 가지 장점이 있다고 하면, 자줏빛을 한 늙어빠진 코를 책 속에 파묻고 있을 때 조용해진다는 것뿐이다.

그리고 그 마셀라가 있다. 아아, 마셀라. 교만하고 콧대 높은 아가씨다. 50년만 지나면 아버지와 꼭 알맞은 짝이 될 것이다. 오오, 그 여자에게도 장점은 있다고 디바시 양은 마지못해 생각한다. 그러나 범죄자도 어딘가 좋은 점은 가지고 있다. 그 여자의 좋은 점과 나쁜 점을 계산해서 뺀다면 아무것도 남는 게 없을 것이다. 물론 전혀 가치가 없는 인간은 아니라고 정의감이 강한 디바시 양은 양보한다. 친절하고 키가 훤칠하며, 핑크빛 볼을 한 맥그완 씨가 그 여자에게 그토록 열을 올리고 있는 것을 보더라도 알 수 있다. 세계를 만들려면 확실히 온갖 종류의 사람이 필요한 것이다. 하지만 맥그완 씨가 도널드 커크 씨의 친한 친구가 아니었다면, 맥그완 씨와 커크 씨 누이동생과의 약혼은 이루어지지 않았을 것이라고 디바시 양은 확신하고 있다. 오빠가 있고, 아아, 그 위에 돈 덩어리가 있었기 때문에 이루어진 것이라고 디바시 양은 불쾌한 듯이 생각한다. 사교계의 소용돌이——디바시 양은 신문의 사교계 소식란을 비판적으로 읽고 있었다——속에 나가 제일 좋은 사냥감을 교묘하게 낚아채기만 하면 되는 것이다. 하기야 두 사람이 결혼하면 맥그완 씨도 머지않아 마셀라의 정체를 알게 될 것이다. 달리 여러 가지 훌륭한 아름다움을 가지고 있고, 그 위에 한 가닥 확고하고 시니컬한 비판 정신을 가지고 있는 사람이라면 대개 아는 법이다. 그런 사교계 사람들에 대해서라면 디바시 양은 여러 가지 이야기를 알고 있다——도널드 커크, 그 사람은 그 나름대로 괜찮지만 생활 방식이 디바시 양과는 다르다. 도널드 커크는 신사인 체하는 속물이다. 즉 디바시 양 같은 사람을 어느 정도 정답고 너그럽게 대해주고 있으나, 거기에는 동정심이 없다.

전에는 여자로서 할 수 있는 가장 쉬운 일은 직업적인 간호사가 되는 일이었다고 디바시 양은 또박또박 복도를 걸어가면서 돌이켜 생각하고 있었다. 그런데 지금 그녀는 이미 32살이다. 아니다, 스스로에 대해서는 정직하여야 한다. 33살에 가깝다. 그리고 앞날의 희망은 어떤가. 즉 로맨틱한 앞날의 희망에 대해서 말이다. 아무것도 없다. 단순하게 아무것도 없다. 자신의 직업상의 일을 통해서 만난 남자들은 대충 두 종류로 나눌 수 있다고 디바시 양은 불쾌한 듯이 생각한다. 자기에게 전혀 관심을 기울이지 않는 남자들과 너무 지나치게 관심을 기울이는 남자들이다. 첫째 부류에는 의사나 돈 많은 환자의 친척이 속해 있다. 둘째 부류는 병원의 실습생이나 돈 많은 환자의 고용인들이다. 첫째 부류의 사람들은 그녀를 전혀 여자로서 인정하지 않고 기계처럼 생각하고 있다. 도널드 커크는 이 부류에 속한다. 둘째 부류는 그녀를 사람들의 눈에 띄지 않는 곳으로 데리고 가서 더러운 손가락으로 집적거리며 어떻게 하면 그녀가 화를 내는가를 알려고 하는 무리들이다. 아첨꾼인 허벨이 그렇다고 그녀는 입술을 뾰로통하게 내밀고 생각했다. 커크 씨의 집사로 방 안에서만 일을 하는데, 그밖에 또 무슨 일을 하는지는 알 수 없다. 그 남자는 손윗사람 앞에 있을 때는 설설 기며 아주 성실하고 정직한 사람같이 보인다. 하지만 오늘 아침만 해도 그 푸석푸석한 얼굴에 따귀를 갈겨 주지 않으면 안되었다. 환자들은 물론 계산에 들어가지 않는다. 변기니 뭐니 여러 가지 뒤치다꺼리를 해주는 사람에게 연정을 느낀다는 것은 당치도 않다. 그런데 오스본 씨는, 그 사람은 다르다…….

디바시 양은 야무진 용모에 부드러운 표정이 떠올랐다. 거의 소녀다운 미소다. 오스본 씨를 생각하면 별로 부정할 필요도 없이 유쾌해진다. 무엇보다도 먼저 그분은 신사다. 그분에게는 허벨 같은 비열한 수단 방법이 없다. 그 점을 생각하면, 그 사람은 셋째 부류로서, 말하자면 그 사람 혼자서 한 부류를 만들고 있는 거나 다름없다. 부자도 아니지만 그렇다고 고용인도 아니다. 커크 씨가 신뢰하고 있는 비서이므로 부자와 고용인의 중간이다. 가족의 일원 같지만, 그렇다고 해서 가족은 아니다. 그녀와 마찬가지로 급료를 받고 일하고 있다. 그 점이 어쩐지 디바시 양으로서는 굉장히 만족스럽다. 몇 주일 전 오스본 씨를 처음 만났을 때, 사실 너무 실례를 하지나 않았을까 하고 디바시 양은 생각하였다.

처음부터 끝까지 자기가 너무 결혼에만 연연했던 것도 같았다. 디바시 양은 살짝 얼굴을 붉혔다. 오오, 물론 아무것도 개인적인 이야기는 하지 않았다. 나는 오직 착실한——착실함 이상의——생활을 시켜 주는 남자가 아니고는 결혼하지 않겠다고 말했을 뿐이다. 오오, 그렇다, 나는 돈 때문에 잘못된 결혼을 너무나 많이 보아 왔다. 즉 돈이 없기 때문에. 그러자 그녀가 한 말이 신경에 거슬리는 것처럼 오스본 씨는 몹시 기가 죽은 것 같았다. 그러는 데는 무슨 의미가 있었던 것일까? 설마 그분의 생각으로는……

디바시 양은 자신의 밑도 끝도 없는 생각의 고삐를 확 잡아당겼다. 멍하니 걷고 있는 동안 어느 새 복도를 사이에 두고 커크네 방 맞은 편의 방문 앞까지 와 있었다. 그것은 맞은편 벽에 있는 마지막 문인데, 엘리베이터에서 커크네 거처로 통하는 또 하나의 복도에서 제일 가까운 문이다. 어디서나 볼 수 있는 아주 평범한 문이다. 그러나 그 문을 보자 디바시 양의 볼은 발그레 홍조를 띠었다. 커크 박사가 퍼부어 대던 욕지거리에 대해 화가 나서 빨개졌던 것과는 전혀 다른 홍조였다. 디바시 양은 손잡이를 돌려 보았다. 쉽게 돌아갔다.

들여다봐도 상관은 없을 것이라고 디바시 양은 생각했다. 그 대기실에서 누군가가 기다리고 있으면 그것은 그분이——오스본 씨가 매우 바쁘다는 것을 알 수 있다. 대기실이 비어 있다면 보나마나 별로 방해가 되지는 않을 것이다. 지금 같은 경우 그 화석 같은 영감쟁이도 그런 상태로는 그녀를 부르지 않을 것이다. 그녀도 사람이니까.

디바시 양은 문을 열었다. 대기실은 운 좋게도 비어 있었다. 그녀의 정면 반대쪽에 이 방에 달려 있는 유일한 다른 문이 있는데, 그것은 굳게 닫혀져 있었다. 저 문 너머에는——디바시 양은 한숨을 쉬며 나가려고 했다. 그러다가 갑자기 얼굴을 빛내며 얼른 안으로 들어갔다. 두 창문 사이의 벽에 붙여 놓은 독서용 테이블 위에 싱싱한 과일 접시가 놓여 있는 것이 눈에 띄었던 것이다. 커크 씨는 아주 좋은 사람이라서 다른 사람들에 대해, 전혀 모르는 남에 대해서까지 동정심이 많다. 그리고 얼마나 많은 사람들이 그분을 만나러 와서 이 작은 대기실에 앉았었는지 모른다. 그래서 대기실에는 훌륭한 영국식 떡갈나무 재료로 만든 가구며 책, 램프, 깔개, 꽃, 그 밖의 것들이 갖추어져 있다.

디바시 양은 어느 것을 먹을까 하고 과일을 이것저것 집어 보았다. 이 큼직한 꿀배를 하나 먹기로 할까? 틀림없이 온실 재배인가 보다. 아니다, 그만두자. 곧 저녁 식사 시간이니까. 사과가 좋을지도 모르겠다…… 아니, 탄지르 밀감이 있구나. 그래서 디바시 양은 생각이 났다. 탄지르 밀감은 그녀가 제일 좋아하는 것이었다. 오렌지보다도 좋다. 껍질을 벗기기가 쉽다. 그리고 알맹이를 떼어내기가 쉽다.

디바시 양은 다람쥐같이 재빠르고 꼼꼼하게 밀감 껍질을 벗기고, 달콤한 물이 담뿍 들어 있는 알맹이를 하나씩 하나씩 튼튼한 이빨로 깨물어서 빨아먹기 시작했다. 씨는 얌전하게 손바닥에 뱉어 냈다.

다 먹고 주위를 둘러보니 너무 깔끔하게 정돈되어 있어서 밀감 껍질을 버릴 수가 없을 것 같았으므로, 손에 그득한 껍질을 힘껏 창 너머 4층 밑 안뜰 쪽으로 집어 내던졌다. 테이블 곁을 지나가며 그녀는 잠시 망설였다. 하나 더 먹을까? 접시에는 먹음직스러운 탄지르 밀감이 두 개나 남아 있었다. ……그러나 단호하게 머리를 내두르고 복도로 나가 손을 뒤로 돌려 문을 닫았다.

얼마쯤 기분이 가라앉아서 디바시 양은 천천히 모퉁이를 돌아 복도로 나갔다. 어떻게 할까? 지금 돌아가면 그 욕쟁이 영감이 발길질을 하며 내쫓을 것이다. 그렇다고 해서 방으로 돌아가고 싶지도 않고…… 디바시 양은 또 한 번 얼굴을 빛냈다. 검은 옷을 입고 엄숙해 보이는 반백의 머리를 한 야무진 중년 부인이 복도 저쪽의 엘리베이터 바로 앞의 책상에 앉아 있었다. 시엔 부인으로, 22층의 안내 담당이다.

디바시 양은 복도의 오른쪽 문 앞을 지날 때 눈을 감았다. 그 문을

열면——그녀는 또 빨개졌다——도널드 커크 씨의 사무실로 되어
있었다. 아까의 그 대기실과 연결되어 있는 방이다. 이 사무실 안에
그 상냥한 오스본 씨가 있을 것이었다. 디바시 양은 한숨을 쉬고 그
앞을 지나갔다.

"안녕하세요, 시엔 부인. 오늘은 등이 좀 어떠세요?" 그녀는 야무
지게 생긴 여자에게 명랑하게 말을 걸었다.

시엔 부인은 방긋 웃었다. 조심스럽게 복도의 좌우를 살피며, 한쪽
눈을 정면의 엘리베이터 입구에서 떼지 않고 말했다.

"오오, 디바시 양이군요. 정말이지 이젠 디바시 양을 못 만날 줄
알았지 뭐예요. 그 망나니 영감님이 하도 아가씨를 바쁘게 만들어
서 말이어요."

"정말이에요. 지옥에라도 떨어졌으면 좋겠어요." 디바시 양은 별
로 원망스러운 기색도 없이 말했다. "그분은 바로 악마예요, 시엔 부
인. 전 지금 방에서 쫓겨나오는 길이에요. 세상에 그럴 수가 있겠어
요?"라고 말하자 시엔 부인은 혀를 끌끌 찼다. "커크 씨의 친구분
——번 씨라는 분인데——이 오늘 유럽인지 어디에서 돌아오셨어
요. 그래서 커크 씨가 환영 만찬회를 열겠다지 뭐예요. 물론 영감님
도 나가야 하는 거지요. 그런데 어떻게 된 줄 아세요? 만찬회에 나
가려면 옷을 입어야 하잖아요. 그래서……."

"옷을 입다니요. 그분은 벌거벗고 있나요?" 시엔 부인은 어리둥
절해서 되물었다.

디바시 양은 웃음을 터뜨렸다.

"턱시도 같은 것 말이에요. 그런데 그분은 혼자서는 못 입지 않겠
어요. 류커티즘 때문에 관절 마디마디가 아파서 일어서는 것도 힘
겨워하니까요. 하기야 75살이니까 생각해 보면 무리도 아니에요.
그런데 글쎄, 제가 옷 갈아입는 걸 도우려 하니까 얼씬도 못하게

하고 내쫓아 버리지 않겠어요."

"세상에," 하고 시엔 부인은 말했다. "남자들이란 괴상한 데가 있는 법이라니까요. 나한테도 그런 경험이 있는데, 한 번은 우리집 다니가——하느님, 그이의 영혼에 안식을 내리소서——허리를 다쳐서 내가……."

시엔 부인이 갑자기 중간에 말을 끊고 몸을 굽히는데, 엘리베이터가 손님 하나를 쏟아 냈다. 그러나 나온 여자 손님은 호텔 고용인이 근무에 충실하든 게으르든 그런 것에는 도무지 관심이 없었다. 책상 곁을 휘청거리며 지나갈 때 알코올 냄새를 풍기면서 디바시 양이 왔던 것과는 반대쪽 복도로 걸어갔다.

"저 여자 좀 봐요." 시엔 부인은 몸을 앞으로 구부리고 나직한 소리로 말했다. 디바시 양은 고개를 끄덕였다. "저 여자에 대해서는 여러 가지 말이 많다오. 글쎄, 2층 담당 청소부 아가씨들이 저 여자의 방에서 굉장한 것을 봤다지 뭐예요. 바로 지난 주일에도 저 여자의 방에 떨어져 있었던 게 뭔 줄 아세요?"

"저는 이제 가 봐야겠어요." 디바시 양은 좀 당황한 기색으로 말했다. "저, 커크 씨의 사무실, 말하자면 커크 씨의 방에……."

시엔 부인은 웃으며, 수상쩍은 듯한 날카로운 눈초리로 디바시 양을 보았다.

"말하자면 오스본 씨는 혼자 계시냐 이 말이지요?"

"제가 여쭌 건 그런 뜻이 아니에요." 디바시 양은 볼을 붉혔다.

"알고 있어요. 그분은 계세요. 벌써 한 시간이나 그 방엔 아무도 들어가지 않았다오."

"정말이에요?" 디바시 양은 숨을 삼키며 깨끗이 손질한 손가락을 모자에서 삐져나온 불그스름한 머릿속에 집어넣고 쓸어 올리기 시작했다.

"암, 정말이고말고요. 난 오후 내내 여기를 떠나지 않았어요. 내 눈에 띄지 않고서는 아무도 그 사무실에 못 들어가니까요."

"그래요? 여기까지 왔으니까 잠깐 들렀다가 가겠어요. 어차피 할 일도 없으니까. 그리고 오스본 씨도 안됐어요. 하루 종일 말 상대도 없이 방에 갇혀 있어야만 하니까요."

디바시 양은 천연덕스럽게 말했다.

"내가 볼 때 그렇지만은 않은 것 같은데요." 시엔 부인은 짓궂게 재빨리 말했다. "조금 아까 오전 중에만 해도 깜짝 놀랄 만큼 예쁜 젊은 여자가 찾아왔던걸요. 아마 커크 씨의 출판 일 관계인가 보지요. 작가인 듯했는데, 그 여자분은 꽤 오래 오스본 씨의 사무실에 있다가……."

"그래요? 있으면 어때요. 저는 그런 것 조금도 상관없어요, 시엔 부인. 그것은 그분의 일 아니겠어요? 그리고 오스본 씨는 그런 분이 아니에요…… 그럼, 실례하겠어요." 디바시 양은 말했다.

"또 봐요." 시엔 부인은 싹싹하게 말했다.

디바시 양은 왔던 길을 어슬렁어슬렁 되돌아갔다. 도널드 커크의 선경(仙境)이 펼쳐질, 닫혀 있는 사무실이 가까워질수록 발걸음은 차츰 잦아들었다. 그런데 무슨 기적같은 우연인지 마침 문앞에서 가까스로 발이 딱 멈췄다. 볼이 확확 달아올라 어깨 너머로 슬쩍 시엔 부인을 바라보았다. 부인은 다부진 중년의 에로스 역을 잘 해낸 기쁨에 잠기어 생그레 웃고 있었다. 그 바람에 디바시 양도 맥이 빠진 것 같은 미소를 머금으며 그 이상의 허세는 집어치우고 문을 노크했다.

제임스 오스본은 건성으로 "들어오시오"라고 말했을 뿐, 디바시 양이 가슴을 두근거리면서 사무실로 들어섰을 때 창백한 얼굴을 들려고도 하지 않았다. 책상 앞 회전의자에 앉아 루스 리프식 앨범 위에 몸을 구부리고서 묵묵히 일을 하고 있었다. 앨범은 두꺼운 종이를 철한 것인데, 희미하게 네모난 구분이 나 있고, 색깔이 든 작은 직사각형의 종이딱지가 끼워져 있었다. 오스본은 45살의 시들어 빠진 듯한 사람인데, 뭐라고 형용할 수 없는 누렇고 불그스름한 머리가 관자놀이 언저리에 더부룩하게 나 있고, 코는 몹시 납작하며, 눈은 피로에 지친 듯한 주름 속에 퀭하니 들어가 있었다. 작은 니켈 핀셋과 오랜 세월 숙련된 손끝을 놀리며 정신없이 색깔이 든 종이딱지를 뒤적이고 있었다.

디바시 양은 헛기침을 했다. 오스본은 깜짝 놀라 뒤돌아보았다.

"어서 와요, 디바시 양" 하고 소리치며 그는 핀셋을 던지고 비실비실 일어섰다. "자, 이리 들어오세요, 이런 실례가 있나…… 그만 일에 정신이 팔려서……." 미끈한 윤곽의 볼에 붉은 기가 돌았다.

"그냥 일을 계속하세요. 지나다가 잠깐 들렀을 뿐이에요. 바쁘신 것 같으니까……" 하고 디바시 양은 그대로 일을 할 것을 권했다.

"아닙니다, 디바시 양. 절대로 그렇지 않습니다. 어서 이리 앉으십시오. 벌써 이틀이나 못 만났군요. 커크 박사 쪽은 일이 많이 바쁘시지요?"

디바시 양은 앉아서 풀기 있는 스커트 자락을 가지런히 했다.

"네, 그런 건 이제 습관이 되어 있답니다. 오스본 씨. 그분은 좀 까다롭긴 하지만 아주 좋은 노인이에요."

"아무렴, 좋은 분이고말고요, 대단한 학자랍니다. 디바시 양. 아시다시피 한창때는 언어학계에 굉장한 공헌을 하신 분입니다. 대단한 학자지요" 하고 오스본이 말했다.

디바시 양은 입속으로 뭐라고 중얼거렸다. 오스본은 긴장한 태도로서 있었다. 방은 매우 조용하고 어두웠다. 사무실이라기보다는 개인의 방이라고 하는 편이 알맞을 만큼 장식 같은 것도 잘 손질되어 있었다. 보드라운 느낌의 얇은 비단 커튼과 갈색 비로드 장막이 안뜰이 내려다보이는 창을 가리고 있었다. 도널드 커크의 책상이 한쪽 구석에 놓여 있고, 그 위에 책과 앨범이 수북이 쌓여 있었다. 그들은 서로 갑자기 단둘이 있는 것이 신경 쓰이기 시작했다.

"또 오래된 우표를 만지고 계셨군요" 하고 디바시 양은 좀 굳어진 듯한 목소리로 말했다.

"네, 그렇습니다, 정말."

"남자분들이 우표 같은 걸 모아서 뭘 하려고 그러실까. 가끔 어리석고 엉뚱한 노릇이라고 생각되지 않으세요? 다 자란 어른이…… 전 그런 것은 아이들만 하는 것인 줄 알았지 뭐예요."

"아니, 천만에요, 그럴 리가 있겠습니까." 오스본은 항의했다. "여느 사람들은 대개 우표 수집에 대해 디바시 양과 같은 생각을 가지고 있습니다만, 그게 그렇지 않습니다. 온 세계의 몇 백만이라는 사람이 이 일에 열중하고 있지요. 세계적인 취미의 하나랍니다, 디바시 양. 한 장에 5만 달러나 하는 우표가 있다는 걸 아십니까?"

"어머나!" 디바시 양의 눈이 휘둥그레졌다.

"정말입니다. 디바시 양 같으면 거들떠보지도 않을 지저분한 종이 딱지가 말이에요. 난 그 사진을 본 적이 있지요." 오스본의 광택 없는 눈이 빛나고 있었다. "영국령 기아나 것인데, 온 세계에 그 종류의 것은 꼭 한 장밖에 없답니다. 지금은 고인이 된 로체스터의 아더 힌드의 수집 속에 있는 겁니다. 조지 폐하께서 영국 식민지의 우표를 모두 갖추는 데 그것이 필요하다고 해서……."

"그렇다면 조지 폐하께선 우표 수집가이신가요?" 디바시 양은 입이 딱 벌어졌다.

"물론이지요. 많은 훌륭한 사람들이 그렇답니다. 루스벨트 씨, 애거 카안……."

“어머나, 기가 막혀라.”

“그리고 커크 씨도 그렇지요. 도널드 커크 씨 말입니다. 지금 그분이 가지고 계신 중국 우표의 훌륭한 수집은 세계에서도 손꼽히는 것이지요. 각기 전문이 있는데, 맥그완 씨는 지방의 것을 모으고 계십니다. 지방 우표를 말이에요. 즉 전국적인 우편 제도가 만들어지기 전에 주(州)나 군(郡) 등의 지방자치단체에서 그 지방 우편을 위해 발행한 우표지요.”

디바시 양은 한숨을 쉬었다.

“정말 재미있는 이야기로군요. 커크 씨는 다른 것도 모으고 계시지요?”

“네, 그렇습니다. 보석이지요. 난 그쪽에는 별로 관계가 없습니다만. 그분은 수집품을 은행 금고에 보관하고 계십니다. 나는 주로 수집된 우표를 정리하고, 맨덜린 출판사에 관계되는 커크 씨 일의 비서 역할을 하지요.”

“그 일은 재미있으시겠군요.”

“물론 재미있지요.”

“정말 참 재미있는 이야기로군요.” 디바시 양은 되풀이 말했다. 무엇 때문에 우리는 이런 이야기를 해야 하는 것일까 하고 디바시 양은 울적한 마음으로 생각하고 있었다. “저도 맨덜린 출판사에서 나온 책을 한 번 읽은 적이 있어요.”

“아아, 그러세요?”

“《반역자의 죽음》이라는 책인데, 외국 사람인 듯한 이름의 저자가 쓴 것이었어요.”

“아, 멜레진스키입니다. 펠릭스 번 씨가 발견해낸 작가의 한 사람인데, 러시아 사람이지요. 그 사람은 늘 유럽을 돌아다니면서 외국인 작가를 찾고 있습니다. 번 씨 말입니다. 그래서……” 오스본은 여기까지 말하고는 입을 다물어 버렸다.

"그래서," 하고 디바시 양은 말했다. 그리고 그녀 역시 입을 다물어 버렸다.

오스본은 턱을 어루만지고 디바시 양은 머리를 어루만지고 있었다.

"그래서 아주 재치있는 책을 내시는 거지요?"

디바시 양은 조금 신경질적으로 말했다.

"정말 그렇습니다 아마 번 씨는 새 원고를 트렁크 하나 가득히 가지고 돌아왔을 겁니다. 언제나 그러니까요" 하고 오스본은 말했다.

"그러세요?" 디바시 양은 한숨을 쉬었다. 점점 더 분위기가 가라앉았다. 이젠 안 되겠다. 오스본은 감탄하는 듯한 눈으로 디바시 양의 산뜻하고 청결한 모습을 보고 있었다. 감탄함과 동시에 존경심을 가지고. 그러자 디바시 양의 얼굴도 빛났다. "번 씨는 템플 씨라는 여자분을 모르시지요?"

"네?" 오스본은 깜짝 놀라 눈을 크게 떴다. "아아, 템플 양 말입니까. 커크 씨가 편지로 그분의 새 책에 대한 것을 알렸을 겁니다. 아주 좋은 분이지요, 템플 양은."

"그렇게 생각하세요? 저도 그렇게 생각해요." 디바시 양의 넓은 어깨가 떨렸다. "그럼……."

"아직 괜찮지 않습니까." 오스본이 당황한 목소리로 말했다.

"아니에요." 디바시 양은 일어나면서 속삭이듯이 말했다. "이제가 봐야죠. 커크 박사께서 지금쯤 또 신경질을 내고 계실지도 몰라요. 노발대발해 가지고. 그럼 오스본 씨, 이야기를 할 수 있어서 무척 유쾌했어요."

디바시 양은 문쪽으로 걸어갔다. 오스본은 숨을 꿀꺽 삼켰다.

"저, 디바시 양" 하고 말하며 그는 조심스럽게 그녀 쪽으로 한 걸음 다가섰다.

어리둥절한 디바시 양은 갑자기 가슴이 두근거려서 뒷걸음질했다.

"왜 그러세요, 오스본 씨. 무슨 일로…… 왜 그러세요?"

"저, 어떨까요. 말하자면, 저, 디바시 양께선……."

"무슨 일이시지요, 오스본 씨?"

디바시 양은 시치미를 떼고 말했다.

"오늘 저녁에 별다른 볼일이 없으신지요?"

"아…… 왜 그러지요, 오스본 씨? 별로 없습니다만" 하고 디바시 양은 말했다.

"그러시다면 저, 나와 함께 영화 구경이라도 가지 않겠습니까?"

"아, 기꺼이 함께 가겠어요."

"새로운 발리모어 영화가 라디오 시티에 걸려 있는데" 하고 오스본은 열심히 말했다. "굉장히 좋다고 하더군요. 별을 네 개나 따고 있지요(미국 신문 잡지의 영화 평에서는 다섯 개의 별을 최고로 하여, 별을 가지고 품평을 하는 풍습이 있다)."

"존이에요, 아니면 라이오넬(유명한 명배우 남매의 이름)?"

디바시 양은 미간을 모으며 말했다.

오스본은 뜻밖인 듯한 표정을 지었다.

"존입니다."

"그렇다면 꼭 보고 싶어요." 디바시 양은 신나는 목소리로 말했다.

"전 존의 팬이에요. 라이오넬도 좋지만, 존 쪽이 훨씬 더……."

디바시 양은 황홀한 듯한 눈을 천장으로 들었다.

"잘은 모르지만 최근에 두서너 편 영화에서 보니까 존도 꽤 늙은 것 같더군요. 나이란 정말 못 속이는 건가 봅니다, 디바시 양."

오스본은 중얼거리듯이 말했다.

"어머나, 오스본 씨도! 질투하시는군요." 디바시 양은 말했다.

"질투라고요? 내가요? 허허허……."

"전 존이라면 무조건 좋아요. 오스본 씨께서 그 사람을 보러 저를 데리고 가 주신다는 건 정말 멋있어요. 틀림없이 아주 즐거운 시간을 보낼 수 있을 거예요." 디바시 양은 순진한 태도로 말했다.

"그렇겠지요." 오스본은 뚱한 얼굴로 말했다. "사실은 내 딴에는 디바시 양에게…… 뭐, 아무튼 좋습니다, 디바시 양. 지금이 6시 15분 전이니까."

"5시 43분이에요." 디바시 양은 직업적인 재빠른 동작으로 손목시계를 보고 기계적으로 말했다. "그럼, 만나는 것은 8시 15분 전으로 할까요?" 그 목소리는 낮고 정다운 억양이 되어 있었다.

"좋습니다." 오스본은 그제야 마음놓고 숨을 쉬었다. 두 사람의 눈이 마주쳤으나 서로 재빨리 외면하고 말았다. 디바시 양은 풀기 있는 가운 밑에서 갑자기 따뜻한 것이 치밀어 오르는 것을 느꼈다. 맵시 없는 손가락으로 기계적으로 머리를 만지작거렸다.

엘러리 퀸 씨가 뒷날 그 당시를 회고하며 이야기를 털어놓을 적에 즐겨 지적한 것은 그 사건을 통해서 가장 평범한 예삿말로 여겨졌던 이제까지의 경위에는 아무런 별다른 점도 없으며, 하찮은 사람들의 하찮은 평범한 생활을 있지도 않은 죽은 사람이 위협하는 그런 방심할 수 없는 형세라고는 아무 데도 없었다는 것이었다. 그 순간 모든 일에 진부했던 디바시 양은 자기 자신의 일에 정신이 팔려 있었다. 오스본의 심장은 커크의 비밀 사무실 안에 있었다. 도널드 커크는 어딘가에 외출 중이었다. 조 템플은 호텔의 커크네 아파트 객실에서 새로 맞춘 검은 가운으로 바꿔 입고 있었다. 커크 박사의 뾰족한 코는 14세기 유대 율법사의 사본(寫本) 속에 파묻혀 있었다. 허벨은 커크의 방에서 주인의 야회복 준비를 하고 있었다. 글렌 맥그완은 브로드웨이를 종종걸음으로 올라가고 있었다. 펠릭스 번은 동 60번지에 있는 독신 아파트에서 외국인인 듯한 여자에게 키스를 하고 있었다. 아일린 류즈는 챈들러 호텔 침실의 거울 속에 비친 그야말로 멋들어진 자신의 나체를 바라보고 있었다.

그리고 몇 분전에 큐피드 역을 한 시엔 부인은 별안간 새로운 배역을 맡게끔 지목받은 것이다――《차이나 오렌지의 비밀》서막.

기묘한 막간

시엔 부인의 시계로 정확히 5시 44분. 부인의 책상 바로 앞의 엘리베이터 하나가 열리며, 온화한 중년 신사의 얼굴을 한 몸집이 작달막하고 다부지게 생긴 남자가 나왔다. 그 남자에게는 흥미라든가 쾌감 같은 것으로 사람의 눈을 자극할 만한 것은 아무것도 없었다. 단순하게 살집 좋은 중년 남자로서, 신통치 않은 양복 차림에 초록빛이 도는 검은 소프트 모자를 쓰고, 번들거리는 검정 외투를 입고, 쌀쌀한 가을 날씨라 굵은 목에는 털목도리를 두르고 있었다. 털이 없는 뭉실뭉실한 손에 흔한 쥐색 케이프스킨 장갑을 쥐고 있었다. 싸구려 모자 꼭대기에서부터 검은 불독형 구두 밑바닥까지 이 사나이는——실로 아무것도 아니었다. '투명 인간', 날마다 아무 신기할 것도 없는 세계를 구성하고 있는 몇 백만, 몇 천만의 평범한 사람 가운데 하나였다.

"무슨 일이십니까?"

시엔 부인은 그 남자가 어딘지 당황해하고 있는 것을 대번에 정확하게 알아차리고 조금 날카로운 어조로 말했다. 아무리 봐도 하루 10달러의 방값을 내는 챈들러의 손님은 아니었다.

"도널드 커크의 개인 사무실은 어디 있습니까?" 뚱뚱한 사나이는 조심스럽게 물었다. 목소리는 부드럽고 감미로워서 불쾌하지 않았다.

"아아," 하고 시엔 부인은 말했다. 그제서야 모든 게 납득이 갔다. 22층의 도널드 커크의 사무실은 온갖 기묘한 손님들이 찾아오는 항구였다. 커크는 챈들러 호텔의 사무실을 보석이나 우표 수집 거래상들과 조용히 만나는 면회 장소로 삼고 있었는데, 아울러 맨덜린 출판사 사무실에서 남의 눈에 띄고 싶지 않은 내밀한 출판 관계 일을 취급하는 장소로도 쓰고 있었다. 그 결과 시엔 부인은 묘한 사람으로부터 질문을 받는 데에 익숙해져 있었다. 부인은 "2210호실이에요, 바로 이 복도 끝의 왼편이지요" 하고 무뚝뚝하게 말하고, 반쯤 열린 책상 맨 윗서랍에 교묘하게 감춰 둔 나체 잡지를 다시 숙독하며 음미하기 시작했다.

뚱뚱한 사나이는 감미로운 목소리로 "고맙소" 라고 말하고 복도를 비스듬히 걸어서 몇 분 전에 디바시 양이 두드렸던 문쪽으로 뚜벅뚜벅 걸어갔다. 그리고 뭉실한 주먹으로 문을 노크했다.

방 안은 잠시 쥐죽은 듯 조용했다. 이윽고 좀 굳어진 오스본의 목소리가 "들어오시오" 라고 말했다.

뚱뚱한 사나이는 벌쭉이 웃으며 문을 열었다. 오스본은 눈을 깜박거리며 파리한 얼굴로 책상 옆에 서 있고, 디바시 양은 볼을 새빨갛게 물들여 가지고 문 가까이 서 있었다. 방금 남자의 살이 닿은 오른손이 확확 달아오르고 있었다.

"커크 씨입니까?" 하고 낯선 사나이는 부드럽게 물었다.

"커크 씨는 안 계시는데요, 제가 알 수 있는 일이라면……."

오스본은 좀 어색하게 말했다.

"전 이만 실례하겠어요."

디바시 양은 조금 목이 메는 듯한 어조로 말했다.

“아, 아닙니다.” 방문객이 말했다. “전 기다려도 좋습니다. 어서 말씀하십시오.” 그의 눈은 디바시 양의 제복을 눈부신 듯이 바라보고 있었다.

“전 방금 가려던 참이었어요.” 디바시 양은 나직한 목소리로 말했다. 그녀는 손으로 볼을 누르며 빠져나왔다. 문이 쾅 닫혔다.

오스본은 한숨을 쉬고 나서 머리를 숙였다.

“그런데 무슨 볼일이신지요.”

“실은 커크 씨를 만나고 싶습니다. 도널드 커크 씨 말이오. 꼭 만났으면 합니다.” 낯선 사나이는 모자를 벗어 반백의 머리가 테두리진 핑크빛 정수리를 드러냈다.

“나는 커크 씨의 비서인 제임스 오스본이라고 합니다. 커크 씨를 만나고 싶으시다니, 무슨 볼일이시지요?”

낯선 사나이는 망설이고 있었다.

“무슨 출판 관계 용건이십니까?”

상대는 좀 완고해 보이는 입술을 꾹 다물었다. “내 용건은 매우 내밀한 이야기입니다, 오스본 씨.”

오스본의 눈살이 꼿꼿해졌다.

“말씀드려 두겠습니다만, 나는 커크 씨의 내밀한 일을 모두 맡고 있는 사람입니다. 절대로 신뢰를 어기는 일은⋯⋯.”

뚱뚱한 사나이의 무표정한 눈은 오스본의 책상에 있는 우표 앨범에 쏠리고 있었다. 그러다가 그는 불쑥 말했다.

“저건 뭡니까, 우표입니까?”

“그렇습니다. 그런데⋯⋯.”

뚱뚱한 사나이는 고개를 저었다. “아닙니다, 기다리기로 하지요. 커크 씨는 곧 돌아오실까요?”

“확실한 말씀은 드릴 수 없습니다. 곧 돌아오실 예정으로 되어 있습니다만."

"그렇습니까. 뭣하시다면 나는……."

사나이는 팔걸이의자 쪽으로 다가가려고 했다.

"저어, 이쪽에서 기다려 주십시오."

오스본은 이렇게 말하고 사무실에 두 개 달려 있는 문 가운데 두 번째 쪽으로 가서 그것을 열었다. 그러자 땅거미가 지기 시작하여 이미 어두워진 방이 나타났다. 오스본은 그 방으로 들어가자 바로 오른편의 책장 위에 있는 스위치를 눌러서 불을 켰다. 그러자 디바시 양이 아까 탄지르 밀감을 집어먹던 방이 환하게 비쳤다.

"여기서 편안하게 기다리십시오. 테이블 위에 있는 담뱃갑에 궐련도 있고 입담배도 있습니다. 캔디며 잡지며 과일도 있고요. 커크 씨가 돌아오시면 곧 알려드리겠습니다." 오스본은 그 뚱뚱하고 작달막한 사나이에게 말했다.

"이거 폐를 끼치게 되었군요." 낯선 사나이는 나직한 목소리로 말했다. "친절히 해주셔서 고맙습니다. 이렇게 대접을 잘해주시니." 사나이는 아직도 턱까지 목을 감싼 채 책상 옆 의자에 앉았다. "꼭 클럽 같군요" 하고 자못 마음에 든다는 듯이 그는 고개를 끄덕이며 말했다. "매우 훌륭합니다. 그리고 이렇게 많은 책이 있어서……."

방 삼면의 벽은 문짝이 없는 책장으로 가려져 있고, 사이가 떠 있는 곳은 맞은편 벽에 달려 있는 두 개의 문 있는 데와 세 번째 벽의 장식 난로 있는 데뿐이었다. 난로 위에는 임피족(^{동아프리카}^{의 종족})의 전쟁 방패 뒤에 두 개의 아프리카 토인들의 화살이 비스듬하게 세워져 있었다. 네 번째 벽에는 창문이 둘 있고 독서 테이블이 바싹 붙여져 놓여 있다. 책장 앞에는 푹신한 의자가 여기저기 파수병처럼 놓여 있었다.

"그렇습니다. 아주 잘 되어 있지요?" 오스본은 무뚝뚝한 어조로 말하고 사무실로 돌아와 손을 뒤로 돌려 문을 닫았다. 바로 이때 뚱뚱한 작은 사나이는 만족스럽게 한숨을 내쉬며 한 권의 잡지에 손을 내미는 참이었다.

오스본은 주인의 책상 위에 있는 전화를 들어 커크의 개인 방을 불러냈다.

"여보세요, 허벨?" 오스본은 초조한 듯이 지껄여댔다. "커크 씨는 돌아오셨나?"

"아직 안 돌아오셨습니다." 허벨의 코먹은 듯한 영국식 억양의 목소리가 대답했다.

"몇 시쯤 돌아오실 것 같은가. 여기서 기다리고 있는 사람이 있어서 그러는데."

"글쎄요, 방금 커크 씨한테서 전화가 걸려 와, 만찬회에 늦어질 것 같지만 옷 준비는 해놓으라고 하셨습니다." 허벨의 목소리가 높아졌다. "글쎄, 커크 씨는 밤낮 이렇다니까요. 뭐라고 하면 좋을까, 밤낮 엉뚱한 짓만 하시지요. 아까도 7시 15분 전까지는 돌아가겠다, '진기한 손님'을 데리고 갈 테니까 자리를 마련해 두라고 하셨지요. 킹 씬지 퀸 씬지 뭐 그런 이름이었습니다만, 글쎄, 그래 놓으시고선……."

"그래? 그렇다면 무엇보다도 자리나 마련해 두게." 오스본은 전화기를 내려놓았다. 그리고 앉아서 눈은 엉뚱한 쪽을 바라보고 있었다.

6시 25분을 지났을 때 사무실문이 열리더니 글렌 맥그완이 급하게 들어왔다. 야회복을 입고 모자와 외투를 손에 들고 있었다. 가늘게만 잎담배를 공연히 조급하게 피우면서, 수정 같은 눈에 침착성이 없었다.

"또 우표딱지 만지기인가?" 맥그완은 탑처럼 키 큰 몸을 의자에 주저앉히면서 무거운 어조로 말했다. "나의 충실한 옷지(오스본),

돈(도널드)은 어디 있지?"

앨범에 열중하고 있던 오스본은 깜짝 놀라서 눈을 들었다.

"아이구, 맥그완 씨 아닙니까. 아니오, 나는 모르는데요, 여기엔 안 오셨습니다."

"할 수 없군." 키 큰 사나이는 깨끗이 손질한 손톱을 깨물고 있었다. "그 친구는 내년 경마의 우승마를 맞추는 거와 마찬가지로 도무지 무슨 짓을 할는지 예상을 할 수가 있어야지. 난 한 번 그 친구가 약속 시간에 대어 올 것인지 어떤지 1천 달러 내기를 건 적이 있어. 그런데 내가 이겼지 뭔가. 그건 그렇고, 마셀라를 못 봤나?"

"아니오, 그분은 좀처럼 여기에 안 오시니까요, 그렇기 때문에 나는……."

"여보게, 웃지." 맥그완은 조급하게 담배를 피우고 있었다. 맥그완에게는 주위를 압도하는 대범한 데가 있었다. 널찍한 어깨 위에는 갸름한 얼굴이 있고, 높다랗고 창백한 이마가 있었다. "나는 지금 꼭 돈을 만나야만 하네. 자네는 틀림없이……."

"그렇지만 오늘 저녁 만찬회에서 만나실 것 아닙니까?"

"으음, 그건 그래. 하지만 그전에 꼭 좀 만나야 해. 자네는 정말 그 친구가 어디 있는지 모른단 말이지?"

맥그완은 안절부절 못하면서 말했다.

"안됐습니다만 그렇습니다. 일찍 나가셨는데 어디로 가신다는 말씀은 없었습니다."

맥그완은 눈살을 모았다.

"종이하고 연필 좀 주게나."

맥그완은 오스본이 급히 내민 종이에다 부리나케 뭐라고 갈겨써서 접더니 봉투에다 넣고 봉하여 그 봉투를 커크의 책상 위에 던졌다.

"웃지, 이걸 오늘 저녁 만찬 전에 그 친구한테 전해 주게. 중요한 일이야. 그리고 아주 내밀한……. ”

 “알겠습니다. ” 오스본은 봉투를 주머니에 집어넣었다. “맥그완 씨, 보여 드리고 싶은 게 있는데, 급하지 않으시다면……. ”

 맥그완은 문 있는 데서 멈추어 섰다.

 “나는 급하단 말일세, 이 사람아. ”

 “틀림없이 보시고 싶어질 겁니다, 맥그완 씨. ”

 오스본은 벽 금고에 가서 가죽 표지로 된 큼직한 장부 같은 것을 꺼냈다. 그것을 책상 위에 가지고 와서 펼쳤다. 우표가 가득히 끼워져 있었다.

 “뭔가, 그건. 뭐 신기한 거라도 있는가? ”

 맥그완은 갑자기 호기심을 일으키며 물었다.

 “그렇습니다. 아주 진귀한 것이 하나 있지요. ”

 오스본은 한 장의 우표를 손가락으로 가리키며, 책상 위에 우표 수집용 도구가 어질러져 있는 속에서 조그만 확대경을 집어 들어 맥그완에게 주었다.

 “중국 남경에서 나온 용 우표로군. ” 맥그완은 장밋빛 우표에다 확대경을 갖다대며 중얼거렸다. “글자가 어째 이상한 것같군. 어! 밑의 글자가 떨어져나갔는데. ”

 “그렇습니다. ” 오스본은 깊숙이 고개를 끄덕이면서 말했다. “그 세로의 글자는 쭁화민꿔라고 되어 있지 않으면 안됩니다. 그렇게 발음하는지 어떤지 나도 잘은 모르겠습니다만. ‘중앙에 꽃 피는 인민의 나라’라는 뜻이지요. 그런데 이 우표에는 어찌 된 일인지 마지막 글자가 빠져서 ‘꿔(國)’의 부분이 없어요. 중국 것의 진품으로서 번거로운 것은 특히 글자인데, 잘못된 데를 발견하려면 웬만큼 확실한 표의문자의 지식을 가지고 있지 않으면 안되지요. 이건 비교적 쉬운 편입니다. 난 중국어와 그리스어의 구별조차 못하는 사람입니다만, 그

래서 커크 노박사님께 읽어 달랬지요. 재미있지 않습니까, 어떠세
요?"

"아주 재미있는데. 돈은 어디서 이걸 입수했을까."

"경매에서였지요. 약 3주일 전에. 무슨 사정이 있어서 현품은 어제
인수했는데, 아마 진짜인지 가짜인지 조사를 했던 모양입니다."

"그 친구, 운 좋은 친군데, 제기랄!" 맥그완은 확대경을 놓고 신
음했다. "난 벌써 몇 주일째나 재미있는 지방 우표의 진품을 한 장도
못 찾았는데."

맥그완은 어깨를 움츠리고는 이상하게 온화한 목소리로 말했다.

"돈은 이 남경 것에 상당한 돈을 냈겠지, 웃지."

무엇인가가 오스본의 입술을 죄는 바람에 눈빛이 싸늘해졌다.

"그건 말씀드릴 수 없습니다."

맥그완은 비서를 말끄러미 보고 있다가 갑자기 그 바짝 마른 잔등
을 툭 쳤다.

"좋아, 좋아. 자넨 여전히 주인한테 충실한 친구로군. 그 편지나
잊지 말게. 내가 할 말이 있어서 일부러 일찌감치 들렀더라고 전해
주게. 만찬에 늦지 않도록 다시 돌아오겠네. 밑에 내려가서 두세
군데 방문하고 와야겠어."

"알겠습니다, 맥그완 씨." 오스본은 미소 지으면서 또다시 책상으
로 돌아갔다.

그날 밤 일의 경과에는 정말 놀라운 것이 있었다. 모든 것이 부인
의 새 장갑처럼 꼭 들어맞는 것 같았다. 일의 진행 상태는 완벽해서
빈틈이 없었다. 그리고 그 모든 게 일에 열을 내고 있던 평범하고도
값싼 가엾은 오스본의 머리 위에서 소용돌이치게 되었다. 그리고 그
동안 대기실문은 꼭 닫힌 채, 거기서 전해져 오는 것은 정적밖에는

아무것도 없었다.

사무실문이 다시 열리는 바람에 오스본이 얼른 머리를 든 것은 정확하게 6시 35분이었다. 키가 늘씬한 멋진 여자가 붉은 입술에 미소를 머금고, 문에 등을 기대고 거드름부리는 듯한 모습으로 서 있었다. 오스본은 좀 당혹해하는 기색으로 마지못해 일어섰다.

"어머나," 하고 여자는 말했다. 그리고 미소가 사라졌다. 방에 들어오는 격식을 위해서 특별히 지어 만든 미소였던 모양이다. "커크 씨는 안 계시나요?"

"네, 류즈 씨."

"할 수 없는 양반이군요."

여자는 뭔가를 생각하는 것처럼 열린 문에 기대서서 녹색 눈으로 방 안을 찬찬히 보고 있었다. 희미하게 광택이 나는 몸에 착 달라붙는 옷을 입고 있었다. 맨살의 팔이 짧은 담비 솔 밑에서 드러나 있었다. 유방 사이에 깊은 골이 생겨, 천천히 숨을 쉴 때마다 팽팽했다 느슨해지기도 하였다.

"그분한테 할 말이 있었는데."

"모처럼 오셨는데 안됐습니다, 류즈 씨."

오스본은 이렇게 말했다. 오스본이 볼 때 디바시가 이 여자만큼 예쁘지는 않지만 뭔지 모르게 비교도 안될 만큼 훨씬 견실한 데가 있었다. 이 여자는 은막에서 보는 그레타 가르보처럼 비현실적이었다. 볼 수는 있지만 만질 수는 없다.

"그럼…… 고마워요."

목소리까지 비현실적이었다. 나직하고 조금 쉰 듯하며 밑바닥에 애매함이 있었다. 오스본은 눈을 깜박이며, 매료된 것처럼 여자의 녹색 눈을 바라보고 있었다. 여자는 천천히 웃어 보이고 나서 사라졌다.

두 여자는 사무실 밖에서 딱 마주쳤다. 모든 것을 알고 보고 듣고 있는 시엔 부인의 날카로운 응시가 두 사람에게 쏠리고 있었다. 아일린 류즈의 담비털이 막 커크의 아파트에서 나온 검은 야회복 차림의 아담한 여자의 팔을 스쳤다. 두 여자는 걸음을 멈추고, 똑같이 순간적으로 치민 혐오감 때문에 그 자리에 얼어붙은 것처럼 우뚝 서 있었다. 시엔 부인은 눈을 빛내면서 바라보고 있었다.

두 여자는 약 15초쯤 꼼짝도 않고 서로 노려보고 있었다. 키큰 여자는 약간 허리를 굽히고, 작은 여자는 질리는 기색도 없이 눈을 들고 있었다. 둘 다 한마디도 하지 않았다. 이윽고 류즈 양은 푸른 눈에 사뭇 얕잡아보는 듯한 승리의 빛을 띠고 옆쪽 복도로 걸어갔다. 마치 관능적인 쾌감으로 그러는 것처럼 천천히 보일락 말락 엉덩이를 흔들며 걷고 있다. 조 템플은 조그만 주먹을 부르쥐고 그 뒷모습을 노려보았다. 류즈 양의 엉덩이 흔드는 태도에는 매우 대담한, 나 보라는 듯한 도전적인 데가 있었다.

"하긴 그런 너절한 짓을 하는 데에는 널 못 따라가지. 뻔뻔스럽고 악마 같은 계집 같으니." 템플 양은 숨을 죽이고 말했다. "너나 너의 섹스어필 같은 건 가소롭단 말이야."

그리고 나서 템플 양은 어깨를 움찔하고 미소를 짓고는 급히 사무실로 들어갔다.

오스본은 일을 하다 말고 또 머리를 들었으나 이번에야말로 진짜로 난처해 하고 있었다. 그는 일어서며, 체념한 듯한 어조로 말했다.

"커크 씨는 아직 안 돌아오셨는데요, 템플 씨."

"어머나, 오스본 씨, 정말 천리안이시군요. 어떻게 제가 커크 씨를 만나러 온 줄 아셨어요?" 조는 중얼거리듯이 말했다.

무의식중에 오스본의 입술에 미소가 떠올랐다.

"글쎄, 불과 얼마 안되는 동안에 템플 씨가 네 사람째가 아니겠습니까. 아마 커크 씨에게는 바쁜 날인가 보지요. 그래서 종적을 감춘 모양입니다. ”

“그렇다면 커크 씨는 저한테도 종적을 감출 작정이라고 오스본 씨는 생각하세요 ? ” 템플 양은 볼우물을 만들며 중얼거리듯이 말했다.

“결코 그렇지는 않을 겁니다, 템플 씨. ”

“오스본 씨는 그냥 듣기 좋으라고 그러시는 거겠지요 ? 전 꼭 그분을 만나고 싶었어요. 그래서 미리 왔는데. 그럼, 고마워요, 오스본 씨, 도리가 없군요. ”

“안됐습니다. 내가 할 수 있는 일이라도 있으시면……. ”

“사실은 별일 아니에요. ”

템플은 미소 지으며 나갔다. 오스본이 막 한숨을 돌리고 자리에 앉았을 때 전화벨이 울렸다. 오스본은 덥석 수화기를 집어 들고 소리쳐 댔다.

“여보세요. ”

“도널드인가. 나 펠릭스일세. 유감스럽지만, 난……. ”

“아 ! 번 씨, 오스본입니다. 안녕하십니까, 잘 돌아오셨습니다. 항해는 유쾌했습니까 ? ”

“멋있었네. ” 번은 무뚝뚝하게 말했다. 그 목소리에는 어딘지 외국 사투리가 섞여 있었다. “커크는 거기 없는가 ? ”

“곧 돌아오실 시간입니다만, 번 씨. ”

“그래. 그럼, 만찬에 늦는다고 전해 주게. 부득이한 일이 생겼네. ”

“알겠습니다. ” 오스본은 점잖게 말했다. 그리고 나서 여태까지 누르고 있던 감정이 느닷없이 폭발한 것처럼 소리를 질렀다. “그렇다면 무엇 때문에 커크 씨의 방으로 직접 전화를 걸지 않는 거야. ” 그러나 그때는 이미 수화기를 내려놓은 뒤였다.

그런 뒤 정확히 6시 45분에 도널드 커크가 코안경을 걸고 야회복을 입은 늘씬한 젊은 남자를 데리고 엘리베이터에서 어슬렁어슬렁 나왔다.

커크는 백만장자인 한량으로서 맨덜린 출판사의 소유주이나 사교적으로 뉴욕에서 가장 평판이 좋은 젊은 독신자 같은 구석은 아무 데도 없었다. 단정치 못한 스코치 양복 차림에 외투는 손질이 되어 있지 않고, 콧방울 한쪽에는 잉크가 묻어 있으며, 어깨는 축 처져 있고, 모양이 쭈그러진 소프트 모자는 외투 주머니 속에 쑤셔 넣어져 있었다. 세상 사람들이 상상하는 젊은 백만장자치고는 너무나 거리가 먼 뚱뚱한 얼굴을 하고 파이프를 물고 있어서 그는 늘 시엔 부인의 핀잔을 들었다.

"안녕하시오, 시엔 부인. 이쪽으로 오게나, 퀸. 자네하고 만나게 되다니 운이 좋았네. 나 잠깐 사무실에 들렀다 올게. 금방 나오겠어."

"좋도록 하게. 나야 단순한 기계의 톱니바퀴 아닌가. 움직이는 건 자네이지. 그건 그렇고, 대체 뭐가 어떻게 됐다는 건가, 커크?" 엘러리 퀸 씨는 귀찮은 듯이 말했다.

그러나 이때 벌써 커크는 사무실 안으로 뛰어들어가고 있었다. 엘러리는 어슬렁어슬렁 그 뒤를 따라가서 문에 기대어 기다리고 있었다.

오스본의 찡그린 얼굴은 마법에라도 걸린 것처럼 금방 미소로 변했다.

"돌아와 주셔서 이제 살았습니다. 정말이지 난 머리가 돌 뻔했지 뭡니까. 어찌나 바쁜 오후였던지……."

"도저히 빠져나올 수가 없어서 그랬네, 옷지." 커크는 자기 책상으로 가서 개봉된 편지 더미를 휘저었다. "무슨 중요한 용건 같은 것은 없었나? 아, 실례했네. 퀸, 이쪽은 제임스 오스본일세. 내 한쪽 팔이지. 옷지, 엘러리 퀸 씨이네."

"처음 뵙겠습니다, 퀸 씨…… 글쎄요, 커크 씨, 별로 이렇다할 용
건은 없습니다. 그런데 방금 몇 분 전에 류즈 씨가 오셔서……."

"아일린이?" 서류가 커크의 손에서 떨어졌다. "그래, 그 사람은
무슨 일로 왔던가?" 커크는 느릿한 어조로 물었다.

오스본은 어깨를 움츠렸다.

"그분은 아무 말도 안했습니다. 별로 특별한 말은…… 그리고 템플
씨도 왔었지요."

"아, 그 사람도?"

"네, 그분은 식사 전에 커크 씨에게 할 말이 있다고 하더군요."

커크는 미간을 모으더니 "알았네. 그밖에는? 곧 끝나네, 퀸" 하고
말했다.

"천천히 하게."

오스본은 누르스름한 붉은 머리를 긁적거리고 있었다.

"아참, 맥그완 씨가 한 20분 전에 다녀가셨습니다."

"글렌이?" 커크는 정말로 깜짝 놀란 모양이었다. "만찬 시간을
잘못 알고 너무 일찍 왔던 모양이지."

"아니, 그렇지 않습니다. 무슨 급한 일로 커크 씨를 만나 뵈었으면
하시던데요. 실은 이 편지를 두고 가셨습니다."

오스본은 주머니에서 봉투를 꺼냈다.

"퀸, 잠깐 실례하네. 무엇 때문에 편지를 썼을까?"

커크는 봉투를 찢고 편지를 꺼내 급히 펼치고는 편지를 뚫어질 듯
이 노려보며 읽어 나갔다. 다 읽고 나자 어찌 된 영문인지 얼굴에 놀
라는 표정이 떠올랐다. 그러나 그 표정은 나타나자마자 곧 사라졌다.
그는 눈살을 찌푸리며 종이를 뭉쳐서 윗옷 왼쪽 주머니에 쑤셔 넣었
다.

"무슨 색다른 일인가, 커크 ?" 엘러리가 나른한 목소리로 물었다.

"으음, 아냐. 뭐 사소한……." 커크는 그 말을 끝까지 하지 않았다. "이제 됐어, 옷지. 사무실문을 닫고 돌아가게. "

"네, 알겠습니다. 아, 깜박 잊었군요. 방금 번 씨한테서 전화가 왔었는데 조금 늦겠다고 하셨습니다. 빠져나올 수 없는 일이 생겼다고요. "

"자기를 위한 모임인데 늦는다니. " 커크는 쓴웃음을 지으며 말했다. "과연 펠릭스다운 짓이야. 알았네, 옷지. 그럼 퀸, 가세. 기다리게 해서 미안하네. "

복도에 나왔을 때 오스본이 깜짝 놀라는 소리를 내는 바람에 두 사람은 멈추어 섰다.

"왜 그러나, 옷지 ? "

오스본은 난처한 표정을 지었다.

"정말 죄송하게 되었습니다. 그만 깜박 잊어 버렸군요. 대기실에서 꽤 오래 기다리고 계시는 손님이 한 분 계십니다. 약 한 시간 전에 오셨는데 이름도 용건도 말씀하지 않으시기에 거기서 기다리시도록 했지요. "

"누굴까 ? "

커크는 조바심을 내며 말했다. 엘러리도 친구와 함께 방으로 느릿느릿 되돌아왔다.

오스본은 어쩔 수 없다는 듯이 두 손을 들었다.

"나도 잘 모르겠습니다. 한 번도 뵌 적이 없는 분이에요. 틀림없이 이 사무실에 찾아오신 적이 없습니다. 도무지 말을 하지 않는 분이에요. 매우 내밀한 용건이라고만 하시더군요. "

"이름이 뭐라던가. 야단났는데…… 난 이렇게 어물거릴 시간이 없단 말일세. 대체 누구야 ? "

“그게 글쎄, 도무지 말씀을 하지 않아서……. ”

커크는 잠시 볕에 탄 윗입술을 깨물고 있었다. 그리고는 한숨을 쉬었다.

“좋아, 금방 내쫓기로 하지. 퀸, 미안하네. 먼저 내 방으로 안 가겠나? ”

엘러리는 웃었다.

“급할 것 없네. 난 너무 부끄럼이 많아서……. 기다리고 있겠네. ”

“나한테는 늘 누군가 만나고 싶다는 친구가 있어서 말이야. ” 커크는 불쾌한 듯이 말하고 대기실로 통하는 문쪽으로 갔다. 문 밑의 틈새로 불빛이 새어나오고 있었다. “책에 대한 것이 아니라면 우표 일일 것일세. 우표 건이 아니면 보석 일이겠지. 어떻게 된 거야, 이건. 여보게, 옷지, 문을 잠갔나? ” 커크는 조바심을 하면서 주위를 둘러보았다. 문은 까딱도 하지 않았다.

“문을 잠갔느냐고요? 그럴 리가 있겠습니까, 커크 씨. ”

오스본은 어리둥절해 했다.

“그런데 잠겼네. 누군지 모르지만 멍텅구리가 저쪽에서 잠가 버렸어. ”

오스본이 허둥지둥 달려가서 문을 밀어 보았다.

“이상하군, ” 하고 그는 중얼거렸다. “아시다시피 난 이 문을 아직 한 번도 잠가 본 적이 없습니다. 그리고 이쪽엔 열쇠 같은 것도 없어요. 대기실 쪽에 빗장이 있을 뿐이지요. 대체 그 사람은 무엇 때문에 빗장을 걸었을까? ”

“저쪽에 뭐 중요한 물건이라도 있는가, 커크? ” 하고 엘러리가 귀찮은 듯이 말을 걸어왔다.

커크는 깜짝 놀랐다.

“중요한 물건이라니, 자넨 설마하니……. ”

“어쩐지 흔한 도둑 사건 같은 데가 있어서 그래.”

“도둑이라고요?” 오스본은 큰소리를 냈다. “하지만 저 방에는 중요한 물건이라고는 아무것도 없습니다.”

“어디, 잠깐 들여다보세나.”

엘러리는 외투와 모자와 스틱을 옆에 있는 의자 위에 내던지고, 문 앞에 깔린 종이처럼 얇은 인도 카펫 위에 무릎을 꿇었다. 그리고 한쪽 눈을 감고 열쇠 구멍을 들여다보았다. 그는 갑자기 재빨리 일어섰다.

“이 방으로 들어가는 통로는 이 문뿐인가?”

“아닙니다. 저쪽 복도에 또 하나 있습니다. 모퉁이를 돌면 바로 있는 커크 씨의 아파트와 마주보는 문이지요. 뭐, 이상한 점이라도 있습니까?”

“아직은 잘 모르겠네만 확실히 표정이 좀 이상해…… 이리 오게, 커크, 조사해 볼 필요가 있어” 하고 엘러리는 미간을 모으며 말했다.

세 사나이는 사무실에서 부랴부랴 뛰쳐나가 시엔 부인의 놀란 얼굴을 뒤로 하고 복도로 달려 나갔다. 모퉁이를 돌아 왼쪽으로 달려 커크의 아파트와 마주보는 첫 번째 문 앞에서 멈추어섰다. 약 1시간 전에 디바시 양이 사용한 문이다.

엘러리가 손잡이를 쥐고 돌렸다. 움직였다. 엘러리는 밀었다. 문은 잠겨 있지 않았다. 천천히 열렸다.

엘러리는 충격으로 창백해져서 우뚝 서 있었다.

그 어깨 너머에서 도널드 커크와 제임스 오스본의 얼굴이 경련을 일으킨 것처럼 이지러져 있었다.

커크가 떨리는 목소리로 말했다.

“이게 어찌 된 일일까, 퀸?”

방은 마치 거대한 손이 건물에서 한 움큼 떼어내 주사위를 흔들 듯이 흔들어서 본디 장소에 집어 내던진 것 같았다. 얼른 보기에 그야말로 엉망진창이었다. 가구란 가구는 하나도 제자리에 있지 않았다. 벽의 그림도 어쩐지 상태가 이상했다. 카펫도 이상했다. 의자도 테이블도 모든 것이 다 이상했다.

사람의 눈은 아무리 크게 떠 봤자 그냥 얼핏 보기만 해 가지고는 파괴의 상황을 일정한 한도 이상으로는 파악하지 못한다. 우선 처음에는 난폭한 광적인 파괴 행위라는 인상을 받았다. 그러나 그런 인상은 실로 덧없는 것이어서 하나의 끔찍한 현실 앞에서 영락없이 사라져 버렸다.

세 사람의 눈은 방 저쪽의 사무실로 통하는 잠겨진 문 앞에 쓰러져 있는 사람에게로 쏠렸다. 그것은 아까 그 뚱뚱한 중년 남자의 굳어진 시체인데, 대머리진 곳은 이미 핑크빛이 아니라 파리해지고, 여기저기에 붉은 반점이 있으며, 정수리의 거무스름하게 꺼진 데로부터는 빨갛게 엉킨 젤리 같은 핏자국이 사방으로 줄을 긋고 있었다. 얼굴을 밑으로 하고 쓰러져 있었는데, 짧고 굵은 두 팔은 몸뚱이 밑에 꾸부려져 있었다. 뿔 같은 묘한 모양을 한 쇠로 된 것 두 개가 목덜미께 윗옷 밑에서 튀어나와 있었다.

뒤바뀐 살인

"죽었나" 하고 커크가 속삭이듯이 말했다.

엘러리는 움찔하며 "글쎄, 자넨 어떻게 생각하나?" 하고 무뚝뚝하게 말하고는 한 걸음 앞으로 나섰다. 그리고 걸음을 멈추자 눈앞의 일이 도무지 믿어지지 않는 것처럼, 무엇이 무엇인지 도무지 알 수 없는 방 안 여기저기를 재빨리 둘러보고 있었다.

"하지만 이건 살인입니다." 오스본은 뭔가 질문할 때와 같은 묘한 어조로 말했다. 엘러리는 오스본이 뒤에서 저도 모르게 숨을 헐떡이고 있는 것을 들을 수가 있었다.

"부지깽이로 자기 머리를 때릴 사람은 없을 테니까 말이야, 오스본."

엘러리는 태연하게 말했다. 세 사람 다 멍하니 그쪽을 보았다. 묵직한 놋쇠 부지깽이가, 분명히 장식 난로 앞에서 떼어 낸 모양으로 시체에서 몇 피트 떨어진 카펫 위에 뒹굴고 있었다. 뚱뚱한 작은 사나이의 머리에 묻은 것과 같은 빨간 젤리 같은 피가 묻어 있었다.

이윽고 엘러리는 방 안 공기의 분자까지도 어지럽혀지지 않도록 조심하는 것처럼 살금살금 걸어서 앞으로 나갔다. 그리고 엎어져 있는 사나이의 곁으로 가서 무릎을 꿇었다. 보아야 할 것도 많았지만 머리로 소화시켜야 할 것이 그보다 더 많았다. 움직이지 않는 작달막한 사나이의 어처구니없는 옷차림에는 상관하지 않고, 시체 밑에 손을 넣어서 심장을 더듬었다. 손가락 끝에 생명 있는 혈관의 떨림이 전해져 오지 않았다. 엘러리는 차가워진 손을 끄집어내어 사나이의 부드럽고 창백한 얼굴 피부를 만져 보았다. 이 세상 것이 아닌 죽음의 차가움이 느껴졌다.

얼굴에는 자줏빛 반점이 있는 것 같았다. 엘러리는 손가락으로 시체의 턱을 건드려서 머리를 기울게 했다. 왼쪽 볼과 코와 입 왼쪽에 자줏빛 찰과상이 있었다. 돌처럼 나둥그러지는 바람에 얼굴 왼쪽이 마룻바닥에 심하게 부딪친 것이다.

엘러리는 일어서자 말없이 문 바로 안쪽의 본디 자리로 물러섰다.

"전망(展望)의 문제야" 하고 혼잣말을 하였으나 눈은 시체로부터 한 번도 떼지 않았다. "너무 가까이 다가서면 사물이 보이지 않지. 내 생각으로는…… ."

새로운 놀라움이 엘러리의 머리를 빠른 물줄기처럼 채웠다. 지금까지 여러 해 동안에 걸쳐 언제나 정해 놓은 듯이 폭력적인 환경 속에서 수많은 시체를 보아 왔지만, 이 시체와 그 마지막 휴식 장소에 가해진 것 같은 놀라운 상황은 한 번도 본 적이 없었다. 전체적으로 무언지 으스스한 것이 있었다. 으스스하고 끔찍한 것이. 건전한 정신으로는 도저히 받아들여지지 않는 것이 있었다. 신을 두려워하지 않는, 신을 모독하는 자의 소행이었다.

얼마나 그곳에 서 있었을까. 세 사람 다 알 수가 없었다. 뒤의 복도는 쥐 죽은 듯이 조용했다. 단지 가끔 엘리베이터가 덜컹 하는 소리와 시엔 부인의 쾌활한 목소리가 들릴 뿐이었다. 22층 밑에 있는 거리로부터, 바람에 날리고 있는 한 창문의 커튼을 통하여 길거리의 소음이 아스라하게 들리고 있었다. 기묘하게도 우연히 한순간 세 사람은 한결같이 동시에, 이 사나이는 죽은 것이 아니라 그냥 우스꽝스러운 꼴로 마루에 뒹굴며 쉬고 있는 게 아닐까, 괴상한 자세를 하고 온통 주위를 둘러엎어 놓은 것은 무슨 엉뚱한 변덕심이 생겨서 그런 것이 아닐까 하고 생각했다. 그런 생각을 하게 된 것은 세 사람 쪽으로 얼굴을 돌리고 있는 시체의 두툼한 입술에 사뭇 싹싹해 보이는 미소가 떠올라 있었기 때문이었다. 그러나 이윽고 그러한 인상도 사라지고, 엘러리는 비록 아주 조그만 소리라도 좋으니 어떤 현실적인 것을 포착해야겠다고 생각한 듯 소란스럽게 헛기침을 했다.

"커크, 자넨 이 사람을 만난 적이 있나?"

키큰 젊은 사나이의 콧속을 빠져나오는 숨소리가 엘러리의 뒤에서 들려 왔다.

"퀸, 맹세해도 좋지만 난 한 번도 만난 적이 없어. 믿어 주게." 커크는 근육을 떨면서 엘러리의 팔을 불끈 잡았다. "퀸, 이건 뭔가 터무니없는 잘못일 거야. 틀림없이 나한테는 늘 낯선 사람이 찾아오기는 해. 하지만 이 사람은 한 번도……."

"쯧쯧." 엘러리는 혀를 찼다. "커크, 마음을 차분히 가라앉히고 단단히 정신차리게." 엘러리는 돌아다보지도 않고 커크의 굳은 손가락을 가볍게 두드렸다.

"오스본, 자네는."

오스본은 말도 제대로 하지 못했다.

"퀸 씨, 보증하겠습니다만 이 사람은 지금까지 한 번도 여기 온 적이 없어요. 우리로서는 전혀 낯선 사람이지요. 커크 씨가 모르시는 것도……."

"알았네, 알았어, 오스본. 이 범죄의 다른 여러 가지 뚱딴지같은 상황으로 판단할 때, 난 자네들의 말이 사실이라고 생각해……." 엘러리는 엎어져 있는 시체로부터 눈을 떼자 홱 돌아서더니 목소리까지 갑자기 사무적으로 변했다.

"오스본, 자네는 사무실에 돌아가서 아래다 전화를 걸고 의사와 지배인과 호텔 전속 탐정을 불러 주게. 그런 다음에 경찰을 부르는 거야. 센트럴 거리(경찰본부)에 걸어서 리처드 퀸 경감에게 이야기를 하게. 내가 현장에 있으니까 급히 오시라고 말이지."

"네, 알겠습니다." 오스본은 떨리는 목소리로 대답하자 황망하게 방에서 나갔다.

"그러면 커크, 그 문을 좀 닫아 주게. 아무에게나 보여서는 곤란하니까."

"돈." 복도에서 앳된 처녀의 목소리가 들렸다. 두 사나이는 대뜸 홱 돌아서서 여자의 시선을 막았다. 여자는 눈이 둥그레져서 두 사람을 지켜보고 있었다. 커크와 거의 같을 만큼 키가 크고, 아직 완전히 성숙하지 못한 날씬한 몸매에 큼직하고 연한 갈색 눈을 한 처녀였다.

"돈, 무슨 일이 있었나요? 옷지가 달려가는 것을 보았어요. 거기 뭐가 있어요? 무슨 일이 생겼나요?"

커크는 잠긴 목소리로 빠르게 말했다.

"아무것도 아니야, 아무 일도 없어, 마셀라." 그는 복도로 뛰쳐나가서 두 손을 누이동생의 거의 드러난 어깨에 얹었다. "조그마한 사고야. 방으로 돌아가 있어."

그때 마셀라는 대기실 바닥에 굴러 있는 시체를 발견했다. 얼굴에서 핏기가 싹 가시며 눈이 죽어 가는 암사슴처럼 빙글빙글 돌았다. 그리고 그녀는 날카로운 비명을 지르면서 헝겊으로 만든 인형처럼 맥없이 바닥에 주저앉고 말았다.

순간, 마셀라의 비명이 신호이기라도 했던 것처럼 세 사람의 주위는 마치 정신병원처럼 소란스러워졌다. 복도 양옆의 문이라는 문이 일제히 열리며, 이리저리 두리번거리면서 입을 우물거리는 사람들이 앞을 다투어서 뛰어나왔다. 디바시 양이 모자를 삐딱하게 쓰고 쿵닥 쿵닥 복도를 달려왔다. 그 뒤에는 키가 크고 뼈만 앙상한 휴 커크 박사의 말라빠진 모습이 휠체어의 바퀴를 조급하게 돌리면서 이어지고 있다. 박사는 칼라도 달지 않고 윗저고리도 입지 않았으며, 빳빳한 셔츠의 앞가슴이 열려져 희끗희끗한 가슴털이 내다보이고 있었다.

검은 야회복을 입은 몸집이 작은 템플 양이 어디선지도 모르게 달려와서 실신한 처녀 옆에 무릎을 꿇었다. 시엔 부인이 날카로운 목소리로 무슨 일이 생겼느냐고 물으면서 바람처럼 복도 모퉁이를 돌아왔다. 종업원 하나가 시엔 부인을 앞질러 달려와서 초조하게 주위를 둘러보고 있다. 집사의 제복을 입은 몸집이 작고 빼빼한 영국인인 듯한 사나이가 커크의 아파트 문 가운데 하나로부터 파리한 얼굴을 내밀고서 다른 사람들이 쓰러진 처녀의 둘레에 몰려 서로 밀치락거리는 것을 지켜보고 있었다.

그러한 소동 속에서도 엘러리는 문 앞에서 꿈쩍도 하지 않았다. 이윽고 한숨을 내쉬며 대기실 안으로 들어가 손을 뒤로 돌려 문을 닫았다. 바깥의 소동이 손에 잡힐 듯이 들려왔다. 엘러리는 감시를 하는 것처럼 문을 등지고 서서, 언제까지나 시체를 바라보고 가구를 바라보고, 또 시체를 바라보고 있었다. 아무것도 손으로 건드리려고는 하지 않았다.

호텔 전속 의사는 뚱뚱하고 키가 작으며 차가운 눈을 한 사람이었으나, 일어섰을 때에는 그 돌 같은 얼굴에 역력히 놀라는 기색이 떠올랐다. 지배인인 나이 씨는 모닝코트의 깃 구멍에 자신만큼이나 시들어 보이는 가데니아 꽃을 꽂은 멋쟁이로서, 문 옆에 엘러리와 나란히 서서 입술을 깨물고 있었다. 골격이 늠름한 호텔 전속 탐정인 블래머는 열려 있는 창가에 서서 왠지 기운 없는 모습으로 파리한 턱을 쓰다듬고 있었다.

"그런데 의사 선생님" 하고 엘러리가 불쑥 말했다.

의사는 깜짝 놀란 표정이었다.

"아, 네, 죽은 지 얼마나 되었는지를 알고 싶으신 거지요? 글쎄, 대충 6시쯤이라고 말씀드리고 싶군요. 약 한 시간 조금 전이지요."

"머리에 입은 타박상이 사인입니까?"

"그것에는 의문의 여지가 없습니다. 놋쇠 부지깽이로 두개골을 얻어맞고 즉사한 것입니다."

"아, 하긴 거기가 제일 치명적인 곳이니까요."

"네, 그렇습니다." 의사는 웃음을 띠면서 말했다.

"그러니까 즉사라는 점에 대해서 선생님께선 아무런 의심도 없다는 말씀이시지요?"

"나는 이래봬도 어엿한 의사입니다."

"이거 실례했습니다. 분명하게 해둬야 하는 일이라서 그만. 그런데 얼굴의 찰과상은?"

"쓰러지면서 생긴 겁니다, 퀸 씨. 바닥에 쓰러졌을 때는 이미 죽어 있었던 겁니다." 엘러리는 눈이 반짝 빛났다. 의사는 문쪽으로 걸어갔다. "물론 당신 쪽 검시관한테도 기꺼이 나의 견해를 되풀이 말하겠습니다."

"그러실 필요는 없을 겁니다. 그런데 사인이 다른 데 있는 일은 없겠지요?"

"그런 일은 없습니다." 뚱뚱하고 작은 사나이는 통명스럽게 말했다. "달리 폭력의 흔적이 있는지 어떤지는 일단 의학적인 검사와 해부를 해보지 않고서는 확실한 말을 할 수 없지만, 사인이 두개골에 가해진 타박상이라는 내 말을 그대로 믿어도 좋을 겁니다. 외부적인 징후가 모두……." 의사의 차가운 눈에 무엇인가가 번쩍거렸다. "아, 그렇군요. 당신 말씀은 두개골의 타박상은 다른 원인으로 죽은 뒤에 가해진 게 아니냐는 뜻이로군요."

"글쎄요, 그런 뚱딴지같은 생각이 마음에 떠오르기에……."

엘러리는 중얼거리듯이 말했다.

"그렇다면 그런 생각은 버리십시오." 의사는 직업상 습관이 된 침묵을 지키는 버릇과 싸우면서 망설이고 있었다. 그러다가 이윽고 어깨를 움찔하며 말했다.

"퀸 씨, 나는 탐정이 아니므로 이런 일은 나로서는 참견할 말이 아닙니다만……그러나 당신이 무슨 이상한 점을 찾고 계신다면 이 사람의 옷차림을 지적하고 싶군요."

"옷차림이라고요? 아, 네, 잘 지적해 주셨습니다. 사건의 지금 단계에서는 어떤 아마추어의 견해라도 소홀히 할 수가 없으니까요."

의사는 날카로운 눈초리로 엘러리를 보았다.

"물론," 하고 의사는 강철 가시가 주렁주렁 돋친 듯한 어조로 말했다. "당신의 많은 경험으로 볼 때――퀸 씨, 당신에 대한 이야기는 전부터 들어서 익히 알고 있습니다만――이 사람의 옷차림, 또 그것이 무슨 뜻을 가지고 있는가 하는 것쯤은 어린아이의 속임수처럼 훤히 알고 계시겠지요. 그러나 나의 유치한 머리로서는 이건 몹시 놀라운 일같이 여겨집니다. 이 사람은 옷을 모두 반대로 입고 있거든요."

"반대로 입고 있다고요? 아아, 이건 또."

나이가 으르렁거리듯이 말했다.

"나이 씨는 느끼셨습니까?" 블래머가 얼굴을 찡그리면서 걸걸한 소리로 말했다. "이런 뚱딴지같은 꼴은 본 적이 없소."

"제발 여러분," 하고 엘러리가 나직한 목소리로 말했다. "선생님,

좀더 자세한 말씀을."

"윗옷이 마치 반대로 입은 것처럼, 누군가가 앞에서 벌리고 내밀어 팔을 꿰기 하여 뒤에서 단추를 채운 것 같이 되어 있습니다."

"실로 뛰어난 의견이십니다. 꼭 독창적인 진단이라고는 말씀드릴 수 없습니다만. 선생님, 어서 말씀을 계속해 주십시오."

블래머가 참다못해 참견을 했다.

"대체 무엇 때문에 윗옷을 거꾸로 입어야 했을까, 뚱딴지같이."

"블래머 씨, 그건 명언이긴 하지만 좀 부적당한 말인데요. '입을 리가 없다'고 하는 편이 타당해요. 당신은 윗옷을 반대로 입어 본 적이 있습니까?"

"천만에요." 탐정은 대들 듯이 말했다.

"물론 없겠지요. 입을 리가 없다는 것은 옷 입는 방법을 말한 게 아니라 단추 채우는 걸 말한 겁니다."

"그렇다면?"

"윗옷을 반대로 입은 건 우선 그렇다고 치고, 그렇게 되면 단추가 등을 따라 놓이게 되는데 그걸 혼자 채울 수 있을 것 같습니까? 또 잘못 걸쳐서 거꾸로 입게 되면 소매가 거추장스러워서 팔을 잘 올릴 수가 없지요."

"알겠습니다. 하지만 나는 채울 수 있습니다."

"그건 그럴는지도 모르지요." 엘러리는 한숨을 쉬었다. "계속해 주십시오, 선생님, 옆에서 참견을 해서 미안합니다."

"나는 이만 실례하겠습니다." 의사는 불쑥 말했다. "나는 다만 당신에게 주의를 주고 싶었을 뿐입니다."

"그런 말씀 마시고 선생님……."

"만일 경찰에서 일이 있다면," 하고 차가운 눈으로 의사는 경찰이라는 말에 약간 힘을 주며 말을 이었다. "나는 내 사무실에 있겠습니다. 그럼, 실례.” 의사는 황망하게 엘러리 옆을 지나서 방을 나갔다.

 “확실히 정신적인 돈좌증(頓挫症)이야. 멍텅구리 같으니” 하고 엘러리는 말했다.

 문이 쾅 하고 닫히는 소리가 의사 뒤에서 으스스한 침묵 속으로 울려 퍼졌다. 모두들 갖가지 표정으로 시체를 바라보고 있었다. 나이는 멍하니, 블래머는 무뚝뚝하게, 엘러리는 화난 듯이 눈살을 찡그리고, 아무리 해도 이것은 현실이 아닌 것 같은 느낌이 주위를 온통 사로잡고 있었다. 시체의 윗옷이 반대로 입혀져 있을 뿐 아니라 바지도 반대로 입혀져 역시 뒤에서 단추가 채워져 있었다. 흰 무명 셔츠도, 조끼도 마찬가지였다. 폭이 좁은 빳빳한 칼라도 마찬가지로 반대로 돌려져 목덜미에서 번쩍거리는 금칼라 단추로 채워져 있다. 속옷도 분명히 반대로 되어 있는 것 같았다. 몸에 걸쳐져 있는 것 중에서 온전한 위치에 있는 것은 구두뿐이었다.

 외투며 모자, 장갑, 털목도리는 테이블 옆의 의자 위에 한 뭉치로 포개어져 있었다. 엘러리는 슬그머니 의자 옆으로 다가가서 목도리를 집어 들었다. 목도리 한복판쯤 되는 가장자리에 핏자국이 점점이 묻어 있었다. 외투 깃 뒤에는 엉겨져 얇은 가죽처럼 된 조그만 핏자국이 있었다. 엘러리는 눈살을 찌푸리며 목도리와 외투를 제자리에다 놓고, 쪼그리고 앉아서 방바닥을 살피기 시작했다. 아무것도 발견되지 않았다. 아니, 그렇지 않다. 카펫 가장자리 너머의 떡갈나무 마루 표면에 틀림없이 핏방울 같은 것이 있었다. 의자 옆이다. 엘러리는 재빨리 방의 저편 반대쪽으로 가서 시체 위에 몸을 구부렸다. 시체 주위의 바닥은 깨끗했다. 엘러리는 몸을 일으키자 두 사나이의 멍한 시선을 받으면서 우뚝 서 있었다. 죽은 사나이는 문의 양쪽을 차지하고 있는 두 개의 책장 사이 거의 가운데쯤에 문지방과 평행으로 누워 있었다. 문을 향해 서 있는 엘러리의 왼편 책장은 벽에 꼭 붙어 있던 본디 위치에서 끌려나와 그 왼쪽 끝이 문의 돌쩌귀에 닿아 있고 오른쪽은 방 안으로 튀어나와 있어서, 이렇게 하여 움직여진 책장은 문에 대하여 예각(銳角)을 이루고 있었다. 시체는 반쯤 그 뒤에 숨어 있었다. 오른쪽 책장은 오른쪽으로 훨씬 움직여져 있었다.

"당신은 이것을 어떻게 생각합니까, 블래머 씨." 엘러리는 갑자기 획 돌아서며 물었다. 그 어조에 비양거리는 투는 없었다.

"이거 정말 어처구니없는 일이라고밖에 할 말이 없군요." 블래머는 내뱉듯이 말했다. "이런 일은 이제껏 한 번도 본 적이 없습니다. 퀸 씨, 나도 당신의 아버님께서 지서의 서장으로 계시던 때부터 순경 노릇을 해 왔지만 말입니다. 누가 이 짓을 했든 이건 정신병 환자의 소행인 것 같습니다."

"그렇게 생각하시오?" 엘러리는 곰곰 생각하면서 말했다. "블래머 씨, 나도 당신 의견에 찬성하고 싶습니다만, 꼭 한 가지 무시할 수 없는 사실이 있어서요. 그리고 이 사나이의 뿔 말입니다. 당신은 이것도 범인의 머리가 돌았던 탓으로 돌립니까?"

"뿔이라니요?"

엘러리는 시체의 잔등 윗옷 밑에 튀어나와 있는 두 개의 뾰족한 쇠끝을 몸짓으로 가리켰다. 그것은 볼이 넓고 납작하며 뾰족한 날이 달린 아프리카 토인의 창이었다. 시체가 엎어져 있기 때문에 창자루의 윤곽이 윗옷 밑에 불룩하게 드러나보였다. 분명히 창은 두 발의 뒤꿈치 쪽에서 하나씩 바지 속으로 찔러 넣은 것인데, 허리쯤에서 일단 밖으로 나왔다가 다시 사나이의 반대로 입은 윗옷 잔등 밑으로 들어가 결국은 V자 모양으로 되어 있는 깃고대로 튀어나와 있었다. 창은 둘 다 길이가 적어도 1백 83센티미터 정도이며, 창날은 피 묻은 대머리보다 훨씬 위쪽에서 번쩍거리고 있었다. 단추를 꼭꼭 채운 바지와 윗옷 밑에 찔려 있는 창으로 시체는 무어라 말할 수 없는 기묘한 느낌을 주었다. 아무리 보아도 두 개의 막대기에 묶여서 도살된 짐승과도 같았다.

블래머는 창 밖으로 침을 뱉었다.

"원, 세상에 끔찍도 하지. 창이라…… 퀸 씨, 이건 뭐라고 해도 미친놈의 짓입니다."

"글쎄요, 블래머 씨." 엘러리는 몸을 조금 움츠리면서 중얼거리듯이 말했다. "똑같은 말만 자꾸 되풀이해 봤자 소용없지요. 솔직히 말해서 이 창은 내게도 어려운 문제입니다. 그러나 생각할 만한 머리가 있고 행운만 만난다면, 이 세상에서 설명할 수 없는 것은 하나도 없다는 것이 내 지론입니다. 나이 씨, 이 임피족의 막대기는 호텔 것인가요? 요즘 고급 호텔에서 이런 원시적인 장식을 하는 것이 유행인 줄은 몰랐군요."

"천만에요, 아닙니다, 퀸 씨. 커크 씨의 소유입니다" 하고 지배인은 당황해서 말했다.

"이거 바보 같은 말을 물었군요. 물론 그렇겠지요."

엘러리는 난로 위의 벽을 보았다. 아프리카의 방패는 벽에 거꾸로 돌려져 있었다. 벽에는 거꾸로 된 방에 뒤로부터 페인트보다 색깔이 연한 네 줄의 선이 X자 모양으로 되어 사방으로 뻗어 있었다. 창은 틀림없이 거기에 걸려 있었던 것이고, 범인이 벽에서 떼어낸 것이다.

"이 범인이 미친놈이라는 데에 의심을 갖는다 하더라도 가구의 상태를 본다면 그런 의심은 당장에 없어져 버립니다. 퀸 씨의 눈에는 이게 안 보입니까? 미친놈이 아니고서야 이런 고급 물건들을 이렇게 엉망으로 만들진 않을 겁니다. 대체 이건 무엇 때문일까요, 모든 게 반대로 되어 있어요. 흔한 말로 황당할 뿐입니다."

블래머는 완고하게 주장했다.

"블래머 씨의 말이 맞소. 이건 미친놈의 짓입니다."

나이가 또 신음 소리를 내며 말했다.

엘러리는 진심으로 감탄한 듯이 호텔 전속 탐정을 쳐다보았다.

"블래머 씨, 당신은 정말 문제의 핵심을 찌른 말을 하였소. 황당함……명언입니다."

엘러리는 방 안을 왔다갔다하며 서성거리기 시작했다.

"바로 그렇소. 이 어처구니없는 광경 속에 발을 들여놓는 순간부터 그게 내 위 속에 걸려 있었던 거요. 황당함이오." 엘러리는 코안경을 떼자 나이와 블래머보다도 자기 자신을 납득시키려 하는 것처럼 안경을 휘두르고 있었다.

"황당함, 전혀 분석을 불허하고 상상을 초월하는 황당함이 여기에 있다. 그것만 아니라면 좋겠는데. 그러나 황당함이 있어. 너무 많이 있어. 너무나 완벽해서 논리학의 온 역사를 통해서 이보다 더 멋진 예가 있었던지 의심스러울 정도요."

나이는 어안이 벙벙한 것 같았다.

"황당함이라니요?" 지배인은 멍청히 되물었다. "말씀하시는 뜻을 잘 모르겠는데요."

"가구에 대한 것을 말씀하시는 겁니까, 퀸 씨?" 블래머가 검은 눈썹을 모으면서 물었다. "글쎄 내가 보기엔 모두 엉망진창으로 어질러지기만 한 것 같은데요. 이 정도 어지르려면 그 미친 작자도 아마 꽤 힘들었겠지요. 내가 볼 땐 아무래도……."

"원, 세상에." 엘러리는 큰소리를 냈다. "당신들은 두 사람 다 장님이구료. 블래머 씨, '엉망진창'이란 무슨 뜻이지요?"

"당신의 눈에는 안 보입니까, 온 방 안이 온통 뒤죽박죽으로 어질러져 있는 것이?"

"그것뿐인가요? 그렇다면 뭐 부서진 것은 안 보입니까? 짓뭉개거나 두들겨 부순 것은."

블래머는 헛기침을 했다.

"글쎄요, 그런 것은 안 보이는 것 같은데요."

"물론 보일 리가 없지. 이건 물건을 부수려고 한 짓이 아니니까요. 냉정하게 생각한 목적을 가진 누군가가 한 짓이오. 단순히 물건을 부순다는 어리석은 짓과는 거리가 먼 목적을 가진 사람의 짓이오. 그 점을 아직 못 깨달으셨소, 블래머 씨?"

"난 모르겠는데요." 탐정은 풀이 죽은 것 같았다.

엘러리는 한숨을 쉬고 안경을 다시 오똑한 콧잔등에 얹었다.

"어떤 의미에선," 그는 반쯤 혼잣말처럼 중얼거렸다. "이건 크게 공부가 되오. 나에게는 확실히 공부가 필요해. 그런데 블래머 씨, 당신한테는……그렇습니다, '엉망진창'으로 돼 있다고 보인 책장 말인데 대체 어떻게 보이는지 어디 한 번 들어 봅시다."

"책장 말입니까?" 호텔 전속 탐정은 의아한 듯이 책장을 바라보고 있었다. 책장은 칠을 하지 않은 떡갈나무로 된 것인데, 몇 단으로 칸이 만들어져 있었다. 묘한 것은 책장 안은 고스란히 그대로 있고, 책장 등을 방 쪽으로 돌리어 정면이 벽을 향해 놓여져 있었다. "허허, 모두 방향을 바꾸어 정면을 벽 쪽으로 돌려놓았군요."

"그렇소, 블래머 씨." 엘러리는 의아한 듯이 미간을 모았다. "저쪽 사무실로 통하는 문 서쪽에 있는 두 책장도 역시 그렇게 되어 있소. 내가 아주 재미있다고 생각하는 것은 문 왼편 책장이 문 앞까지 끌려 나와서 좀 비스듬히 방 안으로 삐져나와 문과 예각이 되도록 놓여 있는 점이오. 그리고 오른편 것은 오른쪽으로 아주 쑥 밀려 있지요. 그리고 카펫은 어떤가요?"

"뒤집혀져 있습니다, 퀸 씨."

"맞소, 안쪽이 보이고 있지요. 그리고 벽의 그림은?"

이제 블래머의 얼굴은 벽돌처럼 새빨개져 있었다. 그는 불쾌한 듯이 대답했다.

"대체 무엇 때문에 그런 것을 묻지요?"

"나이 씨는 무슨 생각이 없습니까?"

지배인은 네모진 어깨를 움츠렸다.

"퀸 씨, 나는 이런 일에 대해서는 도무지 아무것도 모르는 사람 아닙니까. 지금 당장에 내가 걱정되는 것은, 이게 엉뚱한 스캔들이 되어서 나쁜 평판이라도 나돌아 그……저…….'' 그는 목쉰 소리로 말했다.

"흐음, 그렇다면 블래머 씨, 이게 하나의 실제 교육이 된 이상, 내가 앞뒤가 뒤바뀐 이유를 설명하기로 하지요.'' 엘러리는 담배를 꺼내어 뭔가 생각하면서 불을 붙였다. "……책장은 벽 쪽으로 정면을 돌려서 방향을 바꿔 놓았다, 그림은 벽을 향해 거꾸로 걸려 있다, 바닥의 카펫은 겉을 밑으로 하고 뒤집혀져 깔려 있다, 테이블은 서랍이 있는데——그것은 뒤에 두 군데 움푹한 데가 있어서 알지만——벽 쪽으로 돌려져 반대로 놓여 있다, 저기 있는 흔들이 시계도 벽 쪽으로 돌려져 있다, 폭신폭신해 보이는 의자들도 하나같이 등을 앞으로 돌리고 좌석이 벽 쪽으로 돌려져 있다, 브리지용 플로어 스탠드도 갓이 벽 쪽을 보도록 방향이 돌려져 있다, 큰 스탠드하고 두 개의 탁상 스탠드는 갓을 밑으로 하여 위태롭게 서서 밑을 허공에 내밀고 있다, 이렇게 하나같이 모두 방향이 반대로 되어 있소. 거꾸로 되어 있어요.'' 엘러리는 탐정에게 담배 연기를 훅 내뿜었다. "그러나 블래머 씨, in toto(전체적)으로는 어떻게 되겠습니까? 함께 합치면 무엇이 되겠소?"

블래머는 당황해서 눈이 둥그레졌다.

"우리가 흔히 한시 작법에서 보는 것 같은 일종의 평측입니다, 블래머 씨. 일종의 대구(對句)인 평측이라고나 할까요. 이것은 너무 규칙적으로 단조로워서 난 한결같이 놀라고 있을 뿐입니다. 죽은 사람의 옷까지 벗겨서 거꾸로 입혀 놓았을 뿐 아니라, 이 방에 있는 모든 가구며 움직일 수 있는 물건이라고는 온통 거꾸로 해 놓았으니까요.”

두 사나이는 엘러리를 보고 입을 헤벌리고 있었다.

“아무튼 퀸 씨, 이건 정말 머리를 한 대 호되게 얻어맞은 형국입니다” 하고 블래머는 기가 막히다는 듯이 말했다.

“정말이지 블래머 씨, 이 사건이 해결될 때는 이렇게 앞뒤가 뒤바뀐 방식으로 탐정사를 쓸 수 있을 것 같소. 해결될지 어떨지는 의심스럽지만. 모든 게 거꾸로요, 모든 것이. 움직일 수 있는 것이라고는 하나도 그대로 있는 게 없소. 모두 거꾸로 되어 있소. 하지만 무엇 때문에 뒤바꿔 놓았을까.” 엘러리는 또 큰 걸음으로 성큼성큼 걸으면서 중얼거리듯이 말했다. “무슨 이유일까. 왜 모든 것을 거꾸로 하지 않으면 안되었을까. 무슨 생각으로 그랬을까, 생각이 있었다고 한다면. 무엇 때문일까. 블래머 씨, 어떻게 생각하시오?”

“모르겠는데요. 퀸 씨, 나로서는 모르겠습니다.” 탐정은 소리를 죽여서 말했다.

엘러리는 서성이다 말고 탐정을 물끄러미 보았다. 나이는 어안이 벙벙해서 맥없이 문에 기대어 서 있었다.

“블래머 씨, 나도 모르겠습니다.” 엘러리는 퉁명스럽게 말했다.

“지금 상태로는.”

홀연 나타난 이름없는 사람

퀸 경감은 작은 새를 사람으로 만든 것 같은 인물이었다. 반백의 날개를 가진 좀 나이를 먹은 새로서, 새처럼 깜박이지 않는 조금 기분 나쁜 눈을 가진데다, 뿔을 깎아서 만든 것 같은 작은 부리 밑에 빳빳한 반택의 콧수염을 기르고 있었다. 또 가만히 정지해 있을 필요가 있을 경우에는 몸을 돌처럼 얼어붙게 하는 새의 능력을 지니고 있었다. 또한 활동이 필요한 때는 새처럼 민첩하게 날아오를 수도 있었다. 그리고 그 본성에서 떠나 고함을 지르지 않을 때는 어린 병아리 같기도 했다. 그러나 다시없는 그 부드러운 지저귐 소리에도 혈기왕성한 대장부의 간이 콩알만해졌다. 그 까닭인즉, 이 노신사가 사실 기막히게 새를 닮았다는 것 속에는 무언지 모르게 범할 수 없는 늠름함이 있었기 때문이다. 그런 까닭에 그의 날개 밑에 있는 형사들은 경감을 존경함과 동시에 두려워하고 있었다.

그런데 지금 형사들은 경감을 존경하기보다는 두려워하고 있었다. 그 지저귐 소리에는 카랑카랑한 울림이 있어 경감이 초조해 하는 것이 엿보였기 때문이다. 부하들이 꼭 코를 씰룩거리는 개떼들처럼 방 안을 돌아다니면서 형식대로의 살인 사건 수사 절차가 진행되고 있는 것은 좋았으나, 모든 것이 거꾸로 되어 있다는 이 범죄의 성가신 수수께끼가 앞을 가로막고 서서 이쪽을 노려보고 있는 것이 경감으로서는 몹시 불쾌했다. 경감은 전에 없이 자신의 무력함을 느끼고 있었다.

경감은 오랜 습관으로 멍하니 형사들의 작업을 지휘하고 있었다. 그 사이에 지문반은 방에 가루를 뿌리고, 사진 담당은 시체와 가구와 문 등을 찍어대고, 의무 검사관보인 플라우티는 죽은 사람 옆에 무릎을 꿇고 있었으며, 벨리 형사부장의 부하인 살인과 형사들은 이름과 증언을 모으려 돌아다녔으나, 노신사는 도무지 납득이 안 가는 이 살인 사건의 양상을 설명하는 일과 납득이 갈 이유를 발견하는 일을 단순한 한갓 경찰관에게 어떻게 기대할 수 있겠는가 의심하고 있었다. 경감은 남아 있는 단서가 모두 거꾸로 되어 있다는 성질을 아무 목적도 없는 미친 사람의 소행으로 간주하여 깊이 생각해 보지도 않고 일소에 붙일 만큼 경솔하지는 않았다. 그러나 달리 어떻게 생각해야 한단 말인가.

"어떻게 생각하니, 너는?"

경감은 부하들이 갈팡질팡 소란을 떨며 방 안을 돌아다니고 있는 동안 엘러리에게 내뱉듯이 물었다.

"아직 아무런 생각도 하고 있지 않아요." 엘러리는 짜증스럽게 말했다. 엘러리는 열린 창턱에 기대어서서 우울한 표정으로 담배 한 개비를 뽑아들고 만지작거리고 있었다. "하기야 솔직히 말씀드리자면 그렇지도 않습니다만, 산처럼 여러 가지를 생각하고 있어요. 하지만 하나같이 모두 말도 안될 만큼 억지 이론 같은 데가 있어서 추궁해 나갈 마음이 생기지 않습니다."

"이런 상황으로는 억지 이론이라도 붙이는 수밖에 도리가 없지." 경감은 신음하는 것처럼 말했다. "나는 이 미친 짓 같은 '거꾸로'는 아주 잊어버리기로 하겠다. 나의 단순한 머리 가지고는 안되겠다. 보통 방법으로 해 나가겠지. 피해자의 신원, 인물 관계, 동기, 알리바이를 조사하고 그 효력이 있는지 없는지, 증인이 있는지 없는지……."

"행운을 빌겠습니다." 엘러리는 중얼거리듯이 말했다. "그게 현명하겠지요, 하지만 아버지가 이 놀라운 일을 해낸 녀석을 지금 당장 잡으신다면, 나는 무슨 이유로 이런 터무니없는 거꾸로 된 공작을 꾸몄는지 그걸 꼭 알고 싶은데요."

"너도 알고 싶겠지만, 나도 장관도 다 알고 싶어." 경감은 진지한 표정으로 말했다. "여보게, 토머스, 그 친구들한테서 뭐 좀 알아냈나?"

벨리 부장이 두 사람 앞으로 어슬렁어슬렁 걸어왔다.

"이건 어려운 사건인데요." 부장은 굵직한 목소리로 사뭇 놀랍다는 듯이 말했다.

"그래서?"

"그 나이라는 친구가 이 호텔 지배인인데, 이 사나이를 한 번도 본 적이 없다고 합니다. 프런트맨이나 그밖의 종업원들도 다 모르고요. 이 사나이가 챈들러 호텔에 묵고 있지 않은 것만은 확실한 것 같습니다. 엘리베이터 담당 하나가 6시 15분 전쯤에 그를 태우고 올라온 것을 기억하고 있었습니다. 그리고 22층 담당인 나이 먹은 뚱뚱한 시엔이라는 여자가 커크의 사무실을 가르쳐 주었다고 합니다. 이 사나이는 커크의 이름을 대고 사무실을 물었다는군요. 도널드 커크라고 하며."

"커크에게는 늘 알지 못하는 사람들이 찾아오고 있지요." 엘러리는 넋이 나간 것처럼 말했다. "커크는 이 두 개의 방을 보조 사무실로 사용하고 있습니다. 그는 우표와 보석 수집가에요, 아버지."

"커크네 가족 중의 하나가 출판을 하고 있지 않았나?" 하고 경감은 코를 뾰족하게 해 가지고 말했다.

"그 친구의 아버지가 맨덜린 출판사를 시작했지요. 그분은 만성 류머티즘에 걸린 호랑이 영감님이랍니다. 노인은 벌써 몇 년 전에 은퇴하고 지금은 아들인 도널드와, 커크 박사가 은퇴하기 바로 전에 공동 경영자로서 손을 잡은 펠릭스 번과 둘이서 출판사를 경영하고 있습니다. 도널드는 맨덜린 출판사 관계의 개인적인 일을 모두 여기서 취급하고 있습니다."

"아주 좋은 배합인데, 책과 우표와 보석이라…… 토머스, 자넨 뭘 기다리고 있나."

"그래서 말입니다." 덩치 큰 부장은 급히 말했다. "그 시엔이라는 여자가 이 조그만 뚱뚱보 오리 같은 사나이에게 사무실을 가르쳐 주니까 그는 사무실 쪽으로 걸어가더라는 것입니다. 사무실에는 그때 커크 박사의 간호사인 디바시라는 여자가 커크의 비서인 오스본과 함께 있었다고 합니다. 디바시는 이 사나이가 커크를 만나고 싶다고 말하는 것을 들었으나, 곧 방을 나왔답니다. 이 사나이는 오스본에게 무슨 용무인지도 말하지 않았기 때문에 오스본은 저 통로의 문을 열고 이 방에다 들여놓고 문을 닫았다는 것입니다. 그게 이 뚱뚱보의 마지막이었던 모양입니다."

"그 뒤는 아버지도 알고 계시는 대로입니다. 우리가 사무실 쪽에서 문을 열려니까 문이 잠겨 있었습니다. 보시다시피 이 방에서 잠겨 있습니다." 엘러리는 우울한 듯이 고개를 끄덕이면서 말했다.

경감은 또 하나의 문, 즉 복도쪽 문을 보고 나서 엘러리의 어깨 너머를 바라보았다.

"창문은 문제없을 것 같군. 뜰에서 이리로 기어오를 수 있는 것은 사람의 모양을 한 파리뿐일 거야. 사람의 모양을 한 파리가 지금 사람을 죽이고 돌아다니지는 않을 테지. 저기로 튀어나온 데라고는 한 군데도 없어. 그렇다면 복도의 문으로 들어온 셈이 되지. 토머스, 저 문손잡이를 잘 살펴봤나?"

"물론입니다. 기름칠이 되어 있어서 밀거나 당기거나 해도 소리 하나 나지 않습니다. 오스본이 문을 잠그는 소리를 듣지 못한 것도 무리는 아닙니다. 그리고 그는 아주 부지런한 사람으로 커크의 우표 정리를 하느라 정신이 팔려 있었기 때문에 아무것도 듣지 못했다고 합니다."

"그건 그렇더라도 가구를 이렇게 몽땅 끌어내는 소리는 들었을 게 아닌가" 하고 경감은 야무지게 말했다.

"천만에요, 아버지." 엘러리는 맥빠진 듯 말했다. "오스본 같은 타입의 사람은 아버지도 잘 알고 계실 텐데요. 살인이 벌어진 시간에 뭔가를 하고 있었다고 한다면 그는 벙어리고 귀머거리고 장님입니다. 그 친구는 사랑을 하는 여자처럼 커크에게 충실합니다. 그리고 커크의 이해가 걸린 문제라면 그야말로 광신자처럼 헌신적이거든요."

"알았다, 알았어. 그렇다면 문제는 이 복도 문이로군." 경감은 말했다. "토머스, 비상구 계단은 어떻던가, 뭐가 있던가?"

"그건 이 바깥 복도 끝에 있는데요, 경감님. 복도를 쭉 가다가 커크의 아파트 저쪽 끝 맞은편으로 돼 있습니다. 즉 계단의 문은 커크 노인의 침실 맞은편에 있습니다. 그 계단은 누구든지 오르내릴 수가 있으니까 복도로 튀어나가 커크의 아파트 앞으로 해서 이 문까지 와 가지고 일을 해치우고 같은 길로 달아날 수 있습니다."

"그렇다면, 그럴 경우 엘리베이터 옆에 있는 시엔 부인에게는 아무것도 안 보이겠군. 그 여자는 가로 복도가 세로 복도와 교차하는 데밖에 볼 수 없겠구면."

"그렇습니다. 그리고 그 여자의 말로는 이 죽은 사나이가 올라온 뒤엔 이 부근에서 아무도 보지 못했다고 합니다. 본 것은 그 간호사와 템플 양, 그리고 아일린 류즈라는 여자와——이 두 여자는 이 집의 손님이라고 합니다——거기에 커크 씨의 친구인 글렌 맥그완 씨뿐이었다고 합니다. 이 사람들은 모두 사무실에 들어가서 오스본과 이야기를 하고 다시 나갔습니다. 맥그완만 엘리베이터로 내려갔다고 합니다. 류즈라는 여자는 커크의 아파트 쪽으로 갔습니다. 그러나 안에는 들어가지 않고 저 비상구 계단으로 해서 아래로 내려간 것 같습니다. 그 여자의 방은 아래층에 있습니다. 템플 양은 커크의 아파트로 들어갔습니다. 커크네의 손님이어서요, 그건 간호사도 마찬가지였습니다. 그 디바시라는 여자는 사무실로 가기 전에 이 대기실에 들렀던 것 같습니다. 그때는 모든 게 말끔했었다고 합니다. 대충 이렇습니다, 경감님. 그밖에는 아무도 드나들지 않았습니다. 그러니까 누가 했든지간에 그놈은 저 계단을 사용한 것입니다. 그리고 저 모퉁이 부근에는 나타나지 않았으므로 안내 담당인 시엔 부인이 못 보았던 것입니다.”

부장은 수첩을 보며 설명했다.

“그렇다면 이 짓을 한 녀석은 커크의 아파트에 살고 있는 자가 아니라는 것이 되는군.” 경감은 불쾌한 듯이 말했다.

“저도 그렇게 생각합니다.” 부장은 얼굴을 찡그렸다. “그리고 범인은 여기서 가구를 사용하여 요술을 부리고 있는 동안 방해자가 아무도 들어오지 못하도록 사무실로 통하는 문을 잠갔다고 생각됩니다.”

“그리고 같은 이유로 복도 쪽 문도 잠갔겠지.” 경감은 고개를 끄덕여 보였다. “과연 그런지 어떤지는 알 길이 없지만 말이야. 그리고 저기를 지나갈 적엔 우리가 발견했을 때 그대로 문을 닫기만 하고 잠그지는 않았던 거야. 사무실로 통하는 문은 잠겨 있는데, 그건 아마

달아나기에 바빠서 그랬겠지. ” 경감은 한숨을 쉬었다. “그밖에는 뭐
없는가 ? ”

엘러리는 여섯 대째의 담배를 피우고 있었다. 넋나간 태도였지만
매우 열심히 그 자리의 이야기에 귀를 기울이고 있었다. 눈은 시체
검사에 여념이 없는 의무 검사관보인 플라우티 의사의 무릎 꿇은 모
습에 못박혀 있었다.

“있습니다, 경감님. 오스본과 시엔 부인이 그밖에 드나든 사람에
대한 것을 말해 주더군요. 이 땅딸보가 찾아왔을 때부터 커크 씨와
퀸 씨가 오실 때까지 오스본 그 친구는, 다들 옷지라고 부르고 있
습니다만 한 번도 사무실에서 나가지 않았다고 말하고 있는데, 그
점은 시엔 부인도 보증하고 있습니다. 그래서……. ”

“알았어요, 알았어. ” 엘러리는 중얼거리듯이 말했다. “확실히 범
인은 복도 문으로 해서 대기실을 드나드는 수밖에 없었다는 말이겠지
요 ? ” 그 어조에는 어딘지 초조한 듯한 데가 있었다. “그런데 벨리
씨, 이 사나이의 신원은 어떻습니까. 뭔가 지니고 있었을 게 틀림없
소. 난 이 사나이의 옷에는 통 손을 대지 않았거든요. ”

“네” 하고 벨리 부장은 화산의 분화 같은 굵직한 저음으로 말했다.

“퀸 씨, 그게 또 이 범죄의 색다른 점입니다만……. ”

“네 ? 어떻게 된 거지요, 토머스 ? ”

엘러리는 눈이 휘둥그레져서 말했다.

“신원에 대한 단서가 도무지 없습니다. ”

“뭐라고요 ! ”

“퀸 씨, 주머니 속에는 아무것도 없었습니다. 손톱만한 조각 하나
도요. 있는 것이라고는 먼지 부스러기 같은 것뿐이었지요. 거 왜
흔히 주머니 밑에 모이는 것 말입니다. 아무튼 분석은 시켜 볼 생
각입니다만, 별 소용없겠지요. 담배 찌꺼기도 없었습니다. 담배를

안 피웠던 모양이지요. 전혀 아무것도 없어요."

"훔쳐간 걸까? 이상한데. 혹시 어쩌면……." 엘러리는 중얼거렸다.

"내가 그 사나이의 옷을 잠깐 조사해 보기로 하지. 양복점 표시쯤은……." 경감은 신음하듯이 말하고 앞으로 몸을 내밀었다.

벨리 부장의 큰 들보 같은 팔이 경감을 붙잡았다.

"경감님, 그래 봐야 아무 소용없습니다" 하고 그는 동정하듯 말했다. "그런 건 아무것도 없습니다." 경감은 눈을 둥그렇게 떴다. "그게 글쎄, 모두 잘려 나가고 없더라니까요."

"그래? 이거야 참."

엘러리는 곰곰이 생각에 잠기며 말했다.

"점점 더 이상한데. 난 이 몽둥이 사용자 친구에게 경의를 표하고 싶어졌는데요. 어디까지나 철저하지 않습니까. 벨리 씨, 당신은 아무것도 없다……전혀 아무것도 없다는 거지요? 속옷 종류는 어떻습니까?"

"흔한 아래 윗옷 한 벌뿐입니다. 도무지 단서가 없어요, 제조 회사 마크도 없어요."

"구두는?"

"번호가 모두 지워져 있습니다. 저 책상에 있는 지워지지 않는 잉크……인디언 잉크를 가지고 칠을 해 놓았어요."

"놀랐는데, 칼라는?"

"마찬가지입니다. 세탁소 표시조차 알아볼 수가 없었어요. 셔츠도 마찬가지입니다." 벨리의 거인 같은 어깨가 이지러졌다. "이건 어려운 사건이오, 퀸 씨, 내가 말했듯이 말입니다. 이런 건 도무지 본 적이 없어요."

"물론 피해자의 신원을 알지 못하게 하기 위해 온갖 노력을 한 모양이지." 엘러리는 중얼거렸다. "거기에 수수께끼가 있는 거요. 대체 논리를 무시하는 신의 이름으로 두고 하는 말이지만, 어떻게 할 생각으로 그랬을까. 상표를 뜯고, 세탁소 표시며 구두 번호를 잉크로 지우고, 주머니 속의 것을 모두 가지고 달아나다니…….”

“혹시나 무슨…….” 노신사는 신음했다.

“수선한 흔적 같은 것 말입니까? 그런데 입고 있는 것은 모두 값싼 신품입니다. 거기에 무슨 실마리가 있을지도 모르겠군요. 호오, 이건 또 어떻게 된 노릇이지.”

모두들은 정신이 번쩍 들어 엘러리를 보았다. 엘러리는 안경을 확 벗고는 못 믿겠다는 듯이 죽은 사나이를 바라보고 있었다.

“이 사나이의 넥타이는……넥타이가 없어.”

“아아, 그것 말입니까.” 벨리는 어깨를 움찔했다. “그 점은 물론 우리도 알고 있었지요. 퀸 씨는 모르셨습니까?”

“그렇소, 지금까지 모르고 있었소. 이건 중대한 점이로군. 아주 중대한 점이야.”

“확실히 그럴 것 같군.” 경감은 눈살을 찡그리며 말했다. “넥타이가 없어졌다고 한다면, 바보인지 천치인지 미친놈인지 뭔지는 모르지만 이 짓을 한 놈이 가져간 걸 거야. 그런데 무엇 때문에 그런 짓을 했을까.”

“저도 동감입니다.” 부장은 어처구니없다는 표정이었다. “정말 어이가 없습니다. 모든 점이 말입니다. 기분 좋고 시원스러운 단순한 살인 사건 같으면 오죽이나 좋겠습니까.”

“아니, 아니,” 엘러리가 화난 듯한 어조로 말했다. “그건 겨냥이 틀렸습니다. 미친 짓이라기보다는 아주 머리가 좋아요. 분명한 뜻이 있어요. 왜 넥타이를 가져갔느냐, 그것이 문제입니다.” 엘러리는 줄곧 혼잣말을 중얼대고 있었다. “분명히 넥타이에는 상표를 뜯어도 여전히——아무리 손질을 해도——출처를 알 만한 것이 있었던 게 틀림없어요, 단서가 될 만한 것이."

"어떻게 그런 말을 할 수 있느냐?" 경감은 비웃는 것처럼 말했다.

"그런 말은 의미가 없어. 싸구려 넥타이 한 개의 출처를 어떻게 알아낼 수 있단 말이냐."

"아마 무슨 특수한 재료로 만들어졌는지도 모르지요." 부장이 솔깃해져서 의견을 끄집어냈다. "쉽사리 출처를 더듬어갈 수 있을 만한……."

"특수한 재료라고? 그렇다면 비싼 물건이 되지 않겠는가." 경감은 고개를 저었다. "저 싸구려 옷차림을 하고 있는 땅딸보가 비싼 넥타이를 매고 있었을 것 같지는 않아. 아니, 그런 일은 있을 수 없어." 경감은 두 손을 쳐들어 보였다. "그러나저러나 나로서는 도무지 짐작이 안 가는걸. 지긋지긋한데, 정말……뭔가, 헤스."

형사 하나가 뭐라고 하자 노인은 성큼성큼 방 뒤로 걸어갔다. 되돌아왔을 때 경감은 흥분하고 있었다.

"이 사나이는 문 옆에서 머리를 얻어맞은 게 아니야." 경감은 큰소리로 말했다. "저 의자 옆 마룻바닥에 핏자국이 있어." 그는 벽 쪽 테이블 옆에 있는 의자를 가리켰다. "저 의자 옆에서 맞고 쓰러진 거야."

"아아, 아버지도 아셨군요." 엘러리는 심드렁하게 말했다. "정말 재미있어요. 그렇다면 저 움직여진 책장 뒤의 사무실로 통하는 문 옆에서 그는 대체 뭘 하고 있었을까요?"

"고약한데." 늙은 경감은 호통이라도 치듯이 말했다. "점점 더 이상하게 되어 가고 있어. 그렇다면 플라우티 선생이 뭐라고 하는지 들어 보기로 할까."

플라우티 의사는 일어서서 무릎의 먼지를 털고 있었다. 소프트 모자가 대머리에 난봉꾼 같은 각도로 얹혀 있고 약간의 땀이 이마에서 반짝이고 있었다. 경감은 의사 곁으로 달려가서 줄곧 이야기를 주고 받고 있었다. 벨리 부장은 복도문 앞으로 어슬렁어슬렁 걸어가서 거기서 감시를 하고 있던 형사와 이야기를 시작했다.

엘러리는 창턱에서 몸을 일으켰으나 그 눈썹에는 땅 터줏대감인 난쟁이 영감의 피부처럼 주름이 새겨져 있었다. 한참 동안 가만히 그대로 서 있었다. 그러다가 주먹을 쥐어 불쾌한 듯이 오른쪽 관자놀이를 툭툭 치고는 아버지와 의사 곁으로 어정어정 다가갔다. 그런데 반쯤 가다가 갑자기 멈추어 섰다. 뭔가 반짝이는 것이 그의 눈을 사로잡은 것이다. 테이블 위에 어질러져 있는 반짝이는 것…… 엘러리는 테이블 곁으로 갔다. 과일 접시가 있었는데, 칠을 하지 않은 테이블 위에 있는 다른 것들과 마찬가지로 거꾸로 뒤집혀져 있었다. 접시 옆에는 오렌지 껍질과 마른 씨가 몇 알 굴러 있었다. 엘러리는 어쩐지 그것을 전에 본 적이 있는 것 같은 생각이 들었다. 거꾸로 된 접시를 쳐들고 그 밑에서 나온 과일을 물끄러미 쳐다보았다. 배와 사과와 포도와…….

"부장." 뒤도 돌아보지 않고 엘러리는 말했다.

벨리가 큼지막한 걸음으로 다가왔다.

"당신은 간호사인 디바시라는 여자가 이 골치 덩어리 죽은 사나이가 오기 바로 전에 이 방에 들어왔었다고 증언했다고 했지요?"

"그렇습니다, 틀림없이."

"그 여자를 좀 데리고 와 주지 않겠습니까. 아무도 몰래. 물어볼 것이 있소."

"알겠습니다, 퀸 씨."

엘러리는 조용히 기다렸다. 잠시 뒤 벨리 부장이 키가 후리후리한 간호사를 데리고 돌아왔다. 간호사의 얼굴은 창백했다. 눈은 시체를 외면하고 있었다.

“데리고 왔습니다, 퀸 씨.”

“아, 디바시 양.” 엘러리는 뒤를 돌아보았다. “당신은 오늘 오후 5시 반쯤 이 방에 계셨다고요?”

“네” 하고 디바시 양은 신경질적으로 대답했다.

“그럼, 혹시 이 과일 접시를 못 보셨습니까.”

왠지 깜짝 놀라는 듯한 표정이 간호사의 눈에 뛰어들었다.

“과일 말인가요? 그것은……네, 보았어요. 사실은 제가 하나 먹었어요.”

“그거 멋있군.” 엘러리는 미소 지었다. “생각했던 것보다 운이 좋아. 특히 탄지르 밀감을 못 보셨나요?”

“탄지르 밀감이오?” 간호사는 이제 겁을 먹고 있었다. “제가 하나 먹었어요.”

“아.” 엘러리의 얼굴에 실망의 빛이 뚜렷하게 나타났다. “그렇다면 이 껍질은 당신이 먹은 것입니까?” 엘러리는 밀감 껍질을 가리켰다.

디바시 양은 그것을 찬찬히 보고 있었다.

“어머나, 아니에요, 그렇지 않아요, 제가 먹은 것은 버렸어요. 씨하고 모두 함께 저 열려 있는 창 밖으로.”

“아아.” 실망의 빛이 사라지고 열성어린 태도가 그것을 대신했다.

“디바시 양이 하나 드시고, 그 뒤에 몇 개 남아 있었습니까?”

“두 개 있었어요.”

“이제 좋습니다. 그뿐입니다, 디바시 양.” 엘러리는 중얼거리듯이 말했다. “아주 많은 참고가 되었습니다. 이제 좋습니다, 부장.”

벨리는 보일듯 말듯한 미소를 지으며 간호사를 데리고 나갔다.

엘러리는 이상한 흥미를 가지고 또다시 테이블 위의 과일 무더기를 바라보고 있었다. 탄지르 밀감은 하나밖에 없었다.

오렌지와 가설

플라우티 의사는 잎담배를 문 지저분하고 시커먼 이빨 사이로 기관총을 쏘아대듯이 계속 지껄이고 있었다.

"우선 내가 말할 수 있는 것은 그것뿐입니다, 경감님. 이 호텔 의사가 한 말에 덧붙일 것은 아무것도 없습니다."

이때 엘러리가 다가와서 의무 검사관보의 어깨 너머로 말했다.

"아버지, 좀 조용히 해주실 수 없겠습니까?"

노인은 물끄러미 아들을 쳐다보았다.

"네 머릿속에서 또 무엇이 화살 소리를 내고 있는 거지?" 그리고는 목소리를 높여서 말했다. "여보게, 좀 조용히들 해주게."

침묵이 흘렀다.

"여러분." 엘러리가 나직한 목소리로 말했다. "난 여러분한테 우스운 질문을 하나 해야겠습니다. 우스운 질문이지만 대답은 해주셔야 합니다. 여러분 중에서 누군가 테이블 위에 있는 저 접시에서 뭐 집은 적이 없습니까?"

모두들 입을 딱 벌렸다. 아무도 대답하지 않았다. 경감은 부지런히 테이블로 다가가서 밀감 껍질과 씨를 보고 있었다.

"누구 오렌지를 집어 간 사람이 없나?" 경감이 물었다.

모두들 세게 고개를 저었다.

"물어보고 싶었던 것은 그것뿐입니다." 엘러리는 중얼거리듯이 말했다. 그리고 아버지와 플라우티 의사에게 다가오라고 신호를 했다. "피해자가 이 방에 안내되기 몇 분 전에는 접시에 탄지르 밀감이 두 개 있었다는 것을 알았습니다. 그런데 지금은 하나밖에 없습니다. 이상하지 않습니까?"

플라우티 의사가 불이 꺼진 잎담배를 입에서 뺐다.

"이상하다고? 대체 뭐가 이상하다는 건가, 퀸." 그때 의사의 눈이 반짝 빛났다. "오, 그렇군. 독에 대한 것을 말하고 있군그래."

"아니, 아니, 그런 게 아닙니다. 그런 뚱딴지같은 이야기가 아니에요. 나는 우리의 친구인 이름없는 사람이 각별히 무참한 강타를 두 개골에 맞은 결과 죽었다고 하는 당신의 명언을 그대로 승인합니다. 그러나 아무래도 이상하거든요. 다른 두서너 가지 부수적인 사실에 비추어서……."

"예를 들자면?"

"아직 이론화할 준비는 안돼 있지만 말입니다. 그렇지만 이 탄지르 밀감 껍질에 대한 것은 명심해 주셔야 할 것 같습니다." 엘러리는 어깨를 움찔하며 말했다.

"그건 그렇고, 대체 무엇 때문이냐. 어느 범인이 이 땅딸보의 머리를 쳐서 거꾸러뜨린 뒤, 한숨 돌리면서 오렌지를 까먹었다고 생각하고 있단 말이냐?" 경감은 버럭 소리를 질렀다.

"그럴는지도 모르지요. 하지만 그보다도 범인이 나타나기 직전에 이 땅딸보가 앉아서 쉬면서 오렌지를 까먹었다고 생각하는 편이 맞을 것 같습니다." 엘러리는 중얼거렸다.

"그런 것을 조사하는 건 문제없습니다." 플라우티는 진찰 가방을 만지면서 말했다. "당장 해부해 드리지요. 오렌지를 먹었다면 뱃속에서 발견될 테니까요. 그러나저러나 아주 기막히게 살이 찐 배로군그래. 아주 여러 해 동안 구경 못한 기막힌 배인데……여기 있습니다. 이건 명령서입니다, 경감님. 경감님 부하들이 주사위놀이를 끝내는 대로 시체 공시소의 버스가 이리로 올 겁니다." 의사는 경찰의 서류를 노인에게 건네주자 달려나가다시피 하여 방을 나갔다. 복도까지 나가자 갑자기 생각난 듯이 뒤돌아다보고 소리를 질렀다. "퀸, 아무튼 독은 조사해 보겠네." 그리고 그는 입속 웃음을 웃으면서 급히 돌아갔다.

엘러리는 시체 곁으로 다가가자, 그것을 내려다보며 뭔가 곰곰 생각하고 있었다. 땅딸보 사나이의 옷은 플라우티 의사가 검시를 하는 바람에 온통 뒤적거려져 있었다. 반듯하게 뉘어져서, 이제는 조용히 천장을 쳐다보며 누워 있었다. 지문 담당자 하나가 시체를 타넘고 사무실로 통하는 문에 회색 가루를 뿌리는 작업을 하고 있었다.

"당신이 말만 할 수 있다면……" 하고 엘러리는 한숨을 쉬었다.

"운 나쁜 불쌍한 사람이지. 말만 할 수 있다면 이 기괴하고 뚱딴지 같은 범죄 노출증에 뭔가 광명을 던져 줄 수가 있을 텐데……지문은 있나요?" 엘러리는 지문 담당자에게 물었다.

"아무래도 없을 것 같습니다, 퀸 씨. 없어서는 안 될 텐데 말입니다. 범인이 문손잡이를 바로 눌러서 잠갔다면, 빗장에 기름칠이 되어 있으므로 지문 채취에 안성맞춤이거든요. 그런데 틀렸어요. 깨끗이 닦아 놓았어요. 하나도 채취되지 않습니다."

"어디 다른 데서 해보면 어떨까요?"

"저기 있는 케리는 어떤지 모르겠습니다만, 난 하나도 채취되지 않는데요."

바로 옆에서 일을 하고 있던 케리가 아일랜드인의 머리를 들고 유감스럽다는 듯이 머리를 저어 보였다.

"나도 틀렸습니다, 퀸 씨. 차라리 영화구경이나 하러 가는 게 낫겠는걸요."

엘러리는 건성으로 고개를 끄덕이고 있었다. 문 앞에서 도널드 커크의 목소리가 들려오는 바람에 그는 번쩍 제정신이 들었다.

"저는 전혀 모르는 사람입니다" 하고 커크는 경감을 보고 외치듯이 말하고 있었다. 거대한 네메시스(복수의 신)라고나 할 벨리 부장이 그 뒤에 우뚝 서 있었다. "퀸에게도 그렇게 말했습니다만, 맹세해도 좋습니다. 절대로 모르는 사람입니다."

"그래요?" 경감은 온화한 목소리로 말했다. "하지만 잠시 한 번더 보는 것도 괜찮지 않을까요, 커크 씨. 아무튼 마음을 진정하십시오. 아무도 당신을 괴롭힐 생각은 없으니까요. 한 번 더 자세히 잘살펴보도록 하시오."

경감은 겁을 먹고 있는 청년을 부드럽게 앞으로 밀었다.

"퀸." 커크는 엘러리 쪽으로 비실거리며 다가섰다. "부탁이네, 퀸. 난 이제 이 고문에는 못 견디겠어. 내가 이 사나이를 모른다는 것은 자네도 잘 알고 있잖나. 내가 그러지 않던가. 난……"

"여보게. 자넨 신경이 곤두서 있는 거야. 아무것도 떠들 것 없어. 물론 아무도 자네에게 고문 같은 것을 하고 있지도 않아. 정신차리게." 엘러리는 낮은 소리로 말했다.

커크는 두 주먹을 쥐고 마른 침을 꿀꺽 삼켰다. 그는 더듬거리며 좋다고 말했다. 그리고는 천천히 앞으로 나와 아래를 내려다보았다. 경감은 탐색하는 듯한 눈초리로 지켜보고 있었다. 죽은 사나이는 부드러운 미소를 머금고 위를 보고 있었다. 커크는 마른 침을 삼켰다.

그리고 얼마쯤 침착을 되찾은 목소리로 말했다. "모르겠어."

"좋소, 그것으로 좋아요" 하고 경감은 재빨리 말했다. "커크 씨, 또 한 가지 물어보고 싶은 것이 있소. 이 사람은 당신을 잘 알고 있는 것처럼 당신 이름을 대고 면회를 청했다고 하오. 그 점은 어떻게 설명하겠소?"

"그건 여기 계신 부장님께 이미 모두 설명했습니다." 커크는 연약한 어조로 말했다. "정말 지긋지긋할 정도로 이 사무실에는 늘 모르는 사람들이 찾아옵니다. 전 보석을 수집하고 우표 수집도 전문으로 하고 있습니다. 맨덜린 출판사 관계로도 내밀한 문제로 상당히 많은 사람들을 만납니다. 이 사람이 제 이름을 대고 면회를 청한 것도 그런 일의 하나에 관계되는 일이었을 거라고 생각합니다."

"그러면 이 사람이 보석이나 우표를 취급하는 상인, 또는 대리자로 생각된단 말인가요?"

"아마 그렇겠지요. 책 관계보다도 그편이 맞을 것 같군요. 출판 관계 방문객은 대개 저자나 저자의 대리인입니다만, 이 사람은 제가 아는 바 그 어느 쪽도 아닙니다."

"우표에 보석이라……." 경감은 윗수염 끝을 빨고 있었다. "그래, 아무튼 그것만 알아도 도움이 되지, 토머스." 부장이 성큼성큼 앞으로 걸어 나왔다. "그 방면을 조사해 봐 주게. 급히 사진 담당에게 이 친구의 얼굴을 찍게 해서 우표와 보석상을 샅샅이 조사해 봐. 아무래도 이 친구의 신원을 알아내기란 쉬운 노릇이 아닐 것 같군."

벨리는 큰 걸음으로 나갔다.

"그런데, 커크 씨" 하고 경감은 키가 큰 청년을 쳐다보면서 말을 이었다. "이 친구의 주머니 속은 죄다 비어 있고, 양복의 표지가 될 만한 상표라든가 신원을 나타낼 만한 것은 모조리 칠을 해 버렸든가 떼어져 있소."

커크는 어안이 벙벙한 것 같았다.

"무엇 때문에 그런 짓을……. "

"피해자가 누군지를 알리고 싶지 않았던 것 같소. 이건 나에게 있어선 살인의 새로운 취향이오. 보통 살인자는 자신의 신분을 숨기느라고 갖은 노력을 다하는 법이지요. 이 범인은 특히 솜씨가 좋은 것 같소. 그런데 여러분, 이제 우리는 여기에 볼일이 없을 것 같소. 커크 씨, 슬슬 당신의 아파트로 가서 가족분들과 이야기를 좀 나누도록 해주어야겠소. "

"말씀하시는 일이라면 뭐든지. " 커크의 어조에는 기운이 없었다.

"하지만 경감님, 미리 말씀드려 두겠습니다만, 이 사건과 저의 가족들 사이에는 아무런 관계도 없습니다. 그런 것은 있을 수 없는 입니다. "

"있을 수 없는 일이라고요, 커크 씨? 그거 아주 듣기 거북한 말인데요. 그래서 떠오른 것이 있는데, 이 방문은 1, 2분 늦추기로 하겠소. " 경감은 목소리를 높여서 말했다. "피고트! " 형사 하나가 달려 나왔다. "하녀에게 부탁하여 홑이불이라도 얻어 와서 그 시체를 덮게. 얼굴만 남기고 모두. "

형사는 모습을 감추었다.

커크는 새파랗게 되어 "경감님께서는 혹시……" 하고 말했다.

"당연한 일이지요. " 경감은 달래는 듯한 미소를 띠면서 말했다.

"살인 사건은 곤란한 일이오, 커크 씨. 그러나 그 수사는 더욱 더 곤란하지요. 인생의 진실을 포착하는 데는 알맞은 일 중의 하나지만. 그리고 죽음의 진실도 말이지요. 우표나 다이아몬드를 수집하는 것과는 전혀 다릅니다. 아아, 피고트, 됐네, 예술적으로 잘하게. 얼굴만 내놓는 거야. 됐어. 토머스, 커크 씨 댁 사람을 모두 이리로 모셔 오게. "

모두들 겁을 먹은 채 묵묵히 한덩어리가 되어 천천히 왔다. 그 중에서 제일 정신을 똑똑히 차리고 있는 듯한 사람은 커크 박사였다. 성 잘 내는 노인은 완전히 예복 차림이었는데, 디바시 양이 조심스럽게 미는 휠체어 속에서 새하얀 셔츠의 앞섶이 눈이 아플 정도로 빛나고 있었다. 박사의 말라빠진 모습은 놀라울 정도여서 마치 분노를 채워 넣은 뼈뿐인 총알 같았다.

"그까짓 사람 하나 죽은 걸 가지고 이 북새판이 뭐냔 말이야." 박사는 가죽과 뼈뿐인 기다란 팔을 휘두르며 호통을 치고 있었다. "괘씸하기 짝이 없지 않느냐, 도널드, 너는 또 어째서 우리를 이런 일에다 끌어들였지?"

"아버지, 너무 그렇게 화만 내지 마십시오. 이분들은 경찰에서 오신 분들입니다." 커크는 힘없이 말했다.

커크 박사의 흰 윗수염이 화난 목소리와 더불어 튀어올랐다.

"경찰이라고. 눈 두 개와 귀가 있으면 그런 것쯤은 알아. 특히 귀가 있으면 말이야. 아무것도 아닌 간단한 과거분사를 질리지도 않고 늘 틀리게 쓰고 있는 것은 경찰들뿐이지." 박사는 빙산 같은 두 눈을 경감 쪽으로 돌렸다. "당신이 책임자요?"

"그렇습니다." 경감은 야무지게 대답했다. 그리고 목소리를 낮추어 "박사님께서 말씀하시는 과거분사를 늘 잘못 쓰지요" 라고 말하고는 다시 목소리를 높여 얼굴 가득 미소를 띠면서 말했다. "그런데 고함지르시는 것을 중단해 주셨으면 고맙겠습니다, 박사님."

"고함을 지른다고? 이거 더러운 말인데. 누가 고함을 질렀단 말이오! 대체 우리한테 무슨 볼일이 있소, 빨리 일을 끝내 주시오." 커크 박사의 독소리는 거칠었다.

"아버지." 마셀라 커크가 미간을 모으고 말했다. 그녀는 이번 사건으로 몹시 놀라고 있는 모양이었다. 계란형의 얼굴이 그야말로 새파랗게 질려 있었다.

엘러리, 커크, 피고트 형사, 이 세 사람은 정렬한 병사처럼 어깨를 나란히 하고 사무실로 통하는 문 앞에 서서 시체가 보이지 않도록 하고 있었다. 지문 담당과 사진 기술반들은 사라지고 없었다. 벨리 부장과 피고트 형사, 그리고 또 하나의 담당관만 남겨 놓고 지금까지 방에서 설치고 있던 본부원들도 돌아가고 없었다. 그 대부분의 사람들은 부장의 명령을 받고 각 방면으로 수사 활동을 하러 나갔다. 바깥 복도에는 두 명의 제복 경관이 지키는 가운데 한 무리의 사람들이 서 있었다——나이, 블래머, 시엔 부인, 그밖에 두서너 명의 사람들이다. 그 둘레를 신문기자들이 에워싸고는 떠들어대고 있었다.

벨리 부장은 그 사람들의 코앞에서 문을 쾅 닫았다.

경감은 불러오게 한 사람들을 주의 깊게 관찰하고 있었다. 마셀라 커크는 아버지의 휠체어 곁에 서서 한 손으로 아버지의 어깨를 누르듯이 하고 있었다. 그 뒤에 디바시 양이 고개를 숙이고 있었다. 검은 야회복 차림의 자그마한 템플 양은 이상한 눈초리를 하고 줄곧 도널드 커크 쪽을 살펴보고 있었다. 커크는 템플 양이 주시하고 있는 줄도 모르고 똑바로 앞을 바라보고 있었다. 글렌 맥그완은 불쾌한 듯이 얼굴을 찡그리고 마셀라 옆에 멍하니 서 있었다. 그리고 몸에 착 달라붙은 화려한 야회복을 입고 그윽한 눈을 한 아일린 류즈는 혼자 떨어져서 우두커니 서 있었다. 그녀도 역시 도널드 커크의 얼굴을 찬찬히 보고 있었다. 이 사람들 뒤에는 집사 겸 시중꾼인 허벨과 오스본이 서 있었는데, 오스본은 애써 디바시 양 쪽을 보지 않으려 하는 듯했다.

경감은 낡은 코담뱃갑을 꺼내어 갸름한 콧구멍 속에 한줌 집어넣었다. 기분 좋게 세 번 빨아들이고 나서 담뱃갑을 넣었다.

"그런데 여러분," 하고 그는 정다운 어조로 말을 꺼냈다. "이 방에서 살인이 벌어졌습니다. 시체는 커크 씨, 퀸, 피고트 형사의 뒤에 누워 있습니다." 모두의 시선이 흔들렸다가 다시 내리깔렸다. "커크 박사님, 박사님께서는 아까 헛소동은 딱 질색이라고 말씀하셨습니다. 저희들도 그건 마찬가지입니다. 남자분이든 여자분이든 저 불쌍한 사나이를 죽인 사람은 한 발 앞으로 나와 주십시오."

누군가가 꿀꺽 하고 마른침 삼키는 소리를 냈다. 이 틈을 타서 엘러리는 재빨리 모두들의 얼굴빛을 살폈다. 그러나 어느 얼굴이고 모두 화석처럼 굳어진 것 같았다. 커크 박사는 머리털을 곤두세우고 의자에서 반쯤 허리를 일으키며 헐떡이듯이 말했다.

"그러니까 당신은 무례하게도 여기 있는 누군가가 어쨌단 말인가? 고약하게스리."

"확실히 그렇습니다. 살인은 고약한 짓이지요, 박사님. 그런데 어느 분이?"

경감은 미소 지었다. 어안이 벙벙한 모두의 눈이 내리깔렸다. 경감은 한숨을 쉬었다.

"그러면 좋습니다. 자네들은 잠시 거기를 비켜 주게."

커크, 엘러리, 피고트 세 사람은 말없이 시키는 대로 했다.

한순간, 고두들은 자기들 쪽을 올려다보며 무심하게 웃고 있는 송장의 얼굴을 꼿꼿하게 굳은 공포의 표정으로 보고 있었다. 그러다가 이윽고 그들은 수런거리기 시작했다. 마셀라 커크는 경련이라도 일으킨 것처럼 줄곧 마른침을 삼키며, 병이라도 난 듯 비칠거리고 있었다. 맥그완이 그 큼직한 갈색 손을 마셀라의 맨팔에 대자 그녀는 다시 몸을 꼿꼿이 세웠다. 템플 양은 갑자기 몸을 부르르 떨며 얼굴을 돌려 버렸다. 이제는 도널드 커크를 볼 겨를도 없었다. 오직 아일린 류즈만이 터연한 태도를 하고 있었다. 얼굴이 파리할 뿐, 쓰러진 납인형이라도 보듯이 시체를 바라보고 있었다.

“좋아, 피고트, 홑이불을 덮어.” 경감은 또렷하게 말했다.

형사가 몸을 구부리자 기분 나쁜 미소를 머금은 얼굴은 숨어 버렸다.

“그럼, 여러분, 뭐 하실 말씀은 없습니까?”

아무도 대꾸를 하지 않았다.

“커크 박사님” 하고 경감이 부르자 70살 된 노인의 머리가 발딱 쳐들렸다. “이 사나이가 누굽니까?”

“도무지 짐작도 안 가오.” 커크 박사는 얼굴을 찌푸렸다.

“아가씨는요?”

마셀라는 꿀꺽 하고 침을 삼켰다.

“류즈 씨는?”

“잘 모르겠어요” 하며 여자는 그 근사한 어깨를 움츠려 보였다.

“맥그완 씨?”

“안됐습니다, 경감님. 저 얼굴은 본 적이 없습니다.”

“그런데 맥그완 씨, 당신도 우표를 수집하고 있다고요. 그렇습니까?”

“그렇습니다. 하지만 왜 묻지요?”

맥그완은 흥미를 느낀 모양이었다.

“우표 관계의 장소에서 이 사나이를 본 적이 없습니까? 한 번 잘 생각해 보시오.”

“절대 없습니다. 그러나 어째서 그런 것을 묻습니까?”

경감은 곱살한 손가락을 쳐들었다.

“거기 있는 자네.” 그는 날카로운 목소리로 말했다. “집사 말이네. 자네의 이름은?”

허벨은 깜짝 놀랐다. 넓적하고 편편한 얼굴이 젖은 모래 같은 빛깔이 되었다.

“허, 허벨이라고 합니다.”

“커크 씨 댁에서 일을 한 지 얼마나 되는가?”

“벼, 별로 오래 되진 않았습니다, 네.”

“고용한 지 1년 조금 더 됩니다.” 도널드 커크가 한숨을 쉬며 말했다.

“어떤가, 허벨, 자넨 이 죽은 사나이를 본 적이 없나?”

“네, 없습니다. 절대로.”

“틀림없나?”

“네, 물론 틀림없습니다.”

“흐흠, 그밖의 분들의 진술은 이미 들었소.” 경감은 곰곰 생각하며 턱을 어루만지고 있었다. “여러분께서는 내 입장을 잘 아시리라 믿습니다. 이렇게 살해된 한 사나이가 여기에 있습니다. 보아하니 여러분 가운데서는 아무도 이 사나이를 아는 분이 없는 것 같소. 그런데 이 사나이는 여기 올라와서 커크 씨에게 면회를 청했소. 커크 씨는 이 사나이를 전혀 모른다고 했소. 그런데 이 사나이가 이 방에 있다는 것을 알고 죽인 사람이 있거든요. 저기 복도 쪽 문은 잠겨 있지 않았으므로 아무나 들어와서 이 사나이를 죽일 수 있었소. 이 사나이가 여기 온다는 것을 알고 있어서 미리 모든 계획을 짜 놓고 있었는지도 모른다는 생각까지 듭니다. 그런데 이런 살인이 전혀 모르는 사람에게 행하여진다는 것은 우선 없다고 봐야 합니다. 이자와 살인범 사이에는 어떠한 관계가 없어서는 안 되지요. 여러분께서는 내가 무슨 말을 하고 있는지 아시리라 믿습니다.”

“잠깐만요, 경감님.” 글렌 맥그완이 갑자기 장중한 목소리로 말했다. “제가 보기에 경감님께서는 이 사건에 대한 저희들의 역할을 너무 심각하게 취급하시는 것 같은데요.”

“그건 므슨 뜻이지요, 맥그완 씨?”

엘러리가 나직한 목소리로 말했다.

"그렇지 않습니까. 비상계단으로 해서 복도에 사람이 없는 틈을 타 이 방에 드나들 수 있는 것은 누구라도 할 수 있지 않습니까. 범인은 뉴욕 백만 주민들 중의 누구라도 좋다는 것이 되지요. 꼭 우리들 중의 한 사람이어야 할 이유는 없지 않소?"

"흐음" 하고 엘러리는 말했다. "그런 약간의 가능성도 물론 있기야 하지요. 그러나 한편 또 이런 것도 생각해볼 수 있지 않을까요. 즉 커크의 말을 그대로 받아들여서, 커크가 이 사나이를 본 적이 없다고 한다면, 범인은――여기 있는 분들 중의 한 사람입니다만―― 커크를 연루자로 끌어들일 분명한 의도를 가지고, 이 사나이더러 커크를 만나러 가도록 권했을지도 모른다는 것을……."

키가 큰 젊은 출판업자는 깜짝 놀란 눈으로 엘러리를 보고 있었다.

"하지만 퀸, 아무리 그렇지만 그런 일은 있을 수 없네."

"여보게, 자네한테는 적이 없나?" 하고 엘러리가 말했다.

"적이라고는 짐작이 안 가는데." 커크는 눈을 내리깔았다.

"터무니없는 소리." 커크 박사가 불쑥 말했다. "당치도 않다, 도널드, 너한테 무슨 적이 있겠느냐? 적을 만들 만한 머리가 있어야지. 너 따위를 살인의 연루자로 끌어들이려는 사람이 있을 까닭이 없어."

"그렇습니다, 아무도 없습니다." 커크는 귀찮은 듯이 말했다.

"그러면 커크 씨, 혐의만 없다면 당신은 곧 제외됩니다. 오늘 저녁 6시에 당신은 어디 있었지요?" 경감은 미소 지었다.

"외출중이었습니다." 커크는 아주 천천히 말했다.

"아, 어디로?" 하고 경감은 말했다.

커크는 잠자코 있었다.

"도널드," 커크 박사가 소리를 질렀다. "네가 어디에 가 있었느냔 말이다. 장승처럼 서 있기만 하면 어떻게 하느냐."

무서운 정적의 순간이었다. 그것은 맥그완에 의해 깨어졌다. 맥그완은 재빨리 한 걸음 나서서 다급한 목소리로 말했다.

"돈, 어디에 있었지? 잠자코 있어서 될 일이 아니야."

"도널드," 마셀라가 소리쳤다. "부탁이에요 돈, 오빠는 왜……."

"오후에 죽 산책하고 있었어." 커크는 굳어진 입술로 말했다.

"누구 다른 사람과 함께였나요?" 경감은 나직한 목소리로 물었다.

"아닙니다."

"어디에 갔었소?"

"아……브로드웨이와 제5 애비뉴, 공원 등."

엘러리가 그 뒤에 이어진 침묵 속에서 조용히 말했다. "정말은 난 아래층 휴게실에서 커크와 마주쳤습니다. 밖에서 돌아온 건 틀림없어요, 그렇지, 커크?"

"물론이지. 틀림없습니다."

"그래요?" 하고 경감은 말하고 다시 손으로 코담뱃갑을 더듬었다. 템플 양은 얼굴을 될 수 있는 대로 먼 곳으로 돌렸다. "그럼, 여러분, 이제 좋습니다." 노인은 상상도 못할 만큼 조용한 목소리로 말했다. "오늘 저녁은 이것으로 그치겠습니다. 나한테서 어떤 지시가 있기 전에는 여러분 중 아무도 이곳을 떠나지 않도록 해 주시오."

경감은 벨리 부장에게 턱짓을 하자 부장은 말없이 문을 열었다. 모두들 죄수처럼 줄줄이 나가자 신문기자들이 순식간에 그들을 둘러쌌다.

엘러리는 맨 뒤에 나갔다. 아버지 곁을 지날 때 두 사람의 눈이 마주쳤다. 노인의 눈에는 헤아릴 수 없는 많은 의미가 담겨 있었다. 엘러리는 고개를 갸우뚱하며 나갔다. 복도에는 흰 제복을 입은 두 사나이가 지루한 듯이 담배를 피우며 서 있었다. 그 두 사나이는 바닥에 놓인 과일이며 야채 운반에 쓰는 것 같은 큼지막한 광주리 속에 재를 털면서 수선을 부리는 신문기자들을 재미있는 듯이 바라보고 있었다. 이 두 사람은 시체 운반인이었다.

모두들 신문기자단의 포위를 벗어나서 가까스로 안전하게 커크네 객실에 모이자 마셀라 커크가 작은 소리로 말했다.
"우린 이제 저녁 식사를 해야 하지 않겠어요?"
커크 박사도 원기를 되찾았다.
"그래, 그래, 그거 무엇보다도 좋은 생각이구나, 마셀라. 나는 배가 고파 죽을 지경이야. 뭐니뭐니해도……." 박사는 말을 하다 말고 도중에서 거의 무의식적으로 말을 끊었다. 그 음울한 얼굴에는 무슨 고민이라도 있는 것처럼 주름이 새겨져 있었다.
"나도 그래요." 글렌 맥그완이 웃어 보이면서 재빨리 잇달아 말했다. 그리고 마셀라의 손을 잡았다. "하루 저녁에 너무 엄청난 무서운 변을 당한 것 같군요, 마셀라."
마셀라는 맥그완을 쳐다보며 미소 짓고는, 뭐라고 나직한 소리로 말하고 급히 나갔다.
엘러리는 한쪽 구석에 서서 왠지 모르게 미안한 생각을 하고 있었다. 모두들 자기를 주제넘은 훼방꾼, 스파이처럼 생각하고 있는 것만은 확실했다. 특히 커크 박사는 독기어린 번들거리는 눈길을 그에게로 던지고 있었다. 엘러리는 몹시 불안한 기색이었다. 그런데도 여전히 무엇인가가 머물러 있으라고 경고하고 있었다. 아무튼 의문스러운 문제가 하나 있었다…….
도널드 커크는 머리를 가슴까지 푹 숙이고 의자에 주저앉아 있었다. 이따금 도저히 견딜 수 없다는 듯한 태도로 머릿속에 손을 쑤셔 넣고 있었다. 커크 박사는 휠체어를 타고 무턱대고 방 안을 돌아다니면서 손님들에게 말을 걸고, 그 차가운 늙은 눈에 무언지 모르게 괴로워 보이는 불안한 기색을 띠며 가끔 아들 쪽을 살피고 있었다. 템플 양은 아주 조용히 앉아서 가느다란 미소마저 머금고 있었다. 단지 아일린 류즈만이 특별히 애써 꾸미려는 태도를 지으려 하지 않고 있었다. 그녀도 역시 엘러리를 침입자처럼 느끼고 있는 것 같았다. 그러나 엘러리와 마찬가지로 환영받지 못하는 장소에 머물러 있는 자기 나름대로의 이유를 가지고 있었다.

엘러리는 손톱을 깨물면서 기회가 오기를 기다리고 있었다. 그리고 때가 왔다고 생각되자 방을 가로질러서 도널드 커크 옆에 있는 앤 여왕 시대풍의 의자에 가 앉았다.

상대방 청년은 얼른 고개를 들었다.

"오……퀸, 내가 이렇게 뚱해 있어서 미안하네. 난 아무튼……."

"괜찮네, 커크." 엘러리는 담배에 불을 붙였다. "자네하고는 오랜 친구야. 그래서 스스럼없이 말을 하겠는데, 아무래도 무슨 까닭이 있는 것 같네. 자네의 태도에 말일세. 그런 결론쯤 굳이 아인시타인까지 기다릴 것도 없지. 뭔가가 몹시 자네를 괴롭히고 있어. 자넨 오늘 오후 내내 산책을 했던 게 아닐세. 자네하고는 휴게실에서 만났지만 말이야. 내가 보기엔 자네가 휴게실에 나타난 것은 남에게 보이기 위해서였네." 커크는 섬뜩하여 숨을 삼켰다.

"커크, 자넨 거짓말을 했어. 그리고 거짓말한 것을 알고 있어. 왜 깨끗이 사실대로 말하지 않나. 자넨 나를 잘 알고 있으니까, 내가 입이 무겁다는 것쯤은 믿어도 될 텐데."

커크는 입술을 깨물고 기분 나쁜 듯이 자기 손을 보고 있었다.

엘러리는 상대방을 물끄러미 바라보다가 의자에 깊이 앉아 담배를 피우기 시작했다.

"아무튼 좋아" 하고 그는 나직한 목소리로 말했다. "보나마나 뭐

내일 할 일이겠지. 그런데 커크, 우리 좀더 세속적인 이야기를 하세. 자넨 오늘 저녁때 나에게 아주 수수께끼 같은 태도를 취했지. 전화로 야회복을 입고 이리로 오라, 눈을 크게 뜨고 있거라 하고, 특히 눈을 크게 뜨고 있으라고 말이야.”

청년은 의자 속에서 앉음새를 고쳤다.

“정말 그랬지.” 그는 억양 없는 목소리로 말을 이었다. “그런 말을 했던 것 같아.”

엘러리는 커크에게서 눈을 떼지 않고 재떨이에 재를 털었다. “자네, 그 까닭을 설명해 주지 않겠나. 자네하고 나하고는 이따금 밖에 만나지 않네. 그런데 마치 마른하늘의 벼락처럼 별안간 알지도 못하는 사람들과의 만찬회에 초대를 하다니, 우린 그다지 친한 사이라고는 할 수가 없어.”

“하지만⋯⋯.” 커크는 바싹 마른 입술을 축였다. “하지만 특별한 이유 같은 것은 없었네, 퀸. 그냥 뭐랄까, 그냥 해본 농담이었어.”

“농담이라고? 그건 아무래도 납득이 안 가는데. 나더러 눈을 크게 뜨고 있으라고 한 말이 농담이었다니.”

“그건 말이야, 그렇게 말하면 자네가 꼭 와줄 줄 알고 내가 머리를 써서 그랬을 뿐이었어. 사실은⋯⋯.” 커크는 허허로운 웃음소리를 내며 나직한 소리로 재빠르게 말했다. “나는 자네를 꼭 오게 만들어야 했던 깊고도 교활한 이유가 있었네. 나의 동업자인 펠릭스 번을 만나게 하고 싶었던 걸세. 그렇다고 솔직히 말하면, 자네가 거절할 거라고 생각했던 거지.”

“그랬었구먼. 사업상의 교제란 말이지.”

엘러리는 웃었다. 커크도 웃으면서 열심히 무릎을 앞으로 내밀어 왔다.

“글쎄, 그렇다니까. 우리 출판사에서는 자네 작품 같은 것은 출판

하지 않는데……."

"취향을 바꿔 보겠다는 말인가." 엘러리는 입속 웃음을 웃었다.

"커크, 이거 놀랐는걸. 그건 해적 행위야. 출판사란 조금은 도의심이 있는 줄 알았지. 설마 진심으로 미스터리소설을 펴낼 생각을 하고 있지는 않겠지?"

"해볼까 하고 마음을 먹어 봤었지. 요즘 도무지 장사가 잘 안돼서 말이야. 미스터리소설은 꾸준하게 잘 팔리거든."

"남들이 하는 말을 함부로 믿는 게 아닐세." 엘러리는 쓸쓸한 듯이 말했다. "정말이지 놀랐는걸. 대 맨덜린 출판사가 말이야. 해리 한센이나 루이스 갈레트가 뭐라고 말할까. 그리고 알렉도 말이야. 그 친구는 그리스어나 한 음절의 앵글로색슨어를 마구 사용한 재미있는 살인 이야기를 좋아하는 모양이지만. 하지만 내가 지금 거래하는 출판사가 자네의 생각을 받아들여 줄 것 같진 않은데(여기 나온 작가명은 가공인 듯하다)."

"지금 단계로는 생각 중일 뿐이야." 커크는 중얼거리듯이 말했다.

"아, 그야 그럴 테지." 엘러리는 나직한 목소리로 말했다.

글렌 맥그완은 이상하게 불안한 듯이 커크 쪽을 힐끔힐끔 보고 있었다. 커크는 맥그완이 자기를 유심히 보고 있는 것을 눈치챘는지 눈을 감아 버렸다.

"펠릭스 그 친구는," 하고 그는 한참 있다가 말했다. "지금 어디 있을까."

"번 말인가? 그러고 보니 그 친구의 일을 까맣게 잊고 있었군." 엘러리는 갑자기 몸을 앞으로 구부려 아무런 까닭도 없이 커크의 무릎을 탁 쳤다. 커크는 기겁을 하고 충혈된 겁먹은 눈을 확 떴다. "커크!" 엘러리가 점잖은 목소리로 말했다. "맥그완이 자네한테 전해 달라고 오스본에게 맡기고 간 그 쪽지를 좀 보여 주지 않겠나?"

"안돼." 커크가 말했다.

"커크, 그 쪽지를 이리 내게."

"안돼, 자네한테는 그런 걸 요구할 권리가 없어. 그건……그건 내 개인적인 일이야. 맥그완은 머지않아 나의 매부가 될 사람이야. 사실상 한 가족이라고 해도 상관없지. 난 그걸 남에게 보여 줄 수가 없네."

"자넨 일부러 그렇게 앞뒤가 맞지 않는 말을 하고 있는 건가." 엘러리는 여전히 점잖은 목소리로 말했다. "아니면 그 쪽지는 자네한테 관계되는 것이 아니라 누군지 자네들 두 사람에게 관계있는 다른 사람에 관한 것이란 말인가. 예를 들자면 자네 누이동생인 마셀라 양에 관한 일이라든가 뭐 그러한……."

커크는 신음하듯이 말했다.

"천만에, 아니야, 그렇지 않아. 난 그 일에 대해 거짓말할 생각은 없어. 거짓말은 안해. 그러나 퀸, 자네한텐 할 수 없는 말이야. 할 수가 없어. 난 지금……."

식당으로 통하는 문이 열리자 키가 후리후리한 마셀라가 나타나고 그 뒤에는 얼굴이 파리한 허벨이 음료를 얹은 수레를 밀며 뒤따르고 있었다. 수레 위에는 물방울이 맺힌 글라스를 잔뜩 얹은 소반이 얹혀 있었다. 커크는 입속으로 미안하다는 말을 하며 힘없이 일어섰다.

"두어 잔 마셔야겠어" 하고 목메인 소리로 말했다.

허벨은 여자들의 시중을 들었다.

"도널드, 그건 네가 오늘 저녁에 처음으로 하는 분별 있는 말이로구나." 커크 박사는 큰소리로 말하며 급히 휠체어를 음료 수레 쪽으로 몰고 갔다. "허벨, 나한테도 그 고약한 혼합물을 한잔 다오."

"아버지. 앤지니 선생님께서 말씀하셨잖아요." 마셀라가 얼른 앞으로 나섰다.

"앤지니 선생 따윈 목이나 달아매놓지 그래."

칵테일 덕분에 조금은 명랑해졌다. 노인은 여윈 볼을 불그스름하게 물들이고 비아냥대는 표정을 지으며 유난히 유쾌해 보였다. 노골적으로 류즈 양을 위해 주었고, 류즈 양은 타고난 저음의 목에 걸린 듯한 목소리로 줄곧 웃고 있었다. 엘러리는 칵테일에서 얼굴을 들었을 때 마셀라의 얼굴이 묘하게 불쾌한 표정을 짓고 있음을 눈치챘다. 맥그완까지 씁쓰레한 얼굴을 하고 있었다. 커크만이 모든 것을 잊고 있었다. 엘러리가 보고 있노라니, 커크는 주위의 상황에 대해서는 아무것도 눈치채지 못하고 다섯 번째의 칵테일을 숨도 쉬지 않고 들이켰다. 아직 외출복 차림으로 있는 것조차도 잊어버리고 있었다. 바지 위 주름조차도 없어져 버린 양복 차림이, 단정한 예복 차림을 하고 있는 다른 세 사람 앞에서 아주 단정하지 못해 보였다. 허벨이 보이지 않게 되었다.

그리고 문이 열리더니 퀸 경감의 호리호리한 모습이, 외국에서 맞춘 야회복을 입은 얼굴이 가무잡잡하고 몸집이 탄탄한 사나이의 뒤에서 나타났다. 새로운 손님은 장난꾸러기 같은 검은 눈을 하고 쥐색 윗수염 밑에 입술이 얄팍한 입을 조용히 다물고 있었다.

"실례합니다." 경감은 마시고 있는 사람들을 신기한 듯이 이리저리 둘러보면서 말했다. "이분이 펠릭스 번 씨입니까?"

"그렇다고 말하지 않았습니까! 여보게 커크, 이 멍텅구리 양반에게 내가 누군지를 말해 주게." 얼굴이 가무잡잡한 사나이는 화난 듯이 말했다.

경감의 날카로운 눈이 커크에게서 엘러리에게로 옮아가, 엘러리의 시선에서 뭔지 불찬성하는 듯한 기색을 읽자 눈을 깜박깜박했다. 그러더니 경감은 나타났을 때와 마찬가지로 홀연히 자취를 감추어 버려, 뒤에 남은 번은 불쾌한 듯 입을 딱 벌리고 서 있었다.

　“여어, 어서 오게, 펠릭스.” 커크가 기운없이 말했다. “템플 씨, 소개하지요.”

　“식사 준비가 되었습니다” 하고 미끈한 영국풍의 목소리가 말했다. 뒤를 돌아보니 허벨이 식당으로 통하는 문 앞에 긴장한 태도로 서 있었다.

여덟 사람의 만찬

엘러리는 오른편의 커크와 왼편의 템플 양 사이에 끼어서 길쭉한 타원형 식탁에 앉아 있었다. 비스듬히 맞은편에는 펠릭스 번이 총명해 보이는 얼굴을 찌푸리고 앉아 있었다. 마셀라와 맥그완은 서로 이웃해 앉았다. 류즈와 커크 박사가 식탁의 윗자리에 앉아 있었다. 노신사는 디바시 양의 부축을 받고 자리에 앉았는데, 이내 디바시 양이 물러가자 그 긴장된 상반신에 옛날 기사 같은 노숙한 기백을 담고 함께 앉은 사람들을 위압했다. 서리같이 차가운 눈은 이제 서리 같지가 않고, 젊은 매력으로 빛나 야릇한 광채를 떨치고 있었다.

저 여자는 수수께끼다——하고 엘러리는 정했다. 류즈 양은 목에 걸린 듯한 웃음소리를 내며 광채가 도는 하얀 이빨을 보이고 있었다. 손을 가리고 노인에게 뭔가 소곤거린다. 노인이 껄껄 웃으면서 던지는 농담을, 오랜 버릇에서 온 것임을 훤히 알 수 있는 얌전한 태도로 받아넘기고 있다. 그런데도 그 표정에는 뭔지 모르게 진심으로 즐기지 못하는 데가 있었고, 눈에서는 주의 깊은 광채가 결코 사라지지 않았다. 저 여자는 무엇 때문에 여기 와 있는 것일까. 그녀가 챈들러 호텔에 반은 붙박이로 살고 있는 손님임을 엘러리는 알고 있었다. 약 두 달 전에 어디선지도 모르게 나타나서 묵고 있는 것이다. 대화의 내용으로 미루어서, 챈들러에 오기 전에는 커크네와 아는 사이가 아니었다는 것도 추정할 수 있다. 그리고 번은 이 여자와 분명히 첫 대면이다. 뉴욕 태생이 아닌 것만은 틀림없다고 엘러리는 느꼈다. 어딘지 모르게 대륙적인 데가 있다. 칸이나 빈, 카프 댄티브, 블루 글로트나 피에솔레에 대한 것을 유창하게 지껄이고 있다.

엘러리는 류즈 양의 에나멜처럼 화장한 얼굴과 커크의 얼굴을 지켜보는 것만으로 만족했다. 커크는 몹시 침착성이 없었다. 눈을 거의 박사한테서 떼지 못하고 있었다.

그리고 엘러리의 왼편에 있는 템플 양은 길고 검은 속눈썹으로 눈을 가리고서 조용히 음식을 먹고 있었다.

오랫동안 아무도 살인 사건에 대한 것은 입 밖에 내지 않았다. 대체적으로 그 만찬회는 시종일관 딱딱한 분위기 속에서 끝났다.

식사를 하기 전에 펠릭스 번은 변명의 말을 했다. 꾸밈이 없는 사과의 말이었다. '빠져나올 수 없는' 일이 있어서 '실례'를 했다는 것이었다. 그날 아침에 상륙한 모양으로, '개인적인 볼일'로 '꼬박 하루'가 걸렸던 것이다. 번의 템플 양에 대한 태도는 차갑지도 않고 따뜻하지도 않았다. 템플 양은 도널드 커크가 발견해 온 여자였다. 번은 전에 한 번도 그녀를 만난 적이 없고, 원고도 읽어 보지 않았기 때문에 그 평가의 책임은 일체 공동 경영자에게 짊어지울 생각인 모양이었다.

그러나 수프를 먹고 있을 적에 번은 갑자기 신랄한 연설을 하기 시작했다.

"대체 무엇 때문에 모두 복도 저쪽에서 일어난 그 끔찍한 사건에 대한 것을 말하지 않는 건가. 여보게, 도널드, 무엇 때문에 그런 수수께끼 같은 태도를 취하고 있는가? 난 여기서 엘리베이터를 내리다가 바보 같은 순경들한테 붙잡혀서 실로 어처구니없는 신문을 받았다네."

모든 대화가 일시에 딱 멎었다. 따사로운 빛이 커크 박사의 눈에서 사라지고, 류즈 양은 굳어지고, 조 템플의 속눈썹이 발딱 퉁겨오르고, 맥그완은 미간을 모았다. 마셀라는 입술을 깨물고, 도널드 커크는 얼굴빛이 창백해지고, 엘러리는 근육이 긴장되는 것을 느꼈다.

"무엇 때문에 그런 이야기를 할 필요가 있나?" 커크가 더듬거리면서 말했다. "그 일 때문에 오늘 저녁은 엉망진창이 되었다네, 펠릭스. 자네한테는 미안해. 만일……."

번의 검은 눈이 식탁을 힐끔 둘러보았다.

"그 사건에는 무언지 모르지만 눈에 보이는 이상의 것이 있어. 그 신경질적인 조그만 경감은 나를 강제로 자네의 대기실로 끌고 가서 홑이불을 벗기고 그 바보 같은 시체의 얼굴을 보여 주었는데, 대체 무슨 생각으로 그러는 건가?"

"그분이 그런 짓을 하셨어요?" 마셀라가 떨리는 목소리로 말했다. 엘러리는 가볍게 말했다.

"그 신경질적인 작은 경감이란, 번 씨, 실은 우리 아버지요. 나로서는 아버지를 책망할 수가 없군요. 뭐니뭐니 해도 직무를 수행하고 있는 것이니까요. 시체의 신원을 확인하려고 그러는 겁니다."

검은 눈이 흥미 있는 듯이 빛났다.

"아, 이거 실례했습니다, 퀸 씨. 퀸 씨의 아버님에 대한 것을 듣지 못했기 때문에 그만. 시체의 신원을 확인한다고요. 그럼, 그 사나이가 아직 누군지 모르는 겁니까?"

"어디 사는 누군지 아무도 모른다네." 커크 박사가 의자 위에서 답답한 듯이 몸을 흔들면서 언짢은 얼굴을 하고 말했다. "하지만 그런 거야 아무려면 어떤가. 적어도 나는 아무래도 좋다네. 여보게, 펠릭스, 그건 오르되브르(밥먹기 전 또는 술안주로 먹는 가벼운 요리) 뒤에 하는 이야기치고는 어울리지가 않는군."

"박사님, 전 박사님의 의견에 찬성할 수 없어요. 스릴이 있고 좋잖아요." 류즈가 작은 소리로 말했다.

"당신한테는," 왼편에 앉은 자그마한 여자의 숨소리가 엘러리에게 들렸다. "그럴 테지요." 그러나 이 말은 다른 사람에게는 전혀 들리지 않았다.

번이 쓴웃음을 지으며 말했다. "어쩐지 류즈 씨와 나는 이런 일에 대한 대규모적인 사고방식을 가지고 있는 것 같군요. 즉 결백성이 부족해요. 어떻습니까, 류즈 씨? 퀸 씨, 이런 판국에 도와 드리지 못해 유감입니다. 그와는 전혀 안면이 없어서요."

"그러고 보니 전부 모르는 사람뿐이로군요." 엘러리는 웃었다.

잠시 이야기가 끊어졌다. 호텔의 종업원이 수프 접시를 치웠다. 이윽고 번이 조용히 말했다.

"짐작하건대 당신은 이 사건에 직업적인 흥미를 가지고 계신 것 같군요, 퀸 씨?"

"뭐 그렇다고 할 수 있겠지요. 나는 대체적으로 사건의 가장자리만 빙빙 돌면서 지내고 있습니다만, 번 씨, 살인 사건이란 상당히 자극적이거든요."

커크 박사가 내뱉듯이 말했다.

"괴상한 취미로구먼."

"저도 당신의 자극에 대한 취미에는," 템플 양이 작은 소리로 말했다. "찬성할 수 없어요." 그녀는 몸을 조금 떨어 보였다. "저한테는 역시 서구류의 죽음에 대한 혐오감이 남아 있어요. 제 친구인 중국인은 당신의 태도를 이해할 수 있을 거예요."

엘러리는 은연중에 흥미를 느끼며 템플 양을 보고 있었다.

"템플 양의 친구인 중국인이라고요? 오오, 그렇군요. 내가 깜박 잊어 버렸어요. 템플 양은 여태까지 주로 중국에서 사셨다지요?"

"그래요, 아버지가 미국의 외교관이었기 때문에……."

"중국인은 정말 템플 양이 말씀하시는 대로입니다. 동양 정신에는 숙명론적인 경향이 있어요. 그것이 우선 사람의 죽음에 대한 체념이 되고, 나아가 자연의 결과로서 인명의 경시가 되고 있지요."

"바보 같은 소리 말게나." 커크 박사가 몹시 신경에 거슬리는 것처럼 말했다. "어리석은 수작이지. 퀸, 자네가 언어학자였다면 알 걸세만, 애당초 표의문자의 기원은……."

"박사님." 펠릭스 번이 나직한 목소리로 말했다. "강연은 원치 않는데요, 박사님. 이야기가 옆길로 빠진 것 같습니다. 도널드, 그는 자네를 찾아왔다던데." 커크의 눈이 둥그레졌다. "이상하잖나?"

"그럴 테지." 커크는 신경질적으로 말했다. "하지만 펠릭스, 나는 결코……."

"이것 봐." 맥그완이 식탁 건너편에서 걸걸한 목소리로 말했다.

"이건 꼭 두더지가 판 흙무더기를 가지고 큰 산 취급을 하는 거와 같지 않나, 퀸 씨. 내가 듣건대 당신은 범죄문제를 어딘지 논리적인 방법으로 취급하신다고요?"

"어딘지란……명언인데요." 엘러리는 웃었다.

"그렇다면 분명하지 않은가요? 그 사나이가 우리들이 전혀 모르는 인물인 이상 이 살인 사건은 우리들 중 아무에게도 관계가 있을 수 없다는 거야. 이 집에서 살해된 것은 완전히 우연한 사고라고 해도 좋을 겁니다." 맥그완은 야무지게 말했다.

허벨이 냅킨을 감은 백포도주 병을 들고 마셀라의 잔에 따르다가 테이블보 위에 몇 방울 흘리고 말았다.

“세상에 ! 딱하게도 허벨까지 겁에 질려 있군요.”

마셀라는 한숨을 쉬었다.

허벨은 얼굴이 새빨갛게 되어서 자취를 감추었다.

“그렇다면 맥그완 씨, 당신은 물론 아까 말씀하신 것처럼, 누군가가 그 사람을 여기까지 미행해 와서 전혀 아무런 인연도 없는 방에 혼자 있는 것을 기회로 여겨 죽였다는 말씀이시군요.” 템플 양이 부드럽게 말했다.

“어디가 잘못되었습니까 ? 간단하게 설명이 되는 것을 가지고 빙빙 돌릴 것은 없지 않습니까 ?” 맥그완은 큰소리로 말했다.

“그러나 맥그완 씨. 이건 간단한 범죄가 아닙니다.”

엘러리가 의기소침한 표정으로 말했다.

“그렇지만 내가 알 수 없는 것은…….” 맥그완이 중얼거리듯이 말했다.

“내가 말하고 싶은 것은 범인이 뚱딴지같은 짓을 한 점입니다” 하고 엘러리가 말했다. 이제는 모두들 굉장히 엄숙해져 있었다. “범인은 죽은 자의 옷을 벗겨서 모조리 거꾸로 입혀 놓았습니다. 반대로 말이오. 그리고 여느 때는 방 안을 향해 있는 가구들이 모두 벽 쪽을 향해 반대로 놓여 있습니다. 움직일 수 있는 물건이라는 물건은 몽땅 똑같이 반대로 놓여 있소. 스탠드도 과일 접시도…….” 엘러리는 잠시 쉬었다. “과일 접시도,” 하고 그는 되풀이하여 말했다. “카펫도 그림도 벽의 임피족 방패도 담뱃갑도……아시겠지요, 단순하게 사람을 죽였다는 문제가 아니오. 문제는 특수한 상황, 특수한 환경에서 사람을 죽였다는 점입니다. 그래서 나는 당신의 주장에 반대하는 거요, 맥그완 씨.”

생선 접시가 치워지는 동안 다시 침묵이 흘렀다.

그리고 나서 그때까지 엘러리를 주의 깊게 바라보고 있던 번이 입을 열었다.

"거꾸로라고요?" 그는 깜짝 놀란 목소리를 냈다. "나도 여러 가지 물건이 어질러져 있다는 것을 알았지요. 그리고 옷은……."

"어리석은 소리." 커크 박사가 신음하듯이 말했다. "젊은 친구, 자네는 단순히 일을 수수께끼처럼 보이게 하려는 범인의 빤한 술책에 걸려들었어. 범인이 모든 것을 거꾸로 해 놓은 것은 일을 혼란하게 만들기 위해서 그랬다는 것 말고는 이렇다할 동기를 인정할 수가 없어. 경찰을 애먹이려고 한 것이네. 그럴 듯하게 교묘한 범죄인 것처럼 보이면서 소박함을 속이려고 꾀한 것이야. 그렇지 않다면 범인은 미친놈이겠지."

"저는 그렇게 확신을 가지고 말할 수는 없어요, 박사님." 템플 양이 부드러운 목소리로 말했다. "여기에는 뭔가가 있어요. 퀸 씨, 퀸 씨는 그걸 어떻게 생각하세요? 당신은 틀림없이 이 괴상한 범죄를 설명할 어떤 이론을 가지고 계실 것 같은데요."

"뭐, 대강은 그렇습니다." 엘러리는 테이블보를 응시하며 곰곰 생각에 잠겨 있었다. "그러나 특별히 이렇다할 설은 가지고 있지 않습니다. 그런데 박사님, 박사님께서는 이 사건의 핵심을 찌르고 계십니다만, 한 가지 사실을 놓치고 계십니다. 그 한 가지 사실로 인해 유감스럽게도 박사님의 설은 성립되지 않게 됩니다."

"그것이 뭐지요, 퀸 씨." 마셀라가 숨을 죽이고 물었다.

엘러리는 손을 내저었다.

"뭐, 그렇게 놀랄 것도 못됩니다, 아가씨. 이 범죄에는——아가씨의 아버님께서 주장하고 계시는 그런——일을 복잡하게 만드는 속임수는커녕 버젓한 형식이 갖추어져 있다는 것뿐입니다."

"형식이라니요?" 맥그완이 미간을 모았다.

"의문의 여지가 없는 형식이 있어요. 하나나 둘, 또는 셋이나 넷이라도 좋습니다만, 단지 그 정도의 것이 거꾸로 놓여 있을 뿐이라면 나도 복잡하게 만들기 위한 수법이라는 설에 어느 정도는 찬성했을 겁니다. 그러나 움직일 수 있는 모든 물건이 거꾸로 되어 있다면, 다시 말해서 모든 물건이 깡그리 거꾸로 되어 있다고 하면, 그 혼란 자체가 하나의 의미를 가져옵니다. 혼란의 형이 되는 거지요. 그렇게 되면 벌써 혼란이라고는 할 수가 없습니다. 즉 모든 물건이 같은 방법으로 거꾸로 놓여 있다는 것이 됩니다. 그것이 무엇을 뜻하는지 여러분은 모르시겠습니까?"

번이 천천히 말했다.

"시시한 소리. 퀸 씨, 시시한 소리 마시오. 난 그런 소리를 믿을 수 없소."

"내가 보건대," 엘러리는 미소 지으면서 말했다. "템플 씨는 내가 말하는 뜻을 아시는 것 같은데요, 번 씨, 아마 내 의견에 찬성이신지도 모르지요. 어떠세요, 템플 씨?"

"또 제가 중국인 역할을 해야 하는가 보지요." 몸매가 자그마한 여자는 깜찍한 어깨를 움츠리며 말했다.

"퀸 씨, 당신께서 말씀하시고 싶으신 것은 이 범죄에는 거꾸로 된 특징을 가진 무엇인가가 있든가, 혹은 거꾸로 된 특징을 지닌 누군가가 이 범죄에 관계되고 있다는 것이겠지요. 누군가가 모든 것을 거꾸로 해 놓고 누군가에 대해 어떤 반대적인 것을 지적하려 했던 것이라고 말씀하시고 싶은 거겠지요. 잘 표현을 못하겠습니다만."

"조……아니, 템플 씨." 도널드 커크는 저도 모르게 버럭 큰소리를 냈다. "설마하니 템플 씨께서 그런 말을 믿고 있는 것은 아니겠지요. 그런 억지 이론을 난 들어 본 적이 없소."

"중국에서 템플 씨는 타고 나신 훌륭한 지성까지도 연마하신 것 같군요. 내가 말하고 싶었던 것은 바로 그 점입니다, 템플 씨." 엘러리는 싱글벙글하고 있었다.

"이건 르아브르에서 불쾌한 항해를 하여 돌아온 보람이 있는데요, 네, 템플 씨? 템플 씨의 중국에 대한 저술이 그 전반이라도 밀교적인 것이라고 한다면 우리 신간 비평가들도 유쾌한 시간을 보낼 수 있겠지요" 하고 번은 웃어댔다.

"펠릭스, 그런 실례되는 소리는 하는 게 아닐세." 커크가 말했다.

"템플 씨는 물론 자신이 무슨 말을 하고 있는지 잘 알고 있어요. 정말 멋있군요. 어떻게 그런 것을 아는지, 나로서는 이상한데요, 템플 씨."

류즈 양이 비로드같이 매끄러운 목소리로 중얼거리듯이 말했다.

템플 양은 창백해져 있었다. 와인 글라스를 든 한쪽 손이 떨리고 있었다. 그러자 번이 또다시 차갑고 무관심하게 말했다.

"도널드, 난 자네가 새로운 펄 벅을 발견한 줄 알았었는데, 여자 셜록 홈즈를 발견한 데 지나지 않았던 것 같네그려."

"무슨 소리야. 펠릭스, 자네답지 않게 무례한 소리를 지껄이다니. 당장 취소하게." 커크는 소리를 질러 놓고 비틀거리며 일어섰다.

"기사도를 지켜라 이 말인가, 도널드."

번이 눈꼬리를 치뜨고 말했다.

"도널드." 커크 박사가 버럭 소리를 질렀다. 키가 큰 추레한 모습의 청년은 몸을 떨면서 다시 의자에 털썩 주저앉았다. "펠릭스, 그만 됐어. 자넨 템플 양에게 사과를 하겠지." 그 거친 목소리에는 강철 같은 울림이 있었다.

번은 조금도 끄덕하는 기색없이 중얼거리듯 "템플 씨, 별로 나쁜 뜻으로 그런 것은 아닙니다" 하고 말하면서 검은 눈을 야릇하게 빛내고 있었다.

"아닙니다. 이건 내 실책입니다. 정말 내 실책입니다." 엘러리는 헛기침을 했다.

엘러리는 와인 글라스를 만지작거리며 뚜렷한 루비 빛 술을 물끄러미 들여다보았다.

"하지만 정말이지 나는, " 마셀라가 높은 목소리로 말했다. "나는 더 이상 이런 일을 참을 수가 없어요. 조, 당신이 말하는 것은……아니에요. 퀸 씨, 대체 누가 그런 짓을 했을까요. 모든 걸 깡그리 거꾸로 해 놓다니. 범인일까요, 아니면 그 불쌍한 죽은 사람일까요. "

"이것 봐요, 마셀라. " 맥그완이 말을 던졌다.

"피해자는 아닐 거예요. 즉사를 했는걸요. 난 그렇게 들었어요. " 류즈가 달콤한 목소리로 말했다.

"범인도 아닐 거야. 자신의 단서를 남겨 놓고 갈 바보가 어디 있겠어. 누군지 다른 사람을……누군지 범인이 죄를 뒤집어씌우려 마음먹은 다른 사람을 가리킬 단서를 남겨 놓으려고 했다면 그건 있을 수 있는 일이야. 그게 틀림없어. " 커크가 퉁명스럽게 말했다.

커크 박사는 몹시 언짢은 얼굴을 하고 있었다.

"아니면 그런 짓을 한 것은 범죄를 저지른 뒤에 거기 들어간 누군가로서 범인을 보았든가, 누가 그랬는지 짐작이 가서 그런 꼼꼼한 방법으로 경찰을 위해 범인의 단서를 남겨 둔 것인지도 몰라요. "

템플 양이 숨도 쉬지 않고 낮은 목소리로 재빨리 말했다.

"그것 또한 아주 훌륭한 의견이십니다, 템플 씨" 하고 엘러리가 곧 말했다. "템플 씨는 훌륭한 분석 정신을 가지고 계십니다. "

"아니면 범인은 미치광이라서 해마와 목수에게[1] 죄를 뒤집어씌우기 위해 그런 연극을 했을지도 모르지. 아니면 체시아의 고양이[2]일까? " 펠릭스 번이 귀찮은 듯이 말했다.

"제발 여러분. " 커크 박사가 눈을 번득이면서 벼락같은 소리를 질렀다. "그런 엉뚱한 어림짐작들은 집어치우게. 지금 당장, 알았나.

퀸, 책임은 자네한테 있네. 뭐니뭐니 해도 책임이 있어. 범죄 수사를 하는 것이 자네의 목적이라면——분명히 자네는 우리 모두를 의심하고 있는데——공적인 상황에서 해주었으면 고맙겠네. 우리집 식탁에 손님으로 와 있을 땐 삼갔으면 좋겠어. 그렇지 않다면 하는 수 없으니 돌아가 달라는 도리밖에 없겠네."

"아버지. 아버지, 부탁이에요."

마셀라가 겁에 질린 목소리로 속삭였다.

엘러리는 침착하게 말했다.

"보증하겠습니다만 박사님, 제게 그런 생각은 없습니다. 그러나 제가 있는 것이 방해가 되는 모양이니까 전 이만 실례하겠습니다. 커크, 미안하게 되었네."

"퀸." 커크는 풀이 죽어서 더듬거리며 말했다. "난······."

엘러리는 의자를 뒤로 밀고 일어섰다. 일어서면서 술잔을 건드리는 바람에 도널드 커크의 양복에 붉은 액체를 쏟고 말았다.

"이거 실례했네." 엘러리는 나직한 소리로 말하고 왼손으로 냅킨을 집어 얼룩진 곳을 닦았다. "이런 고급 포도주를······."

"괜찮아. 아무렇지도 않네. 너무 그렇게······."

"그럼, 안녕히들 계십시오." 엘러리가 쾌활하게 말하고 방에서 성큼성큼 나가 버리자 뒤에는 무겁고 괴로운 침묵만이 남았다.

＊1 해마와 목수는 루이스 캐롤의 《거울나라의 앨리스》에 나옴.
＊2 체시아의 고양이는 루이스 캐롤의 《이상한 나라의 앨리스》에 나옴.

탄지르 밀감

엘러리 퀸은 물푸레나무 스틱을 아버지의 책상 위에 놓자 성냥을 그어 그날 아침 세 대째의 담배에 불을 붙였다. 늙은 경감의 코는 통신물과 보고서 더미 속에 파묻혀 있었다.

"아버지의 곤란한 점은," 엘러리는 그 방에 하나밖에 없는 폭신하게 기분 좋은 의자에 앉으면서 말했다. "너무 일찍 일어나시는 점입니다. 오늘 아침에도 아침을 먹으려니까 아버지는 커피 한 모금도 안 드시고 나가셨다고 쥬너가 말하더군요."

경감은 얼굴도 들지 않고 뭐라고 중얼대고 있었다. 엘러리는 가느다란 팔을 들고 몸을 쭉 펴며 연기의 동그라미와 함께 하품을 했다.

"사실 전 여느 때와 마찬가지로 잘 잤습니다. 아버지가 일어나시는 것도 몰랐는걸요."

"시끄러워." 경감은 소리를 질렀다. "아침부터 떠벌리고 있는 걸 보니 무슨 걱정거리가 있는 모양이구나. 잠시 쉬었다가 조용히 이 보고서나 훑어보도록 해라."

엘러리는 웃으면서 의자 등에 기댔다. 그러다가 웃음을 거두고 쇠

창살 너머로 밖을 내다보았다. 그날 아침 센트럴 거리의 상공에는 각별히 감흥을 돋울 만한 것이 아무것도 없었다. 엘러리는 조금 추위를 느꼈다. 그는 눈을 감았다.

경감에게 딸린 서기가 부지런히 들락거리고 있었고, 노인은 초조한 듯이 전성기(傳聲器)에다 대고 질문을 퍼붓고 있었다. 한 번은 전화가 걸려 왔다. 그러자 갑자기 경감의 목소리가 다소곳해졌다. 장관이 수사 상황을 질문해 왔던 것이다. 2분쯤 지나자 또 전화가 울렸다. 경찰본부의 차장으로부터 온 것이었다. 퀸 경감의 입술에서는 꿀이 흐르는 것과 같았다. 네, 그럭저럭 진척되고 있습니다, 커크 쪽에 뭔가가 있을 것 같습니다, 아닙니다, 아직 플라우티 의사로부터는 검시 보고가 와 있지 않습니다. 네……아니오……네…….

"그래서 뭐냐?" 경감은 수화기를 내려놓자 버럭 소리를 질렀다.

"그래서 뭐라고 하셨어요?" 엘러리는 졸리는 듯이 담배를 바라보면서 말했다.

"말해 봐라. 넌 어젯밤에 한때는 몹시 기분이 좋은 것 같던데. 무슨 좋은 생각이라도 있느냐? 너는 언제나 좋은 생각을 갖고 있지 않느냐."

"이번에도 있기야 많이 있지요. 그러나 하나같이 모두 너무 뚱딴지 같은 것이라서 제 가슴 속에만 접어 두기로 했어요."

엘러리는 중얼거리듯이 말했다.

"아무쯤에도 쓸모없는 것이란 말이냐." 노인은 얼굴을 찌푸리며 눈앞에 수북이 쌓인 서류 더미를 두드리고 있었다. "아무것도 없어. 전혀 아무것도 없어. 도저히 믿어지지 않는 일이야."

"믿어지지 않다니요, 뭐가 말입니까?"

"그 땅딸보는 공중에서 뉴욕의 호텔에 날아 내려왔다고밖에 생각되지 않는단 말야."

“단서가 없습니까?”

“연기조차도 없어. 부하들은 마치 비버처럼 밤을 새워 활동하고 있어. 하긴 아직 이른 아침이니까 뭔가 나올지도 모르지. 그러나 일의 상태로 봐서…… 난 이런 사건은 딱 질색이다.”

경감은 기분 나쁜 듯이 콧구멍에 코담배를 집어넣고 밀었다.

“지문은요?”

“오늘 아침에 그 사나이의 지문을 원대의 장부와 맞춰 보게 했다만. 지방 사람일지도 모르겠다, 그렇게는 생각되지 않지만. 아무래도 타입이 달라.”

“그러나 ‘레드 라이더’와 같은 예도 있으니까요.” 엘러리는 꿈꾸는 것처럼 말했다. “제가 알고 있기로는 그 신사는 본드 스트리트에서 지은 고급 옷을 입고 옥스퍼드 사투리를 쓰며 마치 어느 집 대감 같은 태도를 하고 있었다거든요. 게다가 라이스티 광장 같은 것은 보지도 못한 사람이고요. 모트 스트리트였을까?”

“그리고,” 경감은 엘러리의 말에는 아랑곳하지 않고 다음 말을 계속했다. “이 사건은 배짱 좋은 살해 방법의 모든 징후를 가지고 있어 절대로 마구잡이로 한 짓은 아니야. 모든 것을 거꾸로 해 놓다니.” 경감은 내뱉듯이 말했다. “이 짓을 한 범인을 잡는 날엔, 나도 모조리 거꾸로 했다가 다시 본디대로 해놓을 작정이다. 그런데 어제 저녁에는 어떻더냐, 퀸?”

“네?”

“만찬회 말이다. 사교계라는 거겠지. 너도 제법 마셨더구나.” 노인은 언짢은 듯이 말했다. “그러다간 내 나이가 되면 고주망태가 되겠더라.”

“저는 쫓겨났어요.” 엘러리는 한숨을 쉬었다.

“뭐라고?”

"커크 박사가 쫓아낸 거예요. 박사님의 후의를 믿고 식탁에서의 이야기를 그만 살인담이며 탐정담으로 끌고 가 버렸거든요. 점잖은 사교계에서는 그런 이야기를 하는 게 아닌 모양이지요. 그렇게 한심한 꼴을 당한 건 태어나서 처음입니다."

"어디, 그놈의 영감쟁이 내가 목을 비틀어 줘야겠다."

"그러시면 안됩니다." 엘러리는 매서운 어조로 말했다. "그래도 그 만찬회에서 꽤 좋은 수확을 얻었거든요. 칵테일도 풍부했지만……두세 가지 새로운 사실도 알게 됐어요."

"오오." 경감의 분개는 마법처럼 사라졌다. "그게 무엇이냐?"

"그 중국에서 온 조 템플이라는 여자 말입니다. 그 여자는 놀랍다고 해도 좋을 만큼 굉장히 머리가 예리한 젊은 여자였어요. 총명하고요. 아주 유쾌한 이야기를 나누었지요. 제가 보기에는," 엘러리는 곰곰 생각하듯이 말했다. "상당히 교양도 있는 것 같았어요."

"넌 또 이번에는 소매 밑에다 뭘 숨기고 있는 거지?" 경감은 눈을 둥그렇게 떴다.

"뭘요, 아무것도 숨기지 않았어요. 그리고 그 커크 박사 말인데요——난잡한 이야기를 한다고 나무라실지도 모르겠습니다만——그 교태스러운 아일린 류즈라는 여자에게 고약한 생각을 품고 계시더군요. 그 여자는 그 여자대로 또 '수수께끼'라고 해도 좋습니다만."

"좀더 조리 있게 말을 해봐라."

"박사님은 어제 저녁 줄곧 그 여자의 비위를 맞추고 있었지요." 엘러리는 천장을 향해서 담배 연기의 동그라미를 불어올렸다. "전 뭐 그 괴짜 노인의 호색을 나무라려고 그러는 건 아닙니다. 그냥 보기에 그렇더라는 것뿐이지요. 그런데 제가 확신하는 바로는 노인의 머릿속에는 전혀 모양이 다른 벌이 붕붕거리고 있는 것 같았어요. 그 노인은 얼른 보기에는 신경질적이고 사려가 깊지 못한 것 같지만, 천만에요, 꽤 재치가 있던걸요. 박사께서는 그 류즈라는 여자를 놀려 가며 입을 막으려 하지 않겠습니까. 무엇 때문일까요. 굉장히 의문스럽더군요. 박사는 뭔가를 눈치채고 있는 거예요.”

“쓸데없는 소리.” 경감은 씹어뱉듯이 말했다. “네가 그런 이야기를 하고 있는 걸 보니까 이 두 손으로 네 목을 조르고 싶은 심정이 드는구나. 그런데 퀸, 커크의 아들 쪽은 어떻더냐. 그리고 그 능글맞은 번은?”

“커크는,” 엘러리는 신중하게 말했다. “그 친구가 문제예요. 그 친구 어제 저녁에 저더러 만찬회에 참석해 달라고 하지 않겠어요. 어제 오후에 전화로 말이에요. 도무지 알 수 없는 것은 그때 눈을 크게 뜨고 있어 달라는 거예요. 그래 놓고 살인사건이 터지고 나니까 그건 농담이었다, 아무 의미도 없었다는 겁니다. 저에게 거래처 출판사를 바꾸게 할 목적으로 거기 불러서 번을 만나게 하고 싶었을 뿐이었다고 앞뒤가 맞지 않는 헛소리를 하는 거예요. 농담이라니…….” 엘러리는 머리를 한 번 흔들고 나서 말했다. “전 그렇게는 생각되지 않습니다.”

“흐음, 네 손으로 그 친구를 처리하겠느냐, 아니면 내가 다그쳐 볼까? 그 친구의 어제 오후의 동정에는 매우 이상한 점이 많아.”

“안됩니다, 아버지. 진짜 머리 좋은 녀석들은 거친 방법으로는 아무것도 알아내지 못한다는 걸 모르십니까? 그 번민하는 젊은 출판쟁이는 저한테 맡겨 두십시오. 번은 만만치 않습니다. 그 친구는 채찍처럼 빈틈이 없어요. 제가 소문에 듣기로 그 친구는 세 가지 극적인 성격을 지니고 있는 모양입니다. 재치 있는 베스트셀러를 냄새 맡는 코와, 귀신같은 콘트렉트 브리지 솜씨와, 예쁜 여자라면 사족을 못 쓴다는 세 가지 점입니다. 위험한 배합이지요. 어떻게 다루어야 좋을지 도무지 짐작이 안 갑니다. 그 친구가 어제 저녁

자기를 위해서 마련한 모임에 늦게 온 것도 수상해요. 저 같으면 아버지, 그 친구의 어제 행적을 살펴보겠는데요.”

“그런 것은 이미 전력을 다해서 하고 있어, 특히 커크는. 그 친구한테는 어딘지 좀 의심스러운 데가 있어. 그런데,” 경감은 한숨을 쉬었다. “나는 우선 모든 수단을 써서 그 시체의 신원을 조사하는 일부터 시작해야겠어. 옷도 조사 중이야. 여러 각도의 사진을 찍어서 완전한 인상서를 덧붙여 오늘 정규 수사망을 통해서 내보내기로 되어 있어. 아까도 말했듯이 부하들은 그 사나이가 챈들러에 모습을 나타내기까지의 동정을 조사하고 있지. 실종인과도 협력을 해주고 있고, 조금 있으면 플라우티 선생한테서도 검시 보고가 올라올 거야. 그러나 지금 상태로는…… 아직 아무것도 없어.”

“아버지께서는 조금 초조해 하시는 게 아닙니까? 지문도 없구요?”

“쓸 만한 것은 하나도 없어. 커크나 오스본이나 그 간호사 것은 수두룩한데 말이다. 그게 당연한 일이지. 하지만 요긴한 것은 문과 부지깽이인데, 이 두 가지 물건은 깨끗이 닦여 있거든. 어쩌면 범인은 장갑을 끼고 있었는지도 모르지.”

엘러리는 의자에 깊숙이 주저앉아서 꿈을 꾸듯이 천장을 바라보고 있었다.

“이 사건은 생각하면 할수록 재미가 있어요. 그리고 점점 영문을 모르겠고요” 하고 엘러리는 중얼거렸다.

“이 사건은 대강의 특징을 갖추고 있어.” 경감은 퉁명스럽게 말했다. “단지 그게 모두 미친놈의 짓 같기는 하다만. 내가 보는 바로는 이것은 단지 신원 확인이 문제될 뿐이야. 범인이 그토록 복잡하게 손을 써서 피해자의 신원을 숨기게 한 사실 그 자체가, 그 땅딸보가 누군지 알기만 하면 명확한 범인의 단서를 잡을 수 있다는 것을 나타내고 있거든. "

"대단한 착안이신데요. " 엘러리가 감탄한 듯이 웃으며 말했다.

"머지않아 우리들의 손으로 그가 누군지를 발견하든가, 혹은 어딘가에 있는 그를 걱정하던 친척이 신원을 확인해 주겠지. 어제 저녁에 네가 나가고 난 뒤에 신문기자들더러 현장을 마음대로 찍게 해 주었어. 그 사나이의 미소 띤 얼굴은 오늘 아침 신문마다 실려 지금 시내에서 팔리고 있을걸. 지금 당장에 누가 전화를 걸어온다 해도 하나도 놀랄 건 없지. 그렇게만 되면 이제 길은 탄탄한 거야. "

"범인을 체포하러 즉각 마지막 출동을 하신다는 말씀이군요. 사건은 해결, 자신만만. " 엘러리는 하품을 했다. "저는 그 어느 쪽에도 동조 못하겠는데요. " 그는 두 손으로 머리를 싸안고 천장을 노려보고 있었다. "그 모든 물건을 거꾸로 해놓은 뚱딴지같은 소행……놀라운 일입니다, 아버지. 정말 놀라운 일이에요. 아버지는 그게 얼마나 놀라운 일인가를 잘 모르시는 것 같군요. "

"얼마나 미친놈의 짓인지, 그것은 나도 잘 알고 있어. " 경감은 신음하듯이 말했다. "그런데 너는 사람을 깜짝 놀라게 만들 만반의 준비가 되어 있다, 이 말이냐? 누가 했단 말이냐. 너의 '수수께끼' 경구 따윈 나로서는 조금도 우습지도 재미있지도 않아. "

"아니에요, 아버지. 제가 말씀드린 건 그런 뜻이 아니에요. 누가 그랬는지, 무슨 이유로 그랬는지, 그것조차도 저는 짐작이 안 가는 걸요. 대강의 짐작조차도 못하고 있어요. 세 종류의 사람 중 누구든지 이 거꾸로 하는 짓은 할 수 있다고 생각해요. 범인이든, 공범자가 있었다고 한다면 그 공범자이든, 범죄 현장에 기어들었던 어떤 똑똑한 덜렁꾼이든 말이에요. 물론 피해자는 문제 밖이지요. 즉 사했으니까요. 지금 말씀드린 세 종류의 사람이라면 누구든지 그 짓을 한 죄를 씌울 수가 있습니다. 그리고 이 세 종류의 사람 중 누군가가 한 짓이 아니면 안되고요."

"퀸." 경감은 갑자기 아들을 부르며 고쳐 앉았다. "너는 어떻게 그 땅딸보가 스스로 그것을 한 게 아니라는 걸 알았지? 살해되기 전에 하려면 얼마든지 할 수 있었잖느냐?"

"그건 그렇고……." 엘러리는 일어나서 창가로 가면서 말했다.

"그의 넥타이는 어떻게 되었을까요."

"창문으로 버렸는지도 모르지. 아니면 범인이……아니, 그건 틀렸어." 경감은 중얼거리듯이 말했다. "창 밑의 배경 세트는 모조리 수색했지만 아무것도 발견되지 않았어. 불에 태워 버릴 수도 없었어. 난로는 겉치레로 있는 것뿐인데다 재도 없었으니까."

"불에 태웠다는 것은 생각할 수가 있지요." 엘러리는 뒤를 돌아다 보지도 않고 말했다. "재를 가지고 갔는지도 모르니까요. 그리고 다른 점에서 아버지의 설은 틀려 있어요. 그는 후두부를 얻어맞았습니다. 발견되었을 때에는 옷이 거꾸로 입혀져 있었습니다. 외투와 목도리는 벗겨져 의자 위에 놓여 있었는데, 외투 깃에는 피가 묻어 있었습니다. 그것은 즉 얻어맞았을 때는 외투를 입고 있었다는 것이 되지요. 그 사나이가 챈들러 호텔에 들어왔을 때 이미 외투 속에 양복을 거꾸로 입고 있었다는 엉뚱한 설을 세우지 않고서는 두들겨 패서 외투 깃에 피를 묻힌 다음에 범인이 시체의 옷을 거꾸로 입혔다는 것을 인정하지 않을 수가 없어요. 옷을 거꾸로 입힌 것이 범인이라고 한다면 다른 물건들을 거꾸로 한 것도 역시 범인의 짓이었음이 확실합니다."

"그래서 어떻다는 거냐?"

"아니오, 아무것도 아니에요. 그냥 저는 깊은 수렁에 빠져서 허우적거리고 있는 겁니다. 그런데 옷 속에서 나와 있던 그 창을 아버지는 어떻게 생각하십니까?"

“아아, 그것 말이냐.” 경감은 멍하니 말했다. “그건 이번 사건이 모조리 미친 짓 같다는 또 하나의 증거에 지나지 않아. 그것에 무슨 조리 있는 이유가 있을 까닭이 없어.”

엘러리는 이 말에는 대꾸하지 않고 얼굴을 찌푸리고서 창 밖을 보고 있었다.

“아무튼 좋아. 넌 너대로 그런 것들로 골치를 썩히려무나. 나는 나대로 정공법으로 나가겠다. 말해 두지만, 그 소행에는 의미고 뭐고 없다는 것만 알아 둬.”

“어떤 일이든지 의미가 있는 법이에요.” 엘러리는 홱 돌아서며 큰 소리로 말했다. “전 값싼 술 한 잔에 산해진미를 걸겠어요. 이 사건이 해결되면 그 근처에는 반드시 거꾸로 된 사건이 놓여 있는 게 발견될 겁니다.”

그러나 경감은 회의적인 눈치였다.

“꼭 한 가지 확실한 것이 있습니다. 모든 물건이 거꾸로 되어 있다는 것은 죽은 자에게 관계되는 무엇인가가, 혹은 누군가에 대해 무엇인가 거꾸로 된 것이 있음을 나타내고 있습니다. 따라서 저는 아무리 사소한 것일지라도, 또 보기에 아무리 억지 이론으로 보일지라도 거꾸로 된 뜻을 가지고 있을 성싶은 것이라면 뭐든지 가능한 한 찾아내는데 제 조그만 정력을 바칠 작정입니다.”

“행운을 빌마. 아무래도 네 머리가 어떻게 된 것 같아 걱정스러울 정도구나.” 경감은 불만스러운 듯이 말했다.

“사실은 이미 벌써 거꾸로의 뜻을 가지고 있을 성싶은 것을 두서너 가지 발견해 놓았습니다. 아버지는 그게 뭔지 아십니까?” 엘러리는 얼굴을 좀 붉히며 말했다.

“발견했다고?” 노인은 코담뱃갑 뚜껑을 열려다 말고 손을 멈추었다.

"발견했지요. 하지만 아버지는……." 엘러리는 쓴웃음을 지으면서 말했다. "아버지의 일을 하세요. 전 제 일을 할 테니까요. 누가 먼저 목적을 이룰는지요."

벨리 부장은 실크햇을 머리 뒤로 젖혀 쓰고 경감의 방에 나타났다. 그 매서운 눈에는 평소에 없는 흥분의 빛이 감돌았다.

"경감님, 안녕하십니까, 퀸 씨……경감님, 멋진 단서를 찾았습니다."

"수고했네, 토머스, 그 시체의 신원을 알아냈단 말이지." 경감은 침착하게 말했다.

"아니, 그런 게 아니라 커크에 대한 것입니다."

벨리는 얼굴을 숙였다.

"커크라니, 어느 쪽 커크인가."

"젊은 쪽입니다. 그가 어제 오후 4시 반쯤 챈들러에 있었던 걸 본 사람이 있습니다."

"그래, 어디서?"

"엘리베이터 안에서요. 바로 그 시각에 커크를 태워 가지고 올라간 엘리베이터 보이를 하나 발견했지요."

"몇 층으로 말인가요, 벨리 씨?" 엘러리는 천천히 물었다.

"그걸 글쎄, 기억 못하고 있어요. 엘리베이터 보이 녀석이. 그러나 늘 올라가는 22층이 아니었던 것만은 확실하다고 합니다. 그래서 기억을 하고 있다는 거요."

"이상한 이치로군." 엘러리는 무뚝뚝한 투로 비평했다. "그 친구는 그 무렵에 브로드웨이며 제5 애비뉴를 산책하고 있다고 했었는데, 그밖에는 뭐 없습니까, 부장?"

"그것만으로도 충분하지 않습니까?"

"좋아, 토머스, 그한테서 눈을 떼지 않도록 하게." 경감은 건성인 것처럼 말했다. "그건 우리만 알고 있도록 하세. 상대방을 겁먹게 하는 것은 좋지 않으니까. 그러나 그가 지금까지 해온 행적을 모조리 조사해 주게. 우표와 보석 관계 쪽은 수배를 했나?"

"부하들이 아직도 뛰어다니고 있습니다."

"좋아."

벨리 부장이 나가면서 쾅 닫은 문이 아직도 흔들리고 있을 때에 엘러리가 미간을 모으며 말했다.

"이제 생각이 납니다만, 깜박 잊고 있었군요. 이걸 좀 보십시오."

엘러리는 주머니에서 구깃구깃해진 봉투를 꺼내어 경감 앞에 던졌다.

경감은 아들을 빤히 보고 있었다. 그러다가 봉투를 집어 들어 편편하게 폈다. 그는 가느다란 손가락을 집어넣어 한 장의 쪽지를 끄집어냈다.

"어디서 손에 넣었느냐?"

"훔친 거예요."

"훔쳤다고?"

"여기에 대해서는 이야기가 있어요." 엘러리는 어깨를 움찔했다.

"도덕에 관한 한 전 아무래도 급속도로 타락의 구렁에 떨어진 것 같습니다. 정말이지 슬픈 징조에요…… 7시 15분쯤 전에 커크와 제가 그 사무실에 들어갔을 때, 오스본이 편지 한 통을 커크에게 주면서 맥그완이 바로 몇 분 전에 두고 간 거라고 하더군요. 전 커크가 그걸 읽었을 때의 태도가 이상하다고 생각했던 겁니다. 그 친구는 그 편지를 주머니 속에 넣었는데, 그리고 난 뒤에 그 죽은 남자를 발견했었지요."

"그래, 그래서?"

"나중에 만찬의 자리에서 식사를 하기 전에 제가 그 편지를 보여 달라고 했더니, 그 친구는 거절하더군요. 그 친구와 맥그완 사이의 개인적인 용건이라는 거예요. 맥그완은 그와 친한 친구로서 머지않아 그의 매부가 될 사람이지요. 그래서 말입니다, 아버지, 제가 커크 박사의 노여움을 사서 물러가 달라는 명령을 받는 바람에 모두들 흥분하고 있을 때 슬쩍 고급 포도주를 커크의 옷에다 쏟고서 어처구니없을 정도로 쉽게 그 친구의 주머니에서 봉투를 뽑아 낸 것이지요. 이걸 어떻게 생각하십니까?"
쪽지에는 다음과 같이 적혀 있었다.

   이제는 나도 알고 있네. 자네는 위험한 인물과 거래를 하고 있어. 내가 자네한테 충분히 이야기를 할 수 있을 때까지는 일을 서두르지 말게. 돈, 발밑을 조심하게.

급히 연필로 휘갈겨 쓴 것이었다. 경감은 늑대 같은 미소를 띠었다.
"영화에서 말하는 장면의 점입가경이로군그래. 제기랄, 이 친구 조금만 더 똑똑하게 써 주었으면 좋았을 텐데. 아무튼 이 두 사람을 경찰에 끌어내야겠어."
"그건 안됩니다." 엘러리가 당황해서 말했다. "그러시면 일을 죄다 망칩니다." 엘러리는 메모수첩과 연필을 집어 들고 이름 하나를 휘갈겨 썼다. 경감은 눈알을 굴렸다. "경찰에 끌어내시려거든 이 사나이를 끌어내도록 하십시오."
"하지만 이 사람은 대체……."
"그 이름의 사람이 발견될지 어떨지, 오래된 기록을 한 번 살펴보시지요. 말씀드립니다만, 퍼스트 네임은 틀렸을지도 몰라요. 전국 경찰에다가 수배를 하시는 것도 좋을지 모르겠고요. 그러나 제 짐작으로는 스코틀랜드 야드나 파리 경시청에 조회해 보시는 게 좋을 것 같습니다. 곧 전보를 치시지요."

"그런데 이 인물은 대체 누구지?"

경감은 버저에 손을 뻗치면서 말했다.

"아버지는 이미 소개를 받으셨습니다." 엘러리는 점잖게 말하며 이 방에서 가장 편안한 의자에 깊숙이 앉았다. 그 동안에 경감은 각 담당에게 동원 명령을 내리기 시작했다.

플라우티의 잎담배가 검은 깃발처럼 앞장서서 문을 들어서고, 그 뒤에 장본인이 비틀비틀 들어섰다. 그는 일단 멈추어 서자 퀸 부자를 마치 탐색이라도 하듯이 바라보았다.

"안녕들 하시오. 이건 또 어떻게 된 노릇인가. 내 눈이 어떻게 되었단 말인가. 아니면 내가 시체실로 되돌아왔단 말인가? 왜들 그렇게 뚱한 얼굴을 하고 있지요."

"오오, 플라우티 선생." 경감은 생기를 되찾고 말했다.

엘러리는 건성으로 손을 흔들어 보였다.

"판결은 어땠습니까?"

의무 검사관보는 한숨을 한 번 푹 쉬고 의자에 앉아 볼썽사납게 다리를 쭉 뻗었다.

"미지의 단수 또는 복수로 된 사람으로 말미암은 폭력에 의한 죽음이오."

"말 같지도 않은 소리. 장난은 집어치우고 진지한 이야기를 하구료. 뭐 발견된 것이 없었소?" 경감은 화난 목소리로 말했다.

"이렇다할 건 아무것도 없습니다. 눈곱만한 것도 없어요."

"그래요, 그래서?"

플라우티 의사는 늘어지는 듯한 어조로 말했다. "그 사나이에게는 털이 난 조그만 돌기가 하나 있더군요. 흔히 점이라고 하는 것이 말입니다. 배꼽 밑 2인치되는 오른쪽에 말이오. 신원 확인의 단서임에는 틀림없겠으나, 사랑하는 그 부인이라도 발견하지 않고서는 당신들에게 도움되지 않겠지요. 그의 육체적 잔존체는 인류이고, 성은 남성임을 나타내고 있어요. 나이는 대략 50살이지만 60살일지도 모르오. 영양은 상당히 좋습니다. 생존 중의 몸무게는 153파운드, 키는 5피트 4.5인치. 마치 개구리처럼 불룩한 배를 보면 식욕 과잉 섭취라고나 할까요. 청회색 눈에 백발이 나기 시작하고 있는데, 머리는 진한 블론드, 하지만 그런 거야 아무려면……."

"식욕이라고 하시면……" 엘러리가 중얼거렸다.

"아니, 아직 내 말이 끝나지 않았소. 외상 자국, 또는 외과 수술의 흔적은 없어요. 피부는 매우 광택이 있어서 전체적으로 계란 같았소. 발가락에 못이 배겨 있었지만 말이오." 플라우티 의사는 뭔가 생각하는 것처럼 불이 꺼진 잎담배를 질근질근 씹고 있었다. "직접적인 사인이 두개골의 강타에 있음은 의심할 여지가 없습니다. 무엇으로 얻어맞았는지는 아직 모르고들 있겠지요. 그리고 아드님인 퀸, 나의 이름난 실험실의 술 증류기를 가지고, 가능한 모든 가공할 실험을 거듭하였음에도 불구하고 그의 조직 안엔 독물의 흔적이 조금도 없었음을 보고하게 된 것을 영광으로 아네."

"아니, 대체 술 증류기가 뭐 어떻단 말이오." 경감은 버럭 소리를 질렀다. "대관절 무엇에 홀렸기에 이러시오, 플라우티 선생. 오늘은 하나같이 다 돌아버린 모양이지. 좀더 사람다운 말을 할 수 없겠소, 플라우티 선생. 그것뿐이오?"

"그런데." 플라우티 의사는 태연히 말을 이었다. "아까 말한 식욕 문제로 돌아가기로 하지요. 여기 있는 퀸 도련님의 관심을 끈 모양이니. 한눈에도 엄청나게 먹성이 좋아보이는 흔적이 역력한 그 친구, 그러니까 그 시체는 어쩐 일인지 어제는 아주 조금 밖에 식사를 하지 않았더군. 그리고 아주 신속하게 배설을 하고 있습니다. 위 및 식도에서도 아무것도 발견되지 않았소. 다만 퀸, 여기서 겨우 자네가 관심을 가진 문제에 도달한 셈인데……반쯤 소화된 오렌지의 잔해가 있었을 뿐이었네. "

"오오. " 엘러리는 괴상한 한숨 소리를 내며 말했다. "그걸 기다리고 있었어요. 탄지르 밀감이었습니까 ? "

"그런 걸 내가 어떻게 아나, 이 사람아. 그런 구별은 할 수가 없네. 위액이 등장해서 위장 운동이 시작되고 난 뒤엔 강력한 소화 조직 안에 있는 내용물을 아무리 뒤적거려봐야 알 수가 없다네. 이거 이야기가 옆길로 나갔군그래. 그러나 그 방에서 탄지르 밀감 껍질이 발견되었다고 한다면 나의 홈즈적 추리를 가지고 볼 때 자네의 말에 찬성하는 게 마땅하겠지. 이것으로 나는 두 분에게 경의를 표하고, 유쾌한 아침을 보내시기를 빌며 물러가기로 하겠습니다. 다시 지시가 있을 때까지 물건을 보존해 두어야 하는 거지요 ? 알았습니다. "

"선생님, 잠깐만 기다려 주십시오. " 엘러리가 나직한 소리로 말했다. 경감은 신경질을 누르지 못해 안절부절못하고 있었다. "그러시다면 탄지르 밀감은 그 방에서 먹은 것으로 생각해도 괜찮겠지요 ? "

"시간이 상당히 지났기 때문에 하는 말인가 ? 하지만 그게 틀림없을 걸세, 퀸. 괜찮고말고. " 플라우티 의사는 피식 웃고는 태평스러운 발걸음으로 나갔다.

"바보 같은 친구가" 경감은 혀를 차며 벌떡 일어나 의무 검사관보의 뒤에서 문을 쾅 닫았다. "내 사무실을 싸구려 만담 장소로 취급했어. 앞날이 한심스럽군. 전엔 저 친구도……. ”

 “쯧쯧, 아버지도 오늘 아침엔 유별나게 어떻게 되신 것 같군요. 플라우티는 말입니다, 아버지, 실례지만 아버지한테 가르쳐 드리겠습니다만 실로 흥미진진한 한 가지 발견을 가져왔습니다. ”

 “당치도 않은 소리. ”

 “당치도 않은 소리는 아버지께서 하고 계십니다. 전 탄지르 밀감 이야기를 하고 있는 겁니다. 우리는 그 땅딸보가 그 방에서 그걸 먹었다는 것을 확인해 두지 않으면 안됩니다. 그 방은…… 그 방에 관계 있는 것은 뭐든지 중요합니다. 그리고 그 탄지르 밀감은, 물론 아버지도 그것의 중요한 점을 아시겠지요. ”

 “알다니, 뭘 알아? 그런 것을 아는 이는 전능하신 하느님뿐이야. ”

 “탄지르 밀감이란 대체 무엇입니까? ” 엘러리는 멍하니 말했다.

 노인은 험악한 눈을 하고 아들을 응시했다.

 “이번에는 수수께끼 풀이를 시킬 참이냐. 오렌지의 일종이지 뭐냐. ”

 “맞습니다. 그러나 어떤 종류의 오렌지입니까. 말씀해 보세요. ”

 “어떤 종류, 그런 걸 내가 알 게 뭐냐. 그런 건 아무려면 어때, 어차피……. ”

 “하지만 아버지는 알고 계세요. ” 엘러리는 열을 띠고 말했다. “틀림없이 알고 계십니다. 저도 알고 있고요. 누구나 다 알고 있지요. 그리고 전 그 살인자도 알고 있었다고 생각하기 시작했습니다. 탄지르 밀감은 보통 차이나 오렌지로 알려져 있지요. ”

 경감은 일부러 책상을 돌아와서 하늘 방향으로 두 손을 들었다.

 “이것 봐, 엘” 하고 그는 엄한 목소리로 말했다. “난 이제 더 참을 수가 없어. 말해두지만, 이게 마지막이야. 그는 누군가를 기다리기 위해 그 괴상한 방에 들어간 거였어. 기다리고 있는 사이 테이블 위에 있는 과일 접시가 눈에 띄었겠지. 그는 몹시 시장해 있었어. 의사가 아까 그렇게 말하지 않더냐. 그래서 그 사나이는 맛이 좋아 보이는 탐스러운 탄지르 밀감 하나를 집어 먹었다. 그러고 있는데 누가 와서 그를 두들겨 팬 거야. 제정신으로 분별 있는 사람이 생각할 때, 그 어디가 잘못되었단 말이냐. ”

엘러리는 입술을 깨물었다.

“저도 그 점을 알고 싶은 거예요. 차이나 오렌지…… 아아, 제기랄, 나로서는 아무래도 설명할 수가 없어. 설명이 안 되는 건 오렌지에 대한 것이 아닌데도……. ”

엘러리는 일어서서 외투에 손을 뻗쳤다.

“알았다. ” 경감은 실망한 듯이 두 손을 내리면서 말했다. “난 손 들었어. 끝까지 해보려무나. 차이나 오렌지든, 멕시코 옥수수든, 스페인 옥파든, 영국 빵이든, 멋대로 네 머리를 썩히려무나. 내가 알 바 아니니까. 내가 하고 싶은 말은, 너 같은 반미치광이가 일일이 수수께끼 같은 생트집을 잡지 않고서는 아무도 오렌지 한 개도 못 먹는가 하는 점이야. ”

“그런데 차이나 오렌지의 경우만은 그렇지가 않아요, 나의 존경하는 조상님. 그렇지가 않을 거예요. ” 엘러리는 갑자기 흥분해서 대들 듯이 말했다. “등장인물 가운데 중국에서 온 소설가가 있고, 중국 것을 전문으로 하는 우표 수집가가 있고, 범행에 관계 있는 모든 물건이 거꾸로 되어 있는 이 경우에는……. ”

엘러리는 좀 지나치게 말했다고 생각했는지 갑자기 말을 끊었다. 그 눈에는 놀랄 만한 지혜의 빛이 어려 있었다. 그대로 우뚝 선 채 한참 동안 가만히 생각하고 있다가, 이윽고 모자를 머리에 후딱 쓰고 경감의 어깨를 건성으로 두드리고는 급히 나갔다.

반대로 된 나라

허벨은 커크네의 아파트 문을 열고, 그곳에 엘러리 퀸이 손에 모자를 들고 아주 자연스럽게 스틱을 쳐들며 사뭇 친숙하게 미소 지은 얼굴로 서 있는 것을 보자 조금 얼떨떨해 하는 것 같았다.

"어떻게 오셨는지요?" 허벨은 별로 당황하지 않고 코 먹은 소리로 말했다.

"나는 두례한 사람이야." 엘러리는 스틱을 문지방에 세우고 유쾌한 듯이 말했다. "말하자면 무례한 짓을 하는 사람이지. 아니, 바른 대로 말하자면 퉁겨서 돌아온 건지도 모르네. 그래, 맞았어. 쫓겨나도 퉁겨서 돌아오는 것, 쫓겨나도 말이야. 그런데 나는……."

"정말 안됐습니다만, 실은……." 허벨은 맥이 빠진 눈치였다.

"실은 뭔가."

"안됐습니다만, 실은 아무도 안 계십니다."

"전부터 흔히 들어오던 그리운 변명이지." 엘러리는 실망하는 태도를 지어 보였다. "허벨, 똑똑히 말해 보게. 곤란하단 말인가…… 그 말의 뜻이 뭐지? 문제는 이 집 사람들이 나를 만나기 싫어한다는 것 아닌가."

"안됐습니다."

"그런 소리는 의미가 없네, 이 사람아." 엘러리는 중얼거리면서 부드럽게 상대를 밀어젖혔다. "그런 칙명은 만나고 싶지 않은 손님에게만 통용되네. 나는 손님이 아니라 공무상의 자격으로 여기 온 걸세. 그러니까 자넨 나를 내쫓을 수가 없어. 안 그런가, 이 사람아. 위대한 사용인 계급에 있어서 인생이란 실로 복잡한 것임에 틀림없어." 엘러리는 객실 입구에서 발을 멈추었다. "허벨, 자네는 사실을 말했던가?"

객실엔 인기척이 없었다.

"퀸 씨, 누구를 만나시려고 그러시는지요?"

허벨은 눈을 깜박깜박했다.

"특별히 누구랄 것도 없지만, 템플 씨라도 좋네. 아직 커크 박사님은 마음이 풀어지지 않았을 테니 그분과는 진지한 이야기를 못할 테고 말이야. 아닌 게 아니라 또 쫓겨날까봐 걱정이거든. 템플 씨로 하지. 그분은 틀림없이 계시겠지?"

"한 번 가 보고 오지요." 허벨은 덧붙여 말했다. "외투와 스틱을 이리 주십시오."

"공무라고 말하지 않던가." 엘러리는 이리저리 서성거리면서 귀찮은 듯이 말했다. "이 말은 외투를 그냥 입고 있겠다는 뜻이네. 그리고 이류 탐정이라면 모자도 말일세. 저건 마티스가 아닌가? 근사하군! 저게 만약 진짜라면…… 여보게, 허벨, 부탁이니 멍청히 서 있지만 말고 가서 템플 씨를 찾아오게."

템플 양은 이내 나왔다. 무언지는 모르지만 상쾌하고 우아한 것을 입고 있었다.

"안녕하세요, 퀸 씨. 왜 그렇게 어색한 표정을 하고 계세요, 설마

하니 수갑을 갖고 오신 건 아니겠지요? 외투를 벗고 편히 앉으시지도 않고.”

두 사람은 진지하게 악수를 했다. 엘러리는 앉았으나 외투는 벗지 않았다. 조 템플은 숨도 쉬지 않고 빠른 어조로 말했다.

“퀸 씨, 정말 사과드립니다. 어젯밤의 일에 대해서 말이에요. 커크 박사님은…….”

“커크 박사님은 노인입니다.” 엘러리는 쓴웃음을 짓고 말했다.

“노인을 상대로 화내다니, 제가 어리석었지요. 그런데 실례지만, 의상에 대한 취향이 아주 좋으신데요. 바탕의 무늬가 수국꽃인가 뭔가 하는 그런 느낌이 드는데, 그렇지요, 그 중국에 있는 꽃입니다만.”

템플 양은 웃었다. “연꽃을 말씀하시는 건가요. 아무튼 칭찬을 해주셔서 고마워요. 서양에 와서 이런 반가운 인사말을 듣는 건 처음이에요. 서양인은 여자를 칭찬하는 데 별로 상상력이 없거든요.”

“그 점은 나로서 좀 이해가 안 가는데요.” 엘러리는 말했다. “나는 여자를 싫어하는 편이거든요.” 이렇게 말해 놓고 두 사람은 함께 웃었다. 그리고는 두 사람 다 입을 다물어 버려서 옆방을 지나가는 허벨의 또박또박하는 발소리 말고는 아무것도 들리지 않았다.

템플은 무릎 위에 깍지를 끼고 엘러리를 빤히 보고 있었다.

“뭘 생각하고 계세요, 퀸 씨?”

“중국에 대한 겁니다.”

그 말이 너무 갑작스러운 것이어서 템플 양은 좀 놀란 기색이더니 이윽고 입술을 꼭 다물고 의자 등에 기댔다.

“중국이라고요, 퀸 씨? 퀸 씨같이 총명한 분이 왜 하필 중국에 대한 것을 생각하시지요?”

“어쩐지 신경이 쓰여서요. 굉장히 신경이 쓰입니다. 단지 한 나라의 이름이 이토록 신경 쓰이다니, 정말이지 여태까지 생각도 해본 적이 없습니다. 어제는 밤새도록 그 꿈까지 꾸지 않았겠습니까."

템플 양은 눈도 깜박이지 않고 엘러리를 바라보며, 사이드테이블에 있는 담뱃갑을 들어 뚜껑을 열고 엘러리에게 권했다. 담배 연기가 느릿하게 피어오르는 동안 두 사람 다 한마디도 입을 열지 않았다.

"어젯밤에 제대로 못 주무셨다고요." 템플 양은 가까스로 입을 열었다. "이상하군요, 퀸 씨. 저도 그래요. 그 불쌍한 남자의 모습이 자꾸 어른거려서요. 캄캄한 어둠 속에서 꼬박 네 시간이나 저를 보고 웃고 있지 않겠어요." 템플은 가늘게 몸을 떨었다. "그래서요, 퀸 씨?"

"내가 들은 바로는 중국은 모든 게 반대로 된 나라라더군요."

엘러리는 피곤한 듯이 말했다.

그 말에 템플은 앉음새를 고쳤다.

"퀸 씨, 우리 그런 시시한 펜싱은 그만두기로 해요. 솔직히 퀸 씨는 지금 무엇을 말씀하시고 싶은 거지요?"

"난 말입니다……." 엘러리는 부드럽게 말했다. "지식에 굶주려 있습니다, 템플 씨. 그리고 이번 일에는 템플 씨가 분명히 지혜의 샘이라는 걸 말씀드리고 싶습니다. 중국에 대한 이야기를 좀 해주시지 않겠습니까?"

"중국은 급속적으로 근대화되어 가고 있어요. 퀸 씨께서 듣고 싶으시다는 것이 그런 것이라면 말이에요. 의화단 사건 이래 굉장히 변했어요. 어떤 의미에서는 경제상 필요한 문제이겠지만요. 일본이 강제로 중국을 끌어들여……."

"아니, 내가 말하는 뜻은 그런 게 아닙니다." 엘러리는 고쳐 앉으며 담배를 비벼 껐다. "내가 말하는 것은 글자 그대로의 '반대'에 대한 것이지요."

"오오." 템플 양은 이렇게 한마디하고 입을 다물더니 이윽고 한숨을 쉬며 말했다. "퀸 씨께서 무슨 생각을 하고 계시는 것쯤은 저도 알고 있었지요. 어차피 물어보실 것은 뻔한 일이니까요. 그래요, 퀸 씨께서 하신 말씀이 꼭 맞았어요. 정말 이번 사건에는 무언지 모르게 놀라운 것이, 우연의 일치로만 여기고 넘길 수 없는 것이 있어요. 글자 그대로 중국의 반대적인 사정에 비추어 볼 때 말이에요. 퀸 씨께서 이 영문 모를 반대적 범죄 소행에 관심을 가지신 이상, 저를 다그치시는 것도 무리가 아니에요."

"아주 이해심이 많으신데요." 엘러리는 중얼거리듯이 말했다. "이래서 우리는 서로 이해가 된 셈이군요. 그래서 템플 씨, 아시겠지만 난 지금 오리무중의 상태에 있습니다. 내가 생각하고 있는 것이 어쩌면 단순한 헛소리에 지나지 않을지도 모릅니다. 앞뒤가 안 맞고 뜻도 없는 일일지도 모릅니다. 그리고 또……." 엘러리는 어깨를 움츠렸다. "사회적·종교적·경제적 습관이라는 것은 순수하게 관점의 문제입니다. 우리들 서구의 견해로 보아 이를테면 중국인이 우리와 틀리는 또는 반대적인 짓을 하면, 그것이 서구식으로 말할 때 '반대'라고 해석됩니다. 안 그렇습니까?"

"그렇게 생각해요."

"예를 들어 난 동양 풍습에 대해서는 전혀 모르지만, 어딘가에서 들은 바에 의하면 중국인은——묘한 관습이지만——친구를 만났을 때, 친구하고는 악수를 하지 않고 자기 자신의 손과 악수를 한다더군요. 정말입니까?"

"그래요. 매우 오래된 관습인데, 우리들 관습보다도 훨씬 현명해요. 왜냐하면 그 풍습의 배후에 있는 근본적인 사고방식은, 제 자신의 손과 악수를 하면 친구한테 필요 없는 고통을 주지 않아도 된다는 것이니까요."

"어째서 그렇습니까?" 엘러리는 싱글벙글하고 있었다. "내가 보기엔……거기에 대한 것을 한 번만 더 설명해 주실까요?"

"그렇게 하면 병을 쉽게 남에게 옮기지 않게 되잖아요."

"오오."

"옛날 중국인에게 병균에 대한 지식이 있었다는 것은 아니지만, 잘 관찰해 보면……." 템플 양은 말을 끊고 한숨을 쉬었다. "하지만 퀸 씨, 이런 일도 재미있겠지만, 이밖에도 재미있는 일은 얼마든지 있어요. 그리고 일반적인 지식을 퀸 씨에게 알려 드리기가 싫어서 하는 말은 아니지만, 어쨌든 이런 일은 시시한 짓이에요. 이 꿈 같은 반대적인 풍습 찾기 말이에요. 그렇게 생각하지 않으세요?"

"정말이지 여성이란 색다른 데가 있단 말이야. 정말 독창적인 견해인데요. 그러나 어제는 템플 씨도 이 반대적인 문제를 상당히 중요시하신 것 같았는데 오늘은 그걸 시시한 일이라고 하시니, 어디 설명 좀 해주실까요." 엘러리는 중얼거리듯이 말했다.

"아마 생각을 고쳤기 때문에 그렇겠지요."

템플 양은 신중하게 말했다.

"아마 그렇지 않을는지도 모르지요. 허어, 그리고 보니 우리가 흔히들 말하는 막다른 골목에 들어선 모양이군요. 그건 그렇고, 템플 씨, 좀더 이야기를 들려주십시오. 아시는 것은 모두, 지금 생각나시는 것이라면 뭐든지 이야기해 주십시오. 중국의 풍습이나 제도에서, 이쪽 풍습이나 제도와 정반대라는 뜻에서 반대라고 해석되는 것을 모두요" 하고 엘러리는 말했다.

템플 양은 꽤 오랫동안 엘러리를 물끄러미 쳐다보며, 뭔가 질문을 하려다 말고 눈을 감더니 귀엽게 생긴 조그만 입에 담배를 물었다. 가까스로 입을 열기 시작했을 때의 목소리는 차분하게 부드러워서 속삭이는 것 같았다.

"어디서부터 이야기를 해야 좋을지 모르겠군요. 중국 사람은 여러 가지 점에서 아주 색다르답니다, 퀸 씨. 예를 들면 중국 농민들은 ——특히 남부 쪽이 그렇지만——초가집을 짓는데 대부분의 경우 뼈대 위에 먼저 지붕부터 이어요. 우리네가 하듯이 밑에서 위로 세워 나가는 것이 아니라 위에서부터 밑으로 향해 지어 나간답니다."

"네, 계속 말씀하십시오."

"그리고 들으셨겠지만, 중국인은 건강할 때 의원에게 보이고, 병이 들면 의원에게 보이지를 않아요."

"아주 잘된 생각인데요." 엘러리는 나른한 듯이 말했다. "그래요, 그 말은 들은 적이 있습니다. 그리고?"

"몸을 시원하게 하고 싶으면 뜨거운 것을 마십니다."

"멋있군요. 이거 정말 중국인이 좋아지기 시작하는데요. 나도 몸 안의 온도를 올리면 외부의 온도를 견디기 쉽다는 건 이미 실험을 통해서 알고 있지요. 계속하십시오. 템플 씨의 이야기는 아주 재미있는데요."

"놀리고 계시는군요." 템플 양은 갑자기 말했다. 그리고 어깨를 움츠리며 덧붙였다. "미안해요. 물론 들으셨겠지만, 중국 관습으로는 남의 집에서 식사를 할 때 될 수 있는 대로 소리내어 음식을 먹고, 다 먹고 나면 끄윽 트림을 합니다."

"주인에게 음식의 맛이 좋았다는 것을 보증하기 위해서군요."

"그래요. 그리고 또……." 템플 양은 깜찍한 아랫입술에 손가락을 대고 생각에 잠겨 있었다. "아아, 그렇지. 중국 사람은 몸을 식히려면 뜨거운 수건을 써요——뜨거운 걸 마시는 것과 같은 이치로——그리고 땀을 말리는 데는 젖은 수건을 써요. 아시다시피 그쪽은 굉장히 덥거든요."

"재미있군요."

"물론 길은 우측이 아니라 좌측 통행이에요. 하지만 그건 동양뿐만이 아니지요. 유럽도 대체로 그러니까요. 그리고 또 뭐가 있더라. 중국 사람은 마귀를 방지하기 위해서 대문 앞에 나직한 담을 만들어요. 중국의 악령은 똑바로 밖에 가지를 못하기 때문이지요. 그래서 바깥 대문으로 통하는 길을 뺑 두르고 있어요. 그러면 마귀들을 완전히 막을 수가 있다는 거예요."

"참으로 순진하군요."

"참으로 논리적이에요," 하고 템플 양은 응수했다. "퀸 씨는 동양에 대한 것이라면 무조건 얕잡아보는 서구식 태도를 취하시는군요. 백인의 짐이니 뭐니 하시면서……."

"한 대 또 얻어맞았는데요. 그밖에는요?"

엘러리는 얼굴을 붉혔다.

템플 양은 미간을 모았다.

"아직 몇 천 가지나 더 있을 거예요. 그래요, 맞아요, 여자가 바지 같은 것을 입고 남자가 스커트 같아 보이는 옷을 입고 있어요. 그리고 중국 학생들은 교실 안에서 소리를 지르며 공부를 해요."

"그건 무엇 때문이지요?"

템플 양은 생긋 웃었다.

"그렇게 하면 학생들이 정말로 공부를 하고 있는지 어떤지를 선생님이 훤히 알 수 있거든요. 그리고 또 중국 사람은 태어나면 한 살을 먹어요. 사람의 생애는 임신과 동시에 시작되며, 모태로부터 떠났을 적에 시작되는 것이 아니라고 일반적으로 생각하고 있기 때문이지요. 그래서 중국 사람은 1년 중의 어느 달에 태어났건 설만 되면 나이를 한 살 더 먹기 마련이라 설에 생일을 차려먹는답니다."

"오호, 그래요. 하지만 그건 계산하기 간단해서 좋겠군요."

"그렇게 간단하지도 않답니다." 템플 양은 정색을 하고 말했다.

"왜냐하면 중국의 설은 생선 장수 여자의 혓바닥처럼 엉터리니까
요. 날짜가 일정하지 않아요. 아무래도 1년 열 석 달의 달력을 근
거로 해서 계산하니까 그럴 수밖에요. 그리고 또 제 친구들은 1년
에 두 번밖에 돈을 갚지 않아요. 다섯 번째 달과 설날에 말이에요.
이건 돈을 빌려 쓴 쪽에서는 대단히 편리하지요. 돈 갚을 날이 다
되어 갈 때 슬쩍 피해 버리면 그만이거든요. 안된 것은 돈을 빌려
준 쪽인게, 그들은 대낮에 등불을 켜들고 한길을 이리저리 찾아다
니는 형편이랍니다."

"왜 등불을 켜지요?" 엘러리는 눈이 뚱그래졌다.

"그건 설이 지난 뒤 빚쟁이가 불 켠 등을 들고 다니는 것은 아직
설이 지나지 않고 그 전날 밤이라는 것을 나타내는 뜻이기 때문이
에요. 이건 어떠세요, 마음에 드셨어요?"

"아주 썩 마음에 들었습니다." 엘러리는 웃었다. "우리들 쪽이 차
라리 여태까지 반대적이었다는 생각이 드는군요. 그건 서구 사회에서
도 채용한다면 아주 편리한 사고방식이겠는데요. 중국의 극장은 어떻
습니까. 무슨 반대적인 것이 있습니까?"

"특별한 건 없어요. 물론 중국에는 무대의 대도구라는 것이 없답니
다. 이 점에서는 엘리자베스 왕조 시대와 비슷하지요. 그리고 또
중국의 음악은 모두 음계가 하나밖에 없고 단조뿐이랍니다. 그리고
중국의 노래는 모두 가성이에요. 중국 사람은 살아 있을 적에 관을
만들고 수의를 지어 놓아요. 이발사는 가게 안에서 머리를 자르거
나 수염을 깎지 않고 한길에서 합니다. 원수를 갚는 최대의 복수
방법은 원수네 집 대문 앞에서 자살을 하는 일이에요."

템플 양은 이때 아주 갑작스럽게 말을 끊고 입술을 지그시 깨물었
다. 그리고 그 근사한 속눈썹 밑으로 엘러리를 날카롭게 힐끔 보고
나서 다음에는 눈을 내리뜨고 손을 들여다보고 있었다.

"정말입니까?" 엘러리는 부드럽게 말했다. "그거 아주 재미있군요, 템플 씨. 그걸 생각해 내 주셔서 고맙습니다. 그 조그만 의식이라고 해도 좋은 것의 배후에 있는 사고방식이 무엇을 뜻하는지, 좀 가르쳐 주시지 않겠습니까?"

템플 양은 나직하게 속삭이는 듯한 목소리로 말했다.

"그것은 자기 원수의 죄의 비밀을 널리 세상에 폭로하는 일이에요. 그리고 수치를 세상에 영원히 드러내 주기 위해서지요."

"하지만 자신은 뭡니까. 죽어 버리는 것이 아닙니까?"

"그래요, 자신은 죽어 버리는 거예요."

"진기한 철학인데요." 엘러리는 생각에 잠기는 것처럼 천장을 바라보고 있었다. "정말 진기해. 일본인의 할복의 변형 같은 거로군요."

"하지만 퀸 씨, 이런 이야긴 아무 상관도 없지 않아요, 이번 살인 사건과는." 템플 양은 숨도 쉬지 않고 말했다.

"네? 아, 네. 물론 없겠지요. 아니, 확실히 없습니다." 엘러리는 코안경을 벗어 반짝거리는 렌즈를 손수건으로 닦기 시작했다. "그런데 템플 씨, 차이나 오렌지는 어떨까요."

"죄송해요, 뭐라고 하셨지요?"

"차이나 오렌지 말입니다. 탄지르 밀감 말이지요. 그 관계로 뭔가 반대적인 것은 없습니까?"

"반대적이라고요, 글쎄요. 하지만 퀸 씨, 중국의 오렌지는 사실 탄지르 밀감과는 달라요. 중국의 오렌지는 탄지르 밀감보다 더 크고 종류도 많고, 여기 것보다 훨씬 맛도 좋아요." 템플 양은 가느다랗게 한숨을 쉬었다. "정말이에요. 그 큼직하고 싱싱하고 물이 많은 달콤한 오렌지를 먹어 보기 전에는 오렌지를 먹었다고 할 수가 없어요."

템플 양이 너무도 갑작스레 어떤 말을 마치 노래 부르듯이 발음하는 바람에 엘러리는 하마터면 안경을 떨어뜨릴 뻔했다.

“그게 뭡니까?” 엘러리가 날카롭게 물었다.

템플 양은 콧노래 같은 투로 그 말을 되풀이했다. 어쩐지 ‘탄지르’에 매우 닮은 것 같은 울림을 가지고 있었다.

“오렌지라는 말의 사투리 중 하나예요. 그야말로…… 글쎄, 수십 가지 방언이 있을 거라고 생각해요. 오렌지의 종류마다 다른 이름이 붙어 있고, 어느 이름이나 중국의 지방에 따라 다 틀리답니다. 중국 광귤은 지금…….”

그러나 엘러리는 듣고 있지 않았다. 뾰족한 턱을 어루만지며 벽을 지켜보고 있었다. “그런데,” 엘러리는 깜짝 놀랄 만큼 갑작스럽게 말했다. “템플 씨께서는 어제 무슨 일로 돈 커크의 사무실에 가셨습니까?”

템플 양은 잠시 대답하지 않았다. 그녀는 다시 손을 깍지 끼더니 가느다랗게 미소 지었다.

“이야기가 갑작스레 튀는군요, 퀸 씨. 아무 일도 아니었어요, 정말. 문득 그 일이 생각나길래, 전 워낙 변덕스러운 성질이라서 만찬회에 갈 옷을 갈아입고 나서 돈을 만나러…… 그 일로 커크 씨를 만나러 갔던 거예요.”

“그 일이란 뭐지요?”

“아무것도 아니에요, 중국 화가에 대한 일이지요.”

“중국 화가라고요?” 엘러리는 벌떡 일어섰다. “중국 화가, 어떤 중국 화가입니까?”

“퀸 씨, 왜 그러시는 거예요?”

엘러리는 템플 양의 조그만 어깨를 잡았다.

“템플 씨, 어떤 중국 화가지요?”

“유옌이라는 사람이에요.” 템플 양은 약간 창백해져 가느다란 목소리로 말했다. “제 친구이지요. 컬럼비아 대학에서 공부하고 있어요. 이곳의 많은 중국 사람들과 마찬가지로 말이에요. 그 사람은 광동에서도 손꼽히는 돈 많은 무역상의 아들이에요. 그리고 정말 기막힌 수채화의 천재랍니다. 그래서 때마침 제 책의——커크 씨가 출판하기로 되어 있는 책입니다만——커버 그림 그릴 사람을 찾고 있던 중이라서 전 문득 그 유옌 씨 생각이 났던 거예요. 그래서 급히……."

"네, 그래요. 잘 알았습니다. 저어, 템플 씨, 그 유옌이라는 사람은 어디 있습니까. 어딜 가면 만날 수 있습니까?" 엘러리는 말했다.

"태평양 바다 위에요."

"네?"

"전 도널드가……커크 씨가 안 계시다는 것을 알고 방으로 돌아와서 대학에다 전화를 걸었어요." 템플 양은 한숨을 쉬었다. "그러자 유옌 씨는 약 열흘 전에 갑자기 중국으로 돌아갔다지 뭐예요. 아버지가 곧 돌아가실 거라는 연락을 받았다나 봐요. 그렇다면 물론 귀국하는 건 불문율 같은 것이 아니겠어요? 중국 사람은 아버지를 굉장히 소중히 여기고 있으니까요. 그래서 유옌 씨는 틀림없이 지금쯤 바다 위에 있을 거라고 생각해요."

엘러리는 실망한 듯한 얼굴을 지으며 "그래요," 하고 중얼거리듯이 말했다. "어쨌든 그쪽에서는 아무것도 안 나오겠지요. 일단은……." 엘러리는 다음에 다시 입을 열었을 때는 미소 짓고 있었다. "그런데 어제 템플 씨께서는 아버님이 미국의 외교관이었다고 하셨지요?"

"그랬어요. 작년에 돌아가셨답니다." 템플 양은 조용히 말했다.

"오오, 그거 정말 안됐군요. 그러시다면 템플 씨는 서구적인 가정에서 지내셨겠군요."

"아니에요, 전혀 달라요. 아버지는 공무상의 일에서는 서구식 습관을 지키셨지만, 전 중국인 보모 밑에서 거의 순수하게 중국풍 환경 속에서 자라났어요. 제가 아직 어릴 때 어머니가 돌아가셨기 때문에 아버지께서 돌볼 겨를이 없어서……." 템플 양은 일어섰다. 몸매가 작은데도 어쩐지 키가 큰 인상을 주었다. "용건은 그것뿐이신가요, 퀸 씨."

"템플 씨 이야기는 좋은 참고가 되었습니다. 정말 감사합니다. 그래서 나도 모든 걸 잘 알았습니다." 엘러리는 모자를 집어 들었다.

"제가 이번 사건에 관계되는 사람이라는 것을 잘 알았다는 말씀이시겠지요," 하고 템플 양은 부드러운 목소리로 말했다. "말하자면 누구보다도 반대적인 것에 대해 잘 알고 있고."

"아아, 그런 뜻으로 말한 것은 아닙니다."

"전 서구식 견해로 볼 때 모든 게 반대적인 나라에서 자랐으니까요. 그렇지요, 퀸 씨."

"템플 씨, 양해하십시오, 수사를 하다 보면 어쩔 수 없이 해야 하는 일도 있으니까요."

엘러리는 얼굴을 붉혔다.

"퀸 씨는 이런 것이 모두 아무런 의미도 없다는 것을 아시리라 믿어요."

"어쩐지 템플 씨께서 오늘은 어제만큼 나를 좋아하시지 않는 것 같군요." 엘러리는 의기소침한 듯이 말했다.

"꽤 똑똑한 여성인데." 퉁명스러운 목소리가 말했다.

재빨리 뒤를 돌아보니 펠릭스 번이 대기실 입구에 서서 싸늘하게 두 사람을 바라보고 있었다. 도널드 커크도 그 뒤에 서 있었다.

도널드 커크는 옷을 입은 채로 누워 잔 것 같은 꼴을 하고 있었다. 언제나의 단정치 못한 양복이 더욱 더 구겨지고 넥타이도 비뚤어져 있었다. 머리는 눈 위에까지 내려와 있고 그 눈 가장자리는 불그스름하게 테가 그려져 있어 아무리 보아도 면도칼을 댈 필요가 있었다. 번의 산뜻한 모습에는 한 점 나무랄 데가 없었으나 단지 머리 가누는 태도에 좀 침착하지 못한 데가 있었다.

"여어! 지금 막 돌아가려던 참이었네." 엘러리는 스틱을 집어 들면서 말했다.

"아마 그게 언제나의 버릇인 모양이지." 번은 우울한 듯이 미소를 띠고 말했다. 그는 조용하고 험상궂은 눈으로 엘러리를 보고 있었다.

엘러리는 뭔가 말을 하려다가 도널드 커크의 눈길을 깨닫고 그만두었다.

"펠릭스, 자넨 가만 있게." 도널드는 가시 돋친 목소리로 말하며 앞으로 나왔다. "퀸, 자넬 만나서 반갑네. 이 기회에 어젯밤 아버지가 하신 뚱딴지같은 실례를 사과하겠네."

"무슨 소리야. 아무 소리 말게. 내가 나빴으니까."

엘러리는 급히 말했다.

"각자가 모두 그 분수를 알아야 하겠지." 번은 중얼거렸다. "아무튼 그건 당신의 한 가지 장점일 거요, 퀸 씨." 번은 이렇게 말하고 짐짓 일부러 조 쪽으로 돌아섰다. "템플 씨, 내가 들른 것은 템플 씨의 책 제목에 대해 의논을 하고 싶어서였습니다. 도널드가 벅(미국 여류소설가 펄 벅)의 책 제목을 흉내 내려는 생각을 가지고 있는 것 같아서요. '육촌형제'니 '이복형제'니 '할아버지'니 하는 식의 제목을 붙여서 말입니다. 그러나 나는……."

"하지만 저는 번 씨가 더 비열하다고 생각해요."

조는 천연덕스럽게 말했다.

갈색의 파도가 번의 피부 밑에서 출렁이기 시작했다.

"맙소사, 템플 씨는……."

"커크 씨에게 그런 의향이 없다는 것은 번 씨도 아주 잘 알고 계세요. 그리고 저도 그런 생각은 꿈에도 하고 있지 않아요. 번 씨는 처음 만나 뵈었을 때부터 너무 무례하군요. 신사라면 좀더 신사답게 행동허 주세요. 그렇지 않으시면 저는 번 씨하고 제 책에 대한 교섭을 거절하겠어요."

"조." 커크가 참다못해 말했다. 커크는 공동 경영자를 노려보았다. "펠릭스, 자네 대체 어떻게 된 거야. 난 도무지 알 수가 없군."

"오만불손이라는 것이지." 번은 불쾌한 듯이 말했다.

"맨덜린 출판사엔 아무런 의리도 없어요." 조는 여전히 침착하게 느릿한 목소리로 말했다. "제 책을 기어이 내야 할 이유는 아무것도 없어요. 계약서는 두말없이 언제든지 찢어 드리겠어요. 번 씨, 그렇게 해주기를 원하시겠지요?"

번은 전혀 꼼짝도 하지 않았다. 그러나 가슴이 조금 부풀어올랐고, 눈빛은 침착했다. 그렇게 바라보고 있는 눈길에는 어쩐지 두려울 정도로 고집스러운 데가 있어보였다. 그리하여 다시 말을 하기 시작하였을 때 그 목소리는 끈쩍하게 엉긴 과즙과도 같았다.

"내 바람은 말이죠…… 마치 방금 기저귀를 박차고 나온듯한 애송이 작가들의, 그것도 위대한 작품의 처량한 모방작에 지나지 않는 그런 덜떨어진 작품을 도널드가 지능적으로 출판하려 한다면 나는 상관하고 싶지 않소. 그러는 짓을 하려는 자니까 지금이라도 맨덜린은……." 번은 중도에서 말을 끊었다. 그러고는 내뱉듯이 비웃는 투로 말했다. "템플 씨, 나는 당신의 훌륭한 작품을 읽었는데 그 덕분에 하룻밤 잠을 손해봤지 뭡니까. 그리고 그 취기가 아직도 코에 배어 있는 것 같소."

템플 양은 번에게 등을 돌리고 창가로 갔다. 엘러리는 조용히 지켜보고 서 있었다. 커크의 갈색 손이 쥐어졌다 펴졌다 하더니 번 쪽으로 가서 매서운 목소리로 말했다.

"펠릭스, 자넨 나가는 게 좋겠어. 취했어. 이야기는 사무실에서 하세."

번은 혀로 입술을 핥았다. 그때 엘러리가 참견했다.

"잠깐만, 극의 육체적 부분이 시작되기 전에 물어봐 둘 것이 있네. 번 씨, 당신은 어제 저녁에 무엇 때문에 늦었지요?"

커크는 동업자로부터 눈을 떼지 않고 있었다.

"번 씨. 어제 저녁에 무엇 때문에 늦었느냐고 묻는 겁니다." 엘러리는 다시 한번 말했다.

상대는 그 말에 건성으로 가무잡잡한 얼굴을 천천히 돌리고, 사람을 깔보는 듯한 공허한 표정으로 엘러리를 바라보았다.

"당신이 알 바 아니오. 나가, 꺼져 버려!"

바로 그때 조는 창가에서 분노로 몸을 떨고 있고, 도널드는 주먹을 쥐고 어쩔 줄 몰라 하고 있었으며, 번과 엘러리가 서로 노려보고 있을 때, 아파트 안 어디선가 목쉰 노인의 목소리가 고함을 질러 댔다.

"게 누구 없느냐. 도둑이 들어왔다. 게 누구 없느냐."

엘러리는 뜀박질을 하여 식당으로 해서 깜짝 놀라고 있는 허벨 곁을 빠져나가 침실 두 개를 지나서 커크 박사의 서재로 뛰어들었다. 조와 도널드가 그 뒤를 쫓았다. 번은 자취를 감추었다.

커크 박사는 어질러진 서재 복판에서 한쪽 손을 휠체어의 등에 대고 몸을 가누며, 다른 한쪽 손으로 뻣뻣한 백발을 쥐어뜯으면서 발을 구르고 고함을 질러대고 있었다.

"자네가 퀸이라는 젊은이인가, 도둑이 들었네."

"무엇을 도둑맞았습니까?"

엘러리는 숨이 차 헐떡이면서 재빨리 주위를 둘러보았다.

"아버지," 도널드가 소리치며 노인 곁으로 뛰어갔다. "앉으세요,

이러다간 아버지가 더 큰일이에요, 왜 그러십니까. 무엇을 도둑맞았어요? 누가 무엇을 훔쳐 갔지요?"

"내 책이다." 70살의 노인은 얼굴을 자줏빛으로 물들이고 짖어대고 있었다. "내 책이야. 이 망할 놈의 도둑, 잡기만 하는 날에는……."

박사는 별안간 신음 소리를 내며 맥없이 휠체어에 주저앉았다. 디바시 양이 새파랗게 질려 잔뜩 겁먹은 얼굴을 하고 복도에서 서재로 살그머니 들어왔다. 환자의 얼굴을 재빨리 살펴보고서 그 곁으로 달려갔다. 박사가 억센 힘으로 떠미는 바람에 간호사는 비실거리다가 하마터면 뒤로 넘어질 뻔했다.

"나가, 썩 나가지 못하겠나?" 박사는 소리를 질렀다. "너희들은 딱 질색이야. 너도 그렇고 네가 해주는 간호도 그렇고, 네가 소중히 아는 돌팔이 의사 앤지니도 그렇고, 의사도 간호사고 다 소용없어. 이것 보게, 퀸. 뭘 하고 있나, 자넨. 거기서 등신처럼 입만 떡 벌리고 서 있으면 어떻게 해. 냉큼 내 책을 훔쳐 간 놈을 찾지 못하겠나?"

"입을 벌리고 서 있는 게 아닙니다, 박사님." 엘러리는 쓴웃음을 지으며 말했다. "저는 박사님께서 마음이 가라앉으시기를 기다리고 있는 중입니다. 흥분이 가시면 아마 박사님으로부터 조리 있는 이야기를 들을 수 있으리라 믿습니다. 지금 상태로는 박사님의 책이 없어졌다는 것간은 짐작하고 있습니다만, 어떻게 도둑맞았다는 것을 아셨습니까?"

"탐정들이란," 노신사는 콧방귀를 뀌었다. "하나같이 바보들뿐이야. 저게 눈에 안 보인단 말인가." 박사는 벽에 붙박이로 된 책장 하나를 구부러진 기다란 집게손가락으로 가리켰다. 그 반 이상이 텅 비어 있었다.

"아, 저건 박사님의 귀중한 책꽂이임을 짐작하고 있었습니다. 어떻습니까, 박사님. 영문 모를 말씀은 그만 하시고 제 질문에 대답해 주시면."

"도둑맞은 것을 내가 어떻게 안단 말인가." 커크 박사는 신음하듯 이 말하며, 바윗덩이 같은 머리를 큰 뱀처럼 좌우로 흔들고 있었다.

"오오, 정말 바보를 상대로 하려니 말이 돼야지. 없어져 있지 않느 냔 말이네."

"없어진 것과 도둑맞은 것은 똑같은 것이 아닙니다, 박사님. 언제 없어졌습니까. 마지막으로 보신 것이 언제였지요 ? "

"한 시간 전이네. 아침 식사를 하고 난 바로 뒤야. 그리고 나서 나 는 침실로 옷을 갈아입으러 갔어. 그래서 저……저 여자 아스클레피 오스(의술의 신)가, " 박사는 파리한 얼굴로 제일 먼 벽 쪽에 서 있는 디바시 양을 노려보았다. "나를 밀고 당기고 하며 내 위에 침까지 흘 리곤 했지. 그것이 끝난 뒤에 여기 들어와 보니 없어져 있더란 말이 야. "

"디바시 양, 당신은 어디에 있었습니까 ? "

엘러리는 날카로운 어조로 물었다.

"저어, 박사님께서 나가라고 하시기에, 저는 사무실로 갔었어요. 말하자면 조금은 사람다운 마음을 가지신 분과 이야기를 하려고…… …. "

간호사는 울먹이는 소리로 말했다.

"그래요, 박사님. 박사님께서 옆방에서 옷을 갈아입으시는 동안 이 방에서 아무 소리도 들리지 않았습니까 ? "

"아니, 아무것도 들리지 않았네. "

"아버지는 조금 귀가 어둡다네. " 도널드 커크가 나직한 소리로 말 했다. "그래서 그 일에 좀 신경을 쓰고 계셔. "

"그런 치사한 소리 쑤군대지 마라, 도널드, 그래서 어떻게 된 건가, 퀸."

"커크 박사님, 전 스스로 천리안을 자부한 적이 아직 한 번도 없습니다. 대처 어떤 책을 도난당했습니까?"

엘러리는 어깨를 움츠리며 물었다.

"나의 모세 5서 주석본이야."

"박사님의 것이라고요."

"무식한 사람 같으니라고." 노신사는 신음하듯이 말했다. "헤브라이 책이야, 헤브라이 책, 이 밥통 같은 사람아. 지난 5년 동안 하나의 이론을 근거로 해서 율법사가 쓴 것을 연구하고 있었는데, 그것은……."

"헤브라이 책……그러시면 헤브라이어로 쓰신 책이라는 뜻입니까?" 엘러리는 천천히 말했다.

"그렇지, 암, 그렇고말고."

"그럼, 다른 것은 아무것도 없어지지 않았습니까?"

"으음, 다행히도 나의 중국어 원고는 남겨 놓았더군, 악당 놈도. 그것이 없어졌다면 난 아무리 울어도 시원치 않았을 걸세."

"오오!" 하고 엘러리는 말했다. "중국어 원고라고요. 박사님께서는 표의문자에 아주 능통하시지요. 그리고 보니 지금 생각이 나는군요. 박사님의 언어학자로서의 명성 말입니다. 저 같은 속물도 진작부터 들어 알고 있었지요. 오오, 정말 깨끗이 없어졌군요."

엘러리는 책장 앞에 가서 내려다보고 있었다. 그러나 눈은 비어 있는 책장을 보고 있지 않았다. 깊숙이 가라앉아 아득한 빛으로 빛나고 있었다.

"그런 책을 무엇 하러 훔쳐 갔는지, 나는 훔쳐 간 놈의 심정을 모르겠어." 도널드는 힘없이 머리를 흔들면서 말했다. "정말이지 설상가상이라더니, 바로 그렇네, 퀸. 이걸 대체 어떻게 생각하나?"

엘러리는 천천히 돌아보았다.

"여러 가지로 생각되지만, 대부분은 암중모색이야. 그런데 박사님, 박사님의 그 책이란 비싼 겁니까?"

"천만에, 학자가 아니고서는 서푼어치의 가치도 없네."

"이거 참, 재미있는 일인데…… 응, 커크, 헤브라이어 책에는 실로 주목할 만한 점이 한 가지 있거든."

커크 박사는 저도 모르게 흥미를 느끼고 눈을 크게 떴다. 조 템플은 엘러리의 입매를 조용히 지켜보고 있었다. 조용히 보고는 있었지만 그 입술에서 무슨 말이 나올 것인지 걱정이라도 되는 것처럼 어딘지 불안해 하고 있는 표정이었다.

"주목할 만한 점이라니?" 커크는 얼떨떨해서 말했다.

"그렇다네, 헤브라이어란 좀 색다른 언어일세. 쓰는 방식이나 인쇄하는 방식으로도, 모두 반대로 쓰거든."

"반대로 쓴다고요?" 디바시 양이 어안이 벙벙해서 말했다. "아니, 그렇다면……."

"반대로 쓴다면……." 엘러리는 중얼거리듯이 말했다. "반대로 읽고, 인쇄도 반대로 하고, 모든 것이 라틴계 말의 반대란 말이지요, 정말입니까, 박사님?"

"그건 그렇네." 노박사는 호통을 치듯이 말했다. "하지만 어째서 라틴계 말에만 한정하는가. 파시안(요르단 강 동쪽의 소와 양의 명산지)의 일곱 마리의 황소를 두고 말이지만, 어째서 그런 일에 놀라는가 말이야."

"그것은 말입니다." 엘러리는 변명하듯이 말했다. "이번 범죄의 모든 상황이 반대적이기 때문입니다."

"나 원, 이래서 학문이 얕은 사람은 곤란하단 말이야." 커크 박사는 불쾌한 듯이 말했다. "그것이 어떻다는 건가. 나는 책을 찾아야겠어. 자네나 자네의 반대적인 것은 아무래도 좋아." 박사는 잠시 말을 쉬었다. 야릇한 광채가 메마른 눈에 감돌았다. "여보게, 자네는 그 시시한 살인 사건으로 나를 비난할 참인가."

"저는 아무도 비난하고 있지 않습니다." 엘러리는 말했다. "그러나 지금 상황으로서는 대단히 이상하다는 것만은 부정할 수 없지 않습니까?"

"자네가 모자를 쓰고 있는 것도 이상해. 내 책을 찾아주게." 커크 박사는 소리를 질렀다.

엘러리는 한숨을 쉬며 스틱을 꽉 움켜쥐었다.

"안됐습니다만 박사님, 박사님의 책을 어떻게 하면 찾을 수 있을는지, 현재로서는 저도 잘 모르겠습니다. 경찰본부에 전화를 하셔서 저의 아버지——퀸 경감 말입니다만——를 불러내어 사건의 이 새로운 발견을 알리시는 게 좋겠지요. 템플 씨!"

"왜 그러지요, 퀸 씨." 템플 양은 흠칫 놀랐다.

"우리 두 사람은 잠시 실례하기로 하십시다."

모두들 엘러리가 템플 양을 데리고 복도로 나가면서 문 닫는 것을 물끄러미 보고 있었다.

"왜 말을 해주지 않았지요, 연꽃 아가씨?"

"말을 안하다니요, 무엇을 말인가요, 퀸 씨."

"나도 이제야 생각이 났습니다만, 중국의 사물 전체를 통해서 가장 현저하게 드러나는 반대적인 표본의 한 가지는 중국의 언어라는 것을 어째서 말해 주지 않았습니까?"

"언어라고 하시면? 아아, 그래요." 템플 양은 가느다랗게 미소 지었다. "퀸 씨도 정말 의심이 너무 많으시군요. 전 다만 생각이 나지 않았을 뿐이었어요. 퀸 씨께서 말씀하시고 싶은 것은 물론 헤브라이어를 빼고 반대로 인쇄되는 것은 온 세계에서 십중팔구 중국어뿐이라는 것이겠지요. 그리고 중국어는 가로쓰기를 하는 대신 위에서 아래로 내려 씁니다. 하지만 그게 어떻다는 거지요?"

"아무것도 아닙니다. 그냥 템플 씨가 말씀하시는 걸 잊어버린 사실 말고는." 엘러리는 나직한 소리로 말했다.

템플 양은 발을 동동 굴렀다.

"정말이지 퀸 씨도 다른 사람들과 똑같이 나빠요. 여기는 사람을 우습게 아는 무엇인가가 공기 속에 있나 봐요. 도널드 커크만 빼고 모두 살짝 돈 것 같아요. 그분도…… 그리고 제가 그 말을 하지 않은 것이 어떻게 되었다는 거예요? 아무튼 거기에 무슨 까닭이 있다고는 퀸 씨도 말씀 못하시겠지요. 도둑이 박사님의 중국어 책을 훔쳐가지 않았다는 것은 퀸 씨도 알고 계시잖아요."

"그 점입니다." 엘러리는 눈살을 찌푸리고 말했다. "내가 골치를 썩이고 있는 것은 무엇 때문일까요. 깊이 생각한 원대한 계책이 있어서 빠뜨린 것일까요. 그렇지 않으면 아마 내가 기껏해야 두더지가 판 흙더미를 가지고 큰 산 취급을 하고 있는지도 모르겠군요. 아무튼 이건 생각해 볼 필요가 있습니다. 중국, 중국, 중국. 이 동양의 비교적(祕敎的)인 수수께끼를 풀려면, 찰리 챈(얼 더 비거스 미스터리소설의 주인공)이라도 현장에 갖다 놓았으면 하는 심정이군요. 나는 이제 손 들었습니다. 도무지 앞뒤가 맞아야지요. 전혀 조리가 안 맞아요. 이건 세계에서도 손꼽히는 수수께끼 범죄입니다."

"전 되도록 퀸 씨를 도와 드리고 싶어요. 정말 진심으로…….."

조는 눈을 내리뜨고 말했다.

"흐음," 하고 엘러리는 말했다. "그렇게 말씀해 주시니 고맙군요, 템플 씨." 엘러리는 템플 양의 손을 잡고 흔들었다. "일이란 잘 안되면 언제나 이렇게 되는 법이지요. 어쩌면 더 나빠질지도 모릅니다. 내일 또 어떤 반대적인 일이 생길지 누가 알겠습니까!"

푸저우의 실책

퀸네 집에서 무엇이든지 다 하는 하인 쥬너가 다음날 아침 싱싱한 올리브 빛으 뾰족한 얼굴을 침실에 디밀었다. 그리고 "아이구, 퀸 씨" 하고 깜짝 놀라는 소리를 냈다. "벌써 일어나신 줄은 몰랐군요."

쥬너가 놀란 것은, 지금까지의 경험과 그 경험이 지금 산산조각 난 때문이었다. 엘러리 퀸은——자기 마음에 드는 환경이 아니고는 힘 드는 일도 하지 않고 머리도 쓰려고 하지 않는 인물이라서——아무 리 생각해도 일찍 일어나는 편이 아니었다. 실상 그 빼빼한 몸을 아 버지 것과 나란히 놓인 두 번째 침대에 뉘고 무심하게 자고 있는 것 을 볼 때면 경감은 아침마다 누르고 있던 신경질을 분화구처럼 터뜨 리고 설교를 했다. 그런데 그날 아침은 어찌 된 일인지 머리는 좀 흐 트러져 있었지만 그로서는 10시라는 아주 이른 시각에 파자마 차림 인 채 오뚝한 콧잔등에 코안경을 걸치고 진지한 표정으로 두툼한 책 을 읽고 있었다.

"쥬너, 그런 얼굴로 웃지 마라." 엘러리는 책장에서 눈도 들지 않 고 건성으로 말했다. "하루쯤이야 일찍 일어나도 상관없지 않니."

"무엇을 읽고 계십니까?" 쥬너는 미간을 모았다.

"중국의 풍습에 대한 누군가의 글이야. 그런데 별로 쓸모가 없구나." 엘러리는 책을 한옆에다 내던지고 한숨을 쉬었다. "쥬너, 토스트와 커피를 급히 갖다 줘."

"일어나시는 게 좋겠어요." 쥬너는 언짢은 얼굴을 하고 말했다.

"왜 일어나는 게 좋겠다는 거야, 이 꼬마야."

엘러리는 베개 밑에서 우물거리는 소리로 말했다.

"누군지 퀸 씨를 만나 뵙겠다고 찾아오신 손님이 있어요."

엘러리는 후다닥 일어났다. 안경이 귀에서 덜렁거렸다.

"뭐야, 왜 진작 그런 말을 안 해, 이 꼬마 녀석아. 그 사나이를 오래 기다리게 했나?"

엘러리는 침대에서 기어 나와 실내복에 손을 내밀었다.

"맥그완이라는 분이에요. 하지만 어떻게 '남자'라는 것을 아셨습니까?" 쥬너는 문에 기대어 서서 감탄을 누르며 말했다.

"맥그완이라고? 이상한데." 엘러리는 중얼거렸다. "아아, 그래? 그거야 간단한 일이지. 사람은 남자와 여자밖에 없지 않아? 그러니까 어림잡아 말해도 적어도 반은 들어맞거든."

"난 또 무슨 말이라고." 쥬너는 도저히 믿을 수 없다는 듯이 싱긋이 웃으며 물러갔다. 그러나 다시 또 모습을 나타내어 꼬마 대장 같은 머리를 방으로 디밀고 "커피는 식탁 위에 놓아두었습니다" 라고 말하고는 사라졌다.

엘러리가 거실에 나가 보니 키가 큰 글렌 맥그완이 활활 타고 있는 난롯불 앞을 조급하게 왔다갔다하고 있었다. 그는 갑자기 걸음을 멈추고 말했다.

"여어, 퀸, 씨, 이거 안됐군요. 깨울 생각은 없었는데."

엘러리는 상대방의 큼직한 손을 잡고 무뚝뚝하게 흔들었다.

"아니, 괜찮습니다. 차라리 잘된 일이지요. 나는 언제 일어날지 모르거든요. 어때요, 아침 식사라도 같이하지 않겠습니다, 맥그완 씨?"

"고맙지만, 난 먹었어요. 상관 마시고 식사를 하십시오. 난 기다리고 있을 테니까."

"맥그완 씨는 히버 주교가 즐겨 쓴 '스위프트의 여덟 번째 지복(至福)'이라는 문구를 받들고 계시는 모양이군요. 그건 사실 본디 포프의 말이지만."

"뭐라고 하셨나요, 실례지만."

"포프다운 충고지요. 실은 포프(영국의 시인·풍자가)가 말이지요, 존 게이(영국의 시인·극작가)한테 보낸 편지 속에 '아무것도 기대치 않는 자를 찬양할지어다. 실망하는 일이 없기 때문이니라'라는 말을 하고 있어요. 정말이지 난 오늘 아침에는 별로 베풀 기분이 없는 듯합니다. 몹시 배가 고픈 모양이에요. 나는 우선 이쪽부터 처리를 하지요. 연료 보급을 하건서도 이야기는 할 수 있으니까."

엘러리는 앉아서 조금 어이없어하는 맥그완을 내버려 두고 오렌지 주스에 손을 내밀었다. 엘러리는 부엌문 틈으로 빛나는 젊은 눈 하나가 이쪽을 뚫어지게 보고 있는 것을 눈치 채고 있었다. 몹시 신기한 듯이 손님을 찬찬히 바라보고 있었다.

"정말 같이 안 드시겠습니까?"

"아니, 괜찮습니다." 맥그완은 망설이고 있었다. "저어……퀸 씨는 아침 식사 전에 늘 이렇게 말을 많이 하십니까?"

엘러리는 싱글싱글 웃으며 입속의 것을 꿀꺽 삼켰다.

"이거 실례했습니다. 나쁜 습관이라서 말이지요."

맥그완은 다시 방 안을 거닐기 시작했다. 그러다가 갑자기 걸음을 멈추고 말했다.

“정말이지 퀸 씨, 그저께 밤에는 미안했습니다. 커크 박사님께서 변덕을 부려서 말입니다. 마셀라도 나도 우리 모두 그때의 일을 미안하게 생각하고 있지요. 아무튼 영감님께서는 노인의 특권을 남용하고 계시지 뭡니까. 폭군이지요. 그리고 공적 조사에 대한 필요성 따위는 도무지 이해를 못하고 계시지요.”

“괜찮습니다.” 엘러리는 토스트를 베어 먹으면서 쾌활하게 말했다. 그리고 말하는 것은 손님에게 맡겨 두겠다는 듯이 그 뒤로는 아무 말도 하지 않았다.

맥그완은 머리를 흔들며 갑자기 난로 앞의 안락의자에 앉았다. “그런데 퀸 씨는 내가 무엇 때문에 오늘 아침 여기에 왔는지 의심하고 계시지요?”

엘러리는 커피 잔을 들었다.

“그야 나도 사람이니까요. 당신이 찾아올 것을 미리 알고 있지는 않았지요.”

맥그완은 조금 울적한 웃음소리를 냈다.

“물론 나는 나 개인으로서만 사과를 하려는 건 아닙니다. 나도 커크네의 한가족처럼 생각하고 있으니까요. 마셀라와 나는……글쎄, 퀸 씨, 이쪽을 좀 보십시오.”

엘러리는 한숨을 쉬며 의자 등에 몸을 기대고 냅킨으로 입술을 자근자근 누르고 있었다. 그리고 맥그완에게 담배를 권했다. 그는 거절하고 자기 것을 한 대 뽑았다.

“자, 이제 되었소, 맥그완 씨. 이제 당신 쪽을 보았습니다.”

두 사람은 잠시 말없이 상대를 지켜보고 있었다. 이윽고 맥그완은 가슴 안주머니를 뒤적거리기 시작했다.

“그런데 퀸 씨, 나는 당신이 무슨 생각을 하시는지 도무지 짐작이 안 갑니다. 당신은 자신이 말하고 있는 것보다 훨씬 더 여러 가지를 아시는 것 같은 생각이 듭니다만……. ”

“나는 메뚜기 같은 사람이오. ” 엘러리는 중얼거리듯이 말했다.

“보호색이 있지요. 이건 실은 나의 직업상의 필요에서 훈련된 태도랍니다, 맥그완 씨. ” 엘러리는 담배를 곁눈으로 노려보고 있었다.

“당신은 그 살인 사건을 말하고 계시는 거겠지요 ? ”

“그렇습니다. ”

“그 일이라면 나는 아무것도 알고 있지 않습니다. ” 엘러리는 실망한 듯 말했다. “아니, 알지 못하는 그 이상이오. 그러나 맥그완 씨가 알고 계시는 것을 들어 보고 싶군요. ”

그러자 맥그완은 깜짝 놀라는 것 같았다.

“맥그완 씨, 나는 당신한테 숨길만 한 게 아무것도 없소. 하지만 당신은 뭔가를 알고 계실 거요. 당신이 알고 있는 것을 나한테 털어놓는 편이 현명할 것 같은데요. 비밀을 털어놓을 상대로서는 내가 아마 말 못하는 죽은 고양이보다 더 나을 겁니다. 경찰의 관습이란 그런 것이지요. 하지만 나는 경찰은 아닙니다. 다행스럽게도 말이오. 꼭 이야기를 해야겠다 싶은 것은 하고, 그밖의 것은 내 가슴 속에만 접어 두지요. ”

맥그완은 길쭉한 턱을 신경질적으로 어루만지고 있었다.

“나는 당신이 말씀하시는 뜻을 잘 모르겠소. 내가 뭘 숨기고 있다는 겁니까 ? 사실……. ”

엘러리는 침착하게 상대를 찬찬히 바라보고 있었다. 그리고는 다시 입으로 담배를 가져가 곰곰 생각을 하며 피우고 있었다.

“아무래도 당신은 나를 믿지 못하시는 모양이군요, 맥그완 씨. 대체 당신은 머릿속에——아니, 손 안에 라고 하는 게 좋겠지요——무엇을 가지고 계십니까 ? ”

“이겁니다. ” 맥그완은 큼직한 주먹을 펴 보였다. 넓적한 손바닥에는 가죽으로 된 카드를 넣는 케이스 같은 조그마한 것이 있었다.

"진짜 가죽인지 모조품이지는 모르지만 케이스로군요. 불행히도 나
는 뢴트겐 눈을 못 가져서, 잠깐 보여 주실까요."

그러나 맥그완은 손 안에 있는 케이스로부터 눈을 떼지 않고, 내주
려고도 하지 않으면서 말했다.

"산 지 얼마 안되었지요. 이 케이스 속에 든 것 말입니다만, 가치
가 있는 것이오. 물론 순전한 우연이지만 난 어쩐지 성가신 일이
생길 것 같은 예감이 듭니다. 나를 곤란한 지경에 끌어넣을 성가신
일이 말입니다. 장담하건대 나에게 손톱만큼도 꺼림칙한 점은 없지
만……."

엘러리는 눈도 깜박이지 않고 상대를 지켜보고 있었다. 맥그완은
몹시 신경질적이었다.

"이 일에 대해 난 숨겨 둘 것은 아무것도 없지만, 말을 하지 않고
있다가는 언젠가 경찰에서 알게 될 거라는 생각이 드는군요. 그렇
게 되는 날에는 성가시게 될 거고 또 불쾌하지 않겠소? 그래서…
…."

"일단 조사해볼 필요가 있겠군요. 그런데 맥그완 씨, 대체 무슨 이
야기지요?" 엘러리는 나직한 목소리로 말했다.

맥그완은 가죽 케이스를 건네주었다.

엘러리는 신기한 듯이 그것을 손가락 끝으로 만지작거리고 있었다.
오랜 세월 괴상한 물건을 검사해 오는 동안에 저절로 몸에 밴 태도였
다. 그 케이스는 검은 모로코 가죽으로 만들어졌는데 보기에는 매우
간단하게 되어 있었다. 조그만 단추를 누르니까 뚜껑이 열렸다. 케이
스 속은 바닥이 비단으로 되어 있고 오목한 곳에 마름모꼴로 된 우유
빛 파라핀 지(紙) 봉투가 들어 있었다. 그리고 봉투에는 조그만 봉지
가 들어 있었는데 그 속에 우표가 한 장 끼워져 있었다.

맥그완은 잠자코 우표용 니켈 핀셋을 꺼내어 엘러리에게 내밀었다. 엘러리는 봉투를 열고 좀 서투른 솜씨로 핀셋을 가지고 조그만 봉지를 꺼냈다. 셀로판을 통해서 속에 든 우표가 또렷하게 보였다. 세로보다도 가로가 긴 대형 우표로서, 네 가장자리에는 한결같이 재봉틀 자국이 나 있었다. 노르스름한 황갈색인데 테두리가 되어 있고, 밑 부분에는 중국식 꽃장식 같은 무늬가 새겨져 있었다. 밑 부분 양쪽 귀퉁이에 우표의 단가가 1$이라고 씌어져 있고, 윗부분 테두리를 따라 황갈색의 굵직한 대문자로 Foochow(푸저우, 福州)라고 인쇄되어 있었다.

그러나 테두리의 안쪽, 엘러리의 서투른 눈에도 당연히 다른 색으로 된 어떤 그림 무늬가 있어야 할 성싶은 곳에는 아무것도 없었다. 그냥 공백으로 된 우표의 흰 바탕이 있을 뿐이었다.

"이거 이상한데. 나는 우표 수집가는 아니지만 복판이 공백으로 된 우표는 생전 처음 보는데요. 대체 이걸 어떻게 생각하십니까, 맥그완 씨." 엘러티는 중얼거렸다.

"광선에다 한 번 비춰 보시오." 맥그완은 조용히 말했다.

엘러리는 날카로운 시선으로 상대를 힐끔 보고서 그의 말대로 했다. 그랬더니 금방 보인 것은, 얇은 종이를 통해서 거무스름하게 떠오른 매우 아름다운 조그만 풍경이었다. 무슨 축제날인 듯 전경에는 토착민을 가득 실은 기다란 카누와 같은 것이 있고 배경은 항구의 경치였다. 우표 윗부분의 설명 문자로 볼 때 틀림없이 푸저우의 항구 광경이었다.

"놀랐는데." 엘러리는 말했다. "정말 놀랐는데." 그가 다시금 날카로운 눈길을 힐끔 맥그완에게로 던진 눈에 무엇인가가 빛나고 있었다.

"우표를 한 번 뒤집어 보시오." 맥그완은 아까와 같이 조용한 목소리로 말했다.

엘러리는 그의 말대로 했다. 믿을 수 없는 일이지만 거기에는 항구의 광경이 검은 잉크로 우표 뒷면에 인쇄되어 있었다. 바짝 마른 풀이 반짝거리며 죽죽 금이 가 있었다.

"반대적이군요. 아주 반대적이오." 엘러리는 천천히 말했다.

맥그완은 핀셋을 받아서 봉지에 도로 넣었다.

"신기하지요?" 그는 숨찬 듯한 목소리로 말했다. "내가 알고 있는 한 우표 수집계를 통해 이렇게 잘못 인쇄된 것은 이것뿐입니다. 수집가들이 군침을 흘리는 진품이지요."

"반대적이라……." 엘러리는 믿으려 해도 너무나 답이 명확한 질문을 제 자신에게 묻는 것처럼 또 한 번 말했다. 그리고 의자 등에 기대어 눈을 반쯤 감고 담배를 피웠다. "정말이지 맥그완 씨, 당신이 이렇게 찾아와 주실 수 있었다는 것은 참으로 고마운 일입니다. 대체 어떻게 해서 이런 잘못된 인쇄가 생기는 걸까요."

맥그완은 케이스의 뚜껑을 닫고 아무렇게나 가슴 안주머니에다 넣었다.

"보시다시피 이것은 2색판 우표가 아닙니까? 우리가 2색판이라고 하는 것이지요. 이 우표의 경우는 황갈색과 검정색이오. 말하자면 우표 종이는――물론 종이로 인쇄되는 것입니다만――한꺼번에 두 가지 색으로 인쇄되는 것이 아니라, 인쇄 기계를 두 번 지나간다는 뜻이 되지요."

"한 번은 황갈색으로, 또 한 번은 검정색으로 찍는단 말이지요. 그야 물론 그럴 테지요." 엘러리는 고개를 끄덕였다.

"거기까지 알면 이 괴상한 우표의 경우에 어떤 일이 생겼는가를 충분히 짐작할 수 있지요. 황갈색 인쇄가 끝나 말린 다음에 무슨 실수가 있었던 것입니다. 종이 표면 쪽으로 인쇄기에 넣어야 할 것을 인쇄공의 부주의로 뒤집어 넣은 것이지요. 그 결과 검정 인쇄가 종이 표면에 되지 않고 뒷면으로 돌아가 버린 겁니다.”

“그렇지만 정부의 검사 같은 것이 있을 것 아닙니까. 우리 나라 체신 당국은 그런 일에 대해 상당히 엄중하지 않소? 아무래도 나로서는 어떻게 이런 우표가 세상에 나오게 되었는지 이해가 안 갑니다. 이런 실책이 있을 경우 그 우표 종이는 곧 찢어 버리는 것으로만 알고 있었는데.”

“대개의 경우는 그렇지만, 어쩌다 한두 장 나가 버리는 수가 있습니다. 사무원의 실수나 계원이 우표 수집가를 상대로 돈을 벌 목적으로 훔쳐 낸다든가 해서 말이오. 예를 들면 미국의 24센트짜리 항공 우표 중 거꾸로 인쇄된 것이 단순한 검사관의 실수로 세상에 나왔다는 건 널리 알려진 일입니다. 이 푸저우 우표는…….” 맥그완은 머리를 흔들었다. “어떤 사정이었는지 전혀 알 수 없습니다. 그러나 우표는 현재 이렇게 있거든요.”

“글쎄 말입니다.” 엘러리는 말했다.

그리고 잠시 동안 침묵을 깨는 것은 쥬너가 부엌에서 아침 설거지를 하는 요란스러운 소리뿐이었다.

“그래서 맥그완 씨, 당신은 그 우표를 샀다는 것을 나한테 이야기하러 오신 거로군요. 반대로 된 것이 겁이 나서…….”

“나는 아무것도 겁날 것은 없소.” 맥그완은 벌컥 화내듯 말했다. 엘러리는 맥그완의 똑바로 보는 눈과 야무지고 길쭉한 턱을 찬찬히 바라보고 나서야 상대의 말을 믿을 수가 있었다.

“하지만 퀸 씨, 나는 스코틀랜드 사람입니다. 꼬리가 잡힐 일은 하고 싶지 않아요. 그리고…….” 맥그완은 그 말을 끝까지 하지 않았다. 다시 입을 열었을 때는 더욱 경쾌한 어조가 되어 있었다. “이 푸저우 우표는 우리가 ‘지방 것’이라고 부르는 종류지요. 즉 조약 항구의 하나인 푸저우 시는 그 지방 우편 제도를 위해 독자적인 우표를 발행하고 있었던 겁니다. 나는 지방 것이 전문이라서 다른 것은 모으지 않소. 지방 것이라면 아무데 것이라도 좋지요. 미국이든 스웨덴이든 스위스든……."

"그렇다면 그 우표는 신발견인 물건이겠군요. 지금까지 그런 것이 있는 줄 모르다가, 맥그완 씨가 그것을 만난 셈이로군요."

엘러리는 중얼거리듯이 말했다.

"아닙니다. 전문가들 사이에서는 이 우표가 발행될 당시 인쇄상의 잘못이 있었다는 것이 쭉 알려져 있었지요. 그러나 지금까지 잘못 인쇄된 우표는 푸저우의 체신 당국에 의하여 찢겨진 줄로만 알고 있었거든요. 이 우표를 보는 것은 나도 이것이 처음이오."

"실례입니다만, 어떤 사정으로 맥그완 씨의 손에 들어왔습니까?"

"거기에 좀 이상한 이야기가 있지요." 맥그완은 눈살을 찌푸리고 말했다. "발리안이라는 이름을 들은 적이 있습니까?"

"발리안……아르메니아 사람인가요, 못 들어본 것 같은데요."

"맞소, 아르메니아 사람이오. 그 친구들은 대개 그런 이름이지요. 그런데 그 발리안이란 뉴욕에서 제일 잘 알려진 우표 상인이지요. 그가 오늘 아침 식사 전에 나한테 전화를 걸어 와서 곧 가게로 와 달라지 않겠소. 내가 틀림없이 흥미를 가질 물건이 있으니까 그걸 보여 주겠다는 거요. 아무튼 나는 이번 주일에 무척 돌아다녔지만 수확이라고는 하나도 없고 재미있는 것조차 만나지를 못했거든요. 거기다가 그 살인 사건의 뒷맛도 남아 있고 해서 울적하던 참이라 뭐 좀 재미있는 것을 찾아 기분전환이라도 해야겠다고 마음먹고 있던 참이었지요." 맥그완은 어깨를 움츠렸다. "발리안은 좋은 것을 가지고 있지 않고서는 나를 부르지 않는다는 것을 나는 잘 알고 있습니다. 그는 언제나 나를 위해 지방 우표를 찾아 주니까요. 그런 것을 모으는 사람도 많지는 않지만 지방 것 자체가 귀하답니다.”

맥그완은 의자 등에 기대어 널따란 가슴 위에서 두 손을 마주잡았다.

“그런 일은 전에도 있었겠지요?”

“그럼요. 그래서 갔더니 발리안이 이 푸저우 우표를 보여 주더란 말입니다. 그 친구의 말로는, 이 우표는 검사할 때 걸리지 않았든가, 이런 특별한 것이 가치가 있다는 것을 안 누군가가 인쇄소에서 훔쳐 낸 것이리라는 거였소. 물론 오랜 세월 동안 어딘가에 파묻혀 있었던 것이지요. 아무튼 오래된 우표니까요. 조약 항구로 화려했던 시절, 푸젠성에서 발행된 것이거든요. 그게 갑자기 발굴되었다는 겁니다. 발리안은 이 우표를 팔겠다고 하더군요.”

“그런데,” 하고 엘러리는 말했다. “우표가 분명히 잘못된 인쇄라는 우연한 사실을 제외하고는——잘못된 인쇄라는 점이 얼마쯤 마음에 걸린다는 것을 인정합니다만——그밖에 그 거래에는 별로 이상한 점이 없는 것 같군요, 지금까지의 이야기로는.”

“그 점은 나도 모르겠소. 그래서…….” 맥그완은 코를 만졌다.

“그건 진짜입니까, 가짜가 아닙니까? 그런 우표를 위조하는 건 문제없을 것 같은데요.”

“천만에요.” 맥그완은 미소 지으면서 말했다. “의심할 여지없는 진짜요. 우표를 인쇄하는 원판에는 또렷하게 알아볼 수 있는 미세한 특징이 언제나 있기 마련이지요. 내가 조사한 바로는 이 푸저우 우표엔 그 특징이 분명히 있어서 이걸 위조한다는 것은 사실상 불가능합니다. 그리고 발리안도 보증을 했고요. 그 친구는 전문가니까요. 종이질, 디자인, 때로는 재봉틀 자국……염려없습니다. 이건 진짜요. 보증해도 좋습니다. 가짜 따위는 아닙니다.”

“그렇다면 당신은 무엇을 걱정하고 있는 겁니까?” 하고 엘러리가 물었다.

"우표의 출처입니다."

"출처라니요?"

맥그완은 일어서서 난로 쪽으로 돌아섰다.

"어쩐지 좀 이상한 데가 있습니다. 나는 발리안이 어디서 이 푸저우 우표를 입수했는지 알고 싶었지요. 진품이 되고 보면 진짜냐 가짜냐를 감정하는 데에 우표 자체가 갖추고 있는 증거와 마찬가지로 임자가 누구냐 하는 것이 때때로 중요하거든요. 그런데 발리안은 그걸 말하려 하지 않는 거였소."

"오오!" 하고 엘러리는 깊이 생각하는 것처럼 말했다.

"아시겠지요? 그 친구는 어디서 입수했는지 도무지 말을 하지 않는 거였소. 말을 할 수 없다는 거였지요."

"그렇다면 발리안은 실제로 모르는지, 아니면 알고 있으면서 말을 안했는지, 맥그완 씨가 보기엔 어떻던가요?"

"알고 있는 것만은 틀림이 없습니다. 내가 느끼기에는 누군가에게 부탁을 받은 것 같았지요. 그것이 내 마음에 들지 않는 점이오."

"어째서요?"

맥그완은 돌아섰다. 그 커다란 몸집이 난롯불을 등지고 서서 시커먼 그림자로 보였다.

"사실은 웬지 나도 잘 모르겠습니다. 그러나 아무래도 좋지 않소. 어쩐지 수상한 데가 있어요." 맥그완은 천천히 말했다.

"당신은 도난품으로 생각하시는 모양이군요. 그래서 걱정하고 계시는 게 아닙니까?" 엘러리는 중얼거리듯이 말했다.

"아니, 그렇지 않소. 발리안은 정직한 친구입니다. 이 우표는 절대 도난품이 아니라고 보증하고 있소. 터놓고 그런 말을 했더니, 그 친구는 몹시 기분이 상하는 것 같더군요. 그러므로 그게 사실인 것은 틀림없소. 그런데 글쎄 나더러 대체 무엇 때문에 출처를 알려 하느냐고 되묻지 않겠소. 여태까지는 내가 그렇게 까다롭게 굴지 않았다는 거지요. 그 친구가 한 말 그대로입니다만, 그 친구가 그런 이상한 말을 하는 것 자체가 이상하단 말이오. 정말 실례이지 뭡니까. 그러나 나는 그 친구가 화를 낸 것은 내가 도난품을 취급한 것처럼 말했기 때문에 그렇거니 생각했지요. 발리안은 누구한테보다도 먼저 나한테 연락을 했는데, 그것도 지방 것의 수집에 있어서는 자기가 알고 있는 한 내가 제일이기 때문이라고 설명을 하더군요."

"거기서 무슨 뜻을 알아낼 수 있으면 좋겠지만 나는 모르겠는데요."

엘러리는 무뚝뚝하게 말했다. 그리고는 웃으며 맥그완을 쳐다보았다.

"내가 너무 형식에 사로잡혀 있는 모양이지요." 맥그완은 중얼거리고 나서 어깨를 움츠렸다. "지나치게 신중해서. 그러나 내 입장은 아시겠지요. 어딘지 이상해서……말하자면 그 고약한 살인 사건 바로 뒤에 난데없이 반대로 된 것이 튀어나왔으니 말입니다." 맥그완은 눈살을 찌푸렸다. "그리고 또 이 거래에는 그밖에도 이상한 점이 있었습니다."

"어쩐지 맥그완 씨는 몹시 불쾌한 아침을 맞으신 것 같군요. 아니면 언제나 그렇게 신중하신가요? 그래, 그 이상한 점이란 뭡니까?"

엘러리는 웃었다.

"그것을 말씀드리려면 당신한테 발리안에 대한 이해가 필요하겠지요. 그는 방금 말했듯이 마치 주사위처럼 정직하답니다. 그러나 뭐라고 해도 아르메니아 사람이라서 그 민족에 따르기 마련인 장사꾼 본성을 지니고 있지요. 그래요, 발리안한테 물건을 사려면 그의 수법을 잘 알고 있어야 합니다. 언제나 터무니없는 값을 부르기 때문에 이쪽도 똑똑하게 굴지 않으면 안되는 거지요. 나는 그가 부른 값을 깎지 않고 사 본 적이 없을 정도입니다. 그러던 것이 어떻게 된 노릇인지 ……." 맥그완은 천천히 말했다. "이번에는 값을 불러 놓고 그것을 한 푼도 깎아 주지를 않는 거예요. 어림도 없다는 거지요. 그래서 나는 부른 값 그대로 사지 않으면 안되었습니다."

"호오!" 엘러리는 귀찮은 듯이 말했다. "그거 참, 이상하군요. 맥그완 씨의 말씀이 사실이라면 그는 누군가에게 부탁을 받고 우표값을 처음부터 정해 놓았던 게 틀림없습니다. 생각건대 수수료까지 합쳐서 말이지요."

"그렇게 생각하십니까?"

"그게 틀림없소."

"그럴까요?" 덩치 큰 사나이는 한숨을 쉬면서 말했다. "아마 이번 거래에서 나는 노친네처럼 쓸데없는 근심을 했나 봅니다. 그러나 누군가에게 의논을 하지 않고서는 배길 수가 없었던 거요. 그렇다면 아무 걱정 안 해도 되겠군요?"

"내가 생각하는 바로는 그렇습니다." 엘러리는 친밀하게 말했다. 그리고 일어서서 재떨이에 담배를 눌러서 껐다. "그런데 맥그완 씨, 그 발리안이라는 사람을 나에게 소개시켜 주지 않겠습니까. 조금 조사를 해도 해가 될 것은 없겠지요."

"그럼, 당신의 생각으로는……."

"이 문제에는 내 마음에 안 드는 점이 꼭 하나 있어요. 바로 우연의 일치라는 점입니다. 난 우연이라는 걸 싫어하거든요."

엘러리는 어깨를 움츠리며 말했다.

엘러리가 찾아가 보았더니 아부드 발리안의 가게는 동 41번 거리

에 있는 조그만 집으로, 먼지 낀 창가에 우표 카드가 난잡하게 흩어
져 있었다. 두 사람이 들어가자 좁은 가게 안에는 판유리를 깐 낡아
빠진 카운터가 있었으며, 그 밑에는 하나하나 값을 매긴 똑같은 카드
가 놓여 있었다. 안쪽에는 큼직한 구식 철제 금고가 놓여 있었다.
　발리안은 키가 크고 가무잡잡하며 깡마른 사람인데, 날카로운 생김
새였으나 긴 속눈썹 밑에 아름다운 눈을 하고 있었다. 그 거동에는
어딘지 민첩하면서도 권위적인 구석이 있고 손가락이 예술가처럼 재
빠르며 섬세한 느낌을 지니고 있었다. 두 사람이 가게에 들어갔을 때
노인은 찢어진 수첩을 참고로 하면서 우표 번호를 읽고 있었다. 발리
안은 맥그완에게 날카로운 눈길을 던지며 말했다.
　"어서 오시오, 맥그완 씨, 뭐 잘못된 데라도 있었습니까?"
　그리고 엘러리를 곁눈으로 보고는 또 눈을 돌렸다.
　"아니, 그런 게 아니라 친구 한 사람을 소개할까 하고 왔습니다.
바쁘시다면 기다리기로 하지요," 맥그완은 무뚝뚝하게 말했다.
　"그럼, 실례합니다만." 발리안은 이렇게 말하고 초라한 노인 쪽으
로 돌아섰다.
　엘러리는 발리안이 손님을 상대하고 있는 것을 신기한 듯이 지켜보
고 있었다. 핀셋을 마치 살아 있는 물건처럼 다루고 있었다. 우표 뒤
에 붙여 놓은 파라핀 지를 뗄 때는 솜씨가 아주 능란해서 보고 있기만
해도 재미가 있었다. 솜씨가 상당한 인물임을 엘러리는 인정했다. 이
리하여 그에 알맞은 배경 속에다 놓으니까 미국화한 디킨스의 작중
인물 같은 느낌이 들었다. 가게며 인물이며 우표며 곰팡내 감도는 장
면 등등, 저 디킨스 작중의 《골동품 가게》의 그리운 냄새를 상기시
켜, 서적광들에게 한숨을 내쉬게 만들 것 같았다. 엘러리는 작은 색
종이가 연신 호주머니가 달린 카드 속으로 들어가는 것을 홀린듯이
바라보았다. 맥그완은 가게 안을 서성거리며 전시되어 있는 싸구려

카드를 바라보고 있었으나 실제로는 보고 있지 않았다.

이윽고 초라한 노인은 지갑에서 20달러짜리 넉 장을 꺼내어——틀림없이 빵이나 치즈를 아껴먹고 모은 돈이겠지만——주고 소액의 지폐와 은돈으로 거스름을 받은 다음 카드를 옷 속에 소중히 간직하더니 눈에 가느다란 웃음을 띠고 가게를 나갔다.

"오래 기다리셨지요, 맥그완 씨."

발리안은 문에 늘어져 있는 구식 벨 소리가 멎자 부드럽게 말했다.

"뭘요." 맥그완은 좀 창백한 얼굴을 하고 있었다. "엘러리 퀸 씨를 소개하겠소."

발리안은 멋있게 생긴 검은 눈을 엘러리 쪽으로 돌렸다.

"엘러리 퀸 씨라고요? 당신도 수집가이십니까, 퀸 씨?"

"아니, 우표 수집 쪽이 아닙니다."

엘러리는 어딘지 얼빠진 목소리로 말했다.

"아아, 그러시다면 화폐라도?"

"아닙니다. 분명 수집가이기는 하지만, 내가 모으고 있는 것은 이상한 사실이랍니다, 발리안 씨."

눈까풀이 반짝이는 눈동자를 4분의 3쯤 가렸다.

"이상한 사실?" 발리안은 미소 지었다. "실례지만 퀸 씨, 나는 잘못 알아듣겠는데요."

"그게 말이지요, 이상한 사실이란 곳곳에 굴러 있지 않겠소? 오늘 아침에도 나는 매우 이상한 사실의 꽁무니를 쫓고 있는 중이랍니다. 이건 틀림없이 나의 수집 중에서도 첫째가는 진품이 될 것 같소."

엘러리는 유쾌한 듯이 말했다.

발리안은 우유처럼 하얀 이빨을 드러내 보였다.

"맥그완 씨, 당신의 친구분께서는 나를 놀리고 계시는군요."

“나는…….” 맥그완은 얼굴을 붉혔다.

“나는 이보다 더 진지한 일은 없을 정도입니다.” 엘러리는 카운터 너머로 몸을 내밀고 우표 상인의 반짝이는 눈을 똑바로 응시했다.

“발리안 씨, 오늘 아침 맥그완 씨에게 판 그 푸저우 우표는 누구한테 부탁받은 겁니까?”

발리안은 천천히 한참 동안 엘러리를 쳐다보고 있다가 이윽고 한숨을 쉬었다. 그리고 “그렇습니까,” 하고 비난조로 말했다. “당신이 그런 분인 줄은 몰랐군요, 맥그완 씨. 그게 비밀 거래라는 것쯤은 아실 줄 알았지요.”

“당신은 그걸 퀸 씨에게 말해야 합니다.”

맥그완은 아직도 얼굴을 붉힌 채 퉁명스럽게 말했다.

“그건 무엇 때문입니까?” 아르메니아인은 부드러운 목소리로 말했다. “맥그완 씨, 당신이 데려오신 이 퀸 씨에게 내가 무엇 때문에 모든 걸 말해야만 합니까?”

“그것은 내가 살인 사건을 수사하고 있기 때문입니다. 그리고 그 푸저우 우표는 어딘가에서 그 살인 사건에 관련되어 있다고 믿을 만한 이유가 있기 때문이지요, 발리안 씨.”

엘러리는 귀찮은 듯이 말했다.

상대는 흠칫 숨을 삼키며 눈에 공포의 빛이 가득 찼다.

“살인 사건? 그럼, 당신은…… 어떤 살인 사건입니까?”

발리안은 목이 메었다.

“당신도 참 답답하군요, 당신은 신문도 안 봅니까? 챈들러 호텔 22층에서 신원 불명의 남자가 살해된 사건이오” 하고 엘러리는 말했다.

“챈들러.” 발리안은 푸르스름한 입술을 깨물었다. “그러나 몰랐는데요, 신문을 보지 않기 때문에.” 발리안은 카운터 뒤에 있는 의자를 손으로 더듬어 거기에 앉았다. “그래요……” 하고 중얼거리듯이 말했다. “나는 팔아 달라는 부탁을 받았습니다. 그 사람의 신원을 비밀로 해 달라고 하더군요. 누구한테 부탁받았는지를.”

맥그완은 주먹을 카운터 위에 올려놓았다. 그리고 소리를 질렀다.

“발리안, 그놈이 대체 누구요?”

“뭐 그렇게 폭력을 휘두를 것까지는 없소, 맥그완 씨. 발리안 씨는 곧 말해 줄 겁니다. 그렇지요, 발리안 씨?” 엘러리가 말했다.

“말하겠습니다.” 아르메니아인은 마지못해 말했다. “무엇 때문에 맨 먼저 맥그완 씨 당신한테 전화를 걸었는지도 말하겠습니다. 살인 사건이라니…….” 우표 장수는 몸을 떨었다. “나의……아니, 그 사람은,” 발리안은 입을 지그시 깨물었다. “당신한테 맨 먼저 가져가라고 말을 했지요.”

맥그완의 큼직한 턱이 축 늘어지며 “그렇다면,” 하고 기가 막힌 얼굴로 말했다. “당신은 뭔가 특별한 지시를 받고 오늘 아침에 그 푸저우 우표를 나한테 팔았단 말이오?”

“그렇습니다.”

“그 사람이 누구입니까?” 엘러리가 부드럽게 물었다.

“나는…….” 발리안은 말을 끊었다. 그 검은 눈에 애원하는 듯한 표정이 있었다.

“그래도 말 못하겠소!” 맥그완이 버럭 소리를 지르며 대뜸 앞으로 다가섰다. 그리고 아르메니아인의 윗옷을 커다란 손으로 움켜쥐자 가무잡잡한 얼굴이 질려서 녹회색이 되도록 흔들어댔다.

“그만두시오, 맥그완 씨. 그런 짓은 그만둬요.”

엘러리가 준엄한 목소리로 말했다.

맥그완은 거친 숨결을 몰아쉬면서 마지못해 움켜쥐고 있던 손을 놓았다. 발리안은 두어 번 마른 침을 꿀꺽 삼키고는 겁먹은 얼굴로 두 사람을 번갈아 보고 있었다.

"자, 말을 해보시오." 맥그완이 소리를 질렀다.

"그것이 말입니다." 아르메니아인은 애처로운 눈을 들고 더듬거리면서 말했다. "그분은 세계에서도 손꼽히는 수집가로서 특히……."

"중국 우표겠지" 하고 엘러리는 괴상한 음성을 냈다. "틀림없이 그래. 푸제우……중국."

"그렇습니다. 중국 우표에요. 그래서, 그래서……."

"누구요!" 맥그완이 서슬이 퍼래서 짖어댔다.

발리안은 체념한 듯이 처량한 몸짓을 하며 손을 벌려 보였다.

"나로서는 뭐라고 말할 수 없이 미안한 말씀입니다만, 그건 바로 맥그완 씨의 친구분인 도널드 커크 씨입니다."

색다른 도둑

맥그완은 코가 납작해진 것 같았다. 발리안의 가게에서 챈들러 호텔로 향하는 택시 속에서도 맥없이 좌석에 기댄 채 거의 말도 하지 않고 파리한 얼굴을 하고 있었다. 엘러리도 아무 말하지 않았다. 잔뜩 눈살을 찌푸리고 생각에 잠겨 있었다.

"커크라······." 이윽고 엘러리가 중얼거렸다. "흐음, 아무래도 모르겠는걸. 대개의 경우 등장인물의 행동은 적어도 인간 심리의 보통 지식을 적용해서 해석할 수 있는 법이야. 인간은, 모든 인간은 내부적 충동에 따라 행동하므로 이쪽은 눈을 뜨고 주위에 있는 인형들의 심리적 가능성을 가늠하고 있으면 되지. 그러나 커크라니, 믿을 수가 없어."

"나도 이해가 안 가오." 맥그완이 침통한 어조로 말했다. "퀸 씨, 뭔가 잘못된 게 틀림없소. 도널드가 그런 짓을 하다니······나에게. 정말이지 생각지 못한 일이야. 그 친구답지 않아. 일부러 나를 연루자로 끌어들이다니. 나는 그 친구의 첫째가는 친구거든요, 퀸 씨. 아마도 그 친구가 이 세상에서 가지고 있는 많은 친구 가운데서도 내가 가장 참된 유일한 친구일 것입니다. 나는 그 친구의 누이동생과 결혼하기로 되어 있으며, 그 친구는 누이동생을 사랑하고 있지요. 뭔가 나에 대해 화나는 일이 있었다 하더라도——나에 대해 언짢은 일이 있었다 하더라도——나를 해치는 것은 곧 누이동생을 해치는 일임을 알고 있을 텐데, 분명히. 나에게는 이해가 안돼, 도무지 이해가 안되오."

"기다리는 수밖에 도리가 없겠군요." 엘러리는 건성으로 말했다.

"아무튼 이상합니다. 그건 그렇고, 맥그완 씨, 당신은 커크의 수집 속에 그 푸저우 우표가 있었던 것을 어떻게 몰랐지요? 두 분은 상당히 사이가 좋은 걸로 알았는데."

"아아, 도널드는 언제나 자기가 가지고 있는 것에 대해서는 남에게 이야기를 잘 하지 않아요. 특히 나한테는 말이오. 뭐, 어떤 의미에서 보면 우리는 경쟁 상대니까요. 서로 취미만 빼놓고 다른 것은 깡그리 나누어 갖는 친구란 얼마든지 있지요. 예를 들면 우리도 그런 부류요. 내가 마셀라와 약혼하기 전에는 우리는 어디든지 같이 다녔지요. 하지만 우표 경매나 우표 가게에만은 같이 간 일이 없소. 물론 나도 수집가이기 때문에 그 친구의 비밀에 간섭하는 일은 절대로 하지 않았지요. 그래도 꼭 한 번 언젠가 그 친구였는지 오스본이었는지 뛰어난 것을 보여 준 적이 있었소. 그런데 그런 우표는 여태껏 본 적이 없었거든요. 그와 같은 지방 것의 진품은……."
맥그완은 갑자기 말을 끊었다.

너무 갑작스러워서 엘러리는 깜짝 놀라 의아한 듯이 상대를 쳐다보았다.

"그래서 어떻게 되었습니까?"

"네? 아니, 아무것도 아니오."

"아무것도 아니라니. 네가 알 바 아니라는 말씀인가요? 도널드 커크가 지방 것의 진품을 가지고 있는 게 뭐 그렇게 이상하다는 겁니까. 그건 중국 우표 아닙니까. 그리고 커크도 중국 우표 수집 전문가 아닙니까."

"그래요. 하지만……아무튼 그 친구는 내가 알고 있는 한, 아직까지 지방 우표 같은 걸 가지고 있지 않았습니다." 맥그완은 더듬거렸다. "가지고 있지 않았던 것만은 확실하오."

"하지만 무엇 때문에 가지고 있어서는 안되는 건가요. 중국 우표여서 그런가요."

"퀸 씨는 잘 모르셔서 그렇소." 맥그완은 답답하다는 듯이 말했다.

"미국의 수집가——즉 미국 우표의 수집가——일 경우는 다르지만, 어느 특별 분야의 전문가든지 지방 것에까지 손을 내미는 사람은 아주 적지요. 지방 것은 진정한 우표 수집의 대상이 안된다고 생각하고 있거든요. 아니지, 이렇게 말해서는 설명이 서툴러. 온 세계 거의 어떤 나라에서고 저마다 전국적인 우편법이 설립되기까지 온갖 잡다한 지방 우표가 발행된 시기가 있었습니다. 시(市)라든가 지방 자치제라든가 마을이라든가, 저마다의 지방 우표를 발행하고 있었던 거지요. 대개의 미국 수집가들은 그런 우표를 참된 우표 수집의 대상으로 생각하지 않습니다. 국가적으로 전국에 걸쳐서 발행되어 사용된 우표만을 모으고 있지요. 커크도 그런 부류요. 중국에서 발행된 전국적으로 인정된 것만을 모으고 있습니다. 나는 미친놈 중의 한 사람이라, 보통 것이 아닌 물건에 손을 대고 있는 셈이지요. 모든 나라의 지방 것만을 모으고 있소. 정통적인 우표에는 관심이 없습니다. 이 푸저우 우표는 완전히 지방 것입니다. 중국의 조약 항구로서 저마다의 우표를 내고 있었던 것은 이밖에도 많지요. 그런데 어떻게 해서……." 맥그완의 얼굴이 흐려졌다. "도널드가 이 푸저우의 지방 우표에 손을 댔는지."

두 사람은 잠시 말하지 않고 있었다. 그 동안에 택시는 6번 거리의 푯말 사이를 누비고 있었다.

이윽고 엘러리가 우울한 듯이 말했다.

"그런데 그 푸저우 우표는 시세가 얼마나 나가는 겁니까?"

"시세라……." 맥그완은 멍하니 상대방이 한 말을 되풀이해서 말했다. "그것은 때와 경우에 따라서 틀리지요. 진품일 경우는 언제든지 마지막 매매 때 얼마였느냐에 따라서 시세가 달라집니다. 유명한 1856년의 영국령 기아나 우표——스코트의 카탈로그에 제13호로서 실려 있는 1센트짜리 자주빛 우표인데——이것은 아더 힌드 경의 소유물로서, 내가 알고 있기로는 32,500달러의 값이 나갑니다. 내 기억이 틀릴는지는 모르지만, 힌드가 샀을 때의 시세가 대강 그쯤입니다. 카탈로그에는 5만 달러로 되어 있지만 그런 것은 의미가 없어요. 힌드가 파리 펠러리 경매에서 치른 것이 대략 32,500달러니까 시세는 그렇다고 생각하는 편이 좋겠지요. 이 푸저우 우표는 나한테 깨끗이 1만 달러를 게워 내게 했습니다."[1]

"1만 달러." 엘러리는 휘파람 소리를 냈다. "하지만 맥그완 씨는 그전의 경매 시세에 대해서는 몰랐을 것 아니오, 일반적으로 알려지지 않았으니까. 그런데 어째서……."

"발리안이 시세를 그렇게 매겨 놓고 우기는 바람에 나는 그 액수의 수표를 끊었던 겁니다. 꽤 비싸지만 그만한 가치는 있지요. 내가 알기로는, 이런 종류의 것은 이것 한 장뿐이거든요. 그리고 잘못된 인쇄의 특수한 성질을 생각할 때 경매에 붙이면 아마 오늘 당장이라도 이익을 볼 수 있을 겁니다."

"그렇다면 맥그완 씨는 어쨌든 피해를 입은 셈은 아니군요." 엘러리는 중얼거리듯이 말했다. "커크가 당신한테 피해를 입힐 생각은 없었다는 것이 되오. 그것이 위안이 될지 어떨지는 모르지만……아아,

다 왔군요."

　두 사람이 커크네 아파트 대기실에서 외투를 벗고 있노라니 객실 쪽에서 도널드 커크의 목소리가 들려 왔다.
　"템플 양, 당신한테 할 이야기 있습니다. 부탁할 것이 있는데."
　"그래요?" 조 템플의 목소리가 상냥하게 말했다.
　"당신이 알아 주셔야겠소." 커크는 빠른 어조로 열을 띠고 말하고 있었다. "내가 진정으로 당신 작품을 훌륭하게 생각하고 있다는 사실을요. 펠릭스에 대해서는 신경 쓰지 않아도 됩니다. 그 친구한테는 뭔가가 빠져 있어요. 그래서 비아냥거리기만 하지요. 한잔 들어가기만 하면 자기가 무슨 말을 했는지조차도 모른답니다. 내가 당신의 원고를 채택한 것은 당신 때문은 아니오."
　"고마워요." 조는 여전히 매우 상냥스럽게 말했다.
　"말하자면, 뭐랄까——흔히들 말하는 고약한 저의가 있어서 그런 것은 아닙니다. 나는 진실로 그 작품이 필요해서……."
　"저를 탐낸 것이 아니라는 말씀이겠지요, 도널드 커크 씨."
　"템플 양." 어쩐지 무슨 일이 생긴 성싶었다. 커크가 잠시 사이를 두었다가 긴장된 목소리로 다음 말을 이었기 때문이다. "펠릭스가 한 말은 마음에 두지 마십시오. 그것이 천 부 밖에 안 팔리는 한이 있더라도 훌륭한 책인 것만은 변함이 없습니다. 만일……."
　"만일 천 부 밖에 안 팔린다면, 도널드 커크 씨." 조 템플은 천연스럽게 말했다. "전 좀더 영리해지고, 좀더 슬퍼져서 다시 중국으로 돌아가겠어요. 전 수만 부 팔리기를 꿈꾸고 있거든요. 그런데 커크 씨의 이야기란 뭐지요?"
　맥그완은 안절부절못하는 기색이었다. 엘러리는 어깨를 움찔했다. 두 사람은 일부러 발소리를 내어 대기실에서 객실로 통하는 문 쪽으로 걸어가다가 둘 다 발을 멈추었다.

커크가 묘하게 목멘 소리로 말하는 것이 들렸기 때문이다.

"난 당신을 사랑하게 되어 버렸소, 화나게도 말입니다. 사랑 같은 걸 하게 될 줄은 꿈에도 몰랐으며, 여자 때문에 머리가 이상해지리라고는 생각조차 해본 일이 없지요."

"비록 그것이 아일린 류즈 씨라도 그렇겠지요." 조 템플은 싸늘한 목소리로 말했으나 그 억누른 어조는 묘하게 떨림을 띠고 있었다.

침묵이 있었다. 엘러리와 맥그완이 서로 얼굴을 마주보고 나서 둘이 함께 크게 헛기침을 하고 객실로 들어갔다. 커크는 어깨를 늘어뜨리고 서 있었다. 조는 긴장된 태도로 앉아 있었는데, 콧방울 언저리가 굳어 있어서 입술에 띤 가느다란 미소를 배반하고 있었다. 둘 다 깜짝 놀라는 기색이었다. 커크가 당황해서 말했다.

"여어, 어서들 오게. 자네들이 오다니 뜻밖인데. 같이 왔나. 자, 편히들 앉게. 퀸도. 마셀라는 만났나."

"마셀라? 아니, 못 만났네. 안녕하십니까, 템플 씨."

맥그완은 무게 있게 말했다.

"안녕하세요." 템플 양은 눈도 들지 않고 말했다. 목 언저리의 하얀 피부가 이제는 흰 빛이 아니라 새빨개져 있었다.

"마셀라는 어디 갔는지 나갔어. 곧 돌아올 걸세. 늘 쏘다니기만 한단 말이야, 그애는." 커크는 안절부절못하는 기색으로 서성거리면서 지껄여대고 있었다. "아참, 퀸. 무슨 새로운 일이라도 있는가. 또 신문인가?"

엘러리는 앉아서 진지하게 점잖은 태도로 코안경을 건드려서 바로 잡았다.

"나는 자네한테 좀 중대한 질문을 하고 싶네, 커크."

조는 재빨리 일어섰다.

“여러분들께서는 여러분들만 이야기하시고 싶겠지요, 전 이만 실례하겠습니다.”

“질문이라고?” 커크가 되받아 말했다. 얼굴이 잿빛이 되었다.

“템플 씨.” 엘러리가 진지하게 말했다. “템플 씨도 함께 계시는 게 좋을 것 같습니다.” 템플 양은 한마디도 하지 않고 다시 자리에 앉았다.

“어쩐 질문인가?” 커크가 입술을 핥으면서 물었다.

맥그완은 그 폭넓은 등을 침묵의 울타리로 삼고 창가에 서서 꼼짝도 하지 않고 물끄러미 바깥을 바라보고 있었다.

“자네는 어째서 푸저우의 지방 우표인 진품을 친구인 글렌 맥그완에게 팔게끔 아부드 발리안이라는 상인에게 지시했나?” 엘러리는 카랑카랑한 목소리로 말했다.

키가 큰 청년은 맥없이 의자에 주저앉아 아무도 보지 않고 목쉰 소리로 말했다.

“내가 바보였기 때문이야.”

“전혀 올바른 대답이 아니군그래.” 엘러리는 무뚝뚝하게 말했다. 그리고 나서 눈을 가늘게 뜨다가 템플 양의 깜찍한 요정 같은 얼굴에 나타난 표정을 보고 흠칠했다. 템플 양의 아름답고 순진한 용모는 극도의 놀라움으로 굳어져서 이지러져 있었다. 자신의 귀를 믿을 수 없다는 듯한 기색이었다. 그녀는 커다란 눈을 동그랗게 뜨고 커크를 지켜보고 있었다.

“글렌!” 커크는 나직한 소리로 말했다.

맥그완은 창 쪽을 향한 채 돌아보려고도 하지 않았다. 다만 잠긴 목소리로 “왜 그러나” 라고 말했다.

“자네가 그런 걸 알아내리라고는 생각지 못했지. 별로 대수로운 일은 아니네. 그 우표가 마침 내 손에 있었고 또 나는 잘 알고 있었거든. 자네가……아니, 정말이지 나는 누구보다도 자네에게 그걸 건네주고 싶었던 걸세. 자네는 내 마음을 이해할 거야."

맥그완은 지쳐 빠진 말처럼 홱 돌아섰다. 눈은 돌 같은 빛을 띠고 있었다.

"그리고 그 반대의 입장에 있는 사람을 자네는 생각도 해보지 않았단 말인가" 하고 그는 불쾌한 듯이 말했다.

"부디 맥그완 씨, 여기는 나한테 맡겨 주십시오. 커크, 자네 사업상의 일은 자네 자신에 대한 일이므로 사업의 특수한 성질상 얼마쯤 미묘한 차이가 생기건 말건 그런 것은 물론 내가 알 바 아닐지도 모르겠네. 그러나 그 푸저우 우표는 우연히도 반대로 된 물건이었어. 그 모조리 수수께끼 같았던 반대적 사건에 뭔가 관련이 있을 성싶은 게 또 나타난 셈이네. 그렇게 되면 이것은 내 일이 되지."
엘러리가 온화하게 말했다.

"반대적이라고요?" 템플 양은 저도 모르게 중얼거리다가 손을 입에 갖다대고, 여전히 도널드 커크를 지켜보고 있었다.

엘러리는 도널드의 눈에 공포의 빛이 떠오르는 것을 분명하게 알아차렸다. 그것은 단순히 겉으로 보기 때문이었을까. 도널드는 맥그완 쪽을 날카롭게 힐끔 쳐다보았다. 덩치 큰 사나이는 다시 창문 쪽으로 돌아서 있었다. 그 어깨의 모습에는 화난 듯한 반항의 기색이 엿보였다.

"그러나 나는 아무것도……."

커크는 넋 나간 사람처럼 도중에 말을 끊었다.

"여보게, 커크," 엘러리는 좀 늘어진 어조로 말했다. "자네가 설명을 해야 할 일이 두 가지 있네. 말하자면 자네는 왜 하필이면 이런 때에, 더군다나 그렇게 비밀스러운 방법으로 그 푸저우 우표를 팔려고 내놓았는가, 그리고 애당초 그것을 어디서 입수했는가 하는 점이네.”

　모두들 잠잠해 있을 때에 허벨이 큰 걸음으로 대기실을 지나다가 염치없이 호기심으로 가득 찬 눈길을 객실 쪽에 힐끔 던졌다.

　이윽고 커크는 “언젠가는 알 거라고 생각은 하고 있었지” 하고 우울하고 자포자기적인 어조로 말했다. “그래서 바보짓을 했다고 말한 것일세. 기대할 수 없는 것을 기대하고서……. ”

　커크는 잠시 두 손 안에 얼굴을 묻고 있었다. 그 어린아이처럼 낙담하는 거동을 보고 있던 템플 양의 얼굴에 이상스럽게도 상냥한 표정이 나타났다. 커크는 힘없이 얼굴을 들었다.

　“글렌은 나의 현재 상태를 어느 정도 알고 있을 걸세. 우리 집 살림은 이 거처만 보고 자네들이 상상하는 그런 것이 아니네. 이것은 당신도 들어 주셔야겠습니다, 템플 양. 아마 당신한테는 좀더 일찍 말을 했어야 옳았을지도 모르겠습니다. 나는 현재 경제적으로 곤경에 처해 있습니다. ”

　템플 양은 아무 말도 하지 않았다.

　“아아, ” 하고 나서 엘러리는 쾌활한 투로 덧붙였다. “그런가. 이 혼란한 시대에 별로 드문 일도 아니잖나, 커크. 그런데 맨덜린 출판사도 흔들리고 있단 말인가. ”

　“몹시 좋지 않아. 매상만 늘지 수금이 되지 않으니까, 책장사는 모조리 망하고 있어. ” 도널드는 머리를 흔들었다. “밀린 지불금이 막대한 액수로 쌓여 있어. 벌써 오래 전부터 어떻게 해서든지 일으켜 세우려고 나는 계속 사업 자금을 대어 왔네. 물론 번은 빈털터리지. 그 친구는 어디 쓰는지는 모르지만 돈을 가지고 있은 적이 없네. 이런 일이 언제까지나 계속되지는 않겠지. 머지않아 경기가 회복되면 우리도 충분히 뚫고 나갈 수 있어. 단단한 저작자를 잡고 있으니까. 주로 번의 덕분이지만. 그 친구는 베스트셀러 작품을 찾아내는 데는 귀신이거든. 그러나 우선 당장……. "

　도널드는 어깨를 움츠려 기묘한 몸 전체의 표정으로 절망적인 태도를 지어 보였다.

　"그러나 우표 쪽은? " 엘러리가 부드럽게 말했다.

　"최근에 수집한 두서너 가지를 현금으로 바꾸지 않으면 안되었던 걸세. 그래서……. "

　맥그완이 고개를 돌리고 쩌렁쩌렁한 목소리로 말했다.

　"그것은 나도 아네, 도널드. 그러나 무엇 때문에 그런 방법으로 몰래 팔았는지 그걸 모르겠단 말일세. 덕분에 나는 난처한 입장에 서게 되어서 마치……대체 도널드, 자네는 무엇 때문에 나한테 직접 말을 안했나? "

　"또 그 소리야? " 하고 청년은 간결하게 말했다.

　맥그완은 입술을 깨물었다.

　"그렇게까지 신경 쓸 필요는 없지 않나. 도널드, 난 아무것도, "

　"왜 신경쓸 필요가 없는가? " 커크는 일어서서 모두들 쪽으로 돌아섰다. "퀸, 나는 가끔——나는 양심의 짐을 내리고 경위를 죄다 밝혀 둬야 하겠는데——글렌한테서 돈을 융통해 쓰고 있었다네. 그것이 상당한 액수의 빚이 되었어. 아버지에게는 돈이라고는 조금도 없으니까 일체 알리지를 않았네. 그런 일로 아버지에게 걱정을 끼치고 싶지는 않아서 말이야. 그런 까닭으로 해서 나는 꼼짝도 못하게 된 걸세. 네 재산도 이젠 바닥이 나서 이 이상 현금은 만들 수가 없게 되어 버렸어. 웬만한 것은 대부분 저당에 들어가 동결되어 버렸거든. 북극보다도 더 심한 동결 상태란 말일세. " 커크는 재미도 없다는 듯이 씩 웃었다. "그런 연유로 해서……나는 글렌한테서 돈을 꾸어 쓰고 있었네. 글렌은 친절 이상의 것을 해주었어. 그 점에 대해서는 아무런 부정도 없네. 나는 돈을 꾸어 쓰게 되지 않기만 진심으로 바랐었지. 물론 글렌은 나의 궁한 상태를 쭉 알고 있었어. 그러나 퀸, 내 경제 사정은 그야말로 심한 것이었네. 말도 안될만큼 말이야. 그런데 갑자기 또 상당한 액수의 현금이 필요한 일이 생겼어. 여러 가지 일로 말일세.” 커크의 눈은 반쯤 감겨졌다. “내 수집품 중에서 제일 값나가는 것은 묘한 이야기지만 그 푸저우 우표였네. 글렌한테는 이미 많은 빚을 지고 있었기 때문에 내 마음으로는 도저히 그 우표를 글렌에게 직접 사 달라고 할 수가 없었어. 특히 현금이 필요했거든. 그래서 발리안을 시켜 이름을 숨기고 글렌에게 팔아 달라고 했지. 사실 내가 지니지 못할 바에야 글렌이 가지도록 해주고 싶었던 걸세. 이야기는 그것뿐이야.”

커크는 갑자기 털썩 주저앉았다. 템플 양은 더없이 이상한, 고요하고도 다정한 관심을 가지고 커크를 찬찬히 보고 있었다. 맥그완은 중얼거리듯이 말했다.

“그것으로 사정은 알았네, 돈, 미안하네. 그렇지만,” 맥그완은 목소리를 높였다. “그 푸저우 우표도 또 퀸이 말하는 성가신 반대적인 특징을 가지고 있다는 사실은 어떻게 되는 건가, 도널드, 지금 이 판국에 그 우표를 나한테 사게 만들면 여러 가지 불길한 누명을 내게 씌우게 된다는 것은 생각지 못했나?”

도널드는 가장자리가 붉어진 눈을 들었다.

“글렌, 맹세코 말하지만 난 그런 건 생각지도 못했어. 눈곱만큼도, 아아, 글렌, 자네는 내가 정말 일부러 그렇게 했다고 여기고 있는가. 악의가 있어서 말일세. 설마 그렇게는 생각지 않겠지. 그리고 자넨 어떤가, 퀸. 자네들의 말을 듣고 나는 비로소⋯⋯.”

커크는 지쳐 빠진 것처럼 의자 등에 힘없이 기댔다. 맥그완은 복잡한 감정에 빠져 주저하고 있는 듯한 얼굴이더니, 이윽고 커크 곁으로 가서 어깨를 툭 치며 신음하듯이 말했다.

"돈, 이런 일은 잊어버리게. 내가 바보스러웠어. 정말 바보였어. 잊어버리게. 자네도 알 거야. 내가 할 수 있는 일이라면…….”

“흐음," 하고 엘러리는 말했다. “그럼, 그 문제는 이것으로 해결이 났네, 커크. 그렇다면 나의 두 번째 질문에 대해서는 어떤가."

“두 번째타니?" 커크는 눈을 깜박거리며 물었다.

“그래, 두 번째 말이야. 자넨 그 우표를 애당초 어디서 입수했지?"

“아아," 하고 청년은 곧 대답했다. “산 거야, 오래 전에."

“누구한테서."

“어느 우표상인지 누군가한테서 샀어. 잊어 버렸어.”

“거짓말 말아." 엘러리는 쾌활하게 말하고 성냥불을 그어 두 손으로 감쌌다.

커크는 얼굴이 새빨개져서 의자에 앉아 있었다. 덩치 큰 맥그완은 커다랗게 눈을 뜨고 친구와 엘러리를 번갈아 보며, 분명히 친구와 또 다시 솟아오른 의혹의 중간에서 번민하고 있는 모양이었다. 템플 양은 손수건을 비틀어 똘똘 뭉치고 있었다.

“나는 알 수가 없어. 퀸, 자네가 무슨 생각을 하고 있는지…….”
커크는 말하기 거북한 듯했다.

“여보게, 커크." 엘러리는 담배 연기를 뿜어내면서 귀찮은 듯이 말했다. “자네는 거짓말을 하고 있어. 어디서 그 푸저우 우표를 입수했나?"

“퀸 씨……." 템플 양이 손수건 뭉친 것을 떨어뜨리면서 말했다.

“템플 양, 안됩니다." 커크가 자리를 차고 일어섰다.

“괜찮아요, 도널드 씨." 조는 조용히 말했다. “퀸 씨, 커크 씨는 기사도 정신을 크게 가지고 계세요. 마치 태고적 사람처럼 말이에요. 그렇게 해주시는 건 고맙지만, 실상은 그럴 필요가 없어요. 아니에요, 도널드 씨. 전 아무것도 숨길 것이 없어요. 저 말이에요, 퀸 씨, 도널드 씨는 그 푸저우 우표를 저한테서 입수하셨어요."

"아아!" 엘러리는 미소 지으며 말했다. "그것으로 좋습니다. 좋습니다. 듣기 거북한 말일는지 모르지만, 진실은 늘 최후의 승리자이지요. 나는 여기 올 때부터 그런 게 아닌가 생각하고 있었네, 커크. 자네는 신사이고 학자야. 자, 그럼, 템플 양, 좀더 자세하게 이야기해 주지 않겠습니까?"

"템플 양, 그럴 필요없습니다. 아무것도 강요당할 이유는……."

커크가 말했다.

맥그완이 친구의 팔을 툭 쳤다.

"돈, 침착하게, 퀸 씨의 말이 맞네. 그렇게 하는 게 사실 좋네."

"정말 그래요." 템플 양은 쾌활하게 낮은 목소리로 말했다. "저의 아버지는 언젠가 말씀드렸던 대로 미국의 외교관이라서 중국에서 근무하고 있었습니다. 이건 커크 씨한테만 하고 아무에게도 이야기를 하지 않았는데, 커크 씨 말고는 흥미 없는 일이라고 생각했기 때문에 그랬던 거예요. 그래서 저의 아버지도 역시 그런 것을 조금씩 모으고 계셨었어요. 도널드 씨나 커크 씨같이 화려한 것은 아니었지만요. 비싼 것에 손을 댈 만큼 수입은 없었으니까요."

"템플 양, 당신은 아무것도……."

"아니에요, 도널드 씨. 지금 분명히 해 두는 게 좋아요. 숨겨 봤자 아무 소용없어요. 그리고 전 아무것도 꺼릴 것이 없으니까, 옳은 일은 결국 틀림없이——그래요——이길 것이라고 생각해요." 템플은 요염하게 웃었다. 그 바람에 커크까지 덩달아 미소 지었다. "아버지는 벌써 오래 전 옛날에 푸저우에서 신원 불명의 어떤 유라시안한테서 그 우표를 입수했어요. 그 사람이 어떻게 해서 그 우표를 가지고 있었는지는 저도 잘 몰라요. 그 지방 우체국에 근무하고 있었던 게 아닌가 싶어요. 아무튼 아버지는 그 우표를 터무니없이 싼 값에 사셨는데, 아버지가 돌아가실 때까지 쭉 그 수집 속에 있었던 거예요."

"그거 참, 대단한 행운이로군요." 맥그완이 눈을 빛내며 소리쳤다.

"그리고 다른 수집가들은 당신 아버님께서 그걸 가지고 계시다는 것을 몰랐습니까?" 하고 엘러리는 물었다.

"전 잘 모르지만, 아무도 몰랐을 거라고 생각해요, 퀸 씨. 아버지는 수집가들과 별로 교제도 없었고, 그 뒤 얼마 안되어 수집에 대한 흥미를 잃어 버리셨기 때문에 다락방 속에 내던져진 채 먼지를 뒤집어쓰고 있었어요. 우리 집 하녀가 곧잘 아깝다면서 그 우표 이야기를 하던 것을 기억하고 있어요."

"당치도 않은 이야기지." 맥그완이 중얼거렸다. "그렇게 해서 진품이 잃어져 가는 거야. 정말이지 그런 일은……그런 일은 죄악적인 태만이라고 해도 좋아. 아아, 이거 실례했습니다, 템플 양."

"아니에요, 괜찮아요, 맥그완 씨." 조는 한숨을 쉬고 말했다. "저도 그렇다고 생각해요. 아버지가 돌아가셨을 때 전 대부분의 수집품을 팔아 버렸어요. 큰 돈은 되지 않았지만, 저는 돈이 필요했었지요. 하지만 웬일인지 그 푸저우 우표는 팔 생각이 들지 않았어요. 아버지가 조금이나마 열성적으로 말씀하시던 것은 그것 하나뿐이었거든요. 그래서 전 무슨 이상한 감상적인 심정으로 그걸 남겨 두었던 거라고 생각해요."

"다른 수집은 누구에게 팔았습니까?" 하고 엘러리가 물었다.

"네, 북경에 있는 우표 상인에게 팔았지요. 이름은 잊어 버렸어요."

"쵸 린이 아닙니까?" 맥그완이 호기심을 일으키며 물었다.

"틀림없이 그 사람이었다고 생각해요. 어떻게 그 사람을 아시지요?"

"편지 왕래를 한 적이 있었어요. 말할 수 없이 정직한 중국인입니다, 퀸 씨."

"흐음, 템플 양, 그 사람에게 푸저우 우표 이야기를 하셨습니까?"

템플 양은 귀엽게 눈살을 찌푸렸다.

"그런 것 같지는 않아요. 아무튼 저의 문학상의 계획에 대해 커크 씨와 편지 왕래를 하게 되었을 때, 어떻게 된 사정으로 그랬던지 그 우표에 대한 이야기가……그래요. 그 이야기는 커크 씨한테서 들으시는 게 좋겠군요."

커크는 열성을 담고 이야기를 시작했다.

"그건 아주 자연스러운 경위였다네, 퀸. 우연히 내가 템플 양에게 중국 우표를 모으고 있다는 말을 편지에 썼더니, 템플 양이 아버님의 푸저우 우표에 대한 것을 썼던 걸세. 나는 물론 대단히 흥미를 가졌지." 커크의 얼굴이 흐려졌다. "그때는 나도 지금보다는 경제적으로 수월했거든. 푸저우 우표는 지방 것이라서 내가 모으는 계통은 아니지만, 아주 진귀한 것 같아 꼭 입수해야겠다고 결심했던 걸세. 간단하게 말하자면 그 우표를 팔도록 템플 양을 설득한 거지."

"별로 힘드는 일은 아니었어요." 템플 양은 찬찬히 말했다. "저는 우표 수집에는 조금도 흥미가 없었기 때문에 그것을 그냥 처박아 둔다는 것은 좀 뭣하다고 생각했어요. 저도 이런 점에 대해서는 여느 여자들처럼 바보인 모양이지요. 그리고 저는 그때 돈에 쪼들리고 있었어요. 커크 씨가 그것에 대해 엄청난 값을 붙이시기에, 전 처음에는 수상쩍게 생각했을 정도였지요. 중국에서 자라난 세상 물정 모르는 여자에게 무슨 나쁜 음모라도 꾸미는 게 아닌가 싶었던 거예요."

"그러나 그러는 동안," 엘러리는 웃음 지었다. "커크의 성실한 편지로 마음이 돌아선 거겠지요. 그렇습니까? 그래 자네는 템플 양에게 얼마를 드렸는가, 커크?"

"1만 달러야. 그만한 가치는 있어. 안 그런가, 글렌."

맥그완은 좀 놀란 듯한 기색으로 꿈결 속에서 깨어났다.

"아암, 둘론이지. 그렇지 않고서는 나도 사지 않았을 거야."

"이야기란 그것뿐이에요." 템플 양은 한숨을 쉬었다. "퀸 씨, 이제 아셨겠지요? 처음부터 끝까지 흠잡을 데가 없지요? 퀸 씨의 의심도 아마 이것으로 풀어졌으리라 믿어요."

"퀸 씨는 다혈질이라서 말입니다, 템플 양." 엘러리는 미소를 머금고 일어서면서 말했다. "그러나 의심은 풀어진 것 같군요. 그건 그렇다 치고, 템플 양께서는 이번 범죄가 있은 뒤 그 우표가 반대적이라는 데 대해 뭐 생각나신 게 없습니까?"

"전 그 우표에 대해서는 까맣게 잊어버리고 있었어요." 템플 양은 풀 죽은 목소리로 말했다. "사람이 모든 일을 다 기억하고 있을 수는 없잖아요."

"꼭 그렇다고 할 수는 없지요, 특히 중대한 일은." 엘러리는 느릿한 어조로 말했다. "그럼, 이만 실례하겠습니다. 공연히 여러분의 시간을 뺏은 것 같군요. 나도 마찬가지입니다만. 맥그완 씨, 걱정 마십시오. 광산에서 흔히 말하듯이 '씻으면 나오기 마련'입니다."

"하하하." 맥그완은 웃었다.

"어떻습니까." 엘러리도 웃었다. "그만한 가치는 있잖습니까. 안녕히 계십시오."

허벨의 배웅을 받으며 커크네 아파트에서 나왔을 때, 퀸은 허심탄회한 기분도 아니었고 그렇다고 순순히 물러날 기분도 아니었다. 복도에 우두커니 서서 미간을 모으고, 완강하게 저항하고 있는 머릿속의 불소화물을 곰곰이 짓씹고 있었다.

"정말 이상한데, 모든 것이. 어딘가에서 광명만 찾으면 머리를 전

환시킬 수가 있을 텐데." 엘러리는 혼잣말을 중얼거렸다.

복도 건너편 문이 주위를 끌어 엘러리는 한숨을 쉬었다. 저 문 뒤온 방 안의 물건이 반대로 놓이고 옷을 거꾸로 입고 죽은 자를 발견한 것이 백 년 전의 일 같이 생각되었다. 갑자기 어떤 생각이 떠올라그는 복도를 가로질러 문을 밀었다. 그러나 잠겨 있었다.

어깨를 움찔하며 모퉁이를 돌아 엘리베이터 쪽으로 가려고 하였을때, 복도 멀리 저편에서 뭔가 움직이는 기척이 있어 엘러리는 놀란캥거루처럼 풀쩍 뛰며 급히 모퉁이를 돌아서 숨을 죽이고 가만히 섰다. 그는 모자를 벗고 조심조심 내다보았다.

저쪽 끝에 있는 화재 비상구 계단으로부터 한 여자가 나타나 아까그 문의 반대쪽인 커크 박사의 서재 쪽으로 걸어가고 있었다. 어쩐지아주 괴상한 거동을 하고 있었다.

여자의 팔에는 갈색 종이에 싼 큼직한 꾸러미가 안겨져 있었다. 여자의 힘들어 보이는 걸음걸이로 무거운 것임을 알 수 있었다. 여자는될 수 있는 대로 살금살금 걷고 있었으며 몹시 겁을 먹고 있는 눈치였다. 경계심 많은 짐승처럼 줄곧 주위를 두리번거리고 있었기 때문이다. 털가죽으로 테를 두른 유행하는 옷을 입고 경쾌한 토크 모자에장갑을 낀 키가 후리후리한 젊은 여자가, 서투르게 싼 커다랗고 무거운 꾸러미를 들고서 삐딱거리며 걷는 모습은 참으로 기묘했다. 우습다고 해도 좋을 정도였다.

그러나 엘러리는 웃지 않았다. 숨을 죽이고 주의력을 집중시킨 채온몸의 신경을 터질 듯이 긴장시키며 지켜보고 서 있었다. 이거 참운이 좋다고 그는 생각했다.

여자는 머리를 돌려 엘러리가 있는 방향을 보았다. 엘러리는 얼른목을 움츠렸다. 다음에 내다보았을 때, 여자는 몹시 당황한 태도로커크 박사 서재의 문 손잡이를 이리저리 돌리고 있었다. 이윽고 문이 열리자 여자는 방 안으로 사라졌다.

엘러리는 외투자락을 휘날리며 바람처럼 복도를 달렸다. 소리 하나 내지 않고 문에 다다랐다. 복도 좌우를 둘러보았으나 사람 그림자는 없었다. 커크 박사는 아파트에 없는 모양이었다. 아마도 아침 운동을 위해 디바시 양에게 휠체어를 밀게 하여 챈들러 호텔 옥상을 돌아다니면서, 언제나처럼 신경질을 부리고 잔소리를 하며 욕지거리를 하고 있는 중이리라. 엘러리는 무릎을 꿇고 열쇠 구멍을 들여다보았다. 여자가 서재 안에서 부지런히 돌아다니는 것이 보였으나 시계가 좁아서 전체적인 것은 볼 수가 없었다.

엘러리는 복도를 급히 뛰어가 다음 문으로 갔다. 그 문은 커크 박사의 침실로 통하는 것이었다. 그 성 잘 내는 노인만 없다면……엘러리는 문을 밀어 보았다. 잠겨 있지 않았다. 엘러리는 방 안으로 미끄러져 들어갔다. 그리고 또 하나 있는 침실로 통하는 오른편 문으로 달려가 그것을 잠그고, 닫혀 있는 서재로 통하는 문 곁으로 부리나케 다가갔다. 몇 초 동안 시간을 들여서 천천히 소리 나지 않도록 손잡이를 돌려 문을 빠끔히 열었다.

여자는 일을 거의 끝내고 있었다. 갈색 포장지는 바닥에 굴러 있었다. 열에 들뜬 것처럼 허둥지둥하는 태도로 여자는 꾸러미 속의 것을 ——크고 묵직한 책이었다——도둑맞았다던 헤브라이어 책을 커크 박사의 책장에 얹고 있었다.

여자가 갈색 포장지를 똘똘 뭉쳐 쥐면서 나가자 엘러리는 살그머니 서재로 들어갔다.

여자가 지금 책장에 얹어놓고 간 책은, 엘러리가 생각했던 대로 한 질로 된 헤브라이어 주석본이었다. 노학자가 도둑맞았다던 책이라는 것은 의심할 여지가 없었다. 엘러리는 살그머니 되돌아가서 침실 저쪽 문을 열고 복도 쪽 침실 문으로 해서 복도로 빠져나갔다. 바로 그

때 커크의 방 대기실문이 쾅 닫히는 소리가 들렸다.

엘러리는 아래층 휴게실로 내려가는 동안 엘리베이터 안에서 조용히 서 있었다. 얼굴에는 잔뜩 주름살이 져 있고 깊은 생각에 잠겨 있었다.

정말 놀라운 일이었다. 뜻밖의 발견이었다. 일찍이 엘러리가 당면한 것 중에서도 가장 기괴한 수수께끼의 줄거리에 다시 불가해한 실이 한 가닥 더해졌다. 이때 무엇인가가 엘러리의 머리에 번뜩였다. 그 바람에 곰곰이 생각에 잠기고 말았다. 적어도 표면은, 만일 그렇다고 한다면 거기에는 또 다른……

엘러리는 안타까운 듯이 머리를 흔들었다. 생각해 볼만한 가치가 있었다.

왜냐하면 여자는 마셀라 커크였기 때문이다.

＊1 기아나의 1센트짜리 자주빛 우표는 4센트로 해야 할 표기가 1센트로 잘못 되어 세계적으로 이름난 것이며, 지금은 아더 힌드의 수집품 속에 있지 않다. 최근의 것으로는 프랑스에서 20년쯤 전 데카르트 기념우표를 발행하였는데, '방법론'이라는 타이틀이 '연설과 방법'으로 잘못 인쇄되어 값진 것이 되고 있다.
스코트는 영국의 스탠리 기본스 및 프랑스의 이베르 에 테리에 샹피옹과 더불어 어깨를 겨루는 뉴욕 우표 카탈로그이다.

미지수

경찰 과학에 있어서의 현저한 진보라고 하면, 이른바 신원 불명인 사람의 행적을 더듬어 그의 신원을 알아내는 현대 탐정의 절묘한 수완일 것이다. 탐정이라고 하지만 절대 틀림이 없다고는 할 수 없으므로 그 성적을 만점이라고 할 수는 없으나 미노타우로스(그리스 신화에 등장하는 괴물. 미노스의 미궁에 갇힘)의 미로와 같은 곤란을 생각할 적에 성공의 비율은 지극히 높다고 하지 않으면 안 된다. 경찰 제도의 복잡하기 짝이 없는 모든 기능은 기름칠이 잘된 회전축 둘레를 으르렁대며 돌고 있다.

그런데도 경찰은 여전히, 챈들러 호텔에서 살해된 정체 불명인 인물의 경우 아무런 성공의 기회도 못 만나고 있었다. 보통 실패했을 경우라도 무엇인가는 발견되는——실마리나 발자취, 가느다란 관련, 우연히 사람의 마음에 흔적을 남기고 간 무슨 마지막 행동 같은 것도 전혀 알아내지 못했다. 이 사건의 경우는 암흑의 공간밖에는 아무것도 없었다. 그 땅딸보는 마치 다른 천체에서 지구로 떨어져 온 것처럼, 그 신변에 으스스한 공허의 수수께끼가 따라다니고 있었다.

퀸 경감은——살인 사건 수사의 책임자였기 때문에——그 손아귀에 신원 확인의 모든 실마리를 잡고는 있었으나 그것들이 하나같이 어지럽게 흩어져 있어 끝내 통일된 형태를 이루지 못하고 있었다. 그럼에도 불구하고 경감은 개구리처럼 집요하게 임무에 매달려 있었다. 보통의 수단을 모조리 다 쓰고 난 뒤에도 경감은 아직도 실패를 인정하려 들지 않았다. 죽은 자의 사진이 공시되고 인상서와 의뢰장이 다른 도시 경찰 당국에 송달되었다. 신원 조사서 기록이 쉴새없이 작성되고, 죽은 자의 마지막 발자취를 찾아 사복 경관들은 끊임없는 수사를 계속하며 피해자가 범죄적인 연관을 가지고 있었을지도 모른다는 상정 밑에 암흑가의 밀고자들도 문초해 보았다.

경감은 이를 갈며 더 많은 부하를 수사에 투입시켰다. 들어오는 보고마다 아무것도 없음, 단서 없음, 이곳에는 해당자 없음, 지문 없음의 연속이었다. 수사의 모든 선은 막다른 길에서 끝났다. 장벽이 앞을 가려 뛰어넘을 수 있을 것 같지도 않았다.

실종인과는 이런 종류의 수사에는 전문가지만 결국 피치 못할 결론에 이르렀다. 모든 수사가 실패로 끝난 이상 피해자는 결코 뉴욕 사람이 아니며, 어쩌면 미국인이 아닐지 모른다고 그들은 말했다.

퀸 경감은 머리를 흔들었다.

"나는 어떤 일이든지 해볼 작정이야." 경감은 지쳐 빠진 눈을 한 실종인과 계원에게 말했다. "내가 볼 때 자네가 한 말은 맞지 않아. 이 사건에는 어딘지 몹시 비뚤어진 점이 있어. 그는 자네 말대로 외국인일지도 모르지. 그러나 나는 그 점을 의문으로 생각하네, 존. 그는 외국 사람같이 보이지는 않았어. 그리고 그가 죽기 전에 말을 한 사람들——시엔 부인과 오스본, 그리고 그가 말하는 것을 두서너 마디 들었다는 커크네 집에서 일하고 있는 간호사도——모두 외국 사투리는 전혀 쓰지 않았다고 주장하고 있어. 다만 조금 이상하게 부드러운 목소리였다고는 하더군. 그것도 아마 단순한 버릇이나 습관 같은 것이었을 걸세. ” 그리고 경감은 조그마한 턱을 야무지게 꼭 다물었다. “아무튼 해보는 것은 상관없지 않겠나, 존. 다시 한 번 해봐주게. ”

이렇게 해서 온 세계의 주요 도시 경찰서에 조회를 하는 대대적인 일이, 그전에는 일단 시험적으로 시작되었으나 이번에는 철저하게 그리고 대지급으로 추진되었다. 상세한 인상서와 지문, 그리고 부드러운 목소리라는 특징이 강조되어서 송달되었다. 죽은 자의 사진은 항공 회사, 대서양 항로의 기선, 연안 항로선, 철도 종업원들에게 전시되었다. 그리고 그것에 대한 보고는 고무공 같은 절망적인 불가피성을 가지고 되돌아왔다. 신원 확인하지 못하였음, 해당자 없음, 본 항로에서 본 기억 없음——결국 아무것도 알아낼 수 없었다.

템플 양이 푸저우 우표의 소유자였다는 것을 고백한 지 사흘 뒤 퀸 경감은 엘러리를 보고 큰소리로 지껄이고 있었다.

“우리도 가끔은 뒤통수를 한 대 얻어맞는 경우를 당하는데, 이번에도 그런 경우일는지 모르지. 나는 여태까지의 경험으로 교통 관계자들이 때때로 등신 노릇을 한다는 것을 알고 있어. 등신인지 바보인지는 모르지만 금방 한 하품 전의 일은 도무지 기억을 못하거든. 우선 당장 그 방면에서 실패했다고 해서 그 사나이가 배도 철도도 비행기도 타지 않았다고는 말할 수 없어. 아무래도 그 사나이가 뉴욕으로 오기 위해서는 뭔가를 이용했을 것이 틀림없으니까. ”

“만일 그가 뉴욕에 왔다고 한다면 말이겠지요. 말하자면 그가 뉴욕에 줄곧 있지 않았다면 하는 뜻입니다만. ” 엘러리는 말했다.

“이 사건에는 ‘만일’이 너무 많아. 나는 꼭 이렇다고 주장하고 있는 것은 아니야. 어쩌면 그는 이 도시에서 나고 자라서 브롱크스(뉴욕의 구)에서 한 발자국도 나간 일이 없을지도 몰라. 아니면 이번이 뉴욕에 오는 첫 방문이었는지도 모르지. 그러나 내기를 걸어도 좋지만, 그는 뉴욕 사람이 아니야.”

“십중팔구는 그럴 겁니다.” 엘러리는 느릿한 어조로 말했다. “저도 막 그 점에 대해 확신에 도달한 참이었어요. 아버지 말씀이 맞다고 생각합니다.”

“아니, 너도 그렇게 생각하느냐.” 경감은 고압적인 태도로 말했다. “네가 그런 말을 할 때는 나는 의례 의심스러워진단 말이야……. 너는 뭔가 알고 있구나.”

“아버지가 모르시는 것은 아무것도 알고 있지 않아요.” 엘러리는 웃었다. “아버지가 안 계실 때 있었던 일은 어떤 작은 일이라도 모두 말씀드렸어요. 제가 어쩌다가 아버지 의견과 일치했다고 해서 뭘 그렇게 펄쩍 뛰십니까.”

경감은 건성으로 코담뱃갑을 톡톡 두드리고 있었다. 잠시 동안은 시 당국에 대한 충성의 표시로서 ‘뉴욕의 보도’라는 노래를 흥얼거리는 것이 버릇으로 되어 있는 어떤 제복 순경이 두 층 밑에서 또다시 간드러지게 휘파람을 불고 있는 소리가 들릴 뿐, 그밖에는 아무 소리도 나지 않았다. 엘러리는 아버지 사무실의 창살 너머로 우울한 듯이 바깥을 지켜보고 있었다.

그때 문득 무엇인가가 엘러리로 하여금 아버지 쪽을 돌아보게 했다. 그는 아버지를 보더니 입이 딱 벌어졌다. 경감은 무얼 발견해 냈는지 미친 사람 같은 눈으로 아들을 쳐다보고 있었다. 엘러리가 보고 있노라니 노인은 회전의자에서 벌떡 일어나 벨을 누르려다가 하마터면 쓰러질 뻔했다.

“나 원.” 경감은 목을 졸린 듯한 목소리로 소리 질렀다. “멍텅구리 같으니. 난 어쩌면 이렇게 멍텅구리지……. 벨리!” 경감은 방으로 달려 들어온 사무관에게 짖어댔다. “토머스는 어디 있는가.” 담당 사무관이 나가자 이내 벨리 부장이 어슬렁어슬렁 들어왔다.

경감은 코담배를 들이마시며 혼잣말처럼 중얼거리고 있었다.

"그렇다, 확실히 그렇다, 이것이 목표야. 어서 오게, 토머스. 왜 진작 깨닫지 못했을까. 앉게나."

"무슨 일입니까? 무슨 생각이 그렇게 갑자기 떠올랐지요?"

엘러리가 물었다.

경감은 거드름을 부리며 엘러리의 말을 무시하고 책상 앞에 앉아 입속 웃음을 지으며 손을 비비고 있었다.

"토머스, 도널드와 보석상 쪽은 어떻게 되어 가나?"

"신통치 않습니다." 부장은 걸걸한 목소리로 우울한 듯이 말했다.

"아무것도 안 나온단 말인가?"

"냄새조차도 없어요. 놈들은 아무도 그를 모르고 있습니다. 아마도 그 점은 틀림없을 겁니다."

"이상한데요. 내가 볼 때는 그밖에도 어쩐지 이해할 수 없는 점이 있어요." 엘러리는 미간을 모으고 말했다.

"이해 못하면 못하는 대로 내버려 두려무나." 경감은 유쾌한 듯이 말했다. "이건 본 줄거리야. 여보게, 토머스, 호텔 쪽 보고서는 다 갖추어졌나?"

"조사는 다 되어 있습니다. 그는 다른 어느 호텔에도 등록되어 있지 않습니다. 이것은 절대로 확실합니다."

"흐음, 그럼, 잘 듣게, 토머스. 너도 잘 들어, 엘. 네가 이해할 수 없다는 점을 연구하기에 바쁘다면 별문제다만. 그 땅딸보 친구가 뉴욕 사람이 아니라고 한다면 말일세. 그 점은 다들 확신하고 있는 거겠지?"

"전 그가 화성이나 어딘가에서 온 게 아닌가 하는 생각도 듭니다."

벨리는 신음하듯이 말했다.

"전 확신이 서지 않는데요, 하지만 십중팔구는 그렇겠지요."

엘러리는 귀찮은 듯이 말했다.

"좋아. 그가 뉴욕 사람이 아니었다고 한다면, 그리고 모든 징조가 그가 뉴욕 시의 변두리에서 온 자가 아님을 나타내고 있어. 그건 이미 조사가 끝났지. 그렇다면 이야기는 어떻게 되나?" 경감은 몸을 앞으로 내밀었다. "그렇다면 그는 어디 먼데서 왔다는 것이 되네. 미국인지 외국인지는 모르지만 적어도 먼 지방이야. 여기까지는 알겠나?"

"하는 수 없군요, 안다고 해 두지요" 하고 엘러리는 말했으나 긴장하며 아버지를 지켜보고 있었다. "그래서요?"

"그래서 말이다." 경감은 보기 드물게 기분이 좋아서 말했다. 그리고는 손가락 끝으로 책상을 톡톡 두드리고 있었다. "그래서 엘, 그는 타곳에서 뉴욕에 왔다는 것이 돼. 그래서 엘, 그는 간단한 짐을 가지고 있었을 게 틀림없다는 것이 되지."

엘러리의 눈이 커다랗게 뜨여졌다. 부장의 입도 딱 벌어져 있었다. 이윽고 엘러리가 의자에서 벌떡 일어섰다.

"아버지, 그거 정말 희한한 걸 생각하셨습니다. 천재적이에요. 어째서 그처럼 간단한 결론을 나는 몰랐을까. 물론입니다. 아버지의 말씀이 옳아요. 간단한 짐…… 전 부끄러워서 이 자랑하는 머리를 숙이겠습니다. 역시 이런 일에는 경험을 쌓은 머리가 필요하군요. 그렇습니다, 짐입니다."

"경감님, 아주 중요한 점에 생각이 미치셨습니다." 부장은 마스토돈_(고대의 코끼리) 과도 같은 턱을 어루만지면서 생각에 잠긴 태도로 말했다.

"그렇지?" 경감은 싱글벙글하면서 두 손을 벌려 보였다. "별것 아니야. 미리 말해 두겠네만……" 이렇게 말해 놓고 경감은 얼마쯤 풀이 죽은 얼굴을 했다. "뭐 대단한 희망은 안 거는 게 좋을 걸세.

문제는 그가 아무 호텔에도 등록하지 않았다는 점이야. 그리고 챈들러 호텔 22층에서 엘리베이터를 나올 적엔 아무것도 들고 있지 않았어. 그렇지만 소지품은 있었을 게 틀림없어. 그렇게 되면 어떻게 되나?"

"그렇다면 어딘가에 맡겼을 게 틀림없지 않겠습니까."

부장이 중얼거리듯이 말했다.

"그렇지, 바로 자네 말대로일세, 토머스. 그래서 자네가 해야 할 일은 다음과 같네. 동원할 수 있는 사람은 모조리 동원하는 거야. 실종인과로부터 일손을 좀 빌리도록 하게. 뉴욕 시 남쪽 끝에서 북쪽 끝까지 수하물 보관소를 깡그리 이 잡듯이 조사하는 거야. 어디든지 모드——호텔도, 역도, 백화점도 모조리 말일세. 그리고 비행장도 잊어서는 안되네. 카티스필드, 루스벨트, 프로이드 베네트——어디든 깡그리 조사를 해야 하네. 그리고 세관도. 살인이 있던 날 오후에 맡긴 것으로 아직 찾아가지 않은 것은 뭐든지 일단 조사해 보는 거야. 그리고 수시로 나에게 연락을 취해 주게."

부장은 싱글벙글 웃으면서 나갔다.

"아주 머리가 좋으신데요." 엘러리는 담배에 불을 붙이면서 말했다. "제 직감이 알리는 바에 의하면, 아버지께서는 뭔가 발판을 찾으신 모양이군요. 친애하는 경감님!"

"글쎄다. 이게 실패하면 나도 단념하기로 하겠다, 엘. 이번에는 반응이……."

노인은 한숨을 쉬었다. 경감 전속 사무관이 들어와서 책상 위에 편지 한 통을 올려놓았다.

"무엇입니까?" 엘러리가 담배를 허공에 들고 물었다. 경감은 봉투를 집어 들었다.

"아아, 내가 친 전보에 대한 스코틀랜드 야드로부터의 답신이야."

급히 전보를 훑어보고 나서 엘러리 쪽으로 퉁겨 보냈다.

"아마 네 생각이 맞았던 모양이다, 엘. 그런 모양이야."

경감은 온화한 어조로 말했다.

"무슨 말씀입니까?"

"그 여자에 대한 것 말이야."

"정말입니까?" 엘러리는 전보를 집어 들었다.

"너는 어떻게 해서 그런 짐작을 했지?"

엘러리는 좀 기분 나쁜 듯이 씩 웃었다.

"전 결코 짐작 같은 건 하지 않습니다. 그 정도는 아버지도 아시지 않습니까. 그 사건처럼 반대로 한 번 해본 거지요."

"반대로 했다고?"

"물론입니다." 엘러리는 한숨을 쉬었다. "저는 그 여자가 신분을 숨기고 있는 게 틀림없다고 보았던 거지요. 그래서 스코틀랜드 야드에 기록이 있을지도 모르니까 조회해 보시라고 말씀드렸던 거예요. 그러나 이름은……." 엘러리는 어깨를 움츠렸다. "아버지에게 그 세웰(Sewell)이라는 이름을 종이쪽지에 적어 드린 것은 시험삼아 류즈(Llewes)라는 이름을 반대로 썼던 겁니다. 저의 비뚤어진 정신은 구제 불능인가 보지요. 그리고 그 여자의 별명인지 어떤지는 별도로 치더라도 류즈를 반대로 하면 시웰이 되니까 굳이 설명은 필요없지 않습니까."

엘러리는 재빨리 전보를 훑어보았다. 전보문은 다음과 같았다.

아일린 시웰은 이곳 및 대륙의 경찰에 잘 알려진 여자 사기꾼임. 현재는 수사를 하고 있지 않음. 특히 보석이라면 사족을 못쓰며 단독으로 일을 저지름. 과거에는 류즈라는 이름을 사용하였음. 건승을 빔. 스코틀랜드 야드 경감 트렌치.

“보석이라면 사족을 못쓴다……라. ” 엘러리는 중얼거리며 전보를 내려놓았다. “그리고 커크 쪽에 그렇게 맛나는 꿀단지가 있으니…… 그 여자에 대해 뭐 좀 알아냈습니까, 아버지 ? ”

“조금은……그 여자는 약 두 달 전에 영국에서 건너와 챈들러에 묵으면서 호화로운 생활을 하고 있어. ”

“혼자입니까 ? ”

“하녀가 하나 있을 뿐이야, 런던 말을 쓰는. 아무래도 수상한 것 같아. 아무튼 아일린은 도널드 커크와 알게 되었어. 어떻게 해서 알게 되었는지는 모르지만 말이다. 그러나 아주 짧은 시일 안에 이루어진 일이야. 그러고부터 그들은 꽤 사이가 좋아졌지. 그 여자는 여러 가지 신기한 지방에 대해 많은 경험을 가진 세계 여행가라는 선전을 하고 있어. ”

“선전만은 아닌 모양이지요, 트렌치의 전보로 미루어 보건대. ”

“나도 그렇게 생각하지. ” 경감은 불쾌한 듯이 말했다. “어쨌든 그 여자는 여러 가지 경험을 많이 겪어 왔으니 그것을 책으로 내겠다고 사기를 친 모양이야. 먼 지방의 여행담이라든가 유명 인사들의 추억 담 같은 것을 말이지. 이를테면 그 여자는 주네브에서도 상당히 오래 머물고 있었거든. 아무튼 그런 등등으로 해서 책을 쓰겠다고 한 모양 인데 젊은 출판가들이란 너도 잘 알고 있지 않니. 내가 듣기로는 커크도 상당히 똑똑하긴 한 모양이더라만, 그 여자는 아름다운데다가 사교성이 좋으니까 커크도 홀딱 넘어간 모양이지. 그리고……. ”

“어쩌면 여자한테 홀딱 반했는지도 모르지요. ” 하고 엘러리는 말했다.

“어느 쪽인지를 가려내는 일은 주사위가 할 노릇이야. 나는 여자한테 넘어가지는 않았다고 생각해. 그 템플이라는 여자를 보는 커크의 얼빠진 눈초리로 볼 때……. ”

"그러나 유감스럽게도 조 템플은 류즈 양이 온 뒤에 왔으니까요" 하고 엘러리는 중얼거리듯이 말했다. "그땐 아마 손해를——만일 있었다고 한다면——이미 입힌 뒤였겠지요. 어서 다음 이야기를 해주세요. 아버지의 이야기가 묘하게 저를 흥분시키는데요."

"아무튼 그 두 사람은 '책'을 펴내는 데 대한 이야기를 시작했는데, 커크는 이상한 시간에 그 여자와 '의논'을 하게 된 거야."

"어디서요?"

"챈들러 호텔의 그 여자 방에서."

"옆에 다른 사람도 없이 말입니까?"

경감은 싱글벙글 웃었다.

"물론이지. 주간지에 나오는 이야기하고는 다르단 말이야. 그런데 그녀의 하녀——그 여자가 토머스에게 모든 정보를 알려줬지——가 언제든지 무슨 일이 있었는가를 증언하겠다고 말하고 있어."

엘러리는 눈을 들었다.

"무슨 일이 있었나요? 커크와 그 천한 류즈 사이에?"

"그거야 네 마음대로 생각하려무나." 경감은 크게 웃어댔다. "나는 언제든지 남의 좋은 점만을 골라 듣는 사람 좋은 영감쟁이지. 그러나 밤에 그처럼 굉장한 미인이 그런 옷을 입고, 아니지, 옷도 입지 않고……." 경감은 머리를 흔들었다. "아무튼 그 커크라는 청년은 젊은데다가 내가 보건대 지극히 정상적인 건강 상태였으니 말이다. 그럭저럭하는 동안 그 여자를 데리고 여기저기의 파티에도 나갔고, 친구나 가족들에게 소개도 했어. 버젓한 차 모임 자리에서 말이다. 그러다가 날이 샌 거지."

"그렇다면?"

"날이 밝았단 말이야." 경감은 꿈이라도 꾸듯이 말했다. "눈을 떴다는 말이지. 그 친구가 한 것이 빠찡꼬 놀이인지 뭔지는 모르지만,

어쨌든 그것에 싫증이 난 거야. 아무튼 그 여자를 되도록 피하게 되었지. 그래서 어떻게 되었느냐 하면……무슨 일이 있었을 것 같으냐? 그 여자는 그 요염한 미소를 지으며 낚으려고 들었어. 그리고 틀림없이 상당히 효과를 올렸을 게 뻔해.”

“어떤 일이 생겼는지 상상하기 어렵지 않군요.” 엘러리는 생각에 잠기면서 말했다. “아버지도 그 사티로스(목양신) 같은 역할이에요. 본디의 아버지로 돌아가세요. 조 템플이 무대에 나타났을 때, 젊은 도널드는 완전히 마음이 변해 있었던 게 틀림없어요. 저는 사흘 전에 맥그완과 함께 뜻밖에 아주 정다운, 좀 정상을 벗어난 연애 장면에 부닥쳤는데, 그것으로 미루어 볼 때 그 친구는 첫눈에 템플 양에게 반한 모양이더군요. 물론 젊은 로살리오(니콜라스 로우의 극중에 나오는 놈팡이)에 관하는 한 류즈 양은 퇴장입니다. 그런데 류즈 양 쪽은——깊은 꿍꿍이속이 있어서 한 고약한 게임 때문에——그리 쉽사리 퇴장하려 들지를 않습니다. 그 결과 커크는 골치를 앓고, 그 정직한 젊은 얼굴에 ‘살려 주시오, 암호랑이에게 쫓기고 있습니다’ 하는 표정을 띠게 된 것이지요.”

“그 시웰이라는 여자가 그 친구의 급소를 단단히 움켜쥐고 있다고 나는 보고 있어.” 경감이 말했다. “급소를 잡히어 꼼짝을 못하는 거야. 그 친구는 궁지에 빠져 있어. 그런데 그 여자가 만일 커크를 못살게 들볶으려 하고 있다고 한다면……애야, 그 친구는 지금 완전히 궁지에 빠져 있어. 넌 그 친구가 그 여자에게 막대한 돈을 빨아 먹히고 있어 재정적으로 막다른 길에 서 있다고 생각하지는 않느냐?”

“그것도 원인의 하나일지도 모르겠군요, 아버지. 그 친구의 재정적인 어려운 사정은 류즈가 나타나기 전부터라고 알고 있습니다만. 그런데 전 지난번에 어두운 수수께끼에 싸여 있던 어떤 사실을 알게 되었는데요.”

“그래서 ？”

“살인이 있었던 저녁때 글렌 맥그완이 커크에게 남겨 놓고 간 쪽지의 비밀 말입니다. 뭐라고 씌어 있었는지 기억하십니까. ‘이제는 나도 알고 있네. 자네는 위험한 인물과 거래를 하고 있어. 내가 자네한테 충분한 이야기를 할 수 있을 때까지 일을 서두르지 말게. 돈, 발밑을 조심하게’라고 씌어 있었지요. ”

“아마 그건 맥그완이 그 죽은 땅딸보에 대한 것을 말하지 않았나 나는 보고 있어” 하고 경감은 기분이 언짢은 듯이 말했다.

“아닙니다. 절대로 그렇지 않습니다. 맥그완은 분명히 처음부터 그 류즈라는 여자를 수상쩍게 여기고 있었던 거예요. 그 친구는 아주 머리가 예민해요, 맥그완 말입니다. 그 정도로 도덕적으로 청렴하고 강직한 사람이라면, 어떤 경우건 그처럼 천박하고 호화찬란한 여자를 볼 때 수상하게 느끼기 마련이겠지요. ”

“맥그완에 대해서 나는 그렇게 안 봤어. 아주 평범한 사람인 줄로만 알았다. ” 경감은 의심스러운 듯이 말했다.

“아아, 평범하다면 평범하지요. 그러나 사람에겐 저마다 무슨 일이 있어도 잊어버릴 수 없는 무엇이 있습니다. 그 하나는 도덕적인 바탕이지요. 그 친구의 조상은 살렘 타운에서 요술사들을 불태워 죽인 사람들입니다. 저도 맥그완이, 즉 에둘러 말해서 육체 문제를 초월하고 있다고는 말하지 않습니다. 그러나 그 친구는 육체를 원인으로 하여 가끔 생길 수 있는 더러운 이름이라든가 추문 같은 것 위——혹은 밑——에 있는 사람입니다. 실천적인 도덕성을 지니고 있지요. ”

“알았다, 알았어. 내가 져 주마. 그래서 어떻다는 거냐 ？ ”

“맥그완은 류즈라는 여자를 조용히 관찰하고 있던 바, 때마침 그 살인이 있던 날 오후에 그 여자에 대해 뭔가를 발견했던 것입니다.

그 정보의 출처는 벨리 부장과 마찬가지로 그 여자의 하녀였을지도 모릅니다. 아무튼 맥그완은 될 수 있는 대로 빨리 그 여자에 대한 것을 커크에게 경고해야겠다고 생각하여 쪽지를 쓰게 되었던 것입니다. 틀림없어요, 전 그렇게 확신합니다.”

“맞는 것 같군.” 경감은 마지못해 인정했다.

“그래서 강제적인 방법을 취해서는 결코 좋은 결과를 낳지 않는다는 사실을 아버지도 아셨겠지요. 아버지는 ‘해미트(《피의 수확》을 쓴 작가)’의 작품을 지나치게 읽으십니다. 저는 늘 말합니다만, 현대의 이른바 현실과 소설의 피비린내 나는 활극물을 읽지 못하게 금지시켜야 할 계층이 있다면, 그건 우리의 귀중한 경찰관들입니다. 백해무익한 허망된 꿈만 키워 주니까요. 그런데 어디까지 말씀드렸지요? 아, 그렇지, 우리는 주요 등장인물들에게 의심을 품게 하지 않고 하나의 수수께끼를 푼 셈입니다. 진상이 어디에 묻혀 있는가를 우리가 알고 있다는 사실을 눈치채이지 않고 말입니다.”

“도널드 커크가 맥그완의 쪽지를 잃어버린 것을 알고 있다고 생각하지 않느냐?” 경감은 싱글벙글 웃었다. 엘러리는 중얼거리듯이 말했다.

“그렇게 생각하지 않습니다. 그날 밤 커크는 굉장히 번민을 하고 있었으니까요. 또 비록 잃어버린 줄 알았다 하더라도 어디 다른 데서 분실한 것으로 알 겁니다. 제가 훔쳤다는 것은 절대 모르고 있을 거예요. 점잖은 학자답게 보이는 공덕의 하나지요.”

“너에 대한 태도에 이상한 데는 없더냐?”

“그렇기 때문에 방금 말씀드린 대담한 단정을 내린 거지요.”

“으음.” 경감은 엘러리가 부지런히 외투를 입는 것을 지켜보고 있었다. “나는 이 사건에 대해 곧 어떤 새로운 발견이 있을 것 같은 묘한 예감이 드는구나.”

"소지품에 대한 것 말입니까?"

경감은 장난꾸러기처럼 말했다.

"어디, 기다려 보려무나."

엘러리는 그리 오래 기다릴 것까지도 없었다. 그날 밤 한가롭게 난로 앞에 몸을 뻗고 쥬너에게——쥬너는 몹시 따분한 표정을 하고 있었다——모크 타틀의 연설집을 읽어 주고 있는데 경감이 방으로 뛰어 들어왔다.

"엘, 대관절 무슨 일이 있었을 것 같으냐?"

노인은 모자를 내던지고 엘러리 앞으로 턱을 내밀었다.

엘러리는 책을 내려놓고, 쥬너는 안도의 한숨을 크게 한 번 쉬고는 그 자리에서 빠져 달아났다.

"나왔습니까?"

"그래, 나왔다. 나와도 엄청나게 나왔어." 경감은 만년의 나폴레옹처럼 외투를 입은 채로 방 안을 왔다갔다 활보하고 있었다. "오늘 오후, 챈들러의 그 시웰이라는 여자의 방을 수색했지."

"이야기해 주십시오."

"지금 하려는 참이다. 그 여자는 외출하고 없더구나. 우리는 급히 일을 해치웠지. 뭐가 발견되었을 것 같으냐?"

"전혀 짐작이 안 가는데요."

"보석류였어."

"그건."

경감은 기분 좋은 듯이 킁킁거리며 코담배를 빨아들였다.

"뭐 이야기는 간단해. 트렌치의 전보에 그 여자는 보석이 전문이라고 씌어져 있었잖느냐. 우리는 그 여자의 방에 물건이 잔뜩 숨겨져 있는 걸 발견했는데, 그게 아주 뛰어나게 고급품들뿐이더란 말이

야, 시시한 잡동사니가 아니었어. 아무래도 그 여자의 물건은 아닌
것 같아서 곧 부하들을 시켜 그 출처를 조사하게 했지. 그리하여
무엇을 알아냈을 것 같으냐?”

엘러리는 한숨을 쉬었다.

“어쩐지 이건 앙갚음 같은데요. 아버지가 지금 저에 대해 하시는
것처럼 저도 아버지에 대해 가끔 심술궂은 짓을 하던가요? 제가
모르는 무엇을 아버지는 아셨지요?”

“일류 보석상에 알아보았지. 그랬더니 그 보석류가 기막힌 진품이
라지 않겠느냐. 오래된 것이고 장식도 진기하며 유서깊은 내력이
붙은 것들이야. 수집가들이 노리는 물건들이었어.”

“어이가 없군요. 그런 것을 훔칠 바보가 어디 있겠어요?”

엘러리가 큰소리로 말했다.

“그 점에 대해서는,” 경감은 중얼거리듯이 말했다. “나도 몰라. 그
러나 내가 알고 있는 것이 한 가지 있어.” 경감은 엘러리의 옷깃을
덥석 잡아당겼다. “의자에서 일어나. 갈데가 있어. 내가 알고 있는
것은 상인이 우리한테, 그리고 부하에게 그 물건의 임자가 누군지 짐
작이 간다고 했어. 그건 동업자들의 상식으로 되어 있다는 거야.”

“설마…….” 엘러리가 천천히 입을 떼었다.

“그런데 그렇단 말이다. 하나도 남김없이 모두가 도널드 커크가 수
집한 보석류 가운데서 나온 것이라더구나.”

보석 선물

벨리 부장은 죽은 이의 소지품 수색에 대한 일을 중단하고 갑자기 아일린 류즈의 방 습격을 담당하게 되어, 챈들러의 휴게실에서 경감에게 보고했다.

"방해물은 아무것도 없습니다, 경감님. 수색한 뒤에 형사 하나를 ——존슨입니다만——호텔 종업원으로 변장시켜서 파이프를 수리한다는 핑계로 여자의 방에 들여보내 놓았습니다. 하녀 쪽도 염려없습니다. 오후에는 쉬므로 외출하고 있어서 6시까지는 돌아오지 않습니다."

"하녀는 무슨 일이 있었는지 모르는가?"

경감이 날카롭게 물었다.

"네, 모르고 있습니다."

"아일린은 어떤가."

"존슨의 말로는, 그 여자는 6시 반쯤 돌아와서 파티에라도 가는 것처럼 굉장히 호화스러운 옷으로 갈아입었다고 합니다. 벽 금고의 보석은 거들떠보지도 않고 자기 것, 화장품 상자 속에 있는 자기의 보석 상자 속에 들어 있는 것을 몸에 달았다고 합니다. ”

“방을 나갈 때 랩 코트는 입고 나갔는가요 ? ” 엘러리가 물었다.

“나가기는요, 나가지 않았어요, 퀸 씨. ” 부장은 씩 웃었다.

“혼자 있나요 ? ”

“그렇지 않습니다. 퀸 씨가 모르는 것도 무리는 아니지요. 그 여자는 커크의 친구들을 위해 칵테일 파티를 열려 하고 있어요. 그 여자가 그런 말을 하는 것을 존슨이 들었답니다. 지금쯤은 다들 모여 있겠지요. ”

“흐음, ” 하고 경감은 신음했다. “그래, 어디든지 마찬가지야. 아무튼 그 여자를 문초하기 전에 22층으로 올라가 보기로 하세. ”

“그건 왜요 ? 왜 그런 일을 하는 겁니까 ? ” 엘러리가 말했다.

“조금 생각이 있어서 그런다. ”

엘리베이터는 만원이라 그들은 뒤쪽 청동 벽판으로 밀려들어갔다. 경감은 낮은 소리로 말했다.

“그 마셀라라는 처녀가 모임에 나온다면 일석이조로, 노인의 책에 대한 것도 물어볼 수 있겠지. 넌 그저께 왜 그것을 뒤로 미루라고 말했지 ? ”

“아직 충분한 겨냥이 서 있지 않았기 때문이에요. ”

엘러리가 잘라 말했다.

“아아, 그렇다면 지금은 어째서 그 여자가 그런 짓을 했는지 알고 있느냐 ? ”

“조금만 검토하면 그런 것은 간단한 문제예요. 그걸 곧 못 깨달은 제가 미련했어요. ”

“어째서 ? ”

그러나 그때는 이미 22층에 닿았기 때문에 엘러리는 질문에 대답하지 않고 그대로 아버지와 부장 앞에 서서 엘리베이터를 나왔다.

시엔 부인은 흠칫하며 겁먹은 것처럼 가슴을 부풀리고 책상 앞에서 인사했다. 그러나 경감은 그쪽은 거들떠보지도 않고 곧장 도널드 커크의 사무실 쪽으로 성큼성큼 걸어가서 노크도 하지 않고 문을 열었다. 벨리 부장은 시체가 발견된 방문 가까운 곳 의자에서 졸고 있던 제복 경관에게 "이것 봐, 일어나" 하고 소리를 질렀다.

오스본은 일어서며, 우표용 핀셋을 내려놓았다. 그는 얼마쯤 질려 있었다.

"어서 오십시오, 경감님…… 퀸 씨, 또 무슨 이상한 일이라도 있었습니까?"

"그렇다네." 경감은 으르렁대듯이 말했다. "여보게 오스본, 커크의 보석 수집 속에 '대공 부인의 관'이라는 것이 있는가?"

"분명히 있습니다. 하지만 어떻게 그걸?"

오스본은 얼떨떨한 목소리로 말했다.

"그리고 '빨간 브로치'라는 것은?"

"있습니다. 하지만 어떻게……."

"에머랄드 장식이 달린 은목걸이는?"

"그것도 있습니다. 하지만 무슨 일이 있었습니까, 퀸 경감님?"

"자네는 모르는가?"

오스본은 경감의 엄격한 얼굴에서 엘러리의 얼굴로 눈길을 옮기면서 천천히 의자에 도로 주저앉았다.

"아……아니오. 저는 커크 씨의 보석 수집에 대한 일에는 별로 관계하고 있지 않기 때문에 그분에게 직접 물어 보셔야 되겠습니다만, 커크 씨는 보석류를 은행의 보관 금고에다 맡겨 두시고 본인이 직접 취급하고 계십니다."

"그런가? 그것이 없어졌다네." 경감은 갑자기 큰소리를 냈다.

"없어졌다고요?" 오스본은 숨이라도 멎은 것 같았다. 그야말로 정말 깜짝 놀라고 있었다. "수집품 모두가 말씀입니까?"

"뛰어난 물건들만 말일세."

"그, 그래서, 커크 씨는 아시나요?"

"그것을," 하고 경감은 기분 나쁜 듯한 미소를 머금고 말했다. "지금부터 조사하려는 걸세." 경감은 함께 온 두 사람을 향해 턱짓을 했다. "가세. 나는 다만 오스본의 보증이 필요했던 것뿐이야. 만일을 위해서."

경감은 웃음을 머금으며 문 쪽으로 걸어갔다.

"경감님." 오스본은 책상의 양쪽 가장자리를 잡고 있었다. "경감님은…… 경감님께서는 지금 당장 커크 씨를 신문하시는 건 아니겠지요?"

경감은 발걸음을 딱 멈추고 돌아서 말할 수 없이 비우호적인 표정을 떠올리며 오스본 쪽으로 머리를 내밀었다.

"그렇다면 어떻다는 건가, 오스본. 그것이 자네한테 어떻다는 건가?"

"하지만 여러분들 하고……." 오스본은 핏기없는 입술을 빨았다.

"커크 씨는 조그마한 축하연을 하고 계십니다, 경감님. 지금은 아무래도 형편이 좋지 않을 것 같아서……."

"축하연이라고? 커크의 방에서 말인가?"

퀸 부자는 서로 얼굴을 마주보았다.

"아닙니다, 경감님." 오스본은 열심히 말했다. "아래층의 류즈 씨 방에서요. 커크 씨가 약혼했다는 소문을 듣고 류즈 씨가 칵테일 파티에 초대한 것이지요. 그래서 저는……."

"약혼을 했다고?" 엘러리는 중얼거리듯이 말했다. "세상에는 늘 이해할 수 없는 일들이 일어나는 법이지. 나원! '오, 악마의 힘을'이라는 말인가, 아니면 미국과 중국의 '동맹'이란 소린가. 도통 영문을 모르겠구먼. ”

“네? 아, 그렇습니다. 템플 양이예요. 그런 사정이므로 여러분의 일에도 지장이 있지 않을까 해서……. ”

“그 템플이라는 여자하고 말인가, 흐음. ” 경감은 중얼거렸다.

“여기 온 김에 물어보겠는데, ” 엘러리는 우울한 듯이 말했다. “옷지, 자네는 들어 본 적이 없나. ” 엘러리의 눈은 우표가 어질러져 있는 책상 위를 멍하니 바라보고 있었다. “푸저우 우표에 대한 이야기를. 1달러 가격이 표기되어 있고, 황갈색과 검정의 2색판인데 검정 꽃이 잘못되어 우표의 풀을 붙인 쪽에 인쇄되어 있는 것 말일세. ”

오스본은 매우 조용히 앉아 있었다. 피곤한 듯한 눈을 들고, 쥐고 있는 주먹은 때가 묻어 희뿌연 색이 되어 있었다.

“하지만…… 저는 그런 잘못된 인쇄에 대한 이야기는 들은 적이 없는데요. ” 그는 가느다란 목소리로 중얼거렸다.

“이 거짓말쟁이 같으니. 옷지, 나는 모든 것을 다 알고 있다네. 내가 자네를 옷지라고 부를 만큼 친숙한 사이가 아닌가……. ”

엘러리가 쾌활하게 말했다.

“퀸 씨는……알고 계십니까? ”

오스본은 눈을 들고 말하기 거북한 것처럼 말했다.

“아무렴, 물론이지. 돈 커크가 직접 말했다네. ”

“실례했습니다, 퀸 씨. 전 그만……. ”

오스본은 손수건을 꺼내 얼굴을 닦았다.

“자, 가자. ” 경감은 더 기다리지 못하겠다는 듯이 잘라서 말했다.

“여보게. ” 경감이 아까 그 제복 경관을 부르자 그는 깜짝 놀라 얼굴빛을 바꾸었다. “자네는 여기 있는 오스본이 전화에 손대지 못하도록 5분 동안만 지키게. 점잖게 있어야 하네, 오스본. 자, 가자. 가서 유쾌한 일이 있다면 우리도 한몫 끼자꾸나. ”

류즈의 세 개로 된 방은 커크네의 바로 아래층이었다. 경감이 누른 벨 소리에 응하여 문을 연 것은 입체파의 볼과 무뚝뚝해 보이는 뾰족한 코를 한 딱딱한 하녀였다. 약간 코먹은 듯한 런던 말씨로 거절하려다 부장의 모습을 보자 흠칫해서 뒤로 물러섰다. 경감은 하녀를 밀어젖히고 성큼성큼 작은 응접실 겸 대기실로 해서 웃음소리와 말소리가 떠들썩한 거실로 들어갔다. 웃음소리와 이야기 소리가 마술처럼 딱 멎었다.

모두들 모여 있었다. 커크 박사, 마셀라, 맥그완, 번, 조 템플, 도널드, 아일린 류즈, 거기에 퀸 부자가 전에 한 번도 만난 적이 없는 여자 둘과 남자 하나가 더 있었다. 그 낯선 사람 중의 하나는 키가 크고 요염한 여자로서 어쩐지 외국인 같았는데, 이상하게도 마치 자기가 임자라는 듯한 태도로 펠릭스 번의 팔에 매달려 있었다. 모두들 야회복을 입고 있었다.

류즈가 방실방실 웃으며 앞으로 나왔다.

"저어, 보시다시피 손님이 계세요, 퀸 경감님. 다음날, 다른 기회에……."

맥그완과 도널드 커크는 말없이 서 있는 세 사람을 몹시 긴장해서 쳐다보고 있었다. 커크 박사가 늙은 코끝을 자줏빛으로 해 가지고 거칠게 휠체어를 몰고 나왔다.

"이번의 이 침입은 또 무엇인가. 이 고약한 미친놈의 세상에서 우리같이 온전한 사람은 성가신 참견꾼들로부터 보호될 길도 없단 말인가?"

"이러지 마시고 조용히 하십시오, 커크 박사." 경감은 온화하게 말했다. "죄송합니다, 여러분. 이렇게 갑자기 들이닥쳐서. 그러나 직무는 직무입니다. 아주 잠깐이면 됩니다. 그래요……커크 씨, 당신한테 할 이야기가 있습니다. 류즈 씨, 어디 잠시 이야기할 만한 방이 없습니까 ? ”

“무슨 이상한 일이라도 있었습니까, 경감님 ? ”

글렌 맥그완이 조용히 물었다.

“아니, 대수로운 일은 아닙니다. 파티는 그냥 계속하십시오. 이거 고맙습니다, 류즈 씨. ”

여자는 또 하나의 거실로 향해 열려진 문 쪽으로 모두를 안내해 갔다. 도널드 커크는 잠자코 핏기 없는 얼굴로 사형 집행장으로 다가가는 수인처럼 걷고 있었다. 그 뒤에서 몸집이 작은 조 템플이 얼굴을 발딱 젖히고 야무진 발걸음으로 또박또박 따라왔다. 경감이 눈살을 찌푸리고 뭐라고 말하려는데 엘러리가 그 팔을 슬쩍 건드렸다. 그 바람에 경감은 입을 다물고 말았다.

도널드는 거실의 문이 닫히고 벨리 부장의 우람한 어깨가 거기에 기대설 때까지 조가 따라온 것을 모르고 있었다.

“조, ” 커크는 잠긴 목소리로 말했다. “당신은 이런 일에 관련되어서는 안되오. 무슨 일인지는 모르지만 부디 나가서 다른 사람들과 함께 기다려 주오. ”

“전 여기 있겠어요” 하고 조는 말했다. 그리고 웃으면서 커크의 손을 꼭 쥐었다. “요컨대 아내라면——반쪽 아내일지는 모르지만——남편의 책임을 조금은 같이 나누어야지, 그렇지 않고서야 무슨 아내 가치가 있겠어요. ”

“아아, 요즘은 일이 생기는 것도 어찌나 갑작스러운지…… 여기서 축하를 드려야겠군요. ” 하고 엘러리가 말했다.

“고마워요. ” 두 사람은 다 순순히 낮은 소리로 말하고 눈을 내리깔았다. 기묘한 연인들이라고 엘러리는 생각했다.

“자, 그러면, ” 경감이 입을 열었다. “커크, 말할 것도 없는 일이라고 생각하지만 자네는 줄곧 매우 이해할 수 없는 행동을 취하고 있

네. 그래서 나는 지금 자네한테 변명할 기회를 주려 하고 있는 것일
세.”

“경감님, 전 무슨 말씀을 하시는지 도무지 모르겠군요.” 커크는 천
천히 말했다. 그러자 조가 의아한 듯이 재빨리 곁눈질로 커크를 힐끔
보았다.

“커크, 자네는 최근에 도둑맞은 일이 있었나?”

노인은 고압적으로 말했다.

“도둑맞다니요?” 커크는 완전히 허를 찔린 모양이었다. “그런 일
은 없는데요…… 아아, 아버지의 책을 말씀하시는 거로군요. 그건
묘하게 되돌아왔어요.”

“나는 자네 아버님의 책을 말하고 있는 게 아니네, 커크.”

“그렇다면? 전 아무래도……아니, 그런 일은 없습니다.”

커크는 미간을 모았다.

“틀림없는가? 한 번 잘 생각해 보게.”

도널드는 두 손을 턱시도 주머니 속에 신경질적으로 찔러 넣었다.

“하지만 틀림없이 저는…….”

“자넨 오래된 보석류를 가지고 있겠지. 수집가들이 노릴 만한 ‘빨
간 브로치’라든가, ‘대공 부인의 관’이며 에머랄드 장식이 달린 은
목걸이라든가, 16세기 중국의 경옥 반지 같은 것을 말일세.”

“아니, 그건 모두 팔아 버렸습니다.”

번개 같은 속도로 커크가 말했다.

경감은 잠시 동안 조용히 커크를 보고 있다가, 이윽고 일어나 문
있는 데로 갔다. 벨리 부장이 한 옆으로 몸을 비키자 노인은 문을 열
고 불렀다.

“류즈 씨, 잠깐만 이리 와 주시오.”

이윽고 키가 후리후리한 여자는 좀 불안한 듯한 미소를 머금고 날

렵한 눈썹에 의아한 표정을 띠고서 방으로 들어왔다. 뭐라고 부르는
지는 모르지만 길고 곡선이 뚜렷하며 몸에 착 달라붙는 듯한 아주 도
발적인 가슴을 몹시 깊게 판 옷을 입고 있어서 숨을 쉴 때마다 유방
사이의 고랑이 천천히 펴졌다 오므라졌다 하는 것이 또렷하게 보여
마치 철썩이는 파도에 숨었다 나타났다 하는 해변의 갈라진 바위틈과
도 같았다.

"템플 씨, 당신은 잠시 자리를 비키시는 게 좋지 않을까요."
경감이 부드럽게 말했다.

템플 양의 자그마한 코가 애교 있게 조금 발름거렸다. 그러나 아무
말도 하지 않고, 잡고 있던 커크의 손을 놓지도 않았다.

"그러면 좋소." 경감은 한숨을 쉬었다. 그리고 키 큰 여자 쪽으로
돌아서서 미소 지었다. "우리 서로 본디 이름을 알았으면 좋겠군요.
어째서 당신은 본명이 아일린 시웰이라는 말을 하지 않았지요?"

커크는 의아한 듯이 눈을 깜박거렸다. 그리고 키 큰 여자도 몸을
활짝 젖히며 눈을 깜박거렸다. 조금 놀란 녹색 눈의 고양이 같았다.
그녀는 미소를 머금었다. 엘러리는 아득한 저편에 있는 육체에서 이
탈한 체시아 고양이의 제4차원의 미소라고 생각했다.

"실례지만 뭐라고 말씀하셨지요?"

"흐음." 경감은 얼마쯤 감탄을 하고 웃으면서 말했다. "좋은 배짱
인데요, 아일린 씨. 그러나 언제까지고 연극만 하고 있다가는 당신한
테 불리할 거요. 이쪽에선 당신 일을 모두 알고 있소. 스코틀랜드 야
드에 있는 내 친구 트렌치 경감으로부터 오늘 아침에 전보가 왔는데,
당신하고 경감은 오래 전부터 잘 아는 사이라고요? 이름난 영국의
여자 사기꾼이라고 씌어 있더군요. 트렌치는 당신을 잘 알고 있기 때
문에 그렇게 불친절한 말을 한 모양이지요? 자넨 그걸 알고 있었는
가, 커크?"

"여자 사기꾼?" 하고 그는 떠듬거리며 말했다.

그러자 그 망설이는 듯한 어조에는 어딘지 납득이 안 가는 구석이 있었다. 엘러리는 그것을 보고서 한숨을 쉬며, 사람의 양식 때문에 얼굴을 붉히면서 약간 얼굴을 돌렸다. 이 극의 등장인물 중에서 참된 이는 몸집이 작은 템플 양 단 한 사람뿐이었다. 연극을 하고 있는 것이 아니라 있는 그대로의 모습이었다. 그녀는 키 큰 여자를 먼 곳에 있는 공포처럼 물끄러미 보고 있었다.

키 큰 여자는 아무 말도 하지 않았다. 녹색의 눈 속에는 무언가 경계하는 빛이 떠오르고, 동시에 걷잡을 수 없는 비웃는 듯한 빛도 있었다.

"깨끗하게 말하는 게 좋을 거요, 아일린." 경감은 낮은 목소리로 말했다. "우리는 다 알고 있소. 이를테면 커크의 수집 속에 있던 값진 보석류를 상당수 가지고 있다는 것도 알고 있소. 어떠시오, 아일린?"

순간 류즈의 경계하는 태도가 누그러지며, 방 저쪽에 있는 문 쪽을 힐끗 보았다. 그리고는 입술을 깨물고 또 미소 지었다. 이번에는 체시아 고양이의 미소가 아니라 죽어 가는 희망의 미소였다.

"아아, 당신 침실의 벽 금고 속을 찾아봤자 헛일이오." 경감은 웃음을 지었다. "거기에는 이제 없을 거요. 오늘 오후 당신이 없는 동안 우리가 압수했소. 어떻소, 아일린? 당신 쪽에서 그 보석에 대한 것을 모두 이야기하겠소, 아니면 내가 당신한테 고랑을 채우기로 할까요?"

"고랑이라고요?" 류즈는 눈살을 찌푸리며 중얼거리듯이 말했다.

"이것 보시오, 아일린, 당신네 나라에선 그걸 그렇게 부르잖소. 당신도 지금까지 그 고운 손목에 여러 차례 그놈을 차 보았을 텐데." 경감은 갑자기 여자에 대해 인내심을 잃었다. "당신은 그 보석을 홈

쳤어!"

"아아!" 하며 류즈는 이번에는 얼굴 가득히 미소 지었다. 희망이 기적처럼 되살아났다. "경감님, 경감님은 정말 알 수 없는 말씀만 하시는군요. 그게 커크 씨의 물건이라는 말씀은 틀림없겠지요?"

"틀림없다니. 이번엔 또 무슨 소리를 하려고 그러는 거요?"

경감은 눈을 크게 떴다.

"커크 씨 물건이라면 어째서 범죄에 관련이 있다는 거예요, 경감님. 신사가 숙녀에게 보석을 선물하는 것이 어째서 범죄가 되지요? 저는 그걸 커크 씨가 훔친 물건이라고 하시는 줄만 알았어요. 천만의 말씀이에요."

잠시 깊은 침묵이 있었다. 이윽고 엘러리가 불쑥 말했다.

"어떤가, 커크?"

조 템플은 어쩔 줄 몰라 조그만 코에 주름을 짓고 있었다. 그리고 쥐고 있던 도널드의 손을 홱 당겼다.

"도널드, 당신이 이분한테 드렸어요, 그것을?"

커크는 꼼짝도 않고 서 있었다. 그러나 그 마음속은 가마솥에서 들끓고 있는듯 여러 가지 조그마한 감정들이 마치 라오콘(그리스 신화에 나오는 트로이의 아폴로 신전의 사제)의 어린 자손에게 엉겨 붙은 작은 뱀들처럼 서로 얽히고설키는 듯한 느낌을 엘러리는 받았다. 평소에는 불그스름한 그 얼굴에 핏기가 조금도 없이 잿빛 얼굴을 하고 있었다.

그는 거의 무의식적으로 조의 손을 쳐들며 "그렇소" 하고 말했다. 그러나 아일린 류즈 쪽은 거들떠보지도 않았다.

"보세요." 류즈는 명랑하게 말했다. "아셨지요. 아무것도 아닌 일을 가지고 소동을 벌이시다니. 경감님, 제 보석은 곧 돌려주시겠어요? 저는 미국 경찰을 못 믿는다는 여러 가지 놀라운 말을 많이 들었지요."

“당신은 잠자코 있으시오.” 경감이 고압적으로 말했다. “커크, 이게 어찌 된 일인가. 자넨 그 값진 물건을 정말로 이 여자에게 줬단 말인가?”

커크의 자제심은 찢어진 풍선처럼 납작해졌다. 빤히 쳐다보는 조의 눈앞에서 제일 가까운 의자에 털썩 주저앉자 두 손에 얼굴을 묻었다. 짓눌린 듯한 처량한 목소리가 들렸다.

“그렇습니다. 아니, 그렇지 않아……나는 내가 한 짓을 알 수가 없어.”

“그렇지 않다는 건가요?” 아일린 류즈가 갑자기 말했다. “도널드 씨, 당신은 어쩌면 그렇게도 기억력이 나쁘지요?”

그녀는 더 이상 말하지 않고 급히 침실로 들어갔다. 부장은 못마땅한 얼굴을 했으나 경감이 턱짓을 하자 다시 얼굴빛을 부드럽게 했다. 류즈는 곧 종이 한 장을 들고 돌아왔다.

“퀸 경감님, 아마 도널드 씨는 자기가 무슨 말을 하고 계시는지 잘 모르시는 모양이에요. 저도 여느 때 같으면 이런 사적인 것을 남 앞에 내놓고 싶지 않지만, 일이 이렇게 된 이상 별도리가 없지 않겠어요, 경감님. 도널드 씨, 부끄럽다고 생각지 않으세요?”

경감은 준엄한 눈으로 류즈를 보고 나서 그녀의 손에서 종이를 받아들더니 소리를 내어 읽었다.

그리운 아일린에게. 나는 당신을 사랑하고 있습니다. 그 사실을 당신이 알도록 하기 위해서는 무슨 일이든지 하고 싶은 심정입니다. 이 보석류는 내가 가지고 있는 것 중에서도 가장 귀중한 것입니다. 러시아 대공 부인의 머리를 장식했던 ‘관’과, 크리스티나의 어머니 소유물이었던 ‘빨간 브로치’와, 중국 황제의 딸 손가락에 장식되었던 경옥 같은 것을 당신한테 선물한다는 것은 내 감정의 증거가 아니겠습니까. 이 보석들도 그 밖의 물건들도 모두 내가 오랫동안 비장했던 것들입니다. 그러나 그것을 자진해서 당신한테 드리는 것은 세계에서 가장 훌륭한 여성에게 선물하는 것이 됩니다. 아무쪼록 나와 결혼하겠다고 말해 주십시오.

도널드

템플 양은 뚜렷이 알 수 있을 정도로 몸을 떨고 있었다.

"저어," 하고 그녀는 냉랭한 목소리로 물었다. "그 연애편지의 날짜는 언제로 되어 있나요, 퀸 경감님?"

"당신한테는 정말 안됐다고 생각해요." 류즈 양은 나직한 소리로 말했다. "어떤 심정일지 잘 알 수 있어요. 그러나 보시면 아시겠지만, 도널드가 이걸 쓴 것은 당신이 뉴욕에 오시기 전, 이이가 당신을 알기 전이에요. 당신을 만나자 이이는……." 류즈는 드러난 그 근사한 어깨를 움츠렸다. "C'est la guerre et j'y tomba victime(전쟁에서 나는 그 희생이 되었다는 뜻). 나는 당신을 조금도 원망하고 있지 않아요. 정말이에요. 오늘 저녁에 당신하고 도널드 씨를 초대한 것이 그 좋은 증거가 아니겠어요?"

"서투른 공작인데." 경감이 조소하는 것처럼 말했다. "이게 사랑하는 사나이가 줄리엣을 붙잡으려는 열렬한 연애편지라고 한다면 난 원숭이의 아저씨야. 마치 역사의 논문이지 뭔가. 조작한 거야. 아무리 땀을 흘릴지라도 나는 진상을 밝히고야 말겠어. 자네들 두 사람한테서 말이야. 커크, 이 여자의 구술로 이런 글을 쓰다니, 자넨 대체 이 여자한테 어떤 약점을 잡히고 있었나?"

"구술이라고요?" 류즈 양은 미간을 모았다. "도널드 씨, 세상에 이럴 수가 있어요? 제발 이분들에게 설명해 주세요. 이야기하는 거예요, 모두, 도널드 씨." 류즈는 발을 구르고 있었다. "이야기를 하라고 하잖아요.”

청년은 일어서더니 여자와 마주선 채로 경감에게 말했다.

“이런 연극을 아무리 계속해 보아야 의미가 없다고 생각합니다.” 그 목소리는 깊게 잠겨 있었다. “내가 한 일이니까 쓴 약도 내가 마셔야 하겠지요. 내가 거짓말을 했어요.”

엘러리는 키 큰 여자의 눈에 안도의 빛이 충만하게 넘치는 것을 보았으나 그것은 곧 눈까풀 속에 갇혀 버렸다.

“그 글은 내가 써서 류즈 씨에게——시웰이 본명이라면 시웰 씨에게——보석을 주었습니다. 이분의 과거에 대한 것은 아무것도 모릅니다. 그리고 그런 것은 나에게 아무래도 상관없습니다. 이것은 모두 개인적인 일입니다. 나는 도무지 무엇 때문에 이런 일을 이번의 살인 사건 수사에 증거로 끌어내야 하는지 이해되지 않습니다. 살인 사건과 나의 개인적인 문제는 조금도 관계가 없는데 말입니다.”

“도널드.” 조가 목멘 소리로 말했다. “당신은, 당신은 이이에게 청혼을 했어요?”

류즈 양은 가느다란 승리의 미소를 띠고 있었다.

“당신도 참, 어리석은 소리 그만 하세요. 청혼했으면 또 어떻다는 거예요. 나라고 세상에서 제일 못된 사람이라는 법은 없잖아요. 일시적인 기분으로 쓴 걸로 해 두면 그만이에요. 틀림없이 그럴 거라고 생각해요. 안 그래요, 도널드 씨. 어쨌든 이제는 모두 끝난 일이에요. 이분은 당신 거예요. 당신도 이런 일로 왈가왈부하지는 않겠지요?”

“의협심이 대단한 여자인데.” 엘러리가 중얼거렸다.

“도널드, 당신은, 당신은 그걸 인정하세요?”

“으음, 인정하오.” 커크는 역시 잠긴 목소리로 말했다. “정말 얼마나 오랫동안 고통을 당해 왔는지……." 커크는 중국에서 온 몸집이 작은 여자 쪽은 보지도 않았다. "세상에 알려지지 않고 끝났더라면 그걸로 일은 깨끗이 끝났을 텐데, 이젠 다 글렀어. 끝났어, 이젠 그만이야. 어째서 나를 좀 혼자 있게 내버려 두지 않나요."

"그런가." 경감은 싸늘하게 말했다. "그래서 그 보석류는, 커크?"

"그건 내가 이분에게 주었습니다."

조는 키 큰 여자 앞으로 조용히 걸어가서 말했다.

"당신은 정말 비열한 분이군요. 도널드는 아무것도 모르고 그랬을 거예요." 조는 얼어붙은 듯이 서 있는 젊은 남자 쪽으로 휙 돌아섰다. "돈, 전 그런 것 전혀 믿지 않아요. 그런 터무니없는 소리는. 당신을…… 전 당신을 잘 알고 있어요. 당신은 정말 나쁜 짓을 못할 분이에요. 난 아무렇게도 생각하지 않아요. 시시한 여자 사기꾼과의 사이에 있었던 하찮은 일 따위는. 물론 기분이 좋을 거야 없어요. 하지만 무슨 일이에요, 돈. 이이가 당신한테 무슨 짓을 했지요? 저한테는 말 못할 일인가요?"

커크는 묘하게 부드러운 목소리로 말했다.

"이대로의 나를 받아주는 수밖에 도리가 없겠소."

키 큰 여자는 여전히 웃고 있었다. 그러나 그 목소리에는 어딘지 모르게 강한 자신에 찬 도전적인 것이 있었다.

"난 이래도 무척 참을성이 많은 편이라고 생각해요. 다른 여자 같았으면 벌써 한바탕했을 거예요. 조 템플 양, 이제 한 그 악의에 찬 말투는 용서해 주기로 하겠어요. 그리고 나의 경험에 의한 충고를 해 드리지요. 공연한 바보짓일랑 하지 말아요. 이분은 당신 것, 그리고 이분은 매우 훌륭한 젊은 분이에요."

조는 류즈의 말에는 귀도 기울이지 않고 여전히 옆을 보고 있는 청년의 얼굴을 응시하고 있었다. 류즈는 말을 계속했다.

"자, 경감님, 이것으로 경감님네 개들은 제발 물러가 주세요. 나도 이렇게 늘 졸리기만 해서는 못 살겠어요. 당신네 쪽에서 자꾸 이러신다면 내 쪽에서 일찌감치 물러가기로 하겠어요."

"그게 당신 생각이오?" 경감이 불쾌한 듯이 말했다. "그러나 당신은 내가 출국 허가를 내리기 전에는 못 물러가. 조금이라도 국외로 나갈 기색이 보이면 나는 곧 의심스럽다는 이유로 체포하겠소. 의심스러운 이유란 아주 좋은 말이지. 꽤 융통성이 있으니까. 사실을 말한다면 지금 당장에라도 좋지 못한 인물이라는 이유로 당신을 철창 속에 처넣을 수도 있소. 그러니까 시윌 씨, 당신은 여기서 얌전하게 지내고 있는 것이 좋을 거요. 나를 속이려고는 꿈에도 생각하지 말고." 경감은 옆에 말없이 서 있는 커크와 조를 곁눈으로 힐끔 보았다. "커크, 자네는 자네가 지금 빠져 있는 그 복잡한 사정을 깨끗이 털어놓지 못한 것을 나중에 가서 몹시 후회하게 될 걸세. 이 여자가 어떤 나쁜 계략을 가지고 있는지는 나도 모르지만 아마 자넨…… 자, 이만 물러가기로 할까, 우리는."

엘러리는 퍼뜩 정신이 들어 한숨을 쉬었다.

"아버지는 그 언어학 일로 마셀라 커크 씨에게 물어 보실 말이 있지 않습니까?" 그는 나직한 소리로 말했다.

그러자 도널드 커크의 초췌한 눈에 갑자기 당황하는 공포의 빛이 떠오른 것을 보고 엘러리는 몹시 놀라고 말았다.

"마셀라는 가만히 내버려 두십시오, 부탁입니다." 커크는 파랗게 질려서 애원했다. "이런 일에 끌어들이지 말아 주십시오. 가만히 내버려 둬주십시오, 부탁입니다."

퀸 경감은 갑자기 흥미가 생겨나서 싸늘하게 커크를 바라보며 온화하게 말했다.

"그런가. 나는 자네들한테 정나미가 떨어졌다는 말을 하려던 참이었어. 그러나 생각을 고치고 좀더 참기로 하지. 토머스, 마셀라 커크 양과 아버님을 이리로 모셔 오게."

벨리가 문을 열려고 했을 때, 도널드는 총알처럼 뛰어가서 부장을 붙잡아 난폭하게 한옆으로 밀어젖혔다. 그리고 몸을 떨며 굳은 결의를 보이고 문 앞에 가로 막아섰다.

"안돼. 말하지 않았나, 퀸. 부탁이네. 그런 짓은 하지 말도록 해주게."

"뭐야, 이 건방진 족제비 새끼 같은 것이……."

부장이 으르렁대며 앞으로 나가려 했다.

"잠깐만, 벨리 부장." 엘러리가 건성으로 말했다. "커크, 자네도 그렇게 야단스레 굴 건 없지 않나. 아무도 자네 누이동생을 해치려는 사람은 없어. 약간 오해가 있어서 그것을 밝히려는 것뿐이야. 정말이네, 그것뿐일세." 엘러리는 앞으로 걸어 나가 커크의 긴장한 어깨에 다정스럽게 팔을 얹었다. "커크, 자네는 템플 양을 따라 위층에 가 있게나. 이렇게 신경이 흥분되어 있어서는……한잔 마시고 나서 좀 쉴 필요가 있겠어."

"퀸, 자네는 설마……." 그의 목소리는 어딘지 처량했다.

"물론 그런 일은 없어."

엘러리는 달래듯이 말했다. 그리고 템플에게 흘끗 눈길을 던졌다. 조 템플은 한숨을 쉬더니 청년 곁으로 다가가서 손을 잡고 무슨 말인지 부드럽게 속삭였다. 엘러리는 커크의 근육이 누그러져 가는 것을 느꼈다. 부장은 얼굴을 찌푸리고 문을 열어 두 사람을 내보내 주었다. 다른 방에서는 깜짝 놀란 눈들이 두 사람을 맞았다.

"아일린, 당신도."

경감이 목소리를 높여서 무뚝뚝하게 말했다. 류즈는 어깨를 움찔하고 커크와 조의 뒤를 쫓아 천천히 나갔다. 어딘지 조심스러운 구석이 엿보이고 있었다.

경감은 세 사람이 나가는 뒷모습을 지켜보며 중얼거리듯이 말했다.

"저 젊은 친구는 대체 무슨 꿍꿍이속을 가지고 있는 걸까."

엘러리는 번쩍 제정신이 들었다.

"네, 뭐라고 하셨어요? 아아, 커크 말입니까?" 그는 담배를 꺼내어 천천히 성냥을 그었다. "아주 재미있는데요. 전 지금 가느다란 광명을 잡았습니다, 아주 조그만 광명이지만. 저기 오는군요."

온 것은 둘이 아니라 세 사람이었다. 벨리 부장은 험상궂은 눈으로 노려보고 있었다.

"이 맥그완이 기어이 따라오겠다고 우기는 바람에 그만." 그는 걸걸한 목소리로 말했다. "내쫓을까요, 경감님?"

"그렇게까지 안 해도 되겠지요, 부장" 하고 말하며 엘러리는 자못 우습다는 듯이 미소 지으며 맥그완의 커다란 몸집을 힐끗 보았다.

"글쎄, 기어이 입회하겠다고 고집한다면 그것도 좋겠지." 경감이 기분 나쁜 듯이 말했다. "이 아가씨를 위하는 일이니까. 그런데 아가씨……."

마셀라 커크는 약혼자와 아버지 사이에서 숨도 제대로 쉬지 못하고 조용히 서 있었다. 커크 박사는 딸의 한쪽 팔에 기대어 있었다. 노박사는 바짝 마른 뼈대 속에 위축되어서 이상하게 조용하며, 평소의 호전적인 인물과는 아주 딴판이었다. 그 늙은 눈에는 사람의 눈을 꺼리는 듯한 빛이 있었다.

맥그완이 브드럽게 말했다.

"심하지 않게 잘 좀 부탁합니다, 경감님. 제 약혼자는 굉장히 신경이 예민하며 다감한 사람입니다. 경감님의 강제적인 수법은 저도 못 당할 정도니까요. 아무리 봐도 나무랄 건덕지가 없는 이 점잖은 칵테일 파티를 대체 어떻게 하시려고 이러십니까?"

커크 박사가 몸을 떨며 말했다.

"자네는 잠자코 있게, 맥그완."

"당신네는 도널드에게 무슨 짓을 했소. 고약한 친구들 같으니라고."

"저분은 어쩐지……." 마셀라가 속삭이듯 말했다.

"묻는 것은 내 쪽입니다." 퀸 경감은 엄숙하게 말했다. "커크 박사, 박사께서는 전날 도난당한 헤브라이어 책이 돌아왔다고 하셨지요. 틀림없이 그렇습니까?"

"그래서 어떻다는 거요?" 노박사의 목소리는 깊이 잠겨 있었다.

"전부 돌아왔습니까?"

"아암, 물론이지. 그러니 떠들 것 없소. 책이 돌아왔으니 더 이상 할 말이 없소."

박사는 뼈만 남은 손끝으로 딸의 노출된 팔을 무의식중에 쓰다듬고 있었다.

"그렇다면 당신 쪽에서 발견했다는 말인가요? 누가 가지고 갔는가를……."

"그렇게 생각하시면 되겠지요."

마셀라 커크는 한숨을 내쉬었다. 입술이 피부 빛깔에 비해 두드러지게 붉었다.

맥그완이 뭔가 말하려고 입을 열려다가 생각을 고쳤는데, 마셀라의 얼굴에서 장차의 장인 얼굴로 눈길을 옮겼다. 그리고 맥그완 또한 볕에 타서 밑이 푸르스름한 입술을 깨물고 잡고 있던 마셀라의 손을 꼭 움켜쥐었다.

"내가 볼 때……." 엘러리가 중얼거리듯이 말했다. 불안에 가득찬

세 쌍의 눈이 엘러리를 응시하고 있었다. "우리는 모두 상당한 어른이라고 생각합니다, 아가씨. 우선 아가씨에게 하고 싶은 말은 내가 아가씨한테 크게 감탄하고 있다는 사실입니다."

마셀라는 갑자기 몸을 비틀거리며 눈을 감았다.

"무슨 뜻입니까?" 맥그완이 목쉰 소리로 말했다.

"맥그완 씨, 맥그완 씨의 약혼자는 용기 있고 성실한 분입니다. 나는 이분이 생각하는 사고의 경과를 훤히 알 수 있어요. 나는 이번 범죄의 불가해한 반대적인 성질을 추구하고 있었습니다. 그래서 아가씨의 머릿속에 퍼뜩 뛰어든 어떤 광경이 있었던 겁니다. 아버님께서——박사님, 박사님께서 말입니다——박사님께서 보고 계시던," 엘러리는 말을 끊었다. "……헤브라이어 책 말입니다. 그 말의 첫째가는 특징은 글씨가 반대로 되어 있는 것인데, 그것을 아가씨는 알고 있었습니다. 그래서……."

"제가 훔쳐 냈어요." 마셀라는 흐느끼며 목멘 소리로 말했다. "전 걱정이 되어서……." 커크 박사의 표정이 묘하게 변했다.

"마셀라" 하고 그는 부드러운 목소리로 말했다. 그리고 딸의 팔을 붙잡고 몸을 조금 꼿꼿이 세웠다.

"그렇지만 아가씨, 아가씨는 잊고 있었더군요." 엘러리는 말을 이었다. "중국어에 대한 것을, 중국어에 대해서는 아버님의 서재에 많은 원고가 있는데, 그것도 말하자면 반대로 된 말이지요. 안 그렇습니까?"

"중국어라고요?" 마셀라는 헐떡이듯이 말하고 눈을 동그랗게 떴다.

"그럴 거라고 생각해요, 아버지. 이 이야기는 이 이상 더 자세히 조사할 필요가 없겠지요. 근본을 따지면 제 잘못이에요."

"충분히 이해할 수 있습니다. 이번 범죄의 반대성에 대해 제가 한 말의 반응이었다는 것을요. 이제 사정이 밝혀진 이상, 이 일은 잊어버리는 게 좋을 것 같군요."

"그러나 헤브라이어의 반대성은……."

"아아, 그것이," 엘러리는 한숨을 쉬었다. "큰 실수였어요. 전 헤브라이어를 전혀 모르거든요. 그리고 '제가 아우를 지키는 사람입니까(창세기 4 : 9)'이지요." 엘러리는 마셀라와 맥그완에게 싱긋 웃어 보였다. "어서 돌아가라. 그리고 이제부터 다시는 죄짓지 말라(요한복음 8 : 11)."

"아아, 그렇다면 좋아." 경감이 신음했다. "내보내 주게, 토머스."

부장이 한옆으로 비키자 세 사람은 그 옆을 지나서 나갔다. 모두들 몹시 조용했으나 맥그완은 눈까풀 속에 무엇인가를 숨기고 있었다.

"이왕 여기까지 왔으니 한 가지만 더 처리해 두기로 하자."

경감이 중얼거렸다.

"이번에는 뭡니까?" 엘러리가 나직한 소리로 말했다.

"그 펠릭스 번이라는 사나이야. 토머스……."

"번 말입니까?" 엘러리는 눈을 가늘게 떴다. "번이 어쨌다는 겁니까?"

"살인 당일의 그 친구 행동을 겨우 알아냈어. 그래서 한 가지…… 토머스, 번 씨를 이리 데리고 오게. 그리고 우리가 들어왔을 때 그 친구의 팔에 매달려 있던 외국인 같은 여자도 함께. 내 예감이 맞는다면 그 여자는 무언가 이 일과 관계가 있어."

부장이 큼직한 걸음걸이로 나가고 나자 재빨리 엘러리가 물었다.

"무슨 일과 말입니까?"

경감은 어깨를 움츠렸다.

"그건 나도 모르겠다."

번은 몹시 취해 있었다. 험상궂은 눈을 부리부리하게 뜨고, 날카롭고 뾰족한 얼굴에 비웃는 듯한 표정을 담고 비틀거리면서 들어왔다. 같이 온 여자는 겁을 먹고 있었다. 키가 크고 늘씬한 브루넷인데, 몸은 탄력으로 터질 것만 같았다. 그녀는 번과 떨어지는 것이 무서운 듯이 그의 굳은 옷소매에 가슴 전체를 밀어대고 있었다.

"무슨 일이오?" 번은 얇은 입술을 우습게 이지러뜨리며 귀찮다는 듯이 물었다. "오늘 저녁엔 대체 무슨 일이오? 스쟌보크요, 아니면 발바닥 매질이오, 프로크루스테스의 침대 (침대에 맞추어서 몸을 자르고 늘이고 한 그리스의 강도) 요?"

"어서 오세요, 번 씨, 안녕하십니까." 엘러리가 나직한 목소리로 말했다. "탐정들의 일도 점점 범위가 넓어져 가는 모양인데요, 이렇게 교양 있는 분들과 만난다는 것도 유쾌하군요. 스쟌보크라고 하셨지요. 어쩐지 아프리카며 네덜란드 냄새가 나는데, 뭡니까, 그것은?"

"코뿔소 껍질로 만든 채찍이오." 번은 여전히 술 취한 미소를 얼굴에 띤 채 말했다. "남아프리카의 숲 속에서 당신을 만났더라면 친애하는 퀸 씨, 난 당신한테 기어이 그 맛을 보여 주고 말았을 텐데 말씀이오. 난 당신이 딱 질색이거든. 사람치고 이렇게 싫은 녀석이 또 있을까. 지옥에나 가서 떨어지지. 이것 보오, 포켓판 루시퍼(사탄)." 번은 갑자기 퀸 경감을 향해 내뱉듯이 말했다. "당신은 무엇을 생각하고 있지요? 말해 보시오. 나는 부질없는 질문에 대답하느라고 하룻밤을 허비할 수는 없소."

"부질없는 질문이라고, 이것 보오." 경감은 버럭 소리를 질렀다.

"똑똑한 친구, 또 한번 그 따위 소리를 지껄이면 여기 있는 부장이 참지 못할테니 그때 가서 어떤 상판을 할 것인지는 당신 상상에 맡겨 두기로 하지." 경감은 여자 쪽으로 홱 몸을 돌렸다. "당신 말인데, 당신의 이름은?"

여자는 다시 번에게 바짝 달라붙으며, 어린아이 같은 신뢰하는 눈으로 사나이를 올려다보았다.

번은 느긋한 소리로 말했다.

"가르쳐 주구료, Cara mia(나의 애인). 인상은 나쁘지만 해될 건 없는 사람이야."

"저는……." 여자는 말하기 거북한 듯이 말했다. "루클레치아 리쵸." 여자는 심한 이탈리아 말씨로 말했다.

"어디서 왔소?"

"이탈리아. 저의 집……피렌체."

"플로렌스군요." 엘러리가 중얼거리듯이 말했다. "난 처음으로 보티첼리가 그린 여성의 늠름함 뒤에 있는 본질적인 영감을 포착했어요. 당신은 무척 아름답습니다. 그리고 아름다운 도시에서 오셨군요, Signora(부인)."

여자는 조금 전에 눈에 차 있던 불안한 표정과는 전혀 다른 곁눈질로 찬찬히 엘러리를 바라보았다. 그러나 아무 말도 하지 않고 여전히 번의 팔에 매달려 있었다.

"그런데 나는 바빠. 뉴욕에 온 지는 얼마나 됩니까, 시뇨라." 퀸 경감은 짖어대듯이 말했다.

여자는 또 번을 힐끗 보았다. 번이 고개를 끄덕여 보였다.

"약 일주일 전이에요." 여자는 부드럽고 따사로우며 이빨에 걸리는 목소리로 말했다.

"무엇 때문에 그런 걸 묻는 거요?" 번은 귀찮다는 듯 말했다.

"시뇨라 리쵸를 살인죄로 당신네 유치장에라도 처넣겠다는 말인가요, 경감. 말해 두지만, 당신은 한 걸음에 껑충 뛰는 결론을 내리고 있든가, 아니면 이 순진한 이탈리아인에 대해 아무것도 모르든가 둘 중의 하나요. 내 친구인 루클레치아는 아직 미혼이란 말입니다.”

“결혼을 했든 안했든 내가 알고 싶은 것은 이 여자가 살인이 있던 그날 동 64번 거리의 당신 아파트에서 뭘 하고 있었느냐 하는 것이오.” 경감은 소리를 버럭 질렀다.

엘러리는 좀 얼떨떨했으나 번은 아무 말도 하지 않았다. 번은 여전히 술 취한 미소를 얼굴에 띠고 하얀 이빨을 드러내 보였다.

“허어, 우리 뉴욕 시의 경찰이 이제는 도덕 정화의 깃발을 쳐들고 있는 모양이군요. 이 사람이 대체 무엇을 하고 있었을 것 같소? 물론 짐작은 하고 있겠지. 그렇지 않고서는 물을 리도 없을 테니까 말이오. 내가 도무지 알 수 없는 것은 당신네가 대답을 다 알면서도 질문을 하는 바보 같은 습관을 가지고 있다는 사실이오. 설마하니 내가 아니라는 대답을 하리라고 생각하진 않았겠지요. 어떻습니까?”

경감의 새 같은 얼굴이 시시각각으로 빨개져 갔다. 그는 번을 노려보면서 말했다.

“나는 그날의 당신 행동에 대해 대단히 흥미를 가지고 있소, 번 씨. 그 따위 소리로 나를 속이려고 하지만 그렇게는 안될걸. 이 여자가 모레테이니아^(고대 아프리카 북서부의 속칭)에서 당신과 함께 왔다는 것도, 당신이 이 여자를 데리고 배에서 곧장 당신의 아파트로 택시를 타고 갔다는 것도 알고 있소. 그날 오전 중의 일이오. 위층의 커크네 집에 나타날 때까지 그날의 나머지 시간에 무얼 하며 지냈지?”

번은 여전히 미소를 머금고 있었다. 그 핏발 선 눈에는 유리 같은 냉정함이 있어서 그것이 엘러리를 사로잡았다.

“허어, 그걸 모르시는 모양이군요, 경감.”

“무엇 때문에 당신은…….”

“물론 분명하게 아신다면 그런 질문을 하실 리가 없지요. 재미있는

데. 아주 재미있어. 이것 봐요, Cara. 우리의 아내며 가정이며 시민의 명예를 지키는 경찰관이 괴이하게도 모른다고 하시는군. 정말이지 단순한 양반이야. 보아하니 의심조차 해보지 않으신 모양이구료. 아니지, 내 눈이 조금 난시였나봐. 당신은 틀림없이 의심을 했을 텐데, 내가 분명 알아보지를 못했어. ” 번은 중얼거리듯이 말했다.

여자는 어리둥절해서 번을 쳐다보고 있었다. 이 여자의 짧은 어학력 가지고는 도저히 빠른 영어를 해득하지 못한다는 것은 뻔한 사실이었다.

“그리고 당신은 우리 앵글로색슨 법의 지극히 태평스러운 미로에 대해 절대적인 신뢰를 두고, 증거가 없으면 자신이 어미 없는 자식과 마찬가지라고 알고 있어요. 그렇지 않으면……. ” 번은 선하품을 했다. “보호자 없는 사랑스러운 이탈리아 여성의 육체의 한 토막과도 같은가요. 어떻습니까, 경감? ”

번의 마지막 말이 사라지자 방 안에는 죽음과 같은 침묵이 깔렸다. 엘러리는 아버지를 힐끗 쳐다보고, 어쩐지 번의 말이 맞는 것 같은 느낌이 들어 불안해졌다. 노인의 얼굴은 대리석 같은 빛깔이 되어 자그마한 콧방울 언저리를 한 대 얻어맞기라도 한 듯한 기색이 엿보이며 얼굴이 여느 때보다 더 작고 엄해 보였다.

그리고 또 벨리 부장 쪽에서 위험이 들이닥치고 있었다. 부장의 거대한 어깨가 권투선수처럼 불룩하게 솟아올라, 번을 정면으로 위협하듯이 노려보고 있는 것을 보고 엘러리는 깜작 놀랐다.

그러다가 그 한순간이 지나자 경감은 아주 사무적인 목소리로 말했다.

“그렇다면 당신은 그날 하루 꼬박 이 부인과 당신의 아파트에서 지냈단 말이오? ”

번은 주위의 긴장된 공기에는 전혀 무관심한 것처럼 냉랭하게 어깨를 움츠리며 말했다.

"이 매력있는 미인과 하루를 같이 지내는 데 그밖에 어디가 있단 말인가요."

"묻고 있는 것은 내 쪽이오." 경감은 온화하게 말했다.

"그렇습니까. 그렇다면 답은 물론 긍정이겠지요." 번은 여전히 기분 나쁘게 웃고 있었다. "이것으로 신문은 끝났겠지요, 경감. 이제 사랑스러운 루클레치아를 데리고 가도 괜찮겠지요. 예의범절이라는 것이 있습니다. 주인을 기다리게 해서는 실례니까요."

"가시오. 당신 낯짝의 그 기분 나쁜 웃음 가죽이 내 손에 쥐어 박히기 전에 냉큼 물러가." 경감이 말했다.

"Bravo(만세)" 하고 번은 느릿한 목소리로 말했다. "자, 갑시다. 일이 끝나셨대요."

번은 어안이 벙벙해 있는 여자를 끌어당겨 다정하게 몸을 돌려주고는 문 쪽으로 데리고 갔다.

"하지만 펠리체." 여자는 속삭이듯이 말했다. "무엇 때문에 또……."

"이탈리아 이름은 집어치워" 하고 번은 말했다. "펠릭스라고 불러요."

그리고 두 사람은 나갔다.

한참 동안 세 사람 다 아무 말도 하지 않았다. 경감은 무표정하게 문을 바라보면서 본디 자리에 그대로 가만히 서 있었다. 벨리 부장은 엄청난 긴장으로부터 해방된 것처럼 깊은 숨을 들이마셨다.

이윽고 엘러리가 부드럽게 말했다.

"아버지, 그 따위 촌놈 같은 주정뱅이에게 신경 쓰실 건 없어요. 솔직히 말해서 저도 화가 났습니다. 목덜미가 근질근질해서, 두들겨 패 줄까 했지요. 제발 아버지, 그런 얼굴을 하지 마세요."

"저 작자는 지난 20년 이래 내가 죽여주고 싶었던 최초의 사나이 야. 또 하나는 제 딸을 강간한 놈인데, 적어도 그놈은 미친놈이었어" 하고 경감은 불쾌한 듯이 말했다.

벨리 부장은 무슨 소리인지 혼자서 중얼중얼 욕지거리를 하고 있었 다. 엘러리는 아버지의 팔을 잡고 흔들었다.

"그런데 아버지. 전 아버지한테 한 가지 부탁이 있는데요."

경감은 한숨을 한 번 쉬고 아들 쪽을 돌아보았다.

"무슨 일이냐?"

"그 시웰이라는 여자를 오늘 저녁 느지막이 어떤 구실을 만들어서 경찰본부로 호출해 주시지 않겠습니까? 그리고 그 하녀도 함께 불 러내어 방해물을 없애 주셨으면 좋겠는데요."

"흐음, 무엇 때문에?" 경감은 갑자기 흥미를 가지고 물었다.

"전 말이에요." 엘러리는 곰곰 생각하는 것처럼 담배를 피우면서 말했다. "아까 말씀드린 그 환상의 광명에 대해 어떤 생각이 떠올랐 어요."

침실 장면

엘러리 퀸은 남의 집에 멋대로 들락거리면서 어느 정도의 기지를 보유하고 있는 저 방자한 라플즈(유명한 보석 도둑) 따위를 키우고 있는 대도시의 암흑가에서 자라나지 않았기 때문에 챈들러 호텔 22층 복도에서 신경질적으로 앞뒤 양옆을 살피고 있었다. 방해자가 없다는 것을 알자 외투 밑에서 어깨를 두어 번 부르르 떨고는 류즈의 방문 열쇠 구멍에 곁쇠를 찔러넣었다. 열쇠가 소리를 내며 돌자 문이 열렸다.

응접실 겸용의 대기실은 칠흑처럼 캄캄했다. 가만히 서서 통증을 느낄 정도로 귀를 기울이고 있었다. 그러나 방 안은 쥐 죽은 듯이 조용했다.

소심한 멍텅구리라고 제 자신을 욕하면서 과감하게 어둠 속을 걸어나가 전등 스위치가 있었다고 기억되는 벽 쪽으로 갔다. 더듬더듬 찾아내어 스위치를 눌렀다. 대기실 안이 환하게 드러났다. 객실 너머로 거실문 쪽을 재빨리 보아 두고 전등을 끈 다음 건너편 문 쪽으로 나갔다. 발을 얹는 방석을 걷어차는 바람에 까딱하면 넘어질 뻔하여 가까스로 몸을 가누고 서서 또다시 욕지거리를 했다. 그러나 그럭저럭

목표에 도달하여 문을 열자 거실로 침입했다.

한길 건너편에서 반짝이는 호텔의 전광판 불빛으로 침실로 통하는 문을 발견하고 그쪽으로 나갔다.

문은 빼뚜름히 열린 채로 있었다. 고개를 디밀고 숨을 죽여 귀를 기울였으나, 아무 소리도 나지 않아서 안으로 들어가 손을 뒤로 돌려 문을 닫았다.

'그렇게 서투르지 않은데.' 그는 혼잣말로 중얼거리고는 싱긋 웃었다. '아마 타고난 침입 재능이 있다는 것을 잊어버리고 있었는지도 모르지. 그런데 스위치는 어디에 있을까?'

엘러리는 켜졌다 꺼졌다 하는 희미한 불빛 속에서 눈을 크게 뜨고 주위를 더듬거렸다.

'뭐야, 여기에 있었구먼!' 엘러리는 못마땅한 듯이 소리 내어 말하고서 손을 벽 쪽으로 뻗쳤다.

그 손이 중도에서 얼어붙은 것처럼 허공에 멎었다. 오싹하게 등골에 차가운 것이 스쳤다. 일시에 수백 수천의 생각이 머릿속을 스쳤다. 그러나 엘러리는 움직이지 않았다.

누군가가 바깥쪽 문을 열었다. 그것이 틀림없었다. 기름기 없는 삐걱거리는 쇠 돌아가는 소리가 모든 것을 말해 주고 있었다.

그로부터의 동작은 썰물처럼 움직여 갔다. 팔이 내려지고 발꿈치도 빙그르 돌자, 스위치를 더듬으면서 어슴푸레하게 보아 두었던 비단을 바른 일본 병풍 쪽으로 달려갔다. 은신처에 이르자 그 뒤에 납작하게 엎드려서 숨을 죽이고 있었다.

침실문의 손잡이가 돌아가는 조심스러운 금속성 소리가 들릴 때까지 무한한 시간이 흐른 것 같은 기분이 들었다. 문지방을 스치는 듯한 구두 소리도 들렸다. 그리고 틀림없이 사람이 헐떡이는 듯한 숨소리——금속성 소리가 또 났다. 침입자가 뒤쪽 문을 닫은 것이다.

엘러리는 병풍 틈새로 눈을 크게 뜨고 있었다. 기묘하게도 그때 향수를 바른 여자의 육체를 예상케 하는 아련한 냄새를 느꼈다. 그러나 곧 그 냄새는 침입자가 오기 전, 엘러리 자신이 오기 전부터 거기 있었던 것임을 알았다. 아일린 시웰의 냄새였다. 어둠에 익은 확대된 눈동자가 사람의 형태를 식별하기 시작했다. 방의 명멸하는 어스름 속에서는 얼굴 피부조차도 비치지 않을 만큼 완전히 어둠에 싸인 사나이의 모습이었다. 사나이는 민첩하게, 그러면서도 침착하지 못한 태도로 머리를 이리저리 두리번거리면서, 흐느끼고 있지 않나 싶을 정도로 목멘 굵은 숨을 쉬면서 움직이고 있었다.

그러다가 사나이는 나직한 최신형 화장대 앞에 다가서자 소리나는 것은 상관이 없는 듯 난폭하게 팔을 내밀고 서랍을 뽑기 시작했다.

엘러리는 발 끝 걸음으로 병풍 뒤에서 소리 없이 나와 두꺼운 카펫을 가로질러 문 있는 벽 쪽으로 갔다.

그리고 팔을 들자 느릿하고 유쾌한 듯한 목소리로 "이것 봐" 하며 그와 동시에 스위치를 눌렀다.

침입자는 호랑이처럼 홱 돌아서자 눈을 깜박이며 그대로 잠자코 있었다. 환한 불빛 속에서 엘러리는 상대방의 세웠던 윗옷 깃이 본디대로 도로 탁 접혀지는 바람에 또렷하게 얼굴을 볼 수가 있었다.

도널드 커크였다.

두 사람은 서로의 눈이 얽힌 채 뗄 수 없는 것처럼, 눈으로 보고 있는 것이 믿어지지 않는 것처럼 오랫동안 상대방을 바라보고 있었다. 두 사람 다 너무나도 놀란 나머지 말을 할 수가 없었다.

"아니, 이런……." 가까스로 엘러리는 이렇게 말하며 안도의 숨을 내쉬고는 꼼짝도 않고 서 있는 키 큰 젊은 사나이 쪽으로 다가갔다.

"자네였군그래, 좀도둑 노릇을 한 것은. 무엇 때문에 이렇게 진부하기 짝이 없는 밤의 나들이를 했지?"

　도널드도 이제 더 이상 한순간도 긴장에 견딜 수 없다는 듯이 갑자기 느긋한 태도가 되었다. 가까이 있는 흰 우단으로 된 의자에 털썩 주저앉자 떨리는 손으로 담뱃갑을 꺼내어 담배에 불을 붙였다.

　"글쎄." 커크는 짤막한 자포자기적인 웃음소리를 냈다. "보는 바대로이지. 현행범으로 잡혔어, 퀸……하필이면 자네한테."

　"운명이겠지." 엘러리는 중얼거렸다. "특히 자네한테는 좋은 운명이야. 전락한 젊은 파락호한테는 말일세. 이게 만일 억센 탐정이었다면 우선 자네 옆구리에 구멍부터 냈을 걸세. 그래 놓고 나서 신문을 하는 거지. 다행히 나는 기가 약해서 총을 가지고 다니질 않네. 그러나 아주 고약한 버릇인데, 커크, 늦은 밤 이 시간에 여인의 침실에 침입하다니, 성가신 일을 일으키는 근원이야."

　이렇게 말하고 엘러리는 우단의자 맞은편에 있는 지벨린(담비 털 비슷한 모직물)을 씌운 소파에 편안하게 앉아 자기도 담뱃갑을 꺼내어 멍하닌 넋 나간 태도로 담배를 골라 불을 붙였다.

　두 사람은 한참 동안 한 번도 눈을 내리깔지 않고 서로 얼굴을 마주보면서 무슨 생각이라도 하고 있는 것처럼 잠자코 담배를 피우고 있었다.

　그러다가 엘러리가 담배를 한 모금 빨고 나서 말했다.

　"나도 요즘 불면증에 걸려 있는데, 자네는 어떤 조치를 취하고 있나?"

　"이야기를 계속하게. 무슨 말인가?" 커크는 한숨을 쉬었다.

　"말을 해도 괜찮겠나." 엘러리는 성가신 듯이 말했다.

　커크는 애써 웃는 얼굴을 했다.

　"묘한 이야기지만, 난 지금 상태로는 남하고 이야기할 기분이 나지 않아."

　"묘한 이야기지만 나는 이야기를 하고 싶어. 아주 한가로운 분위기에서 인텔리 청년 단둘이서 담배를 피우고 있으니, 이야기를 하기에는 안성맞춤의 배경이 아닌가, 커크, 나는 늘 말하지만——물론 가장 독창적인 견해지——미국엔 5센트짜리 고급 잎담배가 지금처럼 많지 않아도 좋으니까, 문명 개화에 도움이 될 만한 잡담이 더 필요하다네. 자넨 문명의 혜택을 입고 싶지 않은가?"

커크는 콧구멍으로 담배 연기를 솔솔 내뿜고 있었다. 그러다가 갑자기 윗몸을 앞으로 내밀어 무릎에 팔꿈치를 짚었다.

"자넨 나를 놀리고 있군그래, 퀸. 대체 무슨 말을 하려고 그러는 건가?"

"그 질문은 고스란히 그대로 내가 자네한테 하고 싶은 말이네."

엘러리는 퉁명스럽게 말했다.

"무슨 뜻이지?"

"그래, 구체적으로 말을 하라면 하지. 자네는 조금 전에 아일린 시웰 양의 화장대를 아주 열심히 뒤지고 있던데, 무엇을 찾고 있었나?"

"그건 말할 수 없어, 절대로."

커크는 콧방울을 벌름거리며 반항적으로 잘라 말했다.

"안됐군. 내 설득력은 도무지 소용이 없는 모양이지."

엘러리는 중얼거렸다.

그리고 한참 동안 답답한 침묵이 이어졌다.

이윽고 커크가 카펫을 물끄러미 바라보면서 나직한 소리로 말했다.

"아마도 자네는 나를 경찰에 끌어내겠지."

"내가 말인가?" 엘러리는 사뭇 놀랍다는 듯한 태도로 말했다.

"이것 보게, 커크, 그런 한심한 소리 말게나. 난 경찰관이 아니야. 어째서 내가 남을 불행하게 만드는 사람이란 말인가."

담배가 커크의 손가락 끝까지 타들어가고 있었다. 그는 그것을 의식적으로 비벼 껐다.

　"그렇다면 봐 주겠단 말인가. 이 일에 대해서는 아무한테도 말하지 않겠단 말인가, 퀸" 하고 그는 천천히 말했다.

　"우선은 그렇게 생각하고 있어." 엘러리는 우울한 듯이 말했다.

　"자네는 정말 소탈한 친구야." 커크는 되살아나기라도 한 것처럼 벌떡 일어났다. "퀸, 정말 자넨 훌륭하네. 나는 뭐라고 고맙다는 말을 해야 좋을지 모르겠군."

　"나는 모든 걸 알고 있어."

　"오오!" 커크는 목소리의 어조를 바꾸며 다시 의자에 앉았다.

　"여보게, 자네도 정말 어처구니없는 멍텅구리일세." 엘러리는 쾌활하게 말하고 열려 있는 창문으로 담배꽁초를 내던졌다. "자신의 비밀을 가지고 자기 자신을 괴롭히는 것은 이것으로 충분하다고 자네는 생각하지 않나, 커크, 자네는 성질이 정직하게 생겨먹었어. 음모를 꾀할 재치도 수완도 없어. 이번의 비참한 사건에서 자네가 저지른 가장 큰 실수가 나를 믿지 않았던 점이라는 걸, 그 고집통머리로는 아직도 깨닫지 못하나?"

　"그건 알고 있네." 도널드는 나직한 목소리로 말했다.

　"그렇다면 이제야 정신을 차렸단 말이지. 나한테 털어놓겠는가?"

　"안되겠어." 커크는 수척한 눈을 들고 말했다.

　"대체 무엇 때문인가?"

　커크는 일어서서 초조한 걸음으로 카펫 위를 서성거리기 시작했다.

　"무엇 때문이냐고 하지만, 나는 말하지 못하겠어. 왜냐하면……."

그는 다음 말을 조금 망설였다. "내 비밀이 아니기 때문이야, 퀸."

　"아아, 그런가. 그런 말이라면 나로서는 처음 듣는 말이 아니로군, 커크." 엘러리는 온화하게 말했다.

　커크는 발걸음을 딱 멈추었다.

“그렇다면 뭐야? 자넨 알고 있나?”

그 목소리에는 비통한 깊은 절망의 울림이 있었다.

엘러리는 어깨를 움츠렸다.

“만일 그것이 자네의 비밀이었다면 자네는 진작 말해 주었겠지. 여보게, 커크, 누구든지 사랑하는 여자가 자기에 대해 크게 잘못된 인상을 갖는 것을 막을 확실한 수단도 취하지 않고 그냥 바라보고만 있을 사람은 없어. 누군가 다른 사람을 비호하느라고 혓바닥이 마비되지 않고서는 말일세.”

“그럼, 자넨 역시 모르는군그래.” 커크가 중얼거리듯이 말했다.

“누군가 다른 사람을 비호한다고 하면,” 엘러리는 동정하는 듯한 표정을 띠었다. “자네가 비호하고 있는 사람을 짐작 못한대서야 나도 인간 관찰자로서 유능하단 소리는 못 듣겠지. 그건 자네 누이동생인 마셀라일세.”

“어떻게 해서 퀸……”

“맞았지? 마셀라 양이겠지, 안 그런가? 그래, 마셀라 양을 위협하고 있는 게 누군지 알고 있나?”

“모르네.”

“그럴 줄 알았어. 그래서 자넨 그놈으로부터 누이를 지켜 주고 있는 셈이군. 십중팔구는 누이동생 자신이 자포자기가 되는 것을. 이 세상에 부정이 시정되지 않는 한 기사도 시대는 결코 끝나지 않는다고 킹슬리가 한 말은 맞는 말이야. 그리고 물론 그것은 여성족을 매료하지. 자네의 가련한 템플 양도 틀림없이 그 예외는 아니네. 그러지 말게, 커크, 그만한 일로 뭘 그렇게 주먹을 움켜쥐나. 난 자네를 놀리고 있는 게 아닐세. 그런데 자네는 끝까지 내가 하는 말을 부정하겠지?”

도널드의 관자놀이 혈관이 화가 나 부풀어 있었다. 이마에는 땀방울이 맺혀 있었다.

"아니야." 그는 볼멘소리로 말했다. 그리고는 곧 다시 고쳐 말했다. "으음……그래." 그리고 그 자리에서 고삐를 매지 않으려는 성난 말처럼 고개를 흔들어대고 있었다.

"그렇지만 자네는 그 살인이 있던 날 밤, 모든 것을 나에게 털어놓고 말하려 했다는 것을 나는 확신하고 있어. 그런데 시체를 발견하고 나자 자넨 깍지 속에 들어가 버리고 말았네. 자넨 그때 의논을 하려고 했었지. 안 그런가, 커크."

"으음, 하지만 그건 그 일이 아니었어. 그 류즈 시웰이라는 여자에 대해서였지."

"아아, 그렇다면 자네 누이동생에 대한 비밀은 그 아리따운 아일린과는 아무 관계도 없단 말인가." 엘러리가 재빨리 물었다.

"아니, 아니, 내가 말한 것은 그런 뜻이 아니야. 퀸, 정말 부탁이니 그렇게 못 살게 굴지 말게. 나로서는 이 이상 말할 수가 없네."

엘러리는 일어나 열린 창가로 가서, 불빛이 명멸하는 어두운 거리를 무슨 이상한 것이라도 보는 것처럼 물끄러미 바라보고 있었다. 그러다가 고개를 돌려 경쾌하게 말했다.

"그럭저럭 우리들의 변증론 나부랭이도 고비에 이른 것 같으니까 이 침실의 여주인공이 산책길에서 귀가하시기 전에 물러가는 게 좋겠어."

"나는 괜찮아." 커크는 입속말로 말했다.

엘러리는 문을 열어 커크를 내보내 놓고 스위치를 눌러 불을 껐다. 어둠 속을 빠져나가 바깥쪽 문에 이르러 복도로 나갔다. 근방에는 아무도 없었다. 두 사람은 잠시 가만히 서 있었다.

이윽고 도널드 커크는 "그럼, 잘 자게" 라고 더없이 음울한 투로 말하더니 무거운 발을 이끌고 계단 쪽으로 향해 한 번도 되돌아보려고도 하지 않고 복도를 걸어갔다.

엘러리는 커크의 풀이 꺾인 어깨가 보이지 않게 될 때까지 바라보고 있었다.

그리고 나서 아무 목적도 없는 듯한 거동으로 고개를 돌려 눈길이 닿는 한 뒤쪽 복도의 모퉁이 부근을 날카롭게 힐끔 살폈다. 거기에는 무엇인가가 아니, 거기에는 아무것도 눈에 들어오는 것이 없었다.

5분 동안이라는 긴 시간을 엘러리는 꼼짝도 하지 않고 그 자리에 서 있었다. 아무도 나타나지 않았다. 복도의 저쪽 끝 쪽에서조차도 엘러리 쪽을 보려는 사람은 아무도 없었다. 엘러리는 귀를 기울이며 눈을 크게 뜨고 있었다. 그러나 복도는 절간처럼 조용하기만 했다.

그래서 이번에는 주저없이 곁쇠를 열쇠 구멍에 찌르고 재빠르게 류즈의 아파트에 다시 침입했다.

그러나 이렇게 어둠 속에 혼자 있으면서도 엘러리는 신경이 쓰였다. 누군가를 본 것이 틀림없다고 생각되었다. 그리고 발소리가 멀어져 간 것으로 미루어, 두 사람이 류즈의 방에서 나오는 것을 지켜보고 있던 그 누군가가 조 템플이었음이 틀림없었다.

마셀라의 연인

아일린 시웰 양, 별명 류즈는 왈츠를 흥얼거리면서 새벽 2시에 경쾌하게 자기 방으로 돌아왔다. 몇 시간 동안이나 경찰에서 꼬치꼬치 신문당하고 온 여자라고는 도저히 생각되지 않았다.

겨드랑이에는 갈색 종이에 싼 조그만 물건을 끼고 있었다.

"류시!" 그녀는 명랑하게 불렀다. "류시!" 그 목소리가 조용한 객실에 메아리쳤다. 그러나 대답이 없었다. 어깨를 움찔하고는 밍크 외투를 바닥에 훌렁 벗어 떨어뜨리고 거실로 들어갔다. 아직도 콧노래를 흥얼거리면서 불을 켜고 그 근사한 녹색 눈으로 천천히 한바퀴 휘둘러보았다. 별안간 콧노래가 멎었다. 큼직하고 아름다운 얼굴에 무언지 의아한 표정이 스쳤다. 제육감이 예민하게 뭔지 모르게 이상하다고 알렸다. 그것이 무엇인지는 아직 깨닫지 못했다. 그러나 번들거리는 눈으로 성큼성큼 앞으로 나가 침실문을 홱 열고 불을 탁 켰다

문을 향한 우단의자에 엘러리 퀸이 길게 다리를 뻗쳐 포개고 웃으면서 앉아 있었다. 팔꿈치 옆에는 담배꽁초가 수북이 쌓인 재떨이가 있었다.

"원 세상에! 어떻게 된 일이에요, 퀸 씨?"

류즈는 잠긴 목소리로 물었다.

"이제 오십니까, 류즈 씨." 엘러리는 유쾌한 듯이 말하며 일어섰다. "오늘 밤의 류즈 씨의 볼일 말입니다만, 이야기는 별로 재미없었겠지요, 진부해서. 어땠습니까?"

"제 쪽에서 먼저 묻고 있는 거예요. 새벽의 이 시간에 제 침실에서 무엇을 하고 계셨지요?" 여자는 날카롭게 말했다.

"그러시다면, 좀더 이른 시간이었다면 괜찮았다는 말씀이겠군요. 이거 고마운데요." 엘러리는 가느다란 팔을 뻗치고 조심스럽게 하품을 했다. "무척 기다렸습니다, 류즈 씨. 우리 아버지의 접대 방법이 꽤 마음에 드신 모양이라고 생각하기 시작하던 참이었지요."

류즈는 바로 가까이 있던 의자 등을 잡고, 가면을 벗어 본성을 드러냈다. 종이에 싼 것은 아직도 겨드랑이에 있었다.

"그렇다면 그건 수법이었군요." 그녀는 천천히 말했다. "경감님은 커크의 보석을 돌려주며 오랫동안 여러 가지 질문을 하시더니……." 여자의 눈은 가구류를 차례차례 훑어보며 뒤적거린 흔적을 찾고 있었다. 화장대 맨 밑 서랍이 열려 있는 것을 보자 그 눈이 약간 크게 뜨여졌다. "그럼, 퀸 씨는 그걸 발견하셨겠군요." 그녀는 불쾌한 듯이 말했다.

엘러리는 어깨를 으쓱했다.

"아주 소홀했더군요. 당신처럼 경험 있는 부인이었다면 좀더 그럴듯한 장소를 고를 수 있었을 텐데 말입니다. 그래요, 발견했습니다. 그렇기 때문에 이렇게 의자에 앉아서 졸음을 참고 기다리고 있었던 게 아니겠습니까?"

여자는 묘하게 위태로운 걸음걸이로 엘러리 쪽으로 다가왔다. 어떻게 해야 좋을지, 무슨 말을 해야 좋을지 모르겠다는 태도였다.

"그래서 어떻다는 거예요." 여자는 겨우 중얼거리듯이 말했다. 기묘한 걸음걸이로 여자는 화장대 쪽을 향해서 옆걸음으로 걸어가고 있었다.

"22구경은 이제 거기에 없습니다. 그러니 앉으시는 게 어떻겠습니까, 류즈 씨." 엘러리는 말했다.

여자는 조금 더 창백해졌으나 아무 말없이 순순히 소파 쪽으로 되돌아가 무척 피곤한 기색으로 주저앉았다.

엘러리는 무엇인가를 곰곰 생각하면서 카펫 위를 서성거리기 시작했다.

"때가 왔군요. 근본적인 문제를 논할 때 말입니다. 류즈 씨는 위험한 불장난을 해왔어요. 이제 그 대가를 치러야 되겠지요."

"어쩌라는 거지요?"

여자는 목쉰 소리를 냈으나, 그 어조에 반항하는 투는 없었다. 엘러리는 날카로운 눈으로 여자를 보았다.

"정보……설명이지요. 사실을 말하자면, 난 무척 뜻밖이었소. 류즈 씨에게 얼마쯤 실망을 했다고 해도 과언이 아닙니다. 본능적으로 그 조그만 22구경을 꺼내려고 했을 뿐 당신은 아무 저항도 안했거든요, 쯧쯧. 이 싸움에서는 얌전하게 구는 것이 이익이라고 판단하신 모양이지요."

"아무 할 말도 없어요." 여자는 의자 등에 기댔다. 야회복의 주름이 기다랗게 뚜렷한 곡선을 만들었다. "당신이 이겼어요. 제가 바보였어요. 그뿐이에요."

"나의 내부에 깃들어 있는 신사도에 대해서는 좀 미안한 일이지만." 엘러리는 중얼거리듯이 말했다. "당신의 말씀이 옳다고 해야 되겠지요. 당신은 바보였을 뿐만 아니라, 범죄적으로 봐서 멍청이였어요, 아일린 씨. 이런 편지를 경솔하게 침실에다 두다니. 어째서 벽금고에 넣어 두지 않았지요？”

여자는 부자연스러운 미소를 머금고 말했다.

“금고란 누구든 맨 먼저 조사하는 장소이기 때문이지요.”

“뒤빵의 원칙입니까(포의 《도둑맞은 편지》)？” 엘러리는 어깨를 움츠렸다. “그리고 또 당신 같은 사람들은 총을 너무 믿어요. 22구경으로 충분히 지켜 낼 수 있다고 생각했겠지요.”

“평소에는 전 핸드백 속에 넣어 가지고 다녀요.”

여자는 나직한 소리로 말했다.

“그러나 이번에는 물론 경찰본부를 방문하니까 위험한 보물은 두고 가셨겠지요. 그야 그럴 테지요. 아마 나의 판단이 지나친 지레짐작인지는 모르지만……그런데 아일린 씨, 이렇게 마주 오순도순 이야기를 할 수 있어서 대단히 즐거웠습니다만 이제는 시간도 늦었으니 잠을 자는 편이 더 유쾌할 것 같군요. 그런데……” 하고 엘러리는 갑자기 따지는 투가 되었다. “당신은 어째서 시웰에서 류즈로 이름을 바꾸었지요？”

“아주 재미있는 성이지요？” 여자는 명랑하게 말했다.

“Llewes가 Sewell의 반대 철자라는 것을 생각하고 그러시는 거겠지요.”

“어머나, 그걸！ 물론이지요. 그것을 어떻게…….” 여자는 당황해하며 고쳐 앉았다. “당신의 짐작으로는, 당신의 생각으로는…….”

“나의 짐작이나 생각은 아무래도 좋습니다. 나는 기계의 한 톱니바퀴에 지나지 않으니까요.”

“하지만 그건 오래 전 일이라서……여러 해 전 일이라서,” 여자는 떠듬거렸다. “전 보증해요. 그것은 아무것도, 손톱만큼도 관계가 없어요. 이 이름과 그…….”

“그건 어차피 나중에 알게 될 일입니다. 지금 현재의 일부터 처리

를 하십시다, 류즈 씨. 나는 이 편지와 증명서의 사본을 발견했습
니다. 당신이 조그만 불장난을 해서 그 승부에 졌다는 것은 새삼스
레 말할 필요도 없겠지요.”

“그것을 전문 용어로는 증거 서류라고 하겠지요, 퀸 씨. 그것을 가
지고 있다는 것은,” 여자는 갑자기 눈을 빛내며 낮은 목소리로 말했
다. “단순히 사실을 증명할 뿐이에요. 하지만 당신은 제가 일의 경위
에 대해 알고 있는 사실을 제 머리에서 지워 버릴 수는 없어요. 그리
고 도널드 커크는 제가 가만히 있기를 간절히 바라고 계신다는 것을
잘 알고 있어요. 그 점을 퀸 씨는 어떻게 생각하세요?”

“저항이 눈을 뜨셨군요.” 엘러리는 웃었다. “또 예상 착오를 하셨
습니다. 당신의 말은——긴 전과 기록을 가지고 있는 여자의 말은—
—내가 이 서류를 당신이 가지고 있는 것을 찾아냈다고 증언만 하면,
그 나의 말에 단 한순간도 저항하지 못합니다. 그리고 커크도 이제
당신이 이 서류를 가지고 있지 않다는 것을 알면 반대로 당신이 협박
했다고 증언하겠지요. 그래서…….”

“오오!” 여자는 웃으며 일어서 하얀 긴 팔을 뻗쳤다. “하지만 그
분은 그런 짓을 하지 않아요. 아시겠지요, 퀸 씨.”

“저항은 여전히 계속된다는 말입니까? 당신을 바보 취급한 것은
사과하지요. 당신이 말하려 하는 것은, 당신이 서류를 가지고 있건
말건 커크는 한결같이 당신이 침묵을 지켜 주기를 바란다, 그래서
체포다 재판이다 하는 소동이 벌어지는 날에는 법정에서 당신이 사
실을 털어놓는 것을 커크로서는 막을 재간이 없다는 말이겠지요.”

“정말이지 머리가 좋으시군요, 퀸 씨.”

“너무 그렇게 추키지 마시오, 내가 거기 대한 반론을 펴지요.” 엘
러리는 서슴없이 말했다. “드디어 법정에서 흑백을 가리게 되는 날에
는 어차피 이야기는 밝혀집니다. 기어이 폭로되고 마는 날에는 커크

도 그걸 막을 수가 없지요. 그렇게 되면 커크도 심각해져서 열광적인 복수심에 불타 당신에게 불리한 증언을 할 겁니다. 그렇게 되면 당신은 그 매혹적인 몸을 철창 속에——미국의 추한 철창 속에——몇 년이고 몇 년이고 가둬 두게 됩니다. 그것은 어떻게 생각하십니까, 아일린 씨."

"제가 이해하는 바로는 퀸 씨." 여자는 엘러리 쪽으로 더 다가와서 나직한 목소리로 말했다. "당신은 협상을 하자는 거로군요. 공모해서 침묵을 지키자는 말씀이겠지요. 제가 잠자코 있으면 그 대신 당신도 고발하지 않겠다는 말씀이시지요?"

엘러리가 굽실 절을 했다.

"나는 또 한 번 당신한테 용서를 빌겠습니다. 당신의 예리한 직감을 과소평가하고 있었군요. 내가 제안하고 있는 것은 바로 당신이 말씀하신 대로입니다. 그러나 그 이상은 접근하지 마십시오. 나도 때와 장소에 따라서는 자제심이 강한 편이지만, 지금은 그렇지 않으니까요. 나도 사람입니다. 새벽 2시쯤 되고 보면 나의 도덕적 저항심은 최저선까지 아슬아슬하게 내려가 있으니까요."

"전 당신이 좋아질 것만 같아요. 무척요, 퀸 씨."

엘러리는 한숨을 쉬고 냉큼 한 발 물러섰다.

"허어, 메이 웨스트 류군요. 나는 해미트나 휘트필즈가 탐정이란 자신의 섹스어필을 마음껏 구사할 수많은 기회가 있다는 듯한 확신을 피력하그 있는 것은 큰 잘못이라고 늘 주장하고 있었는데, 또 하나 나의 신조가 날아가 버렸군요. 그런데 류즈 씨, 방금 한 말에 이의 있습니까?"

류즈는 싸늘하게 엘러리를 쳐다보았다.

"이의 없습니다. 그리고 전 바보였어요."

"아무튼 대단히 매력 있는 바보이십니다. 커크도 가엾게 시리, 당신한테 혼이 났던 모양이지요. 그런데……" 하고 엘러리는 중얼거리 듯이 말했다.

그녀의 입가에는 미소가 번졌지만 눈빛은 차거웠다.

"당신은 어느 정도 그 사나이를 알고 있었습니까?"

"그 사나이라니요?"

"파리에서 온 사나이 말입니다."

"오오!" 여자의 얼굴에 가면이 싹 씌워졌다. "그다지 잘 몰라요."

"만난 적이 있습니까?"

"꼭 한 번요. 하지만 그 사람은 텁석부리라서……정말 구레나룻을 기르고 있었어요. 그리고 저한테 편지를 팔았을 때는 고주망태가 되도록 취해 있었어요. 편지와 돈을 교환할 적에 꼭 한 번 만났을 뿐이에요. 그전의 교섭은 모두 편지로 했지요."

"흐음, 당신은 요전번에 위층에서 그 시체의 얼굴을 보셨지요, 류즈 씨." 엘러리는 말을 끊었다.

그리고 느릿한 어조로 다시 이었다. "파리에서 온 자가 위층에서 살해된 사나이가 아닐까요?"

여자는 눈이 둥그레져서 뒤로 한 발 물러섰다.

"당신이 말씀하시는 것은, 그 작달막한, 그런 일이……."

"그래서요?"

"전 모르겠어요." 여자는 입술을 깨물고 급히 말했다. "몰라요, 뭐라고 말을 할 수가 없어요. 구레나룻이 없어서는…… 얼굴 전체가 파묻힐 정도로 텁석부리였는걸요. 그리고 굉장히 초라하고 더러운 차림새였어요. 하지만 어쩌면……."

엘러리는 미간을 모았다. "나는 좀더 확실한 인정이 필요했던 겁니다. 당신은 확신을 못 가지시는군요."

"못 가지겠어요." 여자는 곰곰 생각하는 투로 말했다. "확신을 못 가지겠어요, 퀸 씨."

"그렇다면 잠이나 주무십시오, 좋은 꿈을 꾸시기를."

엘러리는 외투를 집어 들고 그 속에 몸을 집어넣었다. 여자는 의상으로 싼 나무처럼 방 한가운데 우뚝 서서 아직도 뭔가 생각하고 있었다.

"아참, 하다터면 잊고 갈 뻔했군."

"무엇을 잊어 버리셨어요?"

엘러리는 소파 곁으로 걸어가서 갈색 종이에 싼 것을 집어 들었다.

"커크의 귀중한 골동품인데 잊어버리다니, 엉뚱한 실수를 할 뻔했는걸."

여자의 얼굴에서 핏기가 가시었다.

"당신은," 하고 거센 목소리로 물었다. "그것까지 뺏으려는 건가요. 당신은 도둑이에요."

"아주 사랑스럽군. 화났을 때의 당신은 멋있는데요. 하지만 설마 내가 이걸 당신한테 맡겨 두리라고는 생각하지 않았겠지요."

"그렇게 되건 내 손엔 아무것도 안 남아요. 아무것도." 여자는 분노 끝에 울음이 북받쳐 나올 것 같았다. "몇 주일이나, 몇 달이나 걸려서. 그리고 비용도……난 모든 것을 깡그리 털어놓고 말 테야. 신문 기자를 부르겠어. 이야기를 모두 세상에다 퍼뜨려 놓고 말겠어요."

"그렇게 해서 당신 생애의 가장 좋은 부분을 차가운 잿빛 벽 너머의 좁다란 감방에서 허름한 옷을 입고 살게 되겠지요. 말해 두지만 그야말로 지독한 옷이랍니다. 피부에 바로 무명 속옷을 입고." 엘러리는 불쌍하다는 듯이 머리를 흔들었다. "나 같으면 그렇게 안하겠는데요. 당신도 이젠 서른다섯쯤은 됐다고 생각하는데……."

"서른하나야. 이 개놈아."

"이거 실례했군. 서른하나라고, 그렇다면 나오는 것은……에에…
…그렇지, 당신 경우 전과도 많다는 것을 생각할 때 형기는……."
여자는 소파에 몸을 던지고 씨근덕거리고 있었다.
"나가! 나가! 안 나가면 눈깔을 후벼 파 줄 테다" 하고 그녀는
부르짖었다.
"허허허, 이곳 사람들이 잠을 깨겠군요."
엘러리는 겁먹은 듯한 시늉을 하며 말했다. 그리고 나서 웃으며 허
리를 굽신하여 절을 하고는 종이에 싼 것을 옆구리에 끼고 나갔다.

엘러리는 챈들러의 휴게실에서 호텔 전용 전화에 대뜸 손을 뻗쳐
책상에 앉아 있던 야근 사무원을 놀라게 만들었다.
"여보세요, 무슨 짓을 하시는 거예요, 지금 새벽 2시가 지났다는
것을 모르십니까?" 하고 야근원은 소리를 질렀다.
"경찰이야." 엘러리는 거드름을 부리며 말했다.
사무원은 입을 딱 벌리고 쑥 들어갔다. 엘러리는 나직한 소리로 호
텔 교환대에 말했다.
"22층 도널드 커크 씨를 불러 주시오, 그렇소, 중대한 용건이오."
그는 휘파람으로 즐거운 곡을 불며 기다리고 있었다. "여보세요, 누
구? 아아, 허벨인가. 나 엘러리 퀸인데……그래그래, 퀸이야. 커크
있는가……그래그래, 좀 깨워 주게. 아아, 커크, 아니, 대단한 일은
아니야. 실은 자네한테 좋은 소식을 가지고 있어. 이런 한밤중에 깨
워서 자네도 아마 기쁠걸. 자네한테 주고 싶은 걸 가지고 있어. 글
쎄, 조그마한 약혼 축하라고나 생각하게. 아니, 아니. 호텔 사무실에
맡겨 두겠네. 그리고 말이야, 커크, 자네한테 말해 두겠는데, 자네의
걱정거리는 다 끝났어. M에 대한 것 말이야, 내가 말하는 것은……
그래. 여보게, 너무 큰소리 내지 말게, 고막 찢어지겠어. 그리고 말

이야. ㅣ L에 관한 한 말이야, 그것의 손톱을 영원히 잘라 버렸네. 이젠 자네를 괴롭히진 않을 걸세. 마음잡고 다시는 그 여자에게 접근하지 않는 게 좋을 거야. 그리고 열심히 조라는 숙녀에게 진실을 다하도록 하게. 자네는 행복한 친구야. 잘 자.”

엘러리는 웃음을 지어 가며 종이에 싼 것을 사무원에게 맡기고 챈들러에서 나갔다. 녹초가 되도록 피곤해서 걸음걸이는 조금 비틀거렸으나 뜻밖에 선행이 잘 수행되었다는 의식으로 얼굴이 상기되어 있었다.

엘러리는 다음날 일찍 일어나서 식사를 하는 경감의 아침 식탁 앞에 나타나 아버지와 쥬너를 놀라게 했다.

“어쩐 일이냐.” 노인은 우물거리면서 말했다. 입에 계란 토스트가 가득 들어 있었던 것이다. “어디 몸이 좋지 않으냐, 엘. 이렇게 일찍 일어나는 걸 보니 뭔가 잘못된 게 틀림없어.”

“뭔가 옳게 된 일이에요.”

엘러리는 가장자리가 벌개진 눈을 비비면서 느릿한 투로 말했다. 그리고 신음하면서 의자에 털썩 주저앉았다.

“간밤에는 몇 시에 돌아왔느냐?”

“3시쯤요. 쥬너, 우프를 좀 많이 줘야겠어.”

“우프라고요?” 쥬너는 의아한 듯이 말했다. “뭔가요, 그게?”

“무엇입니까 하는 거야. 87번 거리(퀸의 아파트가 있는 곳)의 젊은 놈들은 말버릇이 형편없단 말이야. 우프라고 하는 것은 말이야, 쥬너, 계란을 두고 하는 프랑스 말의 가짜 같은 거야(여기서는 oofs라고 철자가 되어 있으나 사실은 oeuf로 발음이 틀린다).

우선 나는 특별히 좋은 계란을 먹고 싶어. 뒤집어서 자근자근 눌러 가지고, 알지……언제나 하는 식으로 말이야.”

쥬너는 히죽히죽 웃으면서 부엌으로 사라졌다. 경감이 신음하듯이 말했다.

"그래서?"

"그래서라는 그 말씀 잘하셨습니다." 엘러리는 담배에 손을 뻗치면서 중얼거리듯이 말했다. "저는 완벽한 성공을 거둔 데 대한 보고를 할 수 있게 된 것을 매우 기쁘게 생각합니다."

"흐음, 대체 무슨 말을 하고 있는지 설명해 준다면, 나도 알 수 있겠지."

"대충 상황을 말씀드린다면, 우선 이렇습니다." 엘러리는 의자 등에 몸을 기대고 담배연기를 뿜어 올렸다. "제가 아버지에게 그 류즈라는 여자를——아주 매력 만점인 여자 말입니다——호출해 주시면, 저의 조그마한 예감을 확인해 보이겠다고 부탁드렸었지요. 그 여자가 커크의 약점을 잡고 있는 것만은 틀림이 없었습니다. 무엇인가를 커크의 머리 위에서 휘둘러 그 젊은 멍텅구리를 괴롭히며 입을 열지 못하게 하고 있었다는 것입니다. 커크 녀석은 그것을 되찾기 위해 남은 재산까지도 그 여자에게 다 주고 말았던 겁니다. 그래서 그 여자가 커크의 머리 위에서 휘두른 것이 무엇이냐 하는 것이 되지요. 뭔가 형태를 갖춘 것임은 물론 분명합니다. 그렇다고 한다면 그건 그 여자가 지니고 있는 것, 특히 그 매력 만점인 몸 가까이에 있는 것이라고 저는 지금은 망하여 없어진 문학시대의 전형적 로코코 스타일로 생각했던 것이지요. 어디에 있느냐, 물론 그 여자의 방입니다. 아무튼 교활하기 짝이 없는 산전수전 다 겪은 여자니까, 안전 보관 금고를 이용하지 아무 데나 기록 같은 것을 남겨 둘 리는 없을 거라고 생각했지요. 그래서 아버지에게 부탁하여 제가 그 여자의 방에서 도둑질을 할 동안 센트럴 거리에서 그 여자와 이야기를 해 달라고 했던 것이지요."

"가택 수색 영장도 없이 말이냐." 경감은 어처구니가 없어 기가 차는 모양이었다. "이걸로 두 번째야, 이 밥통 같은 녀석아. 이러다간 정말 큰일나겠구나. 만일 목표물이 없을 때는 어쩌려고 그러는 거냐. 그건 그렇고, 찾았느냐?"

"물론 찾았지요. 경찰본부에서 일컫듯이 퀸에겐 단연코 실패란 없습니다."

"경찰본부에서 하는 말 따위는 아무래도 좋아." 노인은 기분 나쁜 듯이 말했다. "경시청에서 어떤 말이 전해지고 있는지나 잘 알아 둬 (《네덜란드 구두의 비밀》참조). 그래서 어떻게 했느냐?"

"아참, 잊어 버렸습니다만, 침입자는 도중에 젊은 쪽 커크와 맞부닥치지 않았겠습니까. 아마 우리 둘 다 똑같이 빛나는 생각을 가졌던가 보지요."

"뭐라고!"

"뭘 그렇게 놀라십니까, 아버지답지 않으시게요. 가엾게도 그 친구도 필사적이었어요. 적어도 지난 새벽 2시 반까지는요. 저는 그 친구를 자러 보내 놓고 다시 류즈의 방에 되돌아가서 찾아냈지요. 그 서류를 말입니다. 그리고는 그 근사한 숙녀가 본부의 방문을 마치고 집으로 돌아오기를 기다리고 있었지요. 아버지께서 아마 그 여자에게 도시락이라도 안겨서 대접을 하셨던 모양이지요? 뭐, 하기야 제 입으로 말하는 건 좀 쑥스럽지만, 전 그 여자의 나쁜 마음을 고쳐 주었지요. 어떠세요, 믿으시겠습니까? 그 여자는 커크한테서 우려낸 전리품까지 돌려 주던걸요."

"네가 거기에 생각이 미칠 만큼 머리가 좋다니, 놀랐는데." 경감은 흐뭇해서 말했다. "그걸 그 여자에게 넘겨줘야 하게 되었을 땐 나도 정말 분하더구나. 자, 어디 한 번 보여 주렴. 그……뭔지는 모르지만."

"그런데 이상하게도 말이에요." 엘러리는 느릿한 어조로 말했다.
"어디다가 두었는지 도무지 생각이 나질 않아요. 간밤에는 어찌나 졸음이 퍼붓던지……."
노인은 눈을 부라렸다.
"뭐라고! 이것 봐, 엘. 시치미 떼지 말고 그 서류인지 뭔지 하는 것을 이리 내놔."
"아마 아버지는 안 보시는 게 좋을 겁니다. 내용은 말씀드리겠지만 증거물은 제가 간직하겠어요." 엘러리는 조용히 말했다.
경감은 호통을 치듯이 말했다.
"무엇 때문에 나한테 안 주겠다는 거냐. 대체 무엇 때문에?"
"그것은 말입니다, 아버지가 너무 직무에 충실한 분이기 때문이에요. 그것은 제가 가지고 있기로 하겠습니다. 그렇게 하면 아버지께서 세상에도 처량한 슬픈 이야기를 폭로하는 유혹에 지지 않으셔도 되겠지요."
경감은 잠시 동안 알아듣지도 못할 소리를 중얼대고 있었다.
"건방진 녀석 같으니라구. 나는 그래도 네가 조금이나마 도움이 될 줄 알았어. 아무튼 좋아. 그렇다면 말을 해봐."
"그전에 한 가지 약속을 해주셔야겠어요."
"무슨 소릴 하는 거야."
"이건 절대로 여기서만의 이야기입니다, 아시겠지요? 아무에게도 이야기하셔서는 안됩니다. 신문에도, 장관에게도, 부총감에게도."
"그거라면 별것도 아니잖느냐." 경감은 놀리듯이 말했다. "좋다, 약속하마. 그래, 대체 이야기란 뭐지?"
엘러리는 곰곰 생각하는 것처럼 담배를 피우고 있었다.
"마셀라 커크에 대한 일이에요. 눈물나는 조그마한 비극이지요. 그 콘도르 같은 류즈라는 여자가 더러운 부리로 파헤치기에는 안성맞

춤인 이야기에요. 마셀라는 겉보기는 그렇지만 처녀가 아닙니다. 몇 년 전 아직 사교계에 나오기 전에 한 남성을 만났습니다. 그는 미국에서 국외 추방을 당했다던가 하는 그런 자인데, 최근에는 대부분 파리에서 늑대들과 함께 살고 있답니다. 그러나 마셀라가 그 사나이를 만난 것은 뉴욕이니까, 이곳에서 알게 된 것이지요. 그 사나이는 보기에 마셀라의 아버지라 해도 좋을 정도였는데, 마셀라가 홀딱 반하는 바람에 사나이는 옳다구나 했던 것이지요. 아무튼 커크의 돈에 눈독을 들인 거라고 생각합니다만, 그는 마셀라를 꾀어내어 그리니치(뉴욕의 예술가 구역)에서 비밀 결혼을 했어요."

경감은 신음하듯이 말했다.

"그래서 어떻게 됐나?"

"도널드 커크는 돌이킬 수 없는 처지가 될 때까지 그의 존재조차도 모르는 채 방임하고 있었던 거예요. 사나이는 캘리넌, 하워드 캘리넌이라는 이름으로 통하고 있었는데, 커크가 열심히, 비밀리에 조사한 결과 그 캘리넌이라는 사나이는 이미 결혼해서 파리에 아내가 있었다는 것을 알았습니다."

"그렇게 됐군." 경감은 말했다.

엘러리는 한숨을 쉬었다.

"고약한 이야기지요. 이렇게 고약한 이야기는 또 없을 거예요. 하지만 다른 사람은 아무도 모르고 있었던 모양이에요. 커크 박사조차도 모르고 있었어요. 도널드는 그리니치에서 마셀라가 혼자 있는 것을 발견하고——사나이는 외출하고 없었던 거예요——판명된 사실을 모두 이야기해서 살아 있다기보다도 죽은 사람에 가까운 불쌍한 누이동생을 데리고 돌아온 것입니다. 캘리넌은 교활하고 철면피 같은 놈이라, 커크가 그를 중혼죄로 고소하기보다는 사건을 무마시키려 들 거라고 짐작했던 모양이지요. 그래서 이 고약한 일은 커크가 상당한 돈을 줘서 사나이의 입을 막고 그로 하여금 물러가게 해서 결말이 난 것입니다.”

경감은 미간을 모으며 말했다.

“그래, 그렇지만…….”

“아직 이야기는 또 있는데, 그 뒤가 더욱 좋지 않아요. 하기야 세상에 흔히 있는 이야기이기는 합니다만. 그때까지의 일만 해도 말할 수 없이 나빴는데, 마셀라는 그 뒤에도 계속 캘리넌에게 편지를 보내고 있었지 뭡니까. 마셀라는 자포자기가 되어 반쯤 미쳐서 자살이라도 할 상태였지요. 더욱이 자기가 어떤 형편이 되어 있는지를 오빠한테조차도 말하기를 두려워하고 있었던 거예요.”

“오오! 임신을 한 거로구나.”

경감은 짓눌린 듯한 어조로 말했다.

“그렇습니다. 그래서 이야기가 다시금 달라져 버린 것이지요. 캘리넌은 물론 마셀라로부터 손을 떼어 버렸습니다. 마셀라가 임신을 하게 되면 사나이로서는 일이 시끄럽게 될 뿐이지요. 이제 받을 것도 다 받아 먹었겠다, 사나이의 관심사는 없어졌을 게 아니겠어요? 그래서 마셀라는 가엾은 형편이 되어 하는 수 없이 도널드에게 사정을 털어놓았던 것입니다. 가엾게도, 도널드의 심정도 충분히 알 수 있어요.”

경감은 신음하듯이 말했다.

“그 고약한 자의 멱을 따도 나는 아무 말 않겠다.”

“이거 참, 이상한데요. 그렇지요?” 엘러리는 기묘한 미소를 머금고 말했다. “저도 똑같은 생각을 했지 뭡니까. 아무튼 도널드는 가족들과 친구들한테는 마셀라가 신경 쇠약에 걸렸다는 핑계를 대고, 그 엔지니라는 의사에게 통사정을 하여——그 의사는 나이도 지긋하고 믿을 수 있는 사람입니다——의사와 커크 두 사람이 마셀라를 유럽으로 데리고 갔던 거예요. 그리고 그 점잖은 의사가 만반의 수배를 잘하여 마셀라는 그쪽에서 아기를 낳았습니다. 불행히도 아이는 건강하게 태어나서 지금도 유럽에서 믿을 만한 유모의 손에 자라고 있습니다. ”

“그렇다면 시웰이 잡고 있는 커크의 약점이란 그것이었군그래. ” 경감은 중얼거리듯이 말했다.

“희한한 것을 잡았지요. 망나니 종족이 자랑을 해도 좋을 정도의 것이지요. 전 그 여자가 애초에 어떻게 해서 그 사실을 냄새 맡았는지는 정확하게 모릅니다만, 아무튼 알아냈던 거예요. 아마 암흑가의 중개자들 손을 통해서 알았겠지요. 그래 가지고 파리로 돌아가서, 물론 곤경에 빠져 있었을 게 뻔한 캘리넌과 교섭하여 편지와 결혼증명서를 매수했던 겁니다. 편지에는 공교롭게도 사실일 경우를 완전히 추정할 수 있을 만한 말이 씌어 있었습니다. 그래서 아일린 류즈 양은 도널드 커크로부터 마지막 1달러까지도 우려낼 것을 유일한 목적으로 삼고 멀리 프랑스에서 바다를 건너 챈들러 호텔로 쳐들어왔던 거예요. 그 뒤의 사건도 또한 한자리의 이야깃거리지요. 불쌍한 커크는 속절없이 걸려들고 말았던 것입니다. ”

“물론 맥그완도 말이지. ” 노인은 우울한 듯이 말했다.

“그렇습니다. 그건 그렇고, 그럭저럭하는 동안 마셀라는 젊은 몸이라 완전히 본디대로 원기를 회복했습니다. 아무도 의심하는 사람이 없었습니다. 그러고 있는데 커크의 친구인 맥그완이 나타나서 도널드에게 성숙한 예쁜 누이동생이 있다는 것을 갑자기 알게 되었다 그 말씀입니다. 그것이 사랑으로 발전되어서 두 사람은 약혼을 했습니다. 그리고 다음 장면은 류즈가 나타나서 커크가 꼼짝달싹 못하는 곤경에 빠지게 되는 차례이지요. ”

“마셀라 커크는 사태가 어떻게 되어 있는지를 모르고 있었느냐? ”

"제가 상상하는 바로는 손톱만큼도 의심을 하지 않았던 것 같습니다. 편지 내용으로 미루어 볼 때, 마셀라는 양심과 수치 때문에 반은 미쳐 있었던 모양입니다. 즉 임신 중에는 말이에요. 커크는 문제가 다시 되풀이되는 날에는 마셀라는 완전히 매장되는 걸로 알았겠지요. 게다가 또 맥그완은 체면을 여간 생각하지 않는 청교도적 정신의 소유자라서 말입니다. 그 완고한 도덕적 구습으로 똘똘 뭉쳐진 보수적인 집안 출신이니까, 조그마한 추문만 들려도 단호히 약혼 파기를 주장했을 거예요. 그러니 가엾은 커크는 이러지도 저러지도 못하는 상태였던 것이지요."

"그럼, 그 친구가 시웰에게 준 보석은?"

"협박이지요. 애초엔 그 여자도 별로 기대 같은 것을 걸지도 않았는데 뜻밖의 수확이었지 뭡니까. 괜찮았을 것 아니겠어요? 그 여자는 보석 사기가 전문이니 분명 암스테르담 부근의 구매자들과 연락이 있었을 테니까요. 커크는 수집품의 일부를 그 여자에게 주지 않을 수 없었던 것입니다. 여자가 운수 사납게 무대에 튀어나왔을 때, 그 친구는 경제 사정이 몹시 쪼들려 있었으니까 있는 대로 돈을 다 긁어서 주고 돈이 떨어지자——절망적이 되어 맥그완한테서 빚을 냈던 거예요——수집한 일부 보석을 여자에게 주었던 것입니다. 제가 볼 때 그 여자가 주머니 속에 긁어 넣은 것은 상당한 것이더군요. 하지만 그건 아버지도 이미 아시는 일이지요."

"그래 가지고 그 여자는 무슨 차질이 생겼을 경우 자신을 비호하기 위해 그 편지를 커크에게 쓰게 만들었군그래." 경감은 곰곰 생각하며 말했다. "아주 머리가 좋은데. 그 편지에 커크가 여자에게 청혼을 한 것처럼 쓰게 만든 것도 역시 장래를 위해 품은 알이었겠지. 커크가 경제적으로 회복하면 약혼 파기로 몰아 고소하겠다고 위협할 작정이었던 거야. 그런데 살인 사건이 벌어져 경찰이 그 근방을 냄새 맡고 다니니까 그 여자는 얼마쯤 겁을 먹고 인심 좋게 커크를 새 연인에게 넘겨 준 거지. 그건 그렇고, 그래서 어떻게 되는 거냐?"

"살인 사건 쪽 말입니까?" 엘러리는 중얼거리듯이 말했다.

"물론이지."

엘러리는 일어서서 창가로 갔다.

"저는 모르겠는데요." 그는 난처한 듯한 어조로 말했다. "정말로 모르겠어요. 하지만 어렴풋하게 떠오르는 생각은 있습니다."

"나 원 참." 경감은 완전히 흥분해서 의자에서 벌떡 일어났다. "이런 멍텅구리 봤나. 우리가 말이야, 아무튼 들어 봐라, 엘. 내 말을 들어 보란 말이다." 경감은 뒷짐을 진 채 얼굴을 숙이고 방 안을 부지런히 걷기 시작했다. "문득 생각이 떠오른 거야. 이야기가 꼭 들어맞거든. 멋있어. 한 번 들어 봐. 챈들러에서 살해된 자는 마셀라 커크의 보이프렌드였던 거야."

엘러리가 천천히 말했다.

"아버지께서 탈주자를 체포하신 셈이군요. 정말로 그렇게 생각하십니까?"

"아무렴, 조건은 완전히 다 갖추어져 있지 않니." 경감은 가느다란 팔을 휘두르고 있었다. "우선 가난의 구렁에 빠진 사나이가 있어. 이쪽에서는 그의 소식을 알아낼 수가 없지. 마셀라의 남자는 파리에 살고 있었어. 있을 수 있는 일이 아니냐. 그놈이 커크에게서 돈을 우려 내기 위해서 이리로 온다는 것은. 그는 배에서 내리자 곧바로 커크한테로 갔어. 바로 그날 프랑스에서 온 배가 있었거든. 그놈은 필사적이었던 거야. 여태까지는 마셀라가 아이를 가지고 있었기 때문에 멀리하고 있었지만, 돈이 필요했기 때문에 또 한 번 돌아올 결심을 했던 것이지. 그래서 곧바로 커크를 만나러 챈들러에 갔어……. 멋진 걸." 이렇게 말하다가, 이윽고 경감의 얼굴은 풀이 죽었다. "하지만 만일 그놈이었다면 커크가 알아봤을 텐데. ”

“그것이 묘한 이야기입니다만. 커크는 한 번도 캘리넌을 만나지 않았답니다. 돈은 우송을 했다는 거예요. ”

엘러리는 나직한 소리로 말했다.

“하지만 그렇다면 마셀라가 있어……. 그 여자는 처음에 죽은 자를 보았을 때 까무러쳤다고 하지 않았니. ”

“그렇습니다. 하지만 단순한 충격이었을지도 모르지 않습니까. ”

“그와 동시에 만일 그가 파리 놈이었다고 한다면, ” 경감은 곰곰이 생각하며 날카롭게 낮은 목소리로 말했다. “그 여자는 물론 입을 다물고 있을 거야. 물론 안다고는 말하지 않을 테지. 시웰도 캘리넌을 만나서 알고 있었던 게 아닐까 ? ”

“꼭 한 번밖에 안 만났다고 하더군요. 그것도 신통치 못한 상황 아래에서 말입니다. 전혀 확실한 말은 할 수 없다고 그랬어요. 하기야 뭐 그럴 수도 있겠지요. 그 점은 의심할 여지가 없습니다. ”

“난 마음에 들었어. ” 경감은 기분 나쁜 웃음을 머금고 말했다.

“엘, 나는 마음에 들었어. 이야기가 잘 맞아 들어간다. 저주스러운 이번 사건에서 나는 처음으로 점……점……뭐더라. ”

“점착성입니까 ? ”

“그거야. 점착성의 느낌을 가졌어. 딱 연결이 돼, 모든 것이. 이걸로 강력한 연결이 되지. ”

“이론상으로는, ” 하고 엘러리는 무뚝뚝하게 말했다.

“아무렴, 그 죽은 뜨내기 사나이와 그들——이번 사건에 관계 있는 모든 사람들——대부분의 사이에 연결이 돼. 그들 중 누구를 붙잡아 오더라도 동기는 수정알처럼 훤하지. ”

“그럴까요 ? ”

“아암, 그렇고 말고. 그 불쌍한 젊은 친구 도널드 커크의 이야기를 우선 먼저 들어보자꾸나. 그 친구는 그날 오후 호텔에 있었지. 개 같은 여자 시웰의 요구로 그 여자를 만났을 게 틀림없어. 그리고 그자가——파리 놈의 이름으로 부르기로 하자꾸나 ——캘리년이 위에서 기다리고 있든가, 혹은 만나러 올 것을 알고 있었지. 그래서 22층에서 계단으로 해서 위로 올라가 몰래 대기실로 들어가서 캘리년을 죽이고 돌아왔던 거야. 다음에는 마셀라인데, 그녀도 마찬가지지. 그리고 커크 박사도 그렇고, 모두 같은 이유를 가지고 있어. 캘리년의 입을 다물게 하기 위해서 말이야. 물론 도널드와 마셀라 말고는 아무도, 이 사건을 알고 있는 두 사람이 이리저리 돌아다니고 있다는 사실을 알고 있는 이가 없었을 테지. ”

“그러면 먹그완은요 ? ”

엘러리는 담배 연기를 곁눈으로 바라보면서 중얼거리듯이 말했다.

“그한테도 가능성이 있어. ” 경감은 고집스럽게 말했다. “어떤 동기에서 마셀라의 사건을 알고 있었지만 잠자코 있었다고 한다면 어떻게 되겠느냐. 그보다 더한 상상도 못할 건 없지. 캘리년 자신을 통해서 사건의 경위를 알았다고 한다면 어떻게 되겠니. 즉 캘리년이 신문에서 맥그완과 마셀라의 약혼 기사를 읽고 즉시 협박장을 썼다고 한다면 어떻게 되겠느냐 ? ”

“근사한데요” 하고 엘러리는 말했다.

“그래서 맥그완이 멀리 바다 건너에서 그를 불러들여 가지고 죽여 버린다면…… . ”

“친구의 사무실에서 말입니까 ? ” 엘러리는 고개를 저었다. “그것은 앞뒤가 안 맞는데요, 아버지. 그런 일을 해치우기 위해서 택하기에는 좋지 않은 장소예요. ”

“그러냐, 그렇다면 좋다. ” 경감은 불만스러운 것 같았다. “맥그완은 제외하기로 하지. 하지만 류즈는, 시웰은, 이름 같은 건 아무래도 좋지만, 그 여자에게도 역시 동기는 있어. 그 여자는 살인을 한 뒤에 사무실에 얼굴을 내밀었을 것이야. 어때, 그게 일종의 속임수라고는 생각되지 않느냐? 그 여자는 그날 오후 분명히 22층에 있었지. 대기실에서 캘리넌을 만났다고 치자……그가 어떤 인상이었던지 기억이 없다고 말한 것은 거짓말이었을 거야. 그리고 그가 커크나 맥그완이나 아니면 다른 누군가를 협박할 작정이라는 것을 알았다고 해봐. 그러면 어떻게 되겠니? 그 여자는 사나이에게 국물을 빨아먹지 못하게 하려고 생각하든가, 자기 계획을 방해하지 않도록 하기 위해서 그를 죽여 버릴걸. 이건 어떠냐?"

"굉장한데요" 하고 엘러리는 중얼거렸다. "다른 자들에 대한 아버지의 가설과 마찬가지로 고전적 용어의 예로 말씀드리자면, 아버지께서는 아마 서사시적 동기에 손을 담그셨다고나 할까요. 그러나 꼭 한 가지 결함이 있어서 모든 받침대가 흔들리고 맙니다. 특히 동기가 아버지의 주장대로라고 한다면요."

"무슨 말이지?"

"모든 것이 반대로 되어 있다는 사실 말입니다. 거기에 한 가지 더 덧붙여도 좋아요." 엘러리는 생각하면서 말을 이었다. "범인이 그 임피족 창을 죽은 자의 옷에 찔러 놓았다는 사실도요."

"하지만 비록 그렇다하더라도 범인이 그런 엉뚱한 짓을 한 이유를 모른다고 해서 내 이론이 틀렸다는 말은 되지 않아. 그렇더라도 내 이론은 맞을는지도 몰라." 경감은 화나는 듯이 말했다.

"생각할 수 있는 일이지요."

"하지만 너는 그렇게 생각하지 않는단 말이냐?"

엘러리는 바깥 87번 거리의 하늘을 바라보고 있었다.

"저한테는 올바른 진상의 꼬리가 아닌가 싶은 것이 가끔 보일락 말락 아른거리고 있거든요. 정말이지 화가 나 죽겠어요. 꼭 어둠 속

에서 젖은 비누를 잡는 것처럼 도무지 잘 잡히질 않는단 말씀이에
요. 혹은 틀림없이 꾸긴 꾸었는데 잊어버린 꿈같은 것이라고나 할
까요. 제가 지금 할 수 있는 말은 그것뿐이에요.”

두 사람은 오랫동안 잠자코 있었다. 쥬너가 부엌 난로에서 줄곧 덜
거덕대고 있었다.

“우프라……” 하고 감탄하는 듯한 목소리가 들렸다.

경감은 끝까지 완고하게 주장했다.

“나는 네가 말하는 그 보일락 말락 아른거리는 것이 뭔지 하는 건
믿지 않겠다. 확실한 게 아니고는 안돼. 엘, 이건 이번 사건에서
처음으로 손에 넣은 진짜 확실한 실마리야.”

경감은 전화기 옆으로 가서 다이얼을 돌려 경찰본부를 불러냈다.

“여보시오. 나 퀸 경감인데, 내 담당 서기를 불러 주게. 여보시오,
벨리인가. 저 말이야, 파리 경시총감에게 전보를 쳐야겠어. 적게,
본문이야. ‘파리에 살고 있다고 믿어지는 미국인 하워드 캘리넌에
대해 상세한 정보를 부탁함. 검인을 위해 사진을 전송함.’ 내 이름
으로 지금 전보를 쳐주게. 뭣이, 뭐라고.”

경감은 별안간 벌떡 뛰다시피 전화기에 매달렸다. 조그맣고 날카로
운 눈에 깜짝 놀란 듯한 표정이 번개같이 스쳤다. 엘러리는 창가에
있다가 미간을 모으며 뒤돌아보았다.

노인은 오랫동안 듣고 있었다. 그리고 나서 소리를 질렀다.

“멋있군. 알았네. 서둘러야겠어.”

경감은 전화를 일단 끊고 다시 열에 들뜬 사람처럼 교환수를 불러
냈다.

“어떻게 된 겁니까?” 엘러리가 호기심을 일으키며 물었다.

“여보시오, 챈들러 호텔의 안내를 부탁하네. 엘, 이러고 있을 시간
이 없어. 드디어 대단한 것이 싹을 텄어. 어서 준비를 해. 바지를

입으란 말이야."

엘러리는 눈이 둥그레지더니 잠자코 실내복을 벗어던지며 침실로 뛰어들어갔다.

"여보시오, 챈들러 안내계입니까. 여기는 경찰본부의 리처드 퀸 경감인데, 살인과의 벨리 부장 거기 없소? 마침 잘됐군. 좀 불러 주시오. 여보세요, 토머스인가. 퀸이네. 여보게, 지금 HQ(본부)에서 급보가 있었어. 종업원은 붙잡으면 안돼……안돼, 붙잡으면 안된다고 하지 않나. 이 멍텅구리 같은 친구야, 종업원은 제대로 일을 하게 내버려 두는 거야. 여러 말 묻지 않아도 돼. 전보회사 분실 쪽은 조사를 해서 그 종업원이 일당들과 공모가 아닌가 확인을 했겠지? 좋아, 그럼, 다음은 이렇게 하게. 종업원에게 가방을 주는 거야. 천연스럽게, 알겠나. 그리고 지시대로 시켜서 상대와 만나기로 되어 있는 그랜드 센트럴(뉴욕 중앙역)로 가져가게 해 놓고 종업원을 미행해서 가방을 받으려는 놈을 체포하는 거야. 조심해서 잘해야 해, 토머스. 이걸로 결말이 날지도 몰라. 아니, 아니, 가방 같은 것을 조사하느라고 시간을 허비해서는 안돼. 염려없어. 아이를 너무 오래 붙잡아 두면 상대가 의심해. ……그래, 지금 당장 착수해 주게. 나는 15분 안으로 그랜드 센트럴에 도착하겠네. 준비 다 됐느냐, 엘."

경감은 수화기를 놓으며 큰소리로 불렀다.

"원, 아버지도!" 엘러리는 침실에서 숨찬 소리로 말했다. "제가 무슨 소방관이나 되는 줄 아십니까. 대체 어떻게 되는 겁니까?"

엘러리는 구두끈도 매지 않고 바지 멜빵을 늘어뜨리고, 셔츠의 단추도 채우지 않고 넥타이는 손에 든 채 거실 문에 나타났다. 쥬너가 부엌에서 어리둥절하여 바라보고 있었다.

"자, 어서 모자하고 외투를 들어, 차림새는 차 안에서 갖춰도 돼."

경감은 대기실 쪽으로 엘러리를 끌고 가면서 말했다. "자, 가자."

그는 재빨리 문 밖으로 뛰쳐나갔다. 엘러리는 목이 졸린 듯한 소리를 내며 그 뒤를 쫓아갔는데, 옥스퍼드 구두의 구두 혀가 보기 흉하게 덜렁거리고 있었다.

"하지만 우프는 어떻게 하고요?"

쥬너가 주눅이 들린 것 같은 소리를 냈다.

그러나 바깥 계단을 뛰어내려가는 거친 발소리 말고는 아무 대답도 없었다.

함정

경찰 자동차가 보도 옆에서 엔진 소리를 부르릉대고 있었다. 경관 하나가 보도에 내려서서 문을 열고 기다리고 있었다.

"자, 타십시오." 경관이 경례를 하면서 재빨리 말했다. "조금 전에 단파로 경감님 댁으로 가라는 전갈이 있었습니다."

"머리 빠른 친구가 있어서 다행이었네. 고마워, 슈미트." 경감이 말했다. "여어, 래프털리. 빨리 타, 엘……그랜드 센트럴이야, 래프트. 사이렌을 울리며 급히 몰아주게."

자동차는 슈미트 경관을 뒤에 남겨 놓고 보도 옆에서 달리기 시작하여 다음 거리 모퉁이를 한쪽 두 바퀴만으로 요란한 소리를 내며 꼬부라져서, 절규하는 사이렌을 길잡이로 하여 남으로 향했다.

"그런데 대체 어떻게 해서 이렇게 급한 행차를 하게 되었는지 그 이유나 좀 들려주세요" 하고 엘러리는 아버지와 문 사이에서 몸을 웅크리고 구두끈을 매려고 애를 쓰면서 말했다.

노인은 심각한 얼굴을 하고 사람과 자동차의 물결을 지켜보며 안쪽 길을 바라보고 있었다. 다른 차들은 모두 그 자리에 멈추어서 있는 것 같았다. 래프털리 순경은 아무 생각 없이 마구 운전을 계속하였고, 차 안에서는 라디오가 따분하게 노래를 부르고 있었다. 엘러리가 앓는 듯한 소리를 내며 몸을 움츠렸다. 하마터면 길 가는 사람을 칠 뻔했다.

"경위는 이렇다. 몇 분 전에 전보 배달부 하나가 챈들러 호텔 수하물 보관소에 나타나 물표를 내밀었어. 그 호텔에서 내고 있는 놋쇠로 된 정규 보관증이었지. 그래서 담당자가 보관증에 표시되어 있는 가방을 꺼내 가지고 왔어. 그리고 꼬리표를 뜯으려다가 퍼뜩 생각난 것이 있었던 거야. 번개같이 말이야. 아마 좀 색다른 가방이었던 모양이지. 커다란 캔버스로 된 여행용 가방인데, 농군들이 흔히 잘 가지고 다니는 돛배로 된 손가방 같은 것이라는구나. 그래서 늘 날씬한 가방만 보던 담당자는 그 속에 그런 촌스러운 것이 섞여 있었기 때문에 기억하고 있었던 모양이야."

엘러리는 넥타이를 매면서 신음하듯이 말했다.

"설마, 그것은……."

"잠자코 듣기만 해." 경감이 버럭 소리를 질렀다. "담당자는 꼬리표에 찍혀 있는 날짜로 그 가방이 꽤 오랫동안——보통보다 훨씬 오래——보관소에 내버려져 있었다는 것을 알았던 거야. 대개 맡기는 물건들은 일시적이니까 하룻밤 정도가 고작이거든. 더구나 그 가방의 날짜는 살인 당일이었던 거야."

"그럼, 아버지의 예감이 맞는 셈이군요." 엘러리는 이번에는 바지의 멜빵을 어깨로 끌어올리려고 애쓰면서 말했다. "그래서 또……."

"이야기를 듣고 싶거든 조용히 듣기나 해."

경감은 순찰차가 기절초풍하는 캐딜락 앞을 번개처럼 빠져나가는 것을 보고 무의식중에 몸을 움츠렸다.

"아무튼 담당자는 그 가방을 맡기고 간 자의 생각이 문득 떠오른

거야. 형사가 보여준 사진과 똑같은 얼굴을 한 사람이었다고 말하고 있어. 내 명령으로 온 시내의 수하물 보관소를 샅샅이 조사하게 되어, 토머스의 부하가 챈들러에도 출동한 거야."

"그럼, 그 가방이 살해된 자의 가방임은 확실합니까?"

엘러리는 나직한 목소리로 말했다.

"그런 것 같아."

"하지만 어째서 그 담당자는 지난번에 사진을 보았을 때 피해자를 확인 못했을까요? 오늘에야 생각이 난다는 것은……."

"그건, 그 친구의 말로는 사진을 보았을 때는 도무지 생각이 나지 않았다는 거야. 그 땅딸보에 대한 것을 완전히 잊어 버렸던 모양이지. 그런데 가방을 끄집어냈을 때 불현듯 생각이 났던 거야."

"알 만한 일이군요, 그건." 엘러리는 중얼거리듯이 말했다. "허어, 이제 겨우 옷차림이 끝났군. 래프털리, 자네는 아주 위험한데. 제발 부탁이니 좀 조심해서 몰아주게. 중요한 것은 가방을 보고 연상의 틈이 메워졌다는 말씀이군요. 그자의 사진을 보고서는 메워지지 않았던 것이. 흐음, 계속해 주십시오."

"그래서……." 경감은 신음하듯이 말했다. "그 담당자는 아주 재치 있는 자여서 전보 배달부를 기다리게 해 놓고 얼른 나이를 불렀어. 그 감미로운 향수 냄새를 풍기고 있는 지배인을 말이야. 나이는 자기 혼자서 책임을 지고 싶지 않았던 모양이지. 호텔 탐정인 블래머와 함께 담당자의 말을 듣고, 블래머가 경찰에 전화를 걸었어. 그런데 과원들은 모두 시내에 출동하고 있었기 때문에 토머스가 전화를 받게 되어 그가 챈들러로 달려간 것이야. 심부름 온 아이에 대해서는 토머스가 그가 근무하고 있는 전보회사 지점에다 전화를 걸어서 이미 확인을 했어."

자동차는 기관총처럼 사이렌을 울려대면서 59번 거리로 돌진했다.

"그렇습니까, 그래요? 전보회사에서는 뭐라고 하던가요?"

엘러리가 안타까운 듯이 말했다.

"지점 지배인의 말에 의하면 오늘 아침 일찌감치 사무소에 소포가 왔는데, 챈들러의 수하물 보관증인 물표와 타이프로 친 편지가 들어 있었다는 거야. 편지를 넣은 봉투 안에는 5달러짜리 지폐가 들어 있었다는군. 그리고 편지에는 전보 배달부에게 물표를 들려서 챈들러에 보내어 가방을 받아 가지고 그랜드 센트럴 위층 여행 안내소 근방에서 편지의 서명인에게 건네주도록 해 달라고 지시되어 있었다는 거야. 전보회사의 서비스 센터인지 뭔지 하는 곳이지."

"야아!" 하고 엘러리는 신음했다. "정말 운이 좋았군요. 서명은 엉터리였겠지요."

"그런 것은 아무짝에도 소용이 없어. '헨리 바세트'인지 뭔지 그런 가짜 이름이 적혀 있었다는 거야. 그것도 손으로 쓴 것이 아니고 타이프로 친 것이었어. 그놈은 돌다리도 두드리며 건너고 있는 거야. 그러던 것이 뜻밖의 파국으로 빠져든 셈이지."

자동차는 광장을 뼹 돌아서 5번 거리로 돌입했다. 앞길이 마술처럼 트여 왔다.

"수하물 담당자가 기억력이 좋았던 것이 놈에게는 운명의 끝장이었던 거야. 그렇지만 않았던들 가방을 가지고 달아났을 텐데."

엘러리는 담배에 불을 붙이고 어깨를 편안한 자세로 하려고 비비적거리고 있었다.

"벨리 부장은 가방을 열어 보지 않았나요?"

"시간이 없었어. 전보 배달부에게 가방을 줘서 지시대로 그랜드 센트럴로 가져가게 하도록 하라고 내가 일러 놓았지." 경감은 기분 나쁜 미소를 머금었다. "별로 시간은 허비하지 않았어. 이 일을 맡고 있는 자들은 사복 경찰관들뿐이고, 혼잡한 역이니까 일은 쉽지. 토머스는 철두철미하게 빈틈이 없으니까 전보회사에 부하를 보내서 이미 편지를 압수케 했어. 증거물이니까 말이야. 아무튼 이력저럭해서 30분도 허비하지 않았으니까 잘될 거다."

자동차는 44번 거리를 동쪽으로 꼬부라져서 그랜드 센트럴 역의 택시 승강구로 향했다. 복잡한 거리를 마치 빗이 헝클어진 머리를 빗기듯이 빠져 나갔다. 다음 순간 자동차는 반더빌트 거리를 돌진하여, 역의 자동차 대는 곳으로 들어갔다. 경감의 명령으로 사이렌은 5번 거리와 44번 거리 모퉁이에서 끄고 있었다. 퀸 부자가 경찰차에서 뛰어내리는 것을 몇몇 택시 운전사가 멍하니 바라보고 있었으나 단지 그뿐이었다. 래프털리 순경은 모자 챙 있는 데에 슬쩍 손을 대며 순진하게 웃음 짓고는 차를 몰고 가 버렸다. 퀸 부자는 발걸음도 가볍게 역 안으로 들어갔다.

아직 이른 아침이라 그랜드 센트럴의 사람들 출입은 들어오는 이가 대부분이었다. 큼직한 역 안은 언제나처럼 웅성웅성하였고, 이따금 사람을 부르는 소리가 희미하게 메아리치고 있었다. 출찰구에는 사람이 하나도 없었고, 수하물 운반인이 부지런히 왔다갔다하였으며, 때를 지은 약간의 사람들이 안쪽에 있는 한 개찰구 앞에서 기다리고 서 있었다. 다른 두 곳의 개찰구로부터는 통근객이 쏟아져 나왔다.

퀸 부자는 반더빌트 거리 쪽에서 천천히 대리석 계단을 내려갔다. 두 사람의 눈은 곧 역 안의 중앙에 있는 동그랗게 대리석으로 둘레를 만든 곳에 집중되었다. 철도 안내소, 특징 있는 푸른 제복을 입은 전보회사 배달부의 날씬한 모습이, 대리석 둘레 북쪽 편에서 때묻은 캔버스 제의 삼각형 모양을 한 큼직한 여행 가방을 발치에 놓고 기다리고 있는 것을 찾는 것은 그다지 어렵지 않았다. 그들이 서 있는 제법 떨어진 곳에서도 전보 배달부의 조마조마해 하는 태도가 역력히 보였다. 이리저리 사방을 두리번거리고 있었는데, 푸른 모자 밑의 얼굴은 긴장해서 창백한 것 같았다.

"저애는 글렀어." 두 사람이 계단을 다 내려왔을 때 경감이 중얼거렸다. "일을 망치겠는걸. 고양이처럼 겁을 먹고 있어." 퀸 부자는 출찰구가 있는 남쪽 벽 있는 데로 어슬렁어슬렁 걸어갔다. "눈에 띄지 않도록 해야겠어, 엘. 상대한테 발견되지 않도록 말이야. 그쪽도 조심을 하고 있을 거다. 조금이라도 눈치를 채는 날에는 줄행랑을 칠 테니까 말이야."

두 사람은 42번 거리에 면한 중앙 출입구 쪽으로 어슬렁어슬렁 걸어가서 출입구 한쪽 편에 조용히 서 있었다. 거기 있으면 드나드는 사람들 쪽에서는 안 보이나 이쪽에서는 출입구와 저쪽 안내소 앞에 있는 전보 배달부 쪽을 완전히 다 감시할 수가 있었다.

"벨리 부장은 어디 있습니까?"

엘러리는 담배를 피우면서 낮은 소리로 말했다. 그는 몹시 신경이 과민해져서 평소와는 달리 얼굴빛이 나빴다.

"걱정 안 해도 돼. 어디 저 부근에 있겠지." 경감은 전보 배달부로부터 눈을 떼지 않고 말했다. "다른 사람들도 어딘가에 있을 거야. 저기 헤이그스트롬이 와 있군. 저것 봐, 헌 가방을 들고 안내소 앞에 서서 계원과 이야기를 하고 있어. 능청맞은 친구야."

"몇 시에……."

"배달부 아이가 조금 일찍 온 것 같구나. 상대는 언제 어느 때 나타날지 모르지."

그들은, 적어도 엘러리에게는 영원이라고 느껴졌을 정도로 기다리는 시간이 길게 느껴졌다.

엘러리는 또다시 푸른 제복의 조마조마해 하는 전보 배달부로부터 눈을 돌리고, 안내소 위에 걸려 있는 네 개의 커다란 시계 중의 하나를 바라보고 있었다. 1분 1분이 그야말로 느리게 지나갔다. 1분이 이렇게 긴 줄은 여태껏 미처 깨닫지 못했었다. 너무나 길고도 공허하여 마음이 지쳐 버릴 지경이었다.

경감은 표정도 바꾸지 않고 지켜보고 있었다. 이 같은 막간에는 익숙해 있을 뿐 아니라 오랜 경험으로 인내심이 길러져서 예기되는 일을 조용히 기다리고 있을 수가 있었으나, 그 일이라는 것 자체가 엘러리에게는 좀 삭막한 것이었다.

그들은 한 번 벨리 부장의 모습을 보았다. 거인 부장은 대합실 동쪽 벽가의 내밀어진 곳에서 아래 광경을 지그시 내려다보고 있었다. 앉거나 웅크리고 있는지 지금 보이는 부장의 모습은 조금도 거한으로 보이지 않았다.

1분 1분이 느릿느릿 지나갔다. 수천 명의 사람들이 드나들었다. 헤이그스트롬은 안내소에서 자취를 감추고 없었다. 한곳에서 너무 오래 어물거리고 있는 것은 현명하지 못하다고 생각한 모양이었다. 그러나 그 장소는 이내 피고트 형사가 대신 차지하게 되었다. 그 역시 살인과에 있는 고참이었다.

배달부는 여전히 기다리고 있었다.

역 수하물 운반인들이 분주하게 그 옆을 오가고 있었다. 재미있는 막간 희극이 벌어졌다. 살찐, 졸리는 듯한 개를 안은 여자가 짐 운반인과 말다툼을 벌인 것이다. 한 번은 유명인이 왔었다. 갓 자른 난꽃을 장식하고, 왁자지껄한 신문 기자들과 카메라맨에게 둘러싸인 아담한 여자였다. 24번선 개찰구에서 포즈를 취했다. 미소 짓는다. 플래시라이트에서 파란 섬광이 쏟아진다. 여자도 사라지고 군중도 사라졌다.

배달부는 아직도 기다리고 있었다.

그때 피고트 형사는 이미 안내소 곁에서 어디론지 사라져 버리고 리터 형사가 근골이 늠름하고 풍채 좋은 모습으로 잎담배를 피우면서 머리가 희끗희끗한 계원 하나를 붙잡고 뭔지 큰소리로 이야기를 하고 있었다.

여유있는 태도를 취한 존슨 형사는 어슬렁어슬렁 시간표 곁으로 다가가서 열차의 발착표를 살펴보고 있었다.

그리고 배달부는 아직도 기다리고 있었다. 엘러리는 손톱을 깨물면서 몇 백 번도 더 큰 시계를 바라보았다.

아무 성과도 없이 2시간 반이 지났을 때, 경감은 손가락을 꼬부려서 벨리 부장을 부르고는 체념한 듯이 어깨를 움츠리며 말없이 대리석 바닥을 가로질러 안내소 쪽으로 걸어갔다. 전보 배달부는 이제 깨끗이 단념하고 도리없다는 듯이 가방 위에 걸터앉아 있었다. 그 무겁지도 않은 몸무게로 캔버스는 납작해져 있었다. 벨리 부장이 다가오는 것을 심각한 눈초리로 쳐다보고 있었다.

"거기 비켜."

부장은 걸걸한 목소리를 내어 배달부를 밀어내고 가방을 들자 경감과 역 여기저기서 기적처럼 모습을 나타낸 부하들 무리 속에 끼어들었다.

"아무래도 부장, 기대가 어그러진 것 같아. 상대는 겁을 먹고 도망친 모양이야." 경감은 쓴웃음을 지으면서 말했다.

"그런 것 같습니다. 하지만 어떻게 눈치를 챘는지 도무지 모르겠는데요. 저희들은 실수를 안했다고 생각합니다만."

부장은 우울한 듯이 말했다.

"그래, 자네가 한 일이니까 빈틈없었을 테지." 노인은 중얼거리듯이 말했다. "아무튼 이미 엎질러진 물이니까 이제 아무 소용없는 일이야."

“결국은 유치한 짓에 지나지 않았던 겁니다.” 엘러리가 눈살을 찌푸리며 말했다. “놈은 단번에 함정을 눈치챈 것입니다. 처음부터요.”

“어째서지요, 퀸 씨?” 벨리는 불만스러운 모양이었다.

“일이 다 끝난 뒤 잘난 척하는 거야 아주 쉬운 일이지요. 나는 2시간 전에 문득 생각이 났는데 말이지요, 5달러 지폐에 편지를 곁들여서 보낸 인물은 무대 뒤에서 모습을 감추고 남의 눈에 띄지 않으려고 깊은 경계를 하고 있었던 겁니다.”

“그래서?” 하고 경감은 말했다.

“그래서 아버지는 상대가 어떻게 하리라고 생각하세요, 운을 하늘에다 맡겨 둘 것 같습니까?” 엘러리는 귀찮은 듯이 말했다.

“네 말뜻을 못 알아듣겠구나.”

“거 참 놀랐는데요, 아버지.” 엘러리는 답답하다는 듯이 말했다.

“아버지가 상대하고 있는 놈은 아무리 봐도 바보가 아닙니다. 챈들러의 휴게실에서 얼씬거리면서 수하물 보관소에 눈을 집중시켜 놓고 배달부가 물표를 내미는 것을 지켜본다는 것은 아주 간단한 일이 아니겠어요?”

벨리 부장의 얼굴이 벌게지더니 “아뿔사” 하고 목쉰 소리를 냈다.

“그걸 조금도 생각 못했군.”

경감은 대리석 같은 눈에 엄숙한 확신의 빛을 띠면서 엘러리를 찬찬히 보고 있었다.

“틀림없이 나도 그렇게 생각한다.”

그는 분한 듯한 목소리로 말했다.

“분한데.” 엘러리는 불쾌한 듯이 말했다. “저도 그걸 미처 생각지 못했어요. 생각났을 때는 이미 늦었지 뭡니까. 멋진 기회였는데 말이에요. 그렇지만 도무지 알 수 없는 것은 어떻게 해서 또……물론 상대는 경계하고 있었던 게 틀림없어요. 완전히 실수가 없다는 것을 확인하려고 했던 겁니다. 거기 있으면 안전하고……. ”

“특히 거기 살고 있다고 한다면 더더구나 안전한 셈입니다. ”

벨리가 중얼거리듯이 말했다.

“아니면 평소에 그 호텔에 자주 드나드는 놈이라면 말이지요. 하지만 그건 중요한 점이 아닙니다. 놈의 계획으로는 전보 배달부가 챈들러에서 가방을 받는 것을 확인한 다음에, 그랜드 센트럴까지 배달부를 뒤쫓아 갈 작정이었던 것은 명백합니다. 그렇게 하면 만사 염려없다는 절대적인 확신 아래 행동할 수가 있지요. ”

“그렇다면 놈은 수하물 담당이 나이와 블래머를 부르는 것을 보고, 부하들을 보았단 말이지. ” 경감은 어깨를 움찔했다. “아무튼 지난 일은 할 수 없다. 적어도 가방이나마 손에 들어왔으니까 본부에 돌아가서 일단 조사나 해보자. 어쨌든 완전한 실패는 아니었어. ”

엘러리가 갑자기 괴상한 소리를 지른 것은 본부로 향하는 도중이었다.

“나는 어째서 이렇게 바보스럽지. 어쩌면 이렇게도 멍텅구리란 말인가. 아무래도 지능검사를 받든지 무슨 수를 내야 하겠는데요. ”

“그야 물론 네 말도 옳다만, 이번에는 또 무슨 생각이 떠오른 거냐. 너는 그 머릿속에서 벼룩처럼 뛰어다니니 말이다. ”

경감은 퉁명스럽게 말했다.

“가방 말입니다, 아버지. 지금 문득 생각이 났는데 말이지요. 제 머리 작용도 해가 갈수록 둔해지는 모양입니다. 대뇌 경화겠지요. 전 같으면 이런 생각은 일이 벌어짐과 동시에 순간적으로 떠올랐을 텐데 말이에요. 피해자가 뉴욕 사람이 아닌 듯하다는 데서 수하물이 있을 것이라고 추정하셨던 아버지는 매우 논리적이었어요. 그래서 수하물 수색이 시작된 것 아니겠어요? 그건 그렇다고 치고……. ” 엘러리는 미간을 모았다. “무엇 때문에 살인범이 그것을 필요로 했을까요 ? ”

"정말 네 머리는 둔해져 가고 있구나. 너는 무엇 때문이라고 생각
하니. 그야 나도 범인이 그걸 손에 넣으려 할지도 모른다는 것을 예
측 못했던 것은 인정한다. 하지만 생각해 볼 때 그런 것은 쉽게 설명
이 가지 않니. 범인은 죽은 자의 신원이 발견될까봐 모든 수단을 강
구해서 경계를 하고 있을 게 아니냐. 그러니까 피해자의 가방이 가까
운 곳에 있어서 경찰의 손에 들어가게 될지도 모른다고 할 경우, 범
인은 그냥 가만히 앉아서 잠자코 경찰이 가져 가는 것을 보고만 있을
까? 자기 손으로 어떻게 처리가 될 성싶은 경우, 그런 짓을 할 까닭
이 없어. 놈은 죽은 자의 신원을 알 만한 것이 가방 속에 있을지도
모른다고 걱정을 했든가, 아니면 실제로 그런 것이 있다는 것을 알고
있었던 거야. "

"오오, 그렇군요. " 엘러리는 발밑에 놓여 있는 가방을 의아한 듯이
바라보면서 말했다.

"그렇다면 무엇 때문에 그런 해괴한 소리를 하는 거지? 너도 정말
어처구니가 없구나. 그 따위 시시한 질문을 하다니. "

"단순히 질문을 위한 질문이라는 말씀이군요. " 엘러리는 여전히
가방을 노려보면서 중얼거리듯이 말했다. "……놋쇠 물표가 있었다
는 것만으로 해답은 알고 있다, 그 땅딸보를 죽인 뒤에 범인이 주머
니를 뒤지다가 챈들러의 물표를 가지고 있는 것을 발견했다, 물표만
봐도 사정은 일목요연하므로 범인은 그것을 가지고 달아났다는 말씀
이겠지요. 그런데 범인은 어째서 여태까지 가방을 찾아가지 않았을까
요. 무엇 때문에 이렇게 오래 기다리고 있었을까요. 어떻습니까? "

"겁이 났던 거야. " 경감은 점잔을 빼며 말했다. "용기가 없었던 거
지. 만일의 경우를 두려워했던 거야. 특히 가방이 챈들러에 맡겨져
있었으니 말이다. 그 사실만으로도 범인은 그 호텔에 무슨 관계를 가
지고 있는 인물이라고 나는 확신한다, 엘. 즉 호텔에서 얼굴이 알려

진 사람이야. 그래서 경찰이 챈들러를 감시하고 있다는 것을 잘 알고 있는 것이지. 만일 완전한 외부 사람이었다면 가방을 처리하는 데 그렇게 힘들이지 않았을 걸. 하지만 이쪽에서 그 인물을 알고 있기 때문에 겁을 먹은 거야."

"그렇겠지요, 나는 이 속이 보고 싶어 좀이 쑤시는데요, 대체 무엇이 들어 있을까요." 엘러리는 한숨을 쉬었다.

"곧 알게 될 걸 뭘 그러니. 나는 아주 기묘한 예감이 드는구나. 범인은 놓쳤지만 아마 이 가방이 틀림없이 유쾌한 이야기를 들려 줄 거야." 경감은 태연하게 말했다.

"저도 진심으로 그걸 바라고 있어요." 엘러리는 중얼거렸다.

겉보기로는 너절하고 평범한 여행 가방이 열리기에 앞서 퀸 경감의 방에서는 엄숙한 한순간이 있었다. 문이 닫히고 외투와 모자가 한쪽 구석에 황황히 내던져지고 나자 경감, 엘러리, 벨리 부장 이 세 사람은 저마다 감동하는 표정으로 경감 책상 위의 가방을 지켜보고 있었다.

이윽고 경감은 어딘지 모르게 짓눌린 듯한 목소리로 말했다.

"그러면 시작해 볼까."

경감은 가방을 쳐들어 헐고 때묻은 캔버스의 거죽을 신중하게 살폈다. 라벨 같은 것은 한 장도 붙여져 있지 않았다. 금속성으로 된 잠그는 고리도 약간 녹이 슬어 있고, 캔버스는 주름진 곳이 닳아 있었다. 글자라든가 표지 같은 것은 아무것도 없었다.

"정말 골고루도 닳았군요." 벨리 부장이 신음하듯이 말했다.

"정말이야." 경감도 중얼거렸다. "토머스, 그 열쇠를 이리 주게."

부장은 말없이 고리에 달린 열쇠 다발을 상관에게 건네었다. 경감은 반 다스나 되는 열쇠를 맞춰 본 끝에 가까스로 가방의 녹슨 자물

쇠에 맞는 열쇠를 찾아냈다. 가느다란 소리를 내며 자물쇠 속에서 작은 열쇠가 돌아갔다. 경감은 양옆의 죔쇠를 잡아당기듯이 쳐들고 자물쇠 중앙 부분을 누르며 가방 아가리를 양옆으로 확 당겨서 열었다.

엘러리와 벨리가 책상 위에 몸을 구부리고 안을 들여다보았다.

퀸 경감은 요술쟁이가 모자 속에서 물건을 끄집어내듯이 가방 속의 것을 꺼내기 시작했다. 맨 처음에 꺼낸 것은 검은 알파카 윗옷으로서 입던 것이기는 하나 깨끗하게 세탁이 되어 있었다.

엘러리의 눈이 가느다랗게 되었다.

노인은 재빨리 가방 속의 것을 꺼내어 책상 위에 나란히 포개었다. 가방 속이 비자 밝은 데서 쳐들고 안을 꼼꼼하게 살핀 다음 흐음 하고 콧소리를 내며 한쪽으로 내던지고 책상 앞으로 돌아섰다.

"이것으로 출처를 알아낼 필요가 있다면 못 알아낼 것도 없겠지."
경감은 좀 실망한 듯한 목소리로 말했다. "아무튼 어떻게 될 것인지 보기로 하자. 물건도 몇 가지 안 되는 것 같군."

방금 나온 윗옷은 아래위 한 벌로 된 것으로 바지도 있었는데, 외국에서 지은 옷 같았다. 경감이 바지를 쳐들고 자기 몸에 대보았다. 짧은 경감의 다리에 꼭 맞았다.

"그의 것인 모양이군," 하고 중얼거렸다. "주머니에는 아무것도 없어, 운수 나쁘게도."

"윗옷에도 아무것도 없습니다." 부장이 보고했다.

"조끼가 없군." 경감이 곰곰이 생각하며 말했다. "그렇지, 여름옷에는 없겠지. 여기서는 별로 볼 수 없는 옷이군그래."

다음의 전시물은 셔츠였다. 모시나 면으로 된 것으로 어느 것이나 모두 칼라가 없고, 빳빳한 것으로 보아 신품인 것 같았다.

다음 번 무더기는 폭이 좁고 빳빳한 칼라가 달려 있는 구식의 것이었다.

그 옆에는 손수건이 놓여 있었다.

그리고 깨끗하게 세탁한 가벼운 여름 속옷 종류가 포개어져 있었다.

검은 무명 양말이 반 다스 가량.

앞꿈치가 혹처럼 불룩한 신던 검정 구두 한 켤레.

"플라우티 선생 같으면, 못이 배기고 무좀이 있는 사람이라고 진단 내리겠는데요" 하고 엘러리가 중얼거렸다.

가방에서 나온 옷들은 모두 값싼 옷들이었다. 그리고 양복과 구두만 빼고 다른 것은 모두 새것으로 상하이 양품점의 마크가 붙어 있었다.

"상하이로군." 경감은 곰곰 생각하면서 "그렇다면 중국이다, 엘" 하고 의아스러운 듯한 어조로 말했다. "중국이야."

"그런 것 같군요. 그것이 뭐 뾰족하게 내세울 만한 게 된다는 겁니까. 그가 아메리카에 사는 자가 아니라고 말한 실종인과의 예견이 맞았다는 것밖에 더 됩니까?"

"하지만 내 생각으로는……." 이렇게 말하다가 경감은 말을 끊고 눈에 야릇한 광채를 띠었다. "설마 이게 속임수는 아니겠지?"

"그것은 질문입니까, 아니면 아버지의 견해입니까?"

"말하자면 그런 일이 있을 수 있느냐 없느냐 하는 말이다."

엘러리는 눈꼬리를 치켜떴다.

"전 그렇게는 생각하지 않아요. 챈들러의 수하물 보관소 담당자는 이 가방을 맡긴 것이 틀림없이 살해된 자라고 말하고 있으니까요."

"네 말이 맞겠지. 나는 워낙 의심이 많아서 말이야." 경감은 한숨을 쉬고 책상 위에 나란히 놓인 여러 가지 옷들을 바라보고 있었다. "아무튼 이걸로 우리도 뭔가 일은 한 셈이다. 그런데 애야." 경감은 엘러리 쪽을 날카로운 눈으로 보았다. "대체 이게 어떻게 된 거냐. 이번 사건은 중국에 관련이 있다고 그렇게 신물이 나도록 말한 건 너였다고 생각하는데, 이제 와서 뾰족하게 내세울 것도 없다느니 어쩌니 하는 그건 어떻게 된 영문이지?"

엘러리는 어깨를 움찔했다.

"제가 하는 말을 일일이 문자대로 해석하시면 곤란합니다. 어디 이 성서나 한 번 볼까요."

엘러리는 가방 속에서 나온 여러 가지 물건들을 뒤적여 구겨지고 닳아 빠졌으며 표지도 떨어지고 없는 책 한 권을 집어 들었다. 큰 싸움에서 무기 대신으로 사용되었던 물건처럼 보였다.

"성경책이 아니군요. 흔해 빠진 싸구려 일과 기도 책이에요." 엘러리는 중얼거리듯이 말했다. "흐음, 그리고 이 팸플릿은…… 아아, 신앙 안내서로군. 아마 대단히 신앙심이 깊은 노신사였던 모양이군요."

"신앙심이 깊은 노신사라면 살해되는 일은 좀처럼 없지."

경감은 무뚝뚝하게 말했다.

"그리고 이건," 엘러리는 책을 놓고 다른 것을 집어 들었다. "홀 케인(영국의 소설가)의 《그리스도 신자》 구판이로군요…… 런던에서 출간된……그리고 펄 벅의 《대지》도 있습니다. 아메리카판 원서로 여기서 북경으로 집어던진 것처럼 새것인데요. 동과 서는 끝내 만날 수 없으리라고 말한 자가 누구였지? 이상한데."

"어디가 이상하다는 거야. 중국에서 왔다면 그 펄 벅의 책도 분명 읽었을 거다."

엘러리는 문득 제 정신으로 돌아왔다.

"오오, 물론이지요. 전 저 혼자 생각에 빠져서 그만. 책에 대해 말한 게 아니에요." 엘러리는 또 입을 다물고 엄지손가락을 깨물며 어질러진 책상 위를 응시하고 있었다.

"그 정도는 알았어야 할 텐데. 이게 불발탄일 거라는 것쯤은. 이름에 대한 실마리 하나 없으니 말입니다."

벨리 부장은 분한 듯이 신음했다.

"뭐, 그렇지만도 않아." 경감은 걷잡을 수 없는 표정으로 말했다.

"낙심할 것 없네, 토머스. 그가 누구인지쯤은 머지않아 알게 되겠지." 경감은 책상 앞에 앉아 벨을 눌렀다. "곧 상하이의 미국 영사에게 전보를 쳐 보겠네. 그러면 그에 대한 내력을 알게 되겠지. 그 뒤는 일사천리로 처리될 걸세."

"그것은 어떤 계산이십니까?"

"범인이 피해자의 신원을 숨기려고 갖은 애를 쓰고 있잖니. 그러니까 그 신원만 알면 뭔가 단서가 잡힐 거라고 생각해. 오, 들어오게, 들어와, 중국 상하이의 미국 영사 앞으로 전보를 한 장 써 주게……."

경감이 전보문을 구술하고 있는 동안 벨리 부장은 방에서 나갔다. 엘러리는 그 호리호리하게 큰 키를 제일 편해 보이는 경감의 의자에 꼬부려 앉히고 담배를 꺼내 불을 붙인 뒤 얼굴에 깊은 주름을 새기면서 연기를 뿜어 올리고 있었다. 그 얼굴에는 평소와 다른 매우 야릇한 표정이 있었다. 눈을 뜨자 또 한 번 책상 위에 있는 것들을 지그시 바라보고 있었다. 그리고 또 눈을 감았다. 그리하여 목덜미가 의자 등에 얹히도록 몸을 내렸다. 대개는 열심히 정신을 집중해서 생각을 할 적에 즐겨 이런 자세를 취하는 것이다. 그리고 아버지의 서기가 나가고, 노인이 손을 비비면서 돌아다볼 때까지 꼼짝도 않고 그대로의 자세를 유지하고 있었다.

"자, 이러면 이제 나머지는 오래 걸릴 것도 없겠지." 경감은 싹싹하게 말했다. "이젠 시간 문제야. 이번에는 틀림없이 들어맞을 거다, 엘. 무슨 일이든지 잘 생각하면 저절로 밝혀지게 돼. 이를테면 고생해서 그 배 회사를 조사한 일만 해도 그렇지. 우리는 대서양에만 정신이 팔려 있었거든. 그것이 잘못이었던 거야. 그는 분명 태평양 항로로 와 가지고 샌프란시스코에서 대륙 횡단 철도를 이용했던 거야."

"그렇다면 어째서…… 누군가 챈들러의 수하물 담당자 같은 천재가 있어서 그를 기억하고 있지 못했을까요? 전 또 철도 방면은 상당히 철저하게 조사된 걸로 알고 있었는데요."

엘러리가 중얼거리듯이 말했다.

"언젠가도 말했지만 그건 쉬운 일이 아니야. 실수라 할 것도 못돼. 그는 겉보기에 평범한 사람이라 아무런 주의도 끌지 않았을 뿐이겠지. 철도 측 사람들은 날마다 수천 개의 얼굴을 보고 있어. 소설 속의 이야기 같으면 그의 얼굴은 틀림없이 기억되고 있었겠지만 말이다. 실제 생활에서는 모든 일이 그렇게 잘되어 나가지만은 않아." 경감은 몸을 젖히고 생각에 잠긴 것처럼 천장을 노려보고 있었다. "상하이라, 흐음, 중국이지. 네 설이 들어맞는 것 같구나."

"무엇에 대해서 말입니까?"

"오오, 아무것도 아니야, 아무것도. 난 지금 잠시 생각해 봤는데 아무래도 그 캘리넌에 대해서는 예상이 잘못된 것 같아. 파리와 상하이는 연결이 될 것 같지도 않아. 곧 키아페(그 즈음의 파리 경시총감)로부터 소식이 있겠지. 그러면 확실한 것을 알 수 있어."

경감은 계속 지껄여댔다.

갑자기 이상한 소리가 나서 경감은 홀연히 주위의 동정을 깨달았다. 놀라서 몸을 벌떡 일으키니 엘러리가 일어서 있었다.

"왜 그러느냐?"

"아무것도 아니에요." 엘러리는 말했다. 그 얼굴에는 넋 나간 듯한 표정이 있었다.

"아무것도 아닙니다. 아침 이슬은 온 누리에 가득하고…… 하느님은 하늘에 게시니, 세상은 모두 평안하도다. [1] 거룩하여라, 오래

된 세계, 유례없는 상쾌한 세계……이제야 겨우 알았습니다."

경감은 책상 귀퉁이를 움켜잡았다.

"무엇을 알았느냐?"

"해답 말입니다. 새빨간 피투성이 해답 말입니다."

경감은 말없이 앉아 있었다. 엘러리는 그 자리에 뿌리가 내린 것처럼 우뚝 서서, 눈이 초롱초롱하고 흥분되어 있었다. 이윽고 두서너 번 혼자서 힘차게 고개를 끄덕거렸다. 그는 미소 지으며 창가로 가서 밖을 내다보았다.

"그래, 뭐냐. 해답이란?" 경감은 거칠은 목소리로 말했다.

"참으로 놀라운 일입니다." 엘러리는 돌아보지도 않고 성가신 듯이 말했다. "머릿속에 생각을 떠올린다는 것은 정말 이상한 일이로군요. 충분히 시간을 들여서 생각만 하면 되는 거예요. 그러면 무엇인가가 툭 터지며 해답이 나오거든요. 애당초부터 눈앞에 있으면서 이쪽을 유심히 주시하고 있었던 거예요, 줄곧. 마치 어린아이 속임수같이 간단합니다, 전체의 일이. 제 자신도 아직 믿어지지 않을 정도예요."

긴 침묵이 있었다. 이윽고 퀸 경감이 한숨을 쉬었다.

"네 말의 서두가 긴 것을 보니, 나한테는 말하고 싶지 않은 모양이구나."

"전 아직 모든 가능성에 대한 검토를 못했습니다. 단지 사건 전체로 통하는 열쇠를 발견했을 뿐이에요. 그렇기 때문에……."

경감의 전속 서기가 봉투를 가지고 들어왔다. 엘러리는 다시 앉았다.

"그렇군. 즉은 자는 역시 캘리넌이 아니었어." 노인은 신음하듯이 말했다. "이건 파리 경시청에서 온 전보야. 키아페는 캘리넌이 파리에 있다고 전해 왔어. 몹시 가난하지만 살기는 살고 있다는구나. 방금 네가 하던 말이 뭐였지?"

"제가 하던 이야기는 그 열쇠를 가지고 사실상 거의 모든 수수께끼가 풀린다는 겁니다." 엘러리는 중얼거리듯이 말했다.

경감은 회의적인 것 같았다.

"그 반대적인 작업……옷, 방 안의 가구 등 모든 것이 거꾸로 된 수수께끼가 풀린단 말이냐?"

"완전히 풀리지요."

"단 하나의 조그만 열쇠로?"

"그렇습니다. 단 하나의 조그만 열쇠로 말입니다."

엘러리는 일어서서 모자와 외투를 집어 들었다.

"하지만 아직 납득이 안 가는 점이 있습니다. 그것을 알 때까지는 아무것도 과감한 수단을 취할 수가 없습니다. 그러니까 전 이만 돌아가겠어요, 아버지. 그리고 슬리퍼로 바꿔 신고 난로 앞에 다리를 쭉 뻗치고서 그 매끌매끌하게 도망치고 다니는 놈을 붙잡을 때까지 생각해 보겠습니다. 지금 잡고 있는 것은 해답의 일부에 지나지 않으니까요."

침묵이 있었다. 이번에는 완연히 자리가 어색해졌다. 엘러리는 사건이 완전히 해결될 때까지 완고하게 입을 열지 않기 때문에 그것이 언제나 부자 사이의 말다툼 원인이 되고 있었다. 엘러리가 한 치의 틈도 없는 완벽한 이론을 세웠다고 스스로 정신적으로 만족하기 전에는, 아무리 어르고 달래어도 단 한마디의 설명도 끄집어낼 수가 없었다. 그러므로 질문을 해봐야 사실 아무 소용도 없었다.

그런 줄 알면서도 경감은 한심한 생각이 들었다. 언제나 이렇다.

"그렇다면 무엇이 너한테 단서를 주었단 말이냐." 경감은 울화통이 치미는 것처럼 물었다. "내가 바보라서가 아니다. 그러나 항복했어. 만일 나에게 그것이……."

"가방이에요."

"가방이라고?" 경감은 얼떨떨해서 책상 위를 보았다. "하지만 너는 해답이 처음부터 눈앞에 있었다고 했잖니. 그리고 가방이 발견된 것은 불과 2시간 전의 일이야."

"그건 그렇습니다만," 하고 엘러리는 말했다. "하지만 가방은 두 가지 역할을 수행했어요. 우선 연상에다 불을 붙였고, 그리고 연소의 결과가 판명되었을 때 전에 있었던 것을 증명했습니다."

엘러리는 생각에 잠기면서 문 쪽으로 걸어갔다.

"얘, 영어로 말해다오. 대체 너는 어느 정도 알고 있느냐. 죽은 자가 누구지?"

엘러리는 웃었다.

"제 두뇌의 불꽃 제조술을 피력해서 아버지를 깜짝 놀라게 하는 짓은 그만두기로 하지요. 전 점쟁이가 아닙니다. 그의 이름 따위는 사건의 해결에 아무런 중요성도 가지고 있지 않습니다. 그와 반대로 그의 신분은……."

"신분이라고."

"그렇습니다. 저는 왜 살해되었는가도 알 것 같습니다. 아직 그 점을 충분히 생각해보지는 않았지만요. 지금 현재 저를 괴롭히고 있는 가장 큰 문제는 누가 어째서라는 것이 아니라, 어떻게 해서라는 것이에요."

경감은 어처구니가 없었다.

"너 어떻게 된 것 아니냐? 그건 또 무슨 뜻이지. 머리가 이상해진 것 아니냐?"

"천만의 말씀입니다. 아무튼 그것이 근본적인 문제로 걸려 있습니다. 지금 상태로는 전 어떻게 해서라는 걸 정확히 모르니까, 그 해답을 찾아내는 것이 지금부터 제가 해야 할 일이에요."

"하지만 어떻게 해서 살해되었는지, 너는 알고 있지 않느냐?"

“이상한 이야기입니다만, 잘 몰라요.”

경감은 얼떨떨해서 손톱을 깨물고 있었다.

“당치도 않은 수수께끼 같은 말만 해서, 그걸로 나를 속이기라도 하겠단 말이냐? 네 말투로 보건대 아메리카의 영사가 어떤 답신을 보낼 것인지 도무지 문제되지 않는 것 같구나.”

“문제되지 않습니다.”

“뭐라고! 영사가 그 죽은 자에 대해 어떤 것을 알려 오든 너한테는 아무 뜻도 없다는 말이냐?”

“조금도요.” 엘러리는 웃으면서 말했다. “눈곱만큼도요.” 그는 문을 열면서 덧붙였다. “사실 전 지금 이 자리에서 영사의 답신 내용이 어떤 것인지 아버지에게 말씀드릴 수 있습니다.”

“내가 돌았든가 네가 돌았든가 둘 중의 하나로구나.”

“미치광이란 견해의 차이 아닙니까? 아무튼 아버지, 아버지는 제가 어떤 인간인지 잘 아십니다. 실은 아직 제 발판에 충분한 확신이 없습니다.”

“그래? 그렇다면 나는 초조하게 기다리는 수밖에 없겠구나. 그런데 너는 누가 그 살인을 했는지 알고 있다는 확신이 서느냐? 무슨 엉뚱한 착각을 해서 지레짐작하고 있는 것은 아니냐?”

엘러리는 모자챙을 끌어내렸다.

“누가 죽였는지를 알고 있느냐는 말씀입니까? 그런 생각을 누가 아버지의 머리에다 불어 넣었지요? 물론 저는 누가 그랬는지 모릅니다.”

경감은 실망을 하고 다시 의자에 주저앉았다.

“알았다, 단념했어. 네가 거짓말을 하기 시작하면…….”

“전 거짓말을 하고 있는 게 아니에요.” 엘러리는 기분이 언짢은 듯한 목소리로 말했다. “실제로 전 모르고 있어요. 엉터리로 하는 짐작

같은 거라면 말할 수 있지만요, 그렇지만 아무것도…….” 엘러리는 이내 다음 말을 이었다. “전 알고 싶지 않다는 뜻은 아니에요, 전 기막힌 출발점을 잡고 있는 거예요, 정말 믿어지지 않을 정도의. 이렇게 된 이상 전 해답을 찾아내지 않으면 안됩니다. 여기까지 안 이상은 반드시…….”

“네 말을 듣고 보니 넌 중요한 것은 아무것도 모르고 있지 않느냐, 난 또 뭔가 알고 있는 줄만 알았지.” 경감은 못마땅한 듯이 말했다.

“그야 알고 있지요,” 엘러리는 안타까운 듯이 말했다.

“그렇다면 그 죽은 자의 등에 아프리카 토착민의 창 두 개가 튀어나와 있는 건 대체 무슨 뜻이지?” 경감은 엘러리의 얼굴 표정에 흠칫해서 의자에서 반쯤 몸을 일으켰다. “아니, 왜 그러는 거냐?”

“창…….” 엘러리는 얼빠진 사람처럼 아버지를 바라보며 중얼거렸다. “창…….”

“하지만…….”

“이것으로 어떻게 해서라는 문제를 알았어요.”

“그건 처음부터 알고 있어. 하지만…….”

엘러리의 얼굴에 생기가 돌았다. 볼이 긴장되고 눈이 빛나며 입술이 떨리고 있었다. 그는 미친 사람처럼 소리쳤다.

“됐어요, 이것이 해답이다! 그 창이야! 이거, 고마운데요.”

그리고 그는 신음 소리를 내며 방에서 뛰쳐나갔다. 어안이 벙벙해서 어리둥절한 경감을 뒤로 남겨 놓고…….

(1) 로버트 브라우닝의 《피파 페세스》에 있는 시를 인용한 것. 원시는——때는 봄, 달은 아침, 아침은 7시, 아침 이슬은 온 누리에 가득하고, 종달새는 노래 부르며, 달팽이는 나뭇가지를 기어가고, 하느님은 하늘에 계시니, 세상은 모두 평안하도다.

독자에의 도전

나는 지금까지 여러 가지 소설을 쓰고 있는 동안 도중 어딘가에서 한 가지 재미있는 착상을 잊어버리고 있었다. 퀸이라는 이름의 신사가 있어, 미스터리소설을 쓰고 있다는 것을 발견하고——벌써 여러 해 전 일이지만——그 뒤 그 훌륭한 작품을 쭉 읽어 온 친절한 분들은, 내가 초기의 저작 속에서 저마다 책의 요긴한 대목에서 독자에의 도전을 삽입하고 있었음을 기억하고 있을 것이다.

그런데 무슨 일이 일어났다. 그것이 정확하게 무엇인지는 나도 모른다. 다만 기억하고 있는 것은 한 편의 소설이 완성되어서 조판이 끝나고 교정지가 고쳐진 뒤에 출판사의 어떤 사람이——아주 명민한 인물이다——늘 있는 '도전'이 탈락되어 있음을 나에게 일러 주었다는 사실이다. 나는 얼마쯤 부끄럽게 여기며 부랴부랴 결함을 보충했는데, 그것은 마지막 순간에 탈락본에 삽입되었다. 그리고 나는 양심의 가책을 받고 나의 책들을 탐색해 봤다. 그러다가 그 이전의 책에서도 '도전'을 잊어버리고 있었던 것을 발견했다('도전'이 탈락되어 있었던 것은 《삼쌍둥이의 비밀》). longa dies non sedavit vulnera mentis(세월이 흘렀다고 해도 잘못은 잘못이다)란 지당한 말이다.

　내가 거래하는 출판사는 퀸의 저서의 완벽을 기함에 있어서 매우 엄격하므로 나는 여러분에게 제출한다——언제나의 '도전'을. 이것은 실로 간단한 문제이다. 《차이나 오렌지의 비밀》을 읽고 이 대목에 도달하였을 때, 여러분께서는 그 수수께끼의 명쾌한 해결에 필요한 모든 사실을 입수하였을 것으로 나는 단언한다. 여러분은 여기서 지금, 그리고 지금부터는 도널드 커크의 사무실 대기실에서 벌어진 이름 모르는 땅딸보 살해에 대한 수수께끼를 당연히 풀 수 있을 것이다. 모든 것이 갖추어져 있다. 중요한 단서나 사실은 하나도 탈락되어 있지 않다. 여러분께서는 그것을 정리하여——확실하게 '어머니'라고 기록할 정도로 쉽지는 않지만——논리적 추리를 작용시킴으로써 유일하고도 가능한 해결에 도달할 수 있을 것이다.

엘러리 퀸

실험

　사람의 두뇌란 불가사의한 기계다. 바다와 흡사하다. 깊은 구렁이 있고 얕은 곳도 있다. 차갑고 어두우며 깊은 곳이 있는가 하면 햇빛에 반짝이는 수면도 있다. 해변에 밀려드는 하얀 파도가 있는가 하면 쓸쓸한 썰물도 있다. 살짝 부는 바람에도 잔물결을 일으키는 수면 밑에는 다투어 흐르는 빠른 조류가 있다. 그리고 조류의 간만과도 흡사한 끊임없는 고동의 리듬이 있다. 썰물의 시기가 있어서 모든 영감이 헛되이 거품 이는 아득한 저편으로 후퇴해 버리는가 하면, 밀물의 시기가 있어서 누를 수 없는 절대 힘을 가진 강대한 생각이 마구 밀어닥친다.

　다니엘 웹스터는 일찍이 다른 비유를 써서, 정신은 모든 것의 위대한 지렛대라고 말하고 있다. 사고는, 인간의 목적이 차례차례 해답을 얻어가는 과정이라고도 할 수 있다. 그러나 지렛대는 움직임을 시사하고 움직임은 불가피하게 반동을 시사한다. 그리고 웹스터는 사고의 과정을 전체적으로 볼 때 그것은 무활동 시기와 활동시기의 교체 작용, 파상 작용이라고도 간접적으로 지적하고 있다.

그런데 엘러리 퀸은 언제나 자기의 두개골 경계 내에 들어박혀서 일을 하고 있으며 오래 전부터 자신의 탐구 생활에 있어서는 그것이 보편적인 법칙이라는 것, 지적 광명에 도달하려면 지적 암흑의 단계를 뚫고 나가 고투하는 것이 지상 명령임을 발견하고 있었다. 죽은 땅딸보의 기묘한 문제는 엘러리가 경험한 일 중에서도 드문 사례였다. 며칠이나 계속해서 엘러리의 두뇌는 걷잡을 수 없는 안개 속에서 도표를 더듬으면서 격투하고 있었다. 스스로 그것을 원했기에 열심이긴 했으나 능률은 오르지 않았다. 그러던 것이 별안간 가물가물한 눈에 한 줄기 광명이 차갑게 비쳐든 것이다.

엘러리는 '우주 평형설의' 원조 웹스터에게 감사를 하는 시간 낭비는 하지 않았다. 곧 일어났다. 광명은 거기 바로 눈앞에 있었다. 그러나 빛은 아직도 꼬리를 끄는 여운의 안개로 흐릿해 있었다. 안개를 쫓아야만 했다. 쫓을 수 있는 수단은 하나밖에 없었다――정신 집중.

그리하여 엘러리는 논리적인 사람이었으므로 정신을 집중했다.

엘러리는 그 중대한 날의 나머지 시간을 좋아하는 실내복을 입고 지냈다. 쓴 니코틴 냄새가 밴 실내복인데, 군데군데 갈색 테두리를 한 구멍이 빠끔빠끔 나 있는 것은 지금까지 오랜 세월 피운 수천수만의 담배불똥의 표시였다. 엘러리는 목덜미를 의자 등에 기대고 거실 난로 앞에 앉아 발끝을 기분 좋게 쬐면서 활짝 밝은 눈으로 천장을 바라보며, 담뱃불이 손가락 있는 데까지 타들어올 때마다 기계적으로 난롯불 속에 집어던지고 있었다. 그 태도에는 아무 데도 뻐기는 구석이 없었다. 그 이유의 하나로는 뻐기려 해도 상대가 없었던 것이다. 경감은 본부에서 기분이 잔뜩 나빠 가지고 다른 사건과 씨름을 하고 있었고, 쥬너는 어느 영화관 한구석에서 주인공의 파란만장한 운명에 열중하고 있을 것이었다. 그리고 또 엘러리는 자기 자신에 대해서는 생각하고 있지 않았기 때문에 뻐길 겨를도 없었다.

그리고 또 이상하게도 엘러리는 이따금 천장을 쳐다보던 눈을 조금 내리고 난로 위에 걸려 있는 장검을 찬찬히 바라보곤 했다. 그 검은 아버지의 먼 옛날의 기념품이었다. 하이델베르크의 학생 시절로 거슬러 올라가는 것으로서, 독일 친구가 경감에게 선사한 것이었다. 분명히 그 검은 지금 손대고 있는 사건과는 아무 관계도 없었다. 그런데도 엘러리는 오랫동안 열심히 그것을 바라보고 있었다. 하긴 솔직하게 말하자면 엘러리의 눈에는 그 검이 넓적한 날을 가진 흉악한 임피족의 무서운 창 모양으로 모습이 바뀌어 보이고 있었던 것이다.

그러는 동안 관찰의 시간이 지나갔다. 엘러리는 다시 깊숙하게 의자에 몸을 묻고 , 몸에서 이탈된 생각에 스스로의 몸을 고스란히 맡겼다.

오후 4시, 엘러리는 한숨을 쉬고 몸을 일으키자 의자를 밀고 일어서서 또 하나의 담배꽁초를 난로 속에 집어던지고 전화 있는 데로 갔다.

"아버지세요?" 엘러리는 경감이 대답을 하자 목쉰 소리로 말했다. "엘러리예요. 한 가지 부탁이 있습니다만……"

"어디냐, 거기가." 경감이 물어뜯을 것처럼 말했다.

"집이에요, 전……"

"대체 뭘 하고 있는 거냐?"

"생각을 하고 있지요, 실은……"

"생각을 하다니 또 무슨 생각이냐. 네 머릿속에서는 깨끗이 해결이 된 줄 알았는데." 경감은 좀 못마땅한 듯한 어조로 말했다.

"글쎄, 아버지." 엘러리는 풀이 죽은 듯한 목소리를 냈다. "너무 그러지 마세요. 전 아버지를 불쾌하게 해드릴 생각은 조금도 없었어요. 아버지는 정말 신경이 너무 날카로우세요. 전 정말로 일을 하고 있었던 거예요. 별다른 이상은 없습니까? 그건 그렇고……."

"경기 좋은 이야기는 아무것도 없다. 그래서 뭐냐. 여기는 바빠. 45번 거리에서 부랑자가 총을 맞아 난 지금 몹시 바빠."

엘러리는 곰곰 생각하면서 난로 위의 벽을 노려보고 있었다.

"아버지, 혹시 믿을 만한 영국 의상 전문가를 모르십니까? 비밀스러운 일을 부탁할 수 있는 입이 무거운 사람을요."

"의상이라고……그건 해서 뭘 하려고?"

"정의를 위한 실험입니다. 어떠세요, 아십니까?"

"한 사람쯤은 찾아볼 수 있겠지." 경감은 기분이 언짢은 듯이 말했다. "넌 또 실험이냐. 49번 거리의 조니 로젠츠와이그에 한 번 일을 부탁한 적이 있다. 그 사람 같으면 믿을 수 있겠지. 어떤 일이냐?"

"인형이 하나 필요해요."

"뭐라고!"

"인형 말이에요. 살아 있는 사람이 아닙니다." 엘러리는 재미있는 듯이 웃었다. "셔츠에다 속을 채운 말 못하는 것으로 충분합니다. 이거 말이 너무 많아졌군요. 아버지가 아시는 그 로렌츠와이그에게 부탁해서 지난번에 살해된 자와 대충 같은 크기와 키의 인형을 하나 만들도록 해주세요."

"그 말을 들으니 점점 더 네 머리가 이상해졌다는 것을 알겠구나." 경감은 불만스러운 듯이 말했다. "틀림없이 그게 사건과 관계가 있는 거냐. 아니면 엉뚱한 억지 미스터리소설의 복안이라도 세우고 있는 게 아니냐? 만일 그렇다면 엘, 난 지금 바빠서 그런 걸 돌봐 줄 여지가 없다……."

"아닙니다. 이제 머지않아 뉴욕의 정의를 높은 곳으로 끌어올릴 징

검돌이 될 것을 보증합니다. 그 사람에게 곧 일을 부탁할 수 있겠습니까?”

“있겠지. 죽은 자의 몸 크기와 같은 키의 인형이면 되느냐?” 노인의 목소리는 놀리는 것 같았다. “그밖에 주문할 건 없니. 의치 같은 건 어떠냐. 아니면 코를 높인다든가.”

“아니에요, 진지한 이야기에요. 실은 그밖에도 주문이 있는데 말입니다, 죽은 자의 몸무게는 알고 계시지요?”

“물론이지. 플라우티 선생의 보고서에 다 기록되어 있어.”

“그거 다행입니다. 전체의 무게를 피해자의 몸무게와 같게 해주세요. 꼼꼼하게 하도록 해주셔야 합니다. 손발과 몸통과 머리 무게를 대충 실물과 같게 할 수 있는지 물어 봐주세요. 특히 머리 무게를요. 그것이 제일 긴요한 점입니다. 될 것 같습니까?”

“되겠지. 무게에 대해서는 플라우티에게 거들게 할 필요가 있겠다만.”

“그리고 인형을 자유로이 움직일 수 있게 해 달라고 단단히 일러주세요.”

“그게 무슨 뜻이지?”

“딱딱한 외막대기로 되어 있어서는 곤란해요. 무게를 다는 데는 무엇을 쓰든——쇠든 납이든 간에 말입니다——머리에서 발끝까지 어느 한 군데서 무게를 달아서는 안됩니다. 발, 다리, 몸통, 팔, 머리 하는 식으로 따로따로 무게를 달도록 해주세요. 그렇게 하면 인형의 각 부분은 죽은 자의 몸 각 부분과 사실상 똑같이 만든 것이 됩니다. 그것이 중요한 점입니다, 아버지.”

“철사나 뭘 가지고 잘 연결할 수 있겠지.” 경감이 중얼거렸다. “마음대로 구부릴 수 있도록. 그밖에 주문은 없느냐?”

엘러리는 아랫입술을 지그시 깨물었다.

"그렇군요. 인형에다 죽은 자의 옷을 입혀 주세요. 그 점이 제 연극의 요점입니다."

"반대로 말이냐?"

"물론 그렇습니다. 인형은 그 땅딸보의 시체와 똑같아야 하니까요."

"애야," 하고 경감은 내뱉듯이 말했다. "너 설마하니 용의자를 데려와 그 시체 앞에서 시체가 되살아나는 것처럼 해 보이는 그 케케묵은 심리학적 요술을 하려는 건 아니겠지. 당치도 않아, 엘, 그런 것은……."

"무슨……" 엘러리는 한심한 듯이 말했다. "그런 말씀을 하십니까. 아버지는 제 정신능력을 정말 그렇게 낮게 보고 계십니까. 물론 전 그런 생각은 조금도 없어요. 친애하는 아버님께 드리는 말씀입니다만, 이것은 과학에 그 바탕을 둔 실험입니다. 엉터리 요술이 아니에요. 아까 연극이라고 말한 것은 명목이에요, 아시겠습니까?"

"난 도무지 네가 무슨 소리를 하고 있는지 모르겠다. 그러나 아무튼 네 말이 옳다고 해두자. 그래, 물건은 어디로 가져가야 하니."

"이리로, 집으로 보내 주세요. 손질해야 할 것이 있으니까요."

경감은 한숨을 쉬었다.

"알았다, 알았어. 그런데 네가 생각해낸 일로 보건대, 아마 넌 머리가 좀 이상해져 버린 것 같구나, 하하하."

그는 한심하다는 듯이 입속 웃음을 웃고는 수화기를 놓았다. 엘러리도 웃으며 기지개를 켜고 하품을 하면서 침실로 들어가 침대에 드러눕자 1분도 안 되어서 잠이 들어 버렸다.

인형은 그날 밤 9시 반에 벨리 부장이 가지고 왔다.

"어이쿠!" 엘러리는 길고 묵직한 궤짝 끝을 잡으면서 소리쳤다.

“이거 굉장히 무거운데요, 안에 뭐가 들었습니까, 묘석입니까?”

“그게 말이오, 경감님의 말씀으로는 그 시체와 같은 무게라던데요, 퀸 씨” 하고 부장은 말했다. “이제 자네는 됐네.” 부장은 궤짝 운반을 돕던 사나이에게 턱짓을 해보였다. 사나이가 모자에 손을 슬쩍 대고 나가자 부장이 말했다. “어디 꺼내 볼까요.”

두 사람은 작업을 개시하여 쥬너가 잔뜩 겁을 먹고 있는 앞에서 뭔지 사람의 형태 같은 것을 끄집어냈다. 그것은 이집트의 미라처럼 갈색 종이에 싸여 있었다. 엘러리는 포장지를 벗기자 깜짝 놀라 숨을 들이마셨다. 인형은 엘러리의 팔에서 미끄러져, 각 부분마다 차례로 축 늘어지며 꼭 진짜 시체처럼 거실 카펫 위에 털썩 쓰러졌다.

“야아, 이건 바로 그 친구와 똑같은데.”

그들을 올려다보며 웃고 있는 것은 그 땅딸보의 번질번질한 얼굴이었다.

“종이로 바른 건데 말입니다.”

부장은 인형을 자랑스레 바라보며 감탄한 듯이 말했다.

“그 로렌츠와이그라는 사람의 솜씨가 여간 아닌데요. 사진을 보며 이 얼굴을 만들었는데, 페인트와 솔을 가지고 이렇게 기막힌 걸 만들었으니 말입니다. 이 머리를 보십시오.”

“보고 있소.” 엘러리는 황홀해서 넋이 빠진 채 중얼거렸다. 부장의 말마따나 완전한 예술 작품이었다. 희끗희끗한 머리털이 테두리진 핑크빛 대머리는 실물과 똑같았다. 놋쇠 부지깽이로 얻어맞은 거무스름하게 움푹 들어간 곳까지 있고, 또 피가 젤리처럼 사방으로 흘러 말라붙어 있었다.

“아니.” 쥬너가 가느다란 목을 빼고 속삭였다. “바지가 거꾸로 입혀져 있어요. 그리고 윗옷도 모두.”

“완전히 주문대로 됐군. 이걸로 됐어.” 엘러리는 깊숙이 숨을 내쉬었다. "로렌츠와이그에게 경의를 표해야겠는걸. 난 확실히 그 천재에게 신세를 지게 됐군. 내 목적에 이 이상 알맞은 인형은 도저히 못 만들 거야. 어디 세워 보기로 할까……."

"그자들을 위협하려는 겁니까?"

벨리가 몸을 구부리고 인형의 어깨를 들면서 신음하듯이 말했다.

"아니, 그렇지 않아요, 부장. 그런 난삽한 짓은 안 해요. 침실문 옆에 있는 저 의자에 앉혀 주십시오. 맞아요, 거기. 됐습니다…… 그런데 부장."

엘러리는 약간 얼굴을 붉히고 몸을 일으키더니 거한의 날카로운 눈을 지그시 응시했다. 부장은 턱을 문지르며 뭔지 모르게 경계를 하고 있는 것 같았다.

"무슨 부탁이 있는 모양이지요?" 하고 부장은 질문하는 것처럼 말했다. "아무에게도 알리지 말아 달라는……."

"바로 그렇습니다. 그리고 말입니다……."

"경감에게도 알리고 싶지 않다는 말이겠지요."

"그야," 엘러리는 쾌활하게 말했다. "구태여 놀라시게 할 건 없지 않겠습니까. 그 어른은 인생에 대해 재미를 못 느끼시는 분이에요, 부장."

엘러리는 거인의 팔을 잡고 대기실로 데리고 갔다. 쥬너는 약간 기분이 언짢아져서 부엌으로 가 귀를 곤두세우고 있었다. 엘러리가 나직이 열심히 이야기하는 소리가 들리고, 그 중간에 한 번 부장의 입에서 산이라도 폭발하는 듯한 깜짝 놀라는 소리가 새어 나왔다. 부장은 기가 차서 얼떨떨해 있는 것 같았다. 그리고 바깥문 소리가 쾅 울리고 나자 엘러리가 싱글벙글 손을 비비면서 되돌아왔다.

"쥬너."

엘러리의 입에서 자기의 이름이 튀어나오기도 전에 쥬너는 벌써 엘러리 곁에 서서 숨을 헐떡거리며 충전기처럼 긴장하고 있었다.

"뭘 하시려고요?"

"우리 베이커 거리 분대의 요리사 우두머리로군" 하고 엘러리는 인형의 웃는 얼굴을 골똘히 바라보며 말했다. "너를 말이다, 지금부터 특별 실험소의 조수로 임명하겠다. 여기는 너와 나 단둘뿐이야. 엿보는 사람도 없고 엿듣는 사람도 없어⋯⋯." 엘러리는 준엄한 눈으로 쥬너를 응시했다. "넌 오늘 밤에 우리들 사이에서 있었던 일이 앞으로 영원히 비밀이라는 것을 로마니(집시)의 신사로서 맹세할 수 있느냐? 혈서를 쓰는 거나 마찬가지야. 가슴 위에 성호를 긋고 죽어도 말하지 않겠다는 것을 맹세하겠니?"

쥬너는 부리나케 가슴 위에 성호를 긋고 죽어도 말하지 않겠다고 맹세했다.

"됐어, 그럼." 엘러리는 엄지손가락을 깨물고 있었다. "광에서 작은 깔개를 가져와."

"깔개 말입니까?" 쥬너는 눈이 둥그레졌다. "알았습니다."

그는 곧 달려 나가 부랴부랴 깔개를 가지고 돌아왔다.

"다음은," 엘러리는 이렇게 말하면서 방을 가로질러 가서 난로 위의 벽을 쳐다보았다. "발판이야."

쥬너는 발판을 가지고 왔다. 엘러리는 그것을 딛고 올라서서 신성한 제전을 거행하는 고승처럼 엄숙하게 위의를 갖추고 벽 가로대에서 먼지투성이 장검을 떼어내었다. 그것을 말아 놓은 깔개 옆에다 놓자 입속 웃음을 웃으면서 두 손바닥을 비볐다.

"일이 착착 진행되어 가는군, 쥬너. 끝으로 심부름을 갔다 오너라."

"심부름요?"

"그래, 심부름이야. 도련님의 사절 의상을 입게나, 조수."

쥬너는 잠시 미간을 모으더니 히쭉 웃으며 안으로 들어가 모자와 외투를 들고 다시 나타났다.

"어디로 가는 겁니까?"

"세인트 니콜라이 거리에 있는 잡화점이야. 그 거창한 만물상점 말이다."

"알겠습니다."

엘러리는 돈을 주었다.

"조수, 그 가게에 있는 모든 종류의 끈들을 조금씩 다 사 가지고 와."

"네."

그리고 엘러리는 미간을 모으면서 덧붙였다.

"가늘고 연한 철사도 조금 사 가지고 와야겠어. 진리를 모셔 놓은 성반(聖盤)의 탐구에 아무것도 빠지는 게 있어서는 안되니까 말이야, 알았나?"

쥬너는 뛰어나갔다.

"잠깐만, 새 비도 한 자루 사 오는 게 좋을 것 같군."

"무얼 하시려고요."

"진부한 말일는지는 모르나 비라는 것은 먼지를 깨끗이 쓸어 내는 물건이야. 이렇게 말하면 사실을 조금 왜곡시키는 게 될는지는 모르겠다만. 아무튼 그렇게만 알고 내 심부름이나 해다오."

"비는 새것이 있는데요." 쥬너는 완강하게 머리를 흔들었다.

"하나가 더 필요해서 그러는 거야. 그리고 우리 집에 톱은 있겠지, 쥬너?"

"광의 연장 궤짝 속에 있습니다요."

"멋지군! 검(劍)이 실패하면 빗자루가 대신 해결하겠지. 그럼 이 사랑스러운 몸이 출동하셔야겠지. 과학은 그대의 늠름한 근육에 기대하는 바 크도다!"

쥬너는 그 조그마한 입을 꽉 다물고 앙상한 가슴을 펴며 방에서 뛰쳐나갔다. 엘러리는 앉아서 두 다리를 뻗었다. 그러고 있는데 쥬너가 또다시 머리를 불쑥 디밀며 "제가 돌아오기 전에는 아무것도 안하시는 거지요, 네, 엘 씨?" 하고 걱정스러운 듯이 물었다.

"무슨 소릴 하는 거야, 쥬너."

엘러리가 나무라는 듯한 목소리로 말했다.

쥬너는 재빨리 나갔다. 엘러리는 의자 등에 기대어 눈을 감고 큰 소리로 껄껄 웃었다.

11시 15분, 퀸 경감이 잔뜩 피로해서 터덜터덜 아파트로 돌아와 보니, 쥬너와 엘러리는 난로 앞에서 흥분한 듯이 뭔가 줄곧 이야기를 주고받고 있었다. 그 이야기는 경감이 들어가자 딱 멎어 버렸다. 인형은 관 속에 넣어 방 복판에 놓아두었다. 깔개며 여러 종류의 끈이며 비 같은 것은 흔적도 없었다. 장검도 난로 위의 제자리에 돌아가 있었다.

"너희들은 뭘 그렇게 쑤군거리고 있는 거냐." 노인은 모자와 외투를 집어던지고 난로 앞에 와서 손을 비비며 불만스러운 듯이 말했다.

"저희들은 드디어…….." 쥬너가 말하려 하자 엘러리는 손으로 그 입을 막아 버렸다.

"이것 봐, 조수." 엘러리는 엄격하게 말했다. "그것이 신성한 맹세를 지키는 네 태도냐? 아버지, 삼가 보고드립니다만 전——아니, 저희들은 보고드립니다만——성공이었습니다. 완전무결하고도 최종적입니다."

"허어, 그래?" 하고 경감은 통명스럽게 말했다.

"아버지께서는 별로 의기충전하신 것 같지 않으시군요."

"피곤해서 죽을 지경이다. "

"그렇다면 실례했습니다. "

잠시 침묵이 흘렀다. 쥬너가 분위기를 눈치채고 슬그머니 자기 잠자리로 달아나자 엘러리가 입을 열었다.

"하지만 제가 말씀드리는 건 정말입니다. "

"거 잘 됐구나. " 경감은 신음 소리를 내면서 앉았다. 그리고 방 복판에 있는 관 같은 궤짝을 곁눈질로 한참 보았다. "인형이 온 모양이구나. "

"네, 왔습니다. 정말 고마웠습니다. "

또 침묵이 이어졌다. 엘러리는 기분이 우울해진 것 같았다. 일어나 난로 곁으로 가서 초조한 듯이 그 위에 얹혀 있는 쇠로 된 촛대 하나를 만지고 있었다.

"45번 거리의 부상자는 어떻게 되었습니까? "

"복부에 총을 맞아서 말이야. " 경감은 대수롭지 않은 듯이 말했다. "그러나 괜찮아. 총을 쏜 놈은 잡았지. 전의 그 코카인 중독자인 주정뱅이 맥과이어라는 녀석이야. 이것으로 한 인간의 화려한 생애는 끝장이 난 거지. "

그리고 또 침묵.

"아버지는 아무것도 물으려 하지 않으시는군요. " 엘러리는 마침내 하소연하듯이 말했다. "퀸 집안의 용어로 말해서 성공이 어떤 의미를 가지고 있는지를. "

"나도 생각은 했다. 너의 무언의 수업이 끝나면 내가 묻지 않아도 말을 할 것이라고 말이야. " 경감은 코담뱃갑에 손을 집어넣으면서 귀찮은 듯이 말했다.

"해결이 났습니다. "

"반갑구나. "

"이제는 그 사건의 모든 경위를 알고 있습니다. 주요한 사항은 모두요. 그 땅딸보의 이름만 빼고 말입니다. 이름은 중요치가 않아요. 하지만 누가 죽였는가, 왜 죽었는가, 어떻게 해서 처치했는가. 특히 중요한 것은 어떻게 해서 처치했는가. 모두 제 머릿속에서 해결되었습니다."

경감은 아무 말도 하지 않았다. 자그마한 두 손을 뒤통수에다 깍지 끼고 우울한 듯이 불을 바라보고 있었다. 엘러리는 갑자기 싱글벙글하며 의자를 난로 곁으로 끌고 가서 앉았다. 그리고 몸을 앞으로 내밀고는 아버지의 무릎을 툭 쳤다.

"아버지." 엘러리는 입속 웃음을 웃었다. "기분을 돌리세요, 아버지도 연극을 하고 있다는 걸 아시면서 그러세요. 저도 확신이 선 이상 아버지에게 이야기하고 싶어요. 아니면 듣고 싶지 않으시다고……"

"너 좋도록 하려무나."

경감은 완고하게 말했다. 그러나 엘러리는 두 손을 무릎 사이에 놓고 몸을 꼬부리고서 이야기하기 시작했다. 약 1시간 가량이나 이야기를 했다. 그동안 내내 퀸 경감은 꼼짝도 하지 않고 불꽃을 바라보며, 새 같은 얼굴로 미간에 주름을 잔뜩 모으고 긴장하고 있었다.

그러다가 갑자기 온 얼굴에 웃음을 담고 소리쳤다.

"그렇구나, 나는 이중삼중의 바보였군 그래."

반대성에 대한 설명

　엘러리 퀸은 그 여러 방면의 경험을 통하여 자기 거실에서 큰 실험을 행한 다음날 아침만큼 신중하게 무대 장치를 꾸민 적은 없었다. 그리고 이번에는 퀸 경감도 함께였던 것이다.

　두 사람은 무엇 때문에 준비를 하는 데 이토록 철저한 신중을 기하며 애를 쓸 필요가 있는지, 아무에게도 굳이 설명을 하려 하지 않았다. 그리고 그 까닭을 설명할 수 있을 성싶은 유일한 다른 인물도 그 자리에 없었다. 벨리 부장은 아주 착실한 사람인데도 어디론지 자취를 감추고 없었다. 그리고 이것 역시 지금까지 예가 없었던 일로서, 퀸 경감은 부장이 종적을 감추고 없는데도 예사롭게 여기고 있었다.

　일은 시작이 되자 매우 순조롭게 진행되어 갔다. 이른 아침, 엄격한 얼굴을 한 본부 형사가 한 사람씩 사건에 관계되는 사람을 각각 찾아가서 그 뒤부터 쭉 무료 봉사의 호위 역을 맡았다. 설명도 없고 이유도 없었다. "퀸 경감님으로부터의 명령입니다" 라는 짤막한 말 말고는, 어느 형사나 침묵을 지키고 있었다.

　그러는 동안 10시가 되자 도널드 커크 사무실의 대기실——범죄의 현장——은 호기심에 찬 표정이라기보다도 오히려 겁을 먹고 있다는 편이 좋은 사람들로 차기 시작했다. 휴 커크 박사는 기분이 잔뜩 언짢아서 헤이그스트롬 형사의 감시 아래 겁먹은 디바시 양이 미는 휠체어를 타고 대기실로 들어섰다. 도널드 커크와 누이동생 마셀라는 리터 형사가 호위를 하며 따라 들어왔다. 템플 양은 새빨갛게 되어 가지고 헤스 형사와 함께 들어왔다. 글렌 맥그완은 화는 났지만 아무 말없이 존슨 형사의 앞장을 서 성큼성큼 들어왔다. 펠릭스 번은 피고트 형사의 성화같은 독촉에 못 이겨 일찍 도착한 편인데, 보기에 피고트 형사는 그 임무가 싫은 눈치였다. 퀸 경감은 몸소 아일린 시웰의 시중을 들었다. 오스본은 근골이 늠름한 경관 한 사람에게 독촉받으며 대기실로 들어섰다. 챈들러의 지배인 나이, 눈썹이 검은 호텔의 전속 탐정 블래머도 정중하기는 하나 엄중한 호위 아래 참가하고 있었다. 22층 안내 담당인 시엔 부인, 커크네의 시중꾼 겸 집사인 허벨도 역시 마찬가지였다.

사람들이 모두 모이자 엘러리 퀸은 위세 좋게 문을 닫고, 말없이 앉아 있는 사람들에게 웃는 얼굴을 보이고서 벽 쪽에 늘어서 있는 형사들에게 직업적인 눈길을 던진 다음 퀸 경감에게 고개를 끄덕여 보였다. 경감은 복도로 통하는 문 앞에 말없이 서 있다가 방 한복판으로 걸어 나왔다.

창문을 통하여 흐릿하니 우울한 하늘로부터 희끄무레한 아침빛이 흘러들고 있었다. 뚜껑이 꽉 닫히지 않는 관 같은 궤짝이 모두들의 앞에 놓여 있었다. 어딘지 석관을 연상케 하는 이 궤짝의 내용물에 대해서는 아무도 모르고 있었다. 의아한 듯한 불안한 눈길들이 줄곧 그것에 던져지고 있었다.

"여러분!" 엘러리 퀸이 깨끗하게 닦은 한쪽 구두를 궤짝에다 걸치면서 말했다. "여러분께서는 모두 오늘 아침의 조그마한 화합의 기묘한 성질에 대해 분명 의아심을 품고 계시리라 믿습니다. 저는 여러분께서 의아심을 품고 계시도록 내버려 둘 생각은 없습니다. 우리가 오늘 이렇게 모이게 된 것은 며칠 전에 이 방에서 죽음을 당한 사람의 살인범에 대한 정체를 밝히기 위해서입니다.”

모두들 몸을 꼿꼿이 하고 앉아서 어리둥절한 공포의 표정으로 엘러리를 지켜보고 있었다. 그러다가 디바시 양이 속삭이듯이 말했다.

“그러면, 알고 계시나요?” 여기까지 말하고 나자 간호사는 입술을 깨물고 어쩔 줄 몰라 하며 얼굴을 붉혔다.

“잠자코 있어.” 커크 박사가 버럭 소리를 질렀다. “그렇다면 퀸, 이건 자네가 탐닉하고 있다는 그 소문난 범죄 수사의 터무니없는 발표회란 말인가? 말해 두지만, 나는……. ”

“아무쪼록 한 번에 한 분씩 말씀해 주십시오.” 엘러리는 웃었다.

“그렇습니다. 커크 박사님, 바로 말씀하신 대로의 의도를 가진 것입니다. 즉 논리의 절대성을 실지로 증명하려는 것이지요. 정신이 물질의 상위에 있다는 것을, 단련된 두뇌가 궁극의 승자임을 말씀입니다. 그리고 디바시 양, 당신이 하신 질문입니다만, 우리는 두서너 가지 흥미 있는 여러 점을 검토해서 그것이 어떤 결과에 이르는가를 보기로 하십시다.” 엘러리는 손을 들었다. “아닙니다, 질문은 제발 그만둬 주십시오. 아아, 그렇지, 시작하기 전에 한 말씀 올리겠습니다. 시간과 두뇌의 수고를 덜기 위해서 그 땅딸보 시체의 살인범에게 한 발 앞으로 나와 달라고 요구한다는 것은, 아마 말해 봐야 헛일이겠지요?”

엘러리는 모두들을 엄숙하게 둘러보았다. 그러나 아무도 대답하지 않았다.

“좋습니다.” 엘러리는 단호한 어조로 말했다. “그럼, 시작하지요……. ” 엘러리는 담배에 불을 붙이고 눈을 반쯤 감았다. “이번 사건의 난점은 범죄 현장의 모든 물건이, 피해자의 옷까지 포함해서 전부 거꾸로 되어 있었다는 참으로 놀라운 사실입니다. 저는 '참으로 놀라운'이라고 말씀드립니다. 이와 같은 현상의 관찰과 판단에는 늘 익숙해 있는 저까지도 이번 일에는 솔직히 말해서 놀랐던 것입니다. 굳이 말씀드리자면 그 반대적인 일을 착안해서 실행한 범인 자신도 그것이 얼마나 놀라운 양상을 띨 것인지, 거기까지는 생각이 미치지 못했으리라고 생각합니다.

일단 충격이 가신 뒤 저는 여러 가지 사실이라기보다도 그 사실의 분석에 대한 착수를 하였습니다. 제 경험이 가르치는 바에 의하면 범죄인이란 그 어떤 목적이 없이는 적극적으로——이렇게 말씀드리는 것은 무의식적인 행동에 대비한 뜻입니다. 무슨 일을 한다는 것은 좀처럼 없는 일입니다. 그런데 이번의 반대적인 일은 적극적이고 의식적인 행위입니다. 힘든 일이므로 그것을 해내려면 귀중한 시간을 소비하지 않으면 안됩니다. 따라서 저는 언젠가 이 배후에는 이유가 있다, 겉에 나타난 형태는 아무리 미친 짓으로 보일지라도 그 목적만은 적어도 올바른 정신이었을 것이라고 말씀드렸는데, 그 말이 맞았던 것입니다."

모두들은 숨이 답답할 정도로 주의력을 집중해서 듣고 있었다.

"바른 대로 말씀드리자면," 하고 엘러리는 말을 계속했다. "저도 어제까지는 그 목적에 대한 짐작을 못하고 있었습니다. 저는 절망적인 상태에서 끈기를 가지고 그것을 두뇌적으로 추구하였습니다만 무엇 때문에 모든 것을 거꾸로 하였는지 도무지 알 수가 없었습니다. 물론 저는 이 범죄의 반대성은 사건에 관계되는 누군가에 대해 어떤 반대적인 점이 있음을 가리키고 있는 것이라고 짐작했습니다. 그것이 유일하게 가능한 수사의 길이라고 생각되더군요. 그런데도 저는 언어학과 우표 수집과 착잡하기 짝이 없는 전문 술어의 암초에 걸려 꼼짝

못하게 되어 이 수수께끼 모두를 포기해 버릴까 하는 생각도 여러 번 했었습니다. 온갖 종류의 어려운 의문이 있어서 일일이 그것에 해답을 주어야만 했으니까요. 모든 것이 반대로 되어 있는 사실이 어떤 자에 대한 반대적인 성질을 가리키는 것이라고 한다면, 그 어떤 자인가는 사건에 범죄적인 관련을 가지고 있을 것이 틀림없다, 그렇다면 반대적인 성질의 정체는 무엇일까, 대체 누구를 범죄의 연루자로 만들려고 하였던 것일까, 그리고 또 중요한 것은 대체 누가 모든 것을 반대로 해 놓았을까 하는 것입니다. 과연 누구를 가리키고 있는 것인가.”

엘러리는 재미나다는 듯이 작게 웃었다.

“여러분께서도 어리둥절해 하시는 것 같군요. 어리둥절해 하시는 것도 무리가 아닙니다. 저는 많은 단서를 발견했습니다. 그것은 분명히 실마리의 역할은 해주었습니다만, 불행히도 더듬어 나간 끝은 혼미하여 문제의 명쾌한 해결은 아니었던 것이지요. 그 반대적인 짓을 한 것이 누구냐 하는 문제에 대해서는 범인 자신이었을까, 아니면 우연하게도 살인을 목격한 누구였을까 하는 의문이 생깁니다. 그러나 범인이 어떤 다른 사람을 가리키려 하였다고 한다면 그 다른 사람은 억울한 죄를 뒤집어쓰게 됩니다. 특히 그것은 사람을 함정에 빠뜨리는 착상으로서는 참으로 어리석기 짝이 없고 요령부득이며 막연해서 도무지 이해가 안 갑니다. 범죄를 목격한 누군가가 모든 것을 반대로 해 놓았다고 한다면, 어째서 그 목격자는 알고 있는 것을 바른 대로 신고하지 않고 그 복잡하고 번거로운 방법으로 범인의 신분에 대한 단서를 남겼던 것일까. 여러분께서도 제 앞에 막아선 벽이 어떤 것이었는지 아시리라고 믿습니다. 어디를 보나 어둠이었던 것이지요. 그런데 그러는 동안,” 엘러리는 목소리를 낮추었다. “저는 그것이 얼마나 간단한 일이었는지, 얼마나 쉽사리 길을 잃었었는지를 깨달은 것입니다. 저는 실수를 하고 있었던 것입니다. 사실을 잘못 보고 있었던 것이지요. 제 논리가 불완전하였던 것입니다. 반대성에는 한 가지가 아니라 대략 두 가지 설명이 있다는 놀라운 사실에 생각이 미치지 못했던 것입니다."

"그런 키케로(로마의 웅변가·정치가·철학자)식 대연설은 난 도무지 못 알아듣겠는걸." 갑자기 펠릭스 번이 불쑥 말했다. "거기에는 본질적으로 무슨 무슨 비밀종교의 교리가 들어 있는 건가요, 아니면 당신은 자신이 무슨 말을 하고 있는지 알고서 하는 건가요?"

"맨덜린 출판사의 신사 양반," 하고 엘러리는 말했다. "제발 예의 범절을 지키시고 정숙하여 주십시오. 이제 곧 아시게 됩니다, 번 씨……그런데 저는 깊이 생각한 결과 이 수수께끼에는 두 가지 가능한 해답이 있다는 것을 발견했습니다. 그 하나는 이미 말씀드린 바대로, 모든 것을 반대로 해 놓은 것은 사건에 관계가 있는 어떤 사람에 대해 무슨 반대성이 있음을 가리키기 위해서라는 해석입니다. 그리고 제가 빠뜨리고 있었던 또 한 가지 해석은," 하고 엘러리는 엉거주춤한 자세가 되어 말을 이었다. "모든 것을 반대로 해 놓은 것은, 사건에 관계가 있는 누군가에 대해 어떤 반대성이 있다는 것을 감추기 위해서였다는 데에 있습니다."

엘러리는 잠시 말을 멈추고 새 담배에 불을 붙였다. 두 손으로 성냥불을 가리면서 모두들의 얼굴을 찬찬히 둘러보고 있었다. 그러나 그 눈에 비친 것은 어리둥절해 하는 얼굴뿐이었다.

"아무래도 덧붙여서 설명할 필요가 있을 것 같군요." 엘러리는 담배 연기를 뿜어 올리면서 느릿한 어조로 말했다. "첫째의 가능성은 범죄로부터 멀어지는 것이고, 둘째의 가능성은 범죄로 인도하는 것입니다. 첫째의 가능성은 폭로를 의미하고, 둘째는 은폐를 의미합니다. 아마 이렇게 질문하면 더 뚜렷하게 아시겠지요. 시체나 범죄 현장의 모든 것을 반대로 함으로써 숨기려고 마음먹은 대상을 대체 누구라고 생각할 수 있을까요, 사건에 관계되는 누구에 대한 무엇을 숨기고 속이려 했다고 생각할 수 있을까요?"

"글쎄요, 시체가 입고 있는 것을 모조리 거꾸로 입혀 놓았다고 한다면," 하고 템플 양이 용기를 내어 나직한 소리로 말했다. "그것은 피해자에 대해 뭔가를 숨기려 한 것이라고 전 생각해요."

"훌륭합니다, 템플 양. 정곡을 찌르셨습니다. 이 사건에는 모든 것을 반대로 함으로써 은폐의 효과를 올릴 수 있는 것은 단 한 사람밖에 없습니다. 바꾸어 말한다면 범인, 혹은 공범자가 있으면 그 공범자, 혹은 범죄의 목격자가 있었다고 한다면 그 목격자에 대해 반대적인 성질을 찾는 대신 피해자에 대해 반대적인 성질을 찾을 필요가 있는 것입니다."

"당신이 점잔을 빼며 그렇게 말을 하니 이치는 맞는 것 같습니다만," 하고 번이 말했다. "내가 알 수 없는 것은……."

"호메로스의 말처럼," 엘러리는 중얼거리듯이 말했다. "'나에게 맡겨 두라. 그러면 아셔크스도 거듭 묻지를 않을 것이다'입니다. 고전학자에게는 고전이라 이 말씀이오, 번 씨…… 그런데 여기서 당연히 생기는 의문은 피해자를 중심으로 하나는 반대성의 특질이란 무얼까 하는 것입니다. 문자대로 피해자가 몸에 걸치고 있던 무슨 반대적인 옷일까요? 그렇습니다. 우리의 정리에서 출발을 한다면 범인이 숨기고 속이고 은폐하고자 한 것은 피해자가 몸에 걸치고 있던 어떤 반대적인 옷입니다. 이것은 즉 피해자가 뭔가 한 가지 반대적인 것을 몸에 걸치고 있었다고 한다면, 범인은 피해자가 걸치고 있던 다른 모든 것을 반대로 해 놓음으로써 그 한 가지의 반대성을 숨길 수 있다는 것이 됩니다. 피해자가 처음부터 입고 있던 반대적인 것이 무엇이었던가를 식별하기가 매우 곤란해지는 것입니다."

깜짝 놀란 표정이 눈에 떠오르더니 번은 지그시 입술을 깨물며 자리에 앉았다. 그리고 나서는 이제까지와 달리 어딘지 납득이 안 간다는 태도로 엘러리를 찬찬히 바라보고 있었다.

"일단 이 추리의 단서에 도달하자," 엘러리는 사뭇 우습다는 표정을 띠면서 말을 이었다. "저는 마침내 단단한 지반 위에 섰다는 것을 알았습니다. 추구해야 할 무엇인가를……다시없는 구체적인 것을, 확고한 실마리를 잡았기 때문입니다. 그리하여 그때까지의 모든 것이 곧 납득이 되고 안개는 마술처럼 사라져 없어졌습니다. 그도 그럴 것이 만약 피해자의 몸에 처음부터 거꾸로 보이게 하는 어떤 성질의 물건이 붙어 있었다고 가정하면, 진실을 은폐하려고 범인이 의도적으로 사물이 거꾸로 보이도록 손을 썼다는 말이 되기 때문입니다. 그렇게 생각해보니 해답도 금방 나왔습니다. 바로 정답이었던 셈이지요."

"단서가 말인가요." 맥그완이 나직한 목소리로 말했다.

"나도 시체를 보았지만……" 하고 도널드 커크가 의아한 듯이 말을 끄집어내기 시작했다.

"여러분, 시간이 아깝습니다. 그 증거가 될만한 자취, 그 단서가 무엇이었을까요? 그의 시체에도 범죄 현장에도 넥타이가 없었다는 사실입니다."

비록 엘러리가 큰소리로 '아브라카다브라(서양 부적의 주문)'라고 외쳤다 할지라도 청중들의 얼굴에서 이처럼 당황하는, 아니 오히려 망연자실이라는 말이 맞을 표정을 일으키지는 못하였을 것이다.

"넥타이가 없었다고?" 도널드는 어리벙벙한 얼굴로 말했다. "하지만 어떻게 그것이……."

"우리들의 직감적인 추측으로서는," 하고 엘러리는 침착하게 말을 이었다. "피해자는 넥타이를 매고 있었으나, 범인이 넥타이로 해서 피해자의 신분이 판명되거나 단서가 잡히면 곤란하다는 생각에서 가지고 간 것이라고 생각하고 있었습니다. 하지만 이제 저는 넥타이가 없었다는 것을 분명하게 알았습니다. 피해자는 처음부터 넥타이를 매고 있지 않았던 것입니다. 기억하고 계시겠지만 피해자는 시엔 씨에게 말을 물었을 때도, 디바시 양 앞에서 오스본에게 말을 걸었을 때도, 목에 목도리를 두르고 있었습니다. 다시 말해 범인이 가져가려 해도 넥타이는 없었던 것입니다."

"하지만 그것은 아무리 좋게 보아도 독단적인 결론이네, 퀸. 하나의 이론이기는 하지만 반드시 진리라고는 할 수 없어." 커크 박사는 자기도 모르게 흥미가 생겨 이의를 내세웠다.

"아닙니다, 존경하는 박사님. 이 이론은 반대적인 조치가 무엇인가를 은폐하기 위해 사용되었다는 논의에서 필연적으로 나오는 것입니다. 하지만 지금까지 말씀드린 것만 가지고서는 아직 불만족스러우시리라는 것은 인정합니다. 다행히도 어떤 사실이 있어서 이 이론을 실증적으로 보증해 주고 있습니다." 엘러리는 캔버스 가방에 대한 이야기를 간략하게 말하고 그 속에 든 것을 열거했다. "그 속에는 피해자가 필요로 하는 모든 의류가——옷에서 신발까지 모두——있었습니다. 그런데도 지극히 흔한 장신구 하나만이 가방 속에 보이지 않았습니다. 그것은 넥타이입니다. 그래서 저는 넥타이가 없는 이유는 가방 임자가 평소에 넥타이를 매지 않는 사람이었음이 틀림없다고 생각했던 것입니다. 아셨겠지요?"

"흐음," 하고 커크 박사는 중얼거렸다. "훌륭한 보증이로군. 넥타이를 안 매는 사람이라고 한다면……."

"그 뒤는 어린아이 장난에 속하는 일이었지요." 엘러리는 담배를 내두르면서 어깨를 움찔했다. "저는 스스로에게 물어보았습니다. 여느 양복을 입고 넥타이를 매지 않는 사나이라고 한다면 어떤 종류의 사람일까 하고요."

"성직자예요." 마셀라가 저도 모르게 큰소리를 냈다. 그리고는 얼굴을 붉히고 앉아 버렸다.

"그렇습니다, 아가씨. 가톨릭의 신부입니다. 더 정확하게 말한다면 가톨릭의 신부이든가 에피스코팔(Episcopal) 교회의 성직자입니다. 그리고 그때 저는 다른 어떤 것을 생각해냈습니다. 피해자를 직접 보거나 피해자와 말을 한 세 사람의 증인이 하나같이 목소리에 특수한 울림이 있었다는 것을 알고 있습니다. 부드러운 기묘한 음질로서 착착 달라붙는 달콤한 어조였다는 것입니다. 그것만 가지고는 아무리 생각해도 단정적인 말은 할 수가 없고 또 그것 자체는 좋은 단서라고 할 수 없겠으나, 제가 생각해낸 신부라는 성격에는 꼭 들어맞습니다. 그리고 가방 속에는 낡아 빠진 생활 기도서와 신앙 안내서가 있었습니다. 그렇게 되자 저는 그 이상 의심을 하지 않았던 것입니다.

여기에 이르러서 저는 전체적인 반대 소행의 핵심을 잡았습니다. 넥타이의 실마리는 어떠한 반대 현상을, 즉 아무 관계없는 여러 가지 반대적인 것 속에 숨겨지고 묻혀 있는 어느 반대 현상을 지향하는 것일까? 이렇게 생각했을 때 마치 육체적인 매질을 당한 것처럼 제 머리에 문득 떠오른 것은, 가톨릭이나 에피스코팔 교회 성직자들은 칼라를 뒤로 돌려 달고 있다는 사실입니다. 바로 반대로 되어 있지요."

모두들은 누가 신호라도 한 것처럼 갑자기 생기를 되찾고 일제히 수군거리기 시작했다. 그러나 그 중에서 알아들을 수 있었던 것은 템플 양의 부드러운 목소리뿐이었다.

"퀸 씨, 뭔가 잘못돼 있었던 게 아닐까요? 그것이 보통 칼라가 아니었나 하는 말이에요. 범인은 시체의 칼라만 돌려놓으면 보통 사람들의 경우와 똑같이 할 수 있었을 게 아니겠어요?"

"대단히 지당하신 이의이십니다." 엘러리는 미소 지었다. "물론 저도 그 점을 생각했습니다만, 범인도 틀림없이 생각했을 겁니다. 말이 나온 김에 지적해 둡니다만, 넥타이 없는 피해자가 보나마나 살인범에게는 굉장한 놀라움이었을 것입니다. 이 사건에 관계 있는 사람들은 범인 자신을 포함해서 아무도 그 땅딸보가 이곳 엘리베이터에서 나타나기 이전에 한 번도 그를 본 사람이 없었기 때문입니다. 목도리를 두른 채로 살해되어서, 살인범도 죽이고 나서야 비로소 그가 신부였음을 알았던 것입니다. 그건 그렇다 치고, 템플 양의 질문에 대답해 드리지요. 범인이 칼라를 돌려놓았다고 한다면——즉 보통의 위치로 말입니다——마치 불에 덴 엄지손가락처럼 두드러지게 눈에 띄었을 것입니다. 넥타이가 없다는 것은 범인이 피해자에 대해 숨기고자 한 것에 사람의 주의를 끌게 만드는 것밖에 되지 않습니다."

"하지만 대체 어째서," 맥그완이 이의를 신청했다. "그 범인은 아무 데서나 넥타이를 가져다가 시체의 목에 매어 문제를 단번에 해결해 버리지 않았을까요."

"허어, 당신도 그렇게 생각하십니까?" 엘러리는 눈을 빛내며 말했다. "그 의문은 제게도 일어났었지요. 사실 그 점은 이 전체적인 추리의 조립 속에서 가장 중요한 지표의 하나입니다. 지금 거기 대해 충분한 설명은 않겠습니다만 나중에 어째서 범인이 넥타이를 가져오지 못했나를 아시게 되리라 믿습니다. 물론 범인은 자기 넥타이를 쓸 수는 없었던 것이지요." 엘러리는 장난꾸러기처럼 웃었다. "범인이 남자라면 다른 사람을 만나야 할 것이고, 가령 혹시 여자였다고 한다면 물론 넥타이 같은 것은 없었을 테니까 자기 몸에서 풀어 가지고 매 줄 수는 없는 노릇입니다. 그러나 가장 중요한 점은, 나중에 설명 드리겠습니다만, 대기실에서 나올 수가 없었다는 사실입니다. 이 점제 말씀을 그대로 받아들여 주시기 바랍니다만, 범인에게 있어 가장

현명한 길은 칼라는 본디대로——반대로——해 놓고, 그것을 사람
들 눈에 띄지 않도록 하기 위해 다른 것을 모두, 시체가 걸치고 있던
것도 방 안에 있던 물건도 모두 반대로 해 놓고, 그렇게 함으로써 칼
라가 반대로 되어 있다는 것과 넥타이가 없다는 것의 이유를 은폐하
고, 그렇게 함으로써 경찰을 어리둥절하게 만들자는 수작이었던 것이
지요." 엘러리는 잠시 쉬었다가 다시 곰곰 생각해 가며 뒤를 이었다.
"사실 여기까지 추리를 해왔을 때 저는 상대의 인물이 상당한 상상력
과 재치를 가졌으며 아울러서 큰 두뇌력과 매우 조직적인 기질을 지
닌 사람임을 알았습니다. 모든 옷을 반대로 입혀야겠다고 생각하는
데는 두뇌력과 추리력을 필요로 합니다. 옷만을 반대로 입혀서는 불
충분하다고 예견하는 데는 일종의 천재를 필요로 합니다. 옷맵시가
이상하다는 것 자체가 남의 주목을 끌어서 위험하기 때문입니다. 그
래서 범인은 가구나 그밖에 주위에 있던 모든 물건을 반대로 해 놓고
옷맵시로부터, 따라서 칼라로부터 주목을 벗어나게 하려 하였던 것입
니다. 모든 것이 다 교묘한 논리적 추리의 연관을 유지하고 있습니
다."
　"하지만 비록 그렇다고 치더라도, 피해자가 성직자라는 것을 알았
다 하더라도……." 도널드가 말을 시작했다.
　"그것이 어떻다는 건가." 엘러리는 쓴 표정을 지었다. "물론 피해
자가 성직자라는 것을 안 사실만 가지고는 수사 범위는 좁혀지지만
도저히 근본적인 중요사라고는 할 수가 없지. 그러나 여기에 여행 가
방의 문제가 있어."
　"여행 가방이라고?"
　"그렇다네. 나는 짐에 대해서는 생각이 미치지 못했는데, 퀸 경감
께서 깨달으셨다네. 경감의 영원한 명예를 위해서 한마디 해두는
걸세. 그런데 범인 쪽에서는 처음부터 무엇이 자기에게 불리하게

될 것인지 다 알고 있었던 것입니다. 범인은 신부의 주머니를 뒤지다가 이 챈들러 호텔의 이름이 새겨진 짐의 물표를 발견한 것입니다. 범인의 주요 목적이 피해자의 신원이 판명될 것을 방지하는 데에 있었기 때문에, 범인이 챈들러의 수하물 보관소에 있는 짐을 입수하여 경찰의 손에 넘어가지 않도록 막을 것만은 뻔한 사실입니다. 하지만 범인은 겁이 났습니다. 챈들러는 엄중한 감시 아래 놓여 있었기 때문이지요. 범인은 불안에 사로잡혀 어물어물 걱정하고 있는 동안 때는 점점 늦어져만 갔습니다. 그래서 범인은 가명의 편지와 5달러의 돈을 써서 전보회사에 지시를 함으로써 여행 가방을 입수할 계획을 착안한 것입니다. 또한 그럼으로써 사실인즉 우리에게 금방 꼬리를 잡히고 말았지요. 그는 지켜보고 있다가 공작이 실패로 끝난 것을 알자 그랜드 센트럴에 가서 가방을 받아 오려 하지 않았습니다. 그래서 가방은 우리들의 손에 들어오고 말았던 것입니다.

범인이 그와 같은 의심과 주저를 하였기 때문에 어떤 결과가 되었는지를 살펴보기로 하십시다. 가방을 열었을 때 우리는 상하이의 라벨이 붙은 죽은 사람의 의류를 발견했습니다. 모두 다 물건이 새것인 것으로 볼 때 이 의류들은 최근에 중국에서 구입한 것이 틀림없습니다. 저는 그 점을 아주 철저한 수사가 행하여졌음에도 불구하고, 그의 증거가 될만한 흔적이 미국의 아무데서도 발견되지 않았던 사실과 결부시켜서 생각하였던 것입니다. 그 신부가 본디 미국에 살고 있어서 단순히 중국을 방문하고 돌아오는 길이었다고 한다면 이 나라의 누군가가——친구나 친척들이——나타나서 신원을 증명할 것이라고 저는 추정하였습니다. 그런데 아무도 나타나지를 않았습니다. 그리고 보면 그 신부는 동양의 정주자였다고 생각해도 무방합니다. 그러나 그가 중국에서 온 가톨릭 신부였다고 한다면 어떻게 될까요, 그 불교와 도교의 나라에는 예수교의 하느님 사도 계층이 하나밖에 없습니다.”

“선교사예요” 하고 템플 양이 천천히 말했다.

엘러리는 미소 지었다.

“또 맞췄군요, 템플 씨. 저는 가방 속에 생활 기도서와 신앙 안내서를 지닌 그 인자스러운 태도에 부드러운 말투를 쓰던 그 죽은 사람을 중국에서 온 가톨릭 선교사였다고 생각한 것입니다.”

누군가가 퀸 경감의 연약한 어깨뼈가 기대고 있는 문을 벼락치듯이 두드렸다. 노인은 재빠르게 돌아보며 문을 열었다. 들어온 것은 벨리 부장으로서 여전히 무뚝뚝하고 엄한 얼굴을 하고 있었다.

엘러리는 “잠깐 실례하겠습니다” 하고 나직한 소리로 말하고 얼른 문 곁으로 갔다. 모두들은 세 사람이 어딘지 불안하고 걱정스러운 표정을 노골적으로 드러내며 말을 주고받고 있는 것을 지켜보고 있었다. 부장은 무언지 불길한 느낌이 울리는 말을 쑤군거리고 있고, 경감은 사뭇 으쓱거리는 듯한 태도였으며, 엘러리는 부장의 한마디 한마디에 힘차게 고개를 끄덕거리고 있었다. 그리고 나서 무엇인지 벨리의 커다란 손에서 엘러리의 손으로 건네어졌다. 엘러리는 등을 돌리고 그것을 살펴보고 나서 다시 본디의 자세로 돌아가 웃으며 손에 쥔 것을 주머니에 넣었다. 부장은 문에 기대어 퀸 경감과 나란히 장승처럼 서 있었다.

“도중에 자리를 떠서 죄송합니다.” 엘러리는 조용히 말했다. “벨리 부장이 획기적인 발견을 해 오는 바람에 그만. 그런데 어디까지 말씀드렸지요? 아, 그렇군요, 저는 그래서 도널드 커크의 손님이 누구였나 대충 짐작이 갔던 것입니다. 그리고 조금 생각하다가 저는 살인범을 움직인 직접적인 동기를 아는 열쇠……말하자면 개전 이유를 발견했다고 확신하기에 이르렀습니다. 이 방에 지금 계시는 분들 중 아무도 그 신부를 아시는 이가 없다는 것은 명백합니다. 특히 신부께서는 도널드 커크의 이름을 대고 면회를 청해 왔던 것입니다. 이곳 커크의 사무실에 드나드는 사람은 세 종류의 사람들로 한정되어 있습니다. 우표 관계의 사람, 보석 관계의 사람, 출판업 관계의 사람…… 주로 저자들이지요. 그런데 그 신부는 커크가 가장 신임하고 있는 비서인 오스본에게 용건에 대해 말하기를 거부하고 자기 이름조차 대지 않았던 것입니다. 그렇다면 이것은 아무래도 출판 계약 같은 용건이라고는 생각되지 않습니다. 그래서 제가 생각한 것은 커크와 신부 사이의 거래란 틀림없이 커크의 두 가지 도락, 우표나 보석 중의 어느 것에 관한 것이라는 것이었습니다.

그리고 추론을 추진하여 저는 만일 그것이 사실이라고 한다면 선교사는 우표나 보석을 팔기 위해서나 혹은 사기 위해, 또는 그 두 가지를 합친 용건으로 온 것이라고 생각하였던 것입니다. 그러나 그의 복장이 허름하며 그 직업, 긴 여행을 해온 것 등으로 미루어 볼 때, 저는 결국 신부는 사는 쪽이 아니라고 확신을 하게 되었습니다. 사는 쪽이 아니라고 한다면 파는 쪽입니다. 그것은 그의 비밀스러운 거동과 잘 들어맞습니다. 신부는 도널드 커크에게 팔고 싶은 우표나 보석 같은 값진 것을 가지고 있었던 것입니다. 그 신중한 태도로 미루어 볼 때에 말이지요. 따라서 그가 살해된 것은, 멀리 중국에서 팔려고 가지고 온 그 우표나 보석을 가지고 있었기 때문이라는 것이 명백합니다. 또 커크는 중국 우표 수집 전문가이니까 선교사는 분명히 보석보다는 중국 우표 소유자였을 것이라고 추정해도 무방하리라 생각하였습니다. 그 점이 확실치는 않지만 가능성은 많다고 생각되었습니다. 그런 까닭에 제 나름대로 사건을 해결한 저는 부장에게 지시를 해서 그 중국 우표가 발견될 것인지 어떤지, 살인범의 가택 수색을 하게 하였던 것입니다. 물론 보석 쪽도 주의를 하도록 하라고 일러두기는 했습니다만." 엘러리는 한숨 돌리고 새 담배에 불을 붙였다. "제 예상은 적중하였습니다. 부장은 성공한 것을 보고하러 온 것입니다. 그 우표가 발견된 것이지요."

누군가가 앗 하고 소리를 질렀다. 그러나 엘러리가 모두의 얼굴을 살폈을 때는 한결같이 겁에 질려 응시하고 있는 눈길을 만났을 뿐이었다.

엘러리는 미소 지으며 주머니에서 길쭉한 하도롱 지 봉투를 꺼냈다. 그 봉투에서 또 다른 외국 것인 듯한 조그마한 봉투를 꺼냈는데, 그것에는 한문으로 수신자 이름(이라고 생각되는 것)이 씌어 있고, 한쪽 구석에 소인이 찍혀 있었다.

"커크와 맥그완 씨." 엘러리가 부르자 두 사나이는 침착하지 못한 태도로 일어섰다. "여기 계시는 두 우표 수집가의 힘을 빌리기로 하겠습니다. 이걸 어떻게 생각하십니까?"

두 사람은 마지못해, 그러나 호기심에 쏠리면서 앞으로 나갔다. 커크는 봉투를 천천히 받아들었고, 맥그완은 그 어깨 너머로 들여다보았다. 그리고 동시에 두 사람은 흥분하며 낮은 소리로 서로 말을 주고받았다.

"어떻습니까. 우리는 설명을 기다리고 있습니다. 그게 뭐지요?"
엘러리가 낮은 소리로 말했다.

봉투 위에 우표는 조그마한 직사각형이며 얇고 질긴 종이에 밝은 오렌지 빛으로 인쇄되어 있었다. 직사각형의 테두리 속에는 유형화된 형태로 몸을 서린 용이 있었다. 표기 가격은 5원이었다. 우표의 인쇄는 조잡한 것이었고, 봉투 자체도 오래 되어서 너덜너덜하고 누렇게 변색되어 있었다. 중국어의 통신문——편지——은 봉투 안쪽에 씌어 있었다. 이것은 유럽이나 그 밖의 고장에서 지금도 행하여지고 있는 구식 방법인데, 잘 접어서 우편으로 보내는 것이다.

"이것은" 도널드가 나직한 목소리로 말했다. "내가 여태까지 본 것 중에서 가장 근사한 거야. 중국 우표 전문가로서는 굉장한 대발견이야. 중국에서의 최초의 관제우표로서 표준 카탈로그에 흔히 최초의 우표로서 기재되어 있는 것보다도 여러 해 전에 발행된 거네. 아주 조금 시험적으로 발행된 것이라서 실상 우편용으로는 불과 며칠 동안밖에 사용되지 않았어. 우리가 말하는 겉봉, 즉 봉투 말인데, 겉봉에 붙어 있는 것은, 말하자면 겉봉에서 뗀 것이지만 지금까지 한 장도 발견된 적이 없네. 이것은 정말 훌륭한 걸세."

"이것은 중국 우표의 전문 카탈로그에도 실려 있지 않소." 맥그완은 정신없이 봉투를 들여다보면서 숨가쁜 소리로 말했다. "오래 된 우표 관계 문헌에 겨우 실려 있을 뿐인데 색에 대한 걸 무척 칭찬하고 있지요. 마치 우표 애호가가 영국 최초의 전국적인 공인 우표를 검은 1페니라고 부르는 거나 마찬가지요. 정말 멋있는데."

"어떻습니까. 한밑천 될 만한 가치가 있는 겁니까?"

엘러리는 우울한 듯이 말했다.

"가치고 뭐고," 도널드가 큰소리를 냈다. "여보게, 이건 우표 수집가의 입장으로 볼 때 영국의 기아나 우표보다도 더 값진 것이라 해도 무방할 걸세. 즉 진짜라면 말이네만, 전문가에게 보여 볼 필요가 있겠어."

"진짜 같은데." 맥그완이 미간을 모았다. "봉투에 붙어 있는 것, 소인이 뚜렷하게 찍혀 있는 것, 통신문이 안쪽에 씌어 있는 것으로 미루어 보아……."

"어느 정도 값이 나갈 것 같은가?"

"아아, 얼마든지 되지. 정말 얼마든지 되네. 이런 물건은 얼마든지 수집가가 낼 마음만 먹으면 그만한 값어치가 나가는 것이니까. 아까 말한 기아나는 5만 달러의 값이 붙어 있네만." 도널드의 얼굴이 흐려졌다. "내가 경제적으로 안정이 돼 있다면 아마 내가 그만한 돈을 냈을 거야. 우표로서는 최고 가격이겠지만. 하지만 뭐니뭐니 해도 이런 것은 세상에 둘도 없거든."

"아, 고맙네, 고맙습니다."

엘러리는 봉투를 본디의 하도롱 지 봉투에다 넣고 그것을 주머니에 넣었다. 커크와 맥그완은 천천히 자기 자리로 돌아갔다. 잠시 동안 아무도 입을 열지 않았다.

이윽고 엘러리가 다시 말을 시작했다. "이 중국 우표는 그렇다면 deus ex machina(세월의 터줏대감)라고 불러도 좋은 것이로군요, 그 결과 우리의 벗인 선교사는 멀리 중국에서 찾아온 것입니다. 제가 보는 견지로는, 그는 이것을 어딘가 세상에 별로 알려지지 않은 곳에서 발견하여 이것만 가지면 한밑천 톡톡히 만들어서 여생을 편안하게 살 수 있겠다는 생각에 문득 자기 직업의 정신적 위안에 싫증을 느끼고 전도 사업을 사임한 것 같습니다. 상해에서 조사한 결과 이 같은 진품을 사러 다니는 중국 우표의 대수집가가 있다는 것을 알았을 테지요, 생각건대, 상하이나 북경에서——아마 상하이라고 생각되지만——선교사는 커크에 대한 것을 알았을 겁니다. 그리고 그것이 그를 죽이는 일이 된 것입니다. 아무튼 살인은 커크의 이름과 결부되어 행하여지고 있으니까요."

엘러리는 말을 끊고 곰곰 생각하며 발밑의 관 같은 것을 내려다보고 있었다.

"피해자의 신분을 알고——이름은 모르지만 그것은 중요하지도 않습니다——동기에 대해서도 만족할 만한 결론에 이르렀기에(이것은 논리적 견지에서 볼 때 중요하진 않습니다만) 저는 살인범의 신분에 대한 가장 중요한 고찰에 착수하였습니다.

　이건 비교상의 이야기입니다만, 이 가장 요긴한 문제는 한동안 제 머리에서 떠나 있었습니다. 저는 해답이 눈앞에 있다는 것을 알고 있었습니다. 다만 그것을 확실하게 알아내기만 하면 된다고 생각하고 있었습니다. 그런데 이 범죄에는 제 자신을 포함해서 아무에게도 해석되지 못했던 한두 가지 불가해한 현상이 있었던 것입니다. 해답의 계기는 경감의 우연한 질문에 의해 주어졌습니다. 그리하여 실험 결과 모든 경위가 밝혀진 것입니다.”

　엘러리는 아무 예고도 없이 대뜸 몸을 구부리더니 궤짝 뚜껑을 벗겼다. 벨리 브장이 말없이 앞으로 나가, 둘이서 인형을 쳐들어 궤짝 속에 앉은 자세를 취하게 했다.

　마셀라 커크는 가느다랗게 비명을 올리며 옆에 있는 맥그완에게 기대었다. 디바시 양은 귀에 들릴 정도로 헐떡거리고 있었다. 템플 양은 눈을 내리깔았다. 시엔 부인은 기도문을 중얼거렸고 류즈 양은 끔찍하다는 듯한 표정을 하고 있었다. 심지어 남자들까지 얼굴빛이 바뀌었다.

　“놀라실 건 없습니다.” 엘러리가 몸을 일으키면서 나직한 소리로 말했다. “제가 즐기는 조그마한 도락이지요. 그리고 흥미 있는 인형 만들기 예술의 견본이라고나 할까요. 아무쪼록 충분히 주의해서 잘 보아 주시기 바랍니다.”

　엘러리는 옆방 사무실로 통하는 문 곁으로 가서 그것을 열고 들어가자 곧이어 사무실쪽 문 앞에 깔려 있는, 종이처럼 얇은 인디언 카펫을 들고 다시 나왔다. 그것을 조심스럽게 문턱에다 놓자, 3분의 1은 대기실 쪽으로 나머지 3분의 1은 사무실 쪽으로 놓이게끔 했다. 그리고 일어서자 오른쪽 주머니에서 튼튼해 보이는 가는 끈 감은 것을 꺼내어 높다랗게 쳐들어서 모두에게 보였다. 고개를 끄덕이고 모두에게 웃어 보이고는 끈의 길이의 3분의 1쯤을 쟀다. 그리고 문손잡이를 돌리면 잠기게끔 튀어나오는 빗장(대기실의)에다가 그 3분의 1 되는 곳을 감았다. 그래서 끈은 빗장에서 늘어졌다. 금속 빗장에 한 바퀴 감겨서 한쪽은 짧고 한쪽은 길게 되어 있었다. 엘러리가 무언극 이라도 하는 것처럼 모두들에게 가리킨 바로는 끈에는 어떤 형태의 매듭도 없었다. 그리고 엘러리는 끈의 짧은 쪽 끝을 집어 들어 그것 을 문 밑으로 해서 사무실 쪽 카펫 위로 내보였다. 그리하여 빗장에 손을 대지 않고 문을 닫았다. 문은 닫혔으나 빗장은 걸리지 않았다.

모두 인형극을 구경하는 아이들처럼 눈을 둥그렇게 뜨고 열심히 의 아한 듯이 엘러리를 지켜보고 있었다. 아무도 입을 열지 않았다. 들 리는 것은 오직 엘러리가 돌아다니는 가벼운 발소리와, 답답한 듯한 어지러운 숨소리뿐이었다.

엘러리는 그 답답한 침묵 속에서 실험 작업을 계속하고 있었다. 뒤 로 물러서자 문 양옆에 놓여 있는 두 개의 책장을 눈어림하고 있었 다. 잠시 그렇게 살펴본 다음 성큼성큼 앞으로 걸어나가 문을 향해서 오른편에 있는 책장을 끌어내기 시작했다. 그리하여 그 책장을 오른 편 벽을 따라 4피트쯤 앞으로 끌어냈다. 그렇게 해 놓고 이번에는 문 왼편에 있는 책장을 움직이기 시작했다. 그리하여 방 안으로 책장이 쑥 나오도록 당겼다가 밀었다가 하고 있더니 끌어내어서 그 왼편 뒤 쪽의 한 귀퉁이가 문돌쩌귀에 닿고 오른편이 방 안에 쑥 튀어나와 책 장 전체가 문에 대해 예각이 되도록 했다. 그래 놓고 물러서서 만족 스럽게 고개를 끄덕였다.

"보시는 바와 같이, " 하고 엘러리는 침묵을 깨고 쾌활하게 말했다.
"지금 두 개의 책장은 시체가 발견되었을 때 우리가 본 것과 똑같
이 되어 있습니다. "
그 말이 신호였던 것처럼 벨리 부장은 허리를 구부려 인형을 들어
올렸다. 무거운데도 불구하고 부장은 마치 어린아이라도 안듯이 쉽사

리 그것을 누르고 있었다. 보니 인형은 죽은 사람의 옷을 입었으며, 그것도 거꾸로 입고 있었다. 엘러리가 나직한 소리로 부장에게 뭐라고 하자, 부장은 인형을 꼿꼿이 발로 서게 만들었다. 그리고 손바닥을 편 큼직한 한 손으로 인형이 추하고 괴상한 모습으로 서 있게끔 평형을 유지시키고 있었다.

"자, 놓으십시오, 부장" 하고 엘러리가 느릿한 목소리로 말했다.

벨리가 손을 떼자 인형은 수직으로 툭 쓰러져서 방금 서 있던 곳의 바닥에 한 덩어리의 무더기가 되어버렸다.

"그 시체와 똑같이 근육을 쓸 수 없답니다" 하고 엘러리는 유쾌한 듯이 말했다. "고맙습니다, 부장. 아직 사후 경직이 시작되지 않은 것 같습니다. 지금의 실험으로 그것이 증명되었습니다. 그럼, 제2단계로 옮기겠습니다."

벨리는 인형을 쳐들고, 엘러리는 궤짝 있는 데로 가서 시체와 함께 발견된 두 자루의 임피족 창을 가지고 되돌아왔다. 엘러리는 그것을 인형의 바짓가랑이로 찔러 넣어 윗옷 밑으로 해서 끝이 머리 뒤로 나오도록 했다. 무시무시한 창끝은 인형의 두개골 위로 튀어나왔다. 부장은 그 인형을 들고 가서, 문 왼편 책장 사이에 만들어진 예각의 안쪽에다가 얼굴을 오른쪽으로 돌려서 기대 세웠다. 인형은 윗옷 속에서 두 개의 창끝을 뿔처럼 드러내고 어색하게 뻣뻣이 서 있었다. 발은 간신히 인디언 카펫 가장자리에 걸려 있었다.

벨리 부장은 입가에 굳어진 미소를 머금고 물러갔다.

그리고 엘러리는 다시 작업을 시작했다. 늘어져 있는 끈의 끄트머리——긴 쪽 끝의 끄트머리——를 잡자, 문에 가까운 쪽 창자루의 창날 바로 밑에다가 감기 시작했다. 창에 두 번 감았다. 보니까 창으로부터 문빗장에 연결되는 끈은 약간 느슨해져 있었다. 허공에 달려 있는 끈이 느슨한 곡선을 그리고 있다.

"아무쪼록 잘 보십시오. 창에 감은 끈에는 매듭이 없습니다" 하고
엘러리는 말했다. 이렇게 말해 놓고 허리를 구부리자 이번에는 창으
로부터 늘어져 있는 나머지 끈의 끄트머리를 문턱에 깐 카펫과 문 밑
부분 사이에 생긴 틈으로 밀어 넣어——조금 전에 짧은 쪽 끈을 밀
어 넣었던 것과 마찬가지로——끄트머리가 사무실 안에 들어가도록
했다. "그대로 아무도 움직이지 않도록 해주십시오." 엘러리는 고압
적으로 말하고 일어섰다. "그리고 저 인형과 문을 잘 봐 주십시오."

엘러리는 손을 뻗어 튀어나온 빗장을 잡고 살그머니 자기 쪽으로
당겼다. 당김에 따라 끈은 점점 느슨해졌다. 문이 이만하면 됐다 싶
을 만큼 열리자 엘러리는 조심스럽게 몸을 구부리고 끈 밑으로 해서
그리로 들어갔다. 이윽고 문은 천천히 되돌아갔다. 닫혔으나 빗장은
걸리지 않았다.

모두 열심히 지켜보고 있었다.

30초 가량 아무 일도 일어나지 않았다. 그러다가 문 밑의 카펫이
움직이기 시작했다. 카펫은 대기실로부터 문 밑으로 해서 사무실 쪽
으로 당겨지고 있었다.

모두 완전히 허를 찔린 꼴이었다. 입을 멍하니 벌린 채 마치 기적
같은 일이 일어나는 것을 눈을 둥그렇게 뜨고 지켜보고 있었다. 그것
은 눈깜짝할 사이에 일어나서 전체 과정의 뜻을 채 알기도 전에 벌써
거의 끝나 버리고 있었다.

그 까닭인즉, 카펫이 당겨짐과 아울러 몇 가지 일이 동시에 일어났
기 때문이다. 인형이 흔들거리기 시작하더니 창이 꽂혀 뻣뻣한 몸뚱
이가 삐죽이 튀어나온 책장 위쪽 끄트머리를 따라 문 쪽으로 약간 밖
을 향해 미끄러지기 시작했다. 그러나 다음 순간에는 그 옆으로 미끄
러지는 것을 무엇인가가 중지시켰다. 창으로부터 빗장에 건넨 끈의
느슨함이 팽팽해지며, 인형을 끌어당겨 미끄러지는 것을 막았던 것이

다. 잠시 동안 인형은 흔들거렸지만 곧 문과 평행으로 얼굴을 밑으로 하고 막대기처럼 앞쪽으로 쓰러지기 시작했다. 창으로부터 빗장에 걸린 끈의 느슨함은 점차 줄어들고, 머리가 바닥에서 1피트 가량 되는 곳까지 왔다. 거기서 끈은 팽팽해지고 기적이 일어났다. 인형이 앞쪽으로 쓰러지자 끈이 팽팽해졌고, 거기다가 인형 무게의 견인력이 가해져서 빗장은 모두가 볼 때 왼쪽에서 오른쪽을 향해 미끄러져 들어가 꼭 잠긴 것이다.

문은 이것으로 단단히 잠기었다.

그리고 모두들 자기 눈을 의심하면서 어리둥절해 하고 있는데, 그것 자체가 또한 기적이라 해도 좋을 정도의 불가사의한 다른 일이 일어나는 것이 보였다. 보고 있노라니 짧은 쪽 끈의 끄트머리가 문 저쪽으로부터 당겨지고 있는 것처럼 움직이기 시작했다. 빗장이 잠긴 곳에서 잠시 저항이 있었으나, 곧 그 저항점에서 끈은 끊어졌다. 매듭이 없기 때문에 끊어진 쪽 부분은 아직도 창에 얽힌 채 인형과 문 중간의 바닥에 축 늘어졌다. 끄트머리가 당겨진 나머지 부분은 저쪽에서 끌어당겨지는 것처럼 문 밑으로 사라져갔다.

그리고 모두 보고 있노라니 다른 또 한쪽의 끈, 창에 감겨 있는 3분의 2 길이의 끈도 잠시 창자루에 감겨 팽팽해 있었으나 점차 천천히 창자루를 돌더니 빗장에서 방금 끊어져 늘어진 끝은 보이지 않는 손이 그 3분의 2의 끈을 문 너머에서 사무실 안으로 당겨 감에 따라 차차 짧아져 갔다. 그리고 마지막으로 늘어져 있던 끄트머리가 창자루께에 이르자- 창자루를 빙그르 돌아 미끄러져 떨어지더니 이것 또한 문 밑 틈새로 빠져서 사라져 없어졌다. 그리고 그 순간에는 처음에 인형을 넘어뜨리는 원동력이 되었던 카펫도 또한 사라졌다.

그리하여 인형은 시체가 누워 있었던 것과 같은 모양으로 누워 있고 문은 잠겨 있었다. 책장과 창과 시체의 위치를 제외하면 어떻게 해서 건너방에서 문을 잠글 수 있었는가를 나타내는 것은 아무것도 남아 있지 않았다.

　엘러리는 달려 나가 복도 쪽에서 대기실로 뛰어들어왔다. 모두들 아직도 인형과 문을 바라보고 있었다.
　형사들은 벽가에 장승처럼 서 있었다. 경감은 한쪽 손을 바지 뒷주머니 있는 데로 가져가고 있었다.
　누군가가 일어섰다. 창 너머로 보이는 흐릿한 아침 하늘처럼 파리해져서 목쉰 소리로 속삭이듯 말했다.
　"하지만 난 모르겠어. 어떻게 해서 당신이 알았는지."
　"저 창으로 알았던 거지요." 엘러리가 아연한 침묵을 깨고 말했다.
　"그리고 창과 사무실로 통하는 출입구 양쪽에 있는 두 책장의 위치로 모든 사실을 모아 진상을 발견한 것입니다. 선교사는 우리가 시체를 발견한 장소에서 살해된 것이 아니라, 방의 다른 곳에서 살해되었습니다. 그것은 바닥의 핏자국에 의하여 진작부터 판명되었지요. 그러다 보니 의문이 생겼던 것입니다. 어째서 범인은 시체를 문 곁으로 옮겼는가 하는. 분명히 범인은 그 장소에서 시체를 무엇인가에 사용했던 것입니다. 다음 의문은, 어째서 오른편 책장을 오른편 벽을 따라 문으로부터 먼 곳으로 떼어 놓았는가 하는 것이었습니다. 그것에 대한 답은 꼭 하나 밖에 있을 수가 없습니다. 문 옆 오른편 벽 앞에 틈을 만들기 위해서입니다. 세 번째 의문은 어째서 범인은 왼편 책장을 문의 돌쩌귀 있는 데까지 움직여서 오른쪽이 방 안으로 쑥 나오도록 끌어내어 문과 예각이 되도록 하였는가 하는 것입니다. 그리고 그에 대한 해답은 저 창에 대한 것을 생각해 낼 때까지 나를 어리둥절하게 했지요.
　창은 피해자의 발꿈치 있는 데서 옷 속으로 찔러서 머리 위까지 나와 있었습니다. 창은 튼튼한 나무여서, 시체는 마치 기둥에 매단 짐승의 시체처럼 되어 있었습니다. 창으로 시체를 경직시키고 있었던 것이지요. 그렇게 함으로써 인공적으로 사후 경직 상태로 만들었던 것입니다. 죽은 사람이 꼿꼿하게 섰던 자세에서 쓰러지면 각 부분이 허물어져 형태고 뭐고 없는 덩어리가 되어 버리지요. 그 죽은 사람은 창으로 그 흐물거리는 몸을 막대기처럼 경직시켜 놓았기 때문에 막대기처럼 뻣뻣하게 쓰러졌을 것입니다. 그러나 오른쪽 책장은 문의 오른편에 틈을 만들도록 움직여져 있었습니다. 그렇게 함으로써 시체가 문 옆에 쓰러져서 적어도 그 일부분이 비어 있는 틈을 차지하게끔 배려되었던 것입니다. 그리고 시체는 문과 평행으로 쓰러지게끔 꾸며져 있었습니다. 그렇지 않다면 문 앞에 공간을 만들 필요가 없었던 것입니다. 왼쪽 책장은 무엇 때문에 움직여졌는가. 분명하게 무엇 때문에 각도가 만들어졌는가. 그래서 나는 시체를 저 모서리에 세워 놓고 무엇인가의 조작으로 시체를 움직였다가, 시체가 거의 문 너머의 비어 있는 틈 쪽을 향해 쓰러지는 것을 발견하였습니다.

그러나 어째서 범인은 시체가 정확하게 그렇게 쓰러지기를 바랐는가, 어째서 아무렇게나 쓰러지게 내버려 두지 않았는가." 엘러리는 깊은 한숨을 쉬었다. "그 의문에 대해 내가 찾아낸 유일한 논리적 해답은 언뜻 불가해한 것 같지만, 시체를 방 안의 다른 장소에서 문 곁으로 옮긴 범인은 시체가 쓰러질 때 그 문에 대해 뭔가를 해주기를 바랐다는 것이었습니다. 그 나머지는 정신 집중과 실험의 문제였습니다. 문에 대하여, 뭔가 범인에게 있어 중대한 일을 할 경우 생각할 수 있는 유일한 일은 문을 잠그고 다른 문, 즉 이 방에서 복도로 나가는 문으로 해서 달아날 수가 있는데, 대체 무엇 때문에 시체로 하여금 문을 잠그게 할 필요가 있었는가?"

"나는 미처 생각지 못했어." 깊이 잠긴 목소리가 말했다.

엘러리는 큰소리로 말했다.

"그것에 대한 단 한 가지 가능한 대답은, 범인은 복도 문으로 해서 이 방을 나갈 수가 없었든가, 혹은 나가기를 원치 않았든가 둘 중의 하나입니다. 범인은 사무실로 통하는 문으로 해서 이 방을 나가고 싶었던 것입니다. 그리고 범인은 복도 문으로 해서 달아났다, 사무실 쪽 문은 쭉 잠겨 있었다고 사람들로 하여금 믿게 만들고 싶었던 것입니다. 따라서 누구든 간에 쭉 사무실에 있었고, 사무실 밖 복도에 모습을 나타내지 않은 사람은 분명히 범인일 수가 없다고 믿게 만들고 싶었던 것입니다."

제임스 오스본이 두 손으로 얼굴을 가리고 말했다.

"그렇소, 내가 그랬소, 내가 그를 죽였습니다."

"보시는 바와 같이," 하고 엘러리는 움츠리고 있는 사나이를 동정하듯이 바라보며 한참 있다가 말했다. 다른 사람들은 공포로 꼼짝도 하지 못하고 오스본을 응시하고 있었다. "문제는 논리적 분석으로 간단하게 저절로 풀렸습니다. 창을 사용하고 책장을 움직이고 죽은 선교사의 시체를 움직인 것은, 범인이 살인을 저지른 뒤 사무실로 통하는 문으로 해서 대기실을 나왔음이 틀림없다는 것을 입증하고 있었습니다. 따라서 범인은 범죄를 저지른 뒤 사무실에 있었던 사람입니다. 그리고 오스본은 자신도 인정하였던 것처럼, 살인이 벌어진 동안 사무실에 쭉 있었던 유일한 사람입니다. 손님들 즉 맥그완 씨, 시웰 양, 템플 여사, 디바시 양 등은 제외됩니다. 그 중의 누군가가 살인범이었다고 한다면 그것이 남성이건 여성이건 복도 쪽 문으로 해서 범죄 현장으로부터 나갈 수가 있으므로, 따라서 오스본이 사용한 것 같은 기계적인 방법에 의지하지 않더라도 이 방 안에서 사무실로 통하는 문을 잠글 수 있었을 것이기 때문입니다. 이것은 바꿔 말하자면, 복도 쪽 문으로 해서 이 방을 나갈 수 있는 사람이었다면 누구든지 기계적인 방법에 의존하지 않더라도 사무실 쪽 문을 잠글 수가 있었을 터이므로, 복도 쪽 문을 사용할 수 있었던 사람은 누구이든 범죄의 혐의를 받기는커녕 도리어 우리가 전부터 쭉 주장해 온 바대로 사실상 결백하다는 것이 됩니다.

대기실의 복도 쪽 문을 썼을 경우, 시엔 부인의 눈에 띠지 않고서는 사무실로 돌아올 수 없었던 유일한 사람은 오스본이었습니다. 오스본, 자네는 유일 가능한 용의자이며, 문에 대한 공작과 창을 필요로 한 유일한 사람이며, 범인이 복도 쪽 문으로 해서 살인한 방을 나갔다는 착각을 일으키게 함으로써 이익을 얻는 유일한 사람이었어. 어째서 자네는 그냥 나가지 않았는가. 사무실 쪽 문을 잠그지 않고 그대로 두지 않았는가. ”

오스본은 목멘 소리로 말했다. “그것은 제가 제일 먼저 의심받을 것이라고 생각했기 때문입니다. 하지만 반대쪽에서 문을 잠가 두면 경찰은……당신들은 저를 의심하지 않으리라고 여겼던 것입니다. 지금 와서 생각해도 제가 알 수 없는 것은, 어떻게 해서……. ”

“그럴 줄 알았네. ” 엘러리는 중얼거리듯이 말했다. “복잡한 두뇌로군, 오스본. 어떻게 해서 알았는가 하면, 그것은 마침내 금고문이 열리는 숫자조합에 이를 때까지 시험과 실수를 거듭해 나가는 방법으로일세. 나는 단지 자네 입장에 나를 세워 놓고 자네가 어떻게 할 것인가 계산해 브았을 뿐이네. 자, 여러분, 이제 여러분은 오스본이 어째서 넥타이 없이 죽은 자에게 매어 주기 위한 넥타이를 발견해 온다는 간단한 일을 하지 못했던가를 아셨으리라 믿습니다. 오스본은 물론 자기 것을 쓸 수 없었습니다. 넥타이를 가져올 수도 없었습니다. 아무리 천연스러운 태도로라도 시엔 부인에게 자기가 사무실에서 나가는 것을 보여서는 안 되었기 때문입니다. 대기실의 복도 쪽 문으로 몰래 나가서……그렇지요, 아래층으로 넥타이를 사러 간다 하더라도 그러려면 시간이 걸리고, 남의 눈에 띌 수 있을지도 모른다는 거의 확실한 가능성이 있어 그 위험을 무릅쓸 수는 없었던 것입니다. 그리고 커크네 아파트로 간다는 것도 같은 이유로 해서 불가능했지요. 그리고 오스본은 챈들러에서 살고 있지 않습니다. 커크가 언젠가 내 앞에서 '집으로 돌아가게' 하는 소리를 들은 적이 있습니다. 그래서 자기 넥타이를 가지고 올 수도 없었던 겁니다. 오스본, 내 상상이네만 자네는 죽은 자의 조끼를 저쪽 사무실 어딘가에 숨겨 놓았겠지. 죽은 사람이 지니고 있던 다른 모든 것과 함께 기회 봐서 남의 눈에 띄지 않도록 태워 버릴 작정으로."

"네." 오스본은 몹시 기묘하고 더할 나위 없이 부드러운 태도로 한숨을 쉬었다. 그리고 엘러리는 디바시 양이 마치 죽은 사람처럼 되어 금방이라도 실신할 것 같은 것을 보고 좀 어리둥절했다.

엘러리는 나직한 목소리로 말했다. "아시겠지만 그가 성직자라 신부답게 칼라를 반대로 달고 넥타이를 매고 있지 않았다고 한다면, 로만 칼라가 달린 윗옷을 입고 있었을 게 틀림없습니다. 그래서 범인은 그 옷이 있으면 모든 게 탄로나게 될 테니까 그걸 가져갔을 거라고 나는 생각했습니다. 그러나 그것에 대한 증거를 잡기에는 이미 늦어 버렸다는 것을 알았습니다. 관계자들의 신체검사를 할 기회가 너무 늦어 버렸기 때문이었지요. 오스본, 자네는 어째서 아무 죄도 없는 그 조그만 사나이를 죽였지? 자네는 아무리 봐도 살인할 타입이 아니야. 자네는 전혀 격에 맞지 않는 살인을 하고 만 것일세, 오스본. 그 우표는 아무도 몰래 사람들 눈에 띄지 않도록 팔아야 했을 것 아닌가. 비록 5만 달러를 손에 넣을 수 있다 하더라도……."

"여보게, 옷지, 대체 자네는……." 커크가 속삭이듯이 말했다.

"나는 꿈에도……."

"그것은 한 여자를 위해서였습니다." 오스본은 아까와 똑같이 묘하게 부드러운 어조로 말했다. "저는 하찮은 놈이었어요. 제게 조금이나마 관심을 가져 준 것은 그녀가 최초의 여자였지요. 그리고 저는 가난합니다. 그 사람은 안락한 생활을 시켜 주지 못하는 남자와는 결혼할 의사가 없다고까지 말했었지요. 그래서 마침 기회가 찾아왔을 때……."

오스본은 입술을 빨았다. "그것은 하나의 유혹이었습니다. 그는……그 사람은 몇 달 전에 중국에서 커크 씨 앞으로 편지를 보내왔습니다. 전 그 편지를 뜯어 봤습니다. 커크 씨 앞으로 오는 우편물은 모두 제가 개봉하기로 되어 있었지요. 그 사람은 그 우표에 대한 것과 선교사 노릇을 그만두겠다는 것, 뉴욕에 와서——그 사람은 본디 미국 태생이었지요——그 우표를 팔아서 은거할까 하고 있다는 것 등을 모두 써 놓았더군요. 저는 좋은 기회라고 생각을 했습니다. 저는 알고 있었던 겁니다. 그 사람이 편지에서 말하는 것이 사실이라면, 그 우표는……." 오스본은 몸을 떨었다. 아무도 입을 열지 않았다. "저는 그래서 처음부터 계획을 세웠었지요. 그 사람과 커크 씨의 이름을 써서 편지 왕래를 하였습니다. 커크 씨에게는 그 사람에 대해 한마디도 하지 않았습니다. 전 여자에게도 말을 안했습니다…… 우리는 오랫동안 편지를 주고받았습니다. 그리고 그 사람에게는, 비록 행방불명이 되더라도 그 사람을 찾고자 하는 친척도 친구도 이 나라에는 전혀 없다는 것을 알았습니다. 그리고 이리로 온다는 것을 알았을 때, 오는 날짜를 지정하고——말하자면——조언을 해주었습니다. 저는 그 사람이 현실적으로 모습을 나타낼 때까지——죽이고 나서 목도리가 덜어질 때까지——그 사람이 신부라서 넥타이를 매지 않고 칼라가 뒤로 향해 있다는 걸 몰랐습니다. 다만 선교사, 여느 선교사인 줄로만 알고 있었습니다. 분명 메더디스트나 밥티스트의……
……."

"그래서?" 오스본이 입을 다물어 버렸으므로 엘러리가 부드럽게 재촉했다.

"저는 그 사람을 이 방에다 들여보내 놓고 한참 있다가 다시 돌아와서 아까는 몰랐는데 당신은 중국에서 온 분이 아닌가, 그렇다면 우표에 대해서는 모두 알고 있다, 커크 씨로부터 들었다는 식으로 말을 했습니다. 그랬더니 상대방도 허물없이 편안한 자세로 중국의 선교회에 있는 동료 선교사들이 그 우표에 대한 걸 모두 잘 알고 있으며, 커크 씨에게 팔기 위해 미국까지 왔다고 이야기하더군요. 그래서 저는 그 사람을 죽였을 때 그가 누군지 절대 아무도 모르도록 하지 않으면 안 되었던 것이지요."

"어째서?" 하고 엘러리가 물었다.

"그렇지 않습니까. 만일 경찰에서 그 사람의 신원을 더듬어 중국의 선교회까지 조사하게 되는 날에는 그 사람이 성직자이고, 최근에 미국에 왔다는 것을 경찰이 알게 되는 건 얼마든지 있을 수 있는 일이지요. 그렇게 되면 다른 선교사들 입으로 우표에 대한 것과 무엇 때문에 미국에 왔는가를 알게 될 테니까 경찰은 커크 씨와 저를 조사할 게 아니겠습니까. 그리고 실상 커크 씨는 그 우표에 대한 것을 모르고 계시니까 제가 추궁당할 것은 뻔합니다. 결국은 제가 쓴 편지도 발견될 거고, 서명한 필적이 단서가 되어 제가 문책을 받게 됩니다. 전……저로서는 그런 일은 도저히 견뎌낼 수가 없어요. 전 연기자가 아니니까요. 전 결국에 가서 머리를 숙이고 말 것이라는 걸 알고 있었습니다. 그래서 전 순간적으로 그 반대적인 소행을 생각해냈던 것입니다. 하지만 문이라든가 끈이라든가 시체에 대한 것들은 오래 전부터 생각해서 모두 준비를 갖추고 있었습니다. 일을 끝내고 그 사람을……죽은 그 사람을 저기다가 세워 놓고 막상 생각했던 대로 움직이려고 하니까 처음에는 잘 되지를 않더군요, 끈의 상태가 좋지 않아서요, 그래서 여러 차례 고쳐 가지고 겨우 일을 끝냈습니다. 하지만 넥타이는 손에 넣을 수가 없었습니다. ”

오스본의 목소리는 점차 가늘어져서 마침내는 완전히 사라지고 말았다. 그 얼굴에는 어딘지 망연자실한 표정이 있었으며, 자기가 무서운 입장에 놓여 있는 것도 잘 모르고 있는 것 같았다.

엘러리는 가슴이 죄는 듯한 느낌이 들어서 얼굴을 돌렸다. “여자란 디바시 양인가? ” 하고 나직한 소리로 말했다. “자네가 아무 말도 하지 않았다면 디바시 양은 물론 이 일에는 아무 관계도 없는 셈이지. ”

“오오! ” 디바시 양은 이렇게 한마디 하자 그대로 까무러쳐 쓰러지고 말았다.

그 자리에 있는 아무도 오스본의 의도를 눈치채지 못한 사이에 그 일은 일어났다. 오스본은 사뭇 넋이 나간 태도로 겁에 잔뜩 질려 있었다. 그것이 오스본의 최후의 절망적인 현명한 포즈였음을 안 것은 일이 끝난 뒤였다. 엘러리는 등을 돌리고 있었으며 경감은 벨리 부장과 함께 문 옆에 서 있었다. 형사들은……

오스본은 수사슴처럼 앞으로 돌진하여 엘러리가 돌아볼 겨를도 없이 그 옆을 스쳤다. 퀸 경감과 부장이 소리를 지르며 동시에 뛰어나왔으나 불과 몇 인치의 차이로 상대는 붙잡히지 않았다. 그리하여 오스본은 열린 창턱을 뛰어넘으며 커다란 외마디 소리와 함께 사라져 버렸다.

엘러리 퀸은 반시간 뒤, 사람들이 거의 돌아간 대기실에서 귀찮은 듯이 말했다. “돌아가기 전에 나는 자네한테 할 말이 있네, 커크, 단둘이서. ”

도널드 커크는 아직도 의자에 꼼짝도 하지 않고 앉아서 무릎 사이에 두 손을 힘없이 축 늘어뜨리고 활짝 열린 창문을 바라보고 있었다. 몸집이 작은 템플 양은 그의 곁에 조용히 앉아 기다리고 있었다. 다른 사람은 모두 가 버리고 없었다.

"으음." 도널드는 무거운 눈을 들었다. "퀸, 나는 아무래도 믿어지지가 않아. 옷지는 충실하고 정직한 사나이였는데, 그런데 여자 때문에 실수를 하다니……."

커크는 몸을 떨었다.

"디바시 양을 나쁘게 생각해서는 안되네. 그 여자는 오히려 책망하기보다도 동정을 해야 해. 오스본은 환경의 희생자일세. 감정을 억제당하고, 더군다나 위험한 연배였어. 한껏 상상을 하다가 그만 흥분을 한 모양이지. 그리고 그 여자에게는 어느 정도 남자들이 좋아하는 매력이 있네. 그리하여 오스본의 성격에 있는 약점이 표면에 드러난 거야. 템플 양, 이해해 주실는지 모르겠습니다만, 템플 양의 약혼자를 잠시 나와 단둘이 있게 해주실 수 없겠습니까?"

템플 양은 아무 말도 않고 일어섰다.

그러나 도널드는 그녀의 손목을 잡고 곁으로 끌어당기면서 말했다.

"아닐세, 퀸. 난 결심을 했네. 조야말로 남자에게 행복만을 가져다 주는 여성일세. 난 조에게 아무것도 숨기고 싶지 않아. 난 잘 알고 있어."

"현명한 결심일세." 엘러리는 의자 위에 던져 놓았던 외투 있는 데로 가서 주머니 하나에 손을 찔러 넣었다. 그리고 조그맣게 종이에 싼 것을 가지고 되돌아왔다.

"나는 요먼저 자네한테 약혼 축하 선물을 했지. 이번에는 결혼 축하 선물을 주고 싶네 그려." 엘러리는 미소 지었다.

커크는 입술을 약간 축였다.

"편지인가?" 그는 숨을 크게 삼키고서 템플 양을 힐끗 보며 턱을 굳히고 말했다. "마셀라의 편지인가?"

"그렇다네."

"퀸……." 커크는 종이에 싼 편지를 받아서 꼭 쥐었다. "이걸 돌려받을 수 있을 줄은 꿈에도 생각지 못했네. 퀸, 자네한텐 뭐라고 고맙다고 말을 해야 할지……."

"쯧쯧. 확실히 조그만 방화제가 필요하네그려." 엘러리는 웃었다.

"내가 볼 때 사실상 자네 부인 되실 분에게는 털어놓은 거나 마찬가지니까 그걸 불에 태우기로 하고, 다른 사람에게는 아무한테도 털어놓지 않는 게 좋겠네." 엘러리는 가느다랗게 한숨을 쉬면서 외투를 집어 들었다. "그러면 이것으로 일은 끝났어. 고생이 있으면 기쁨도 있는 법이군. 아무쪼록 두 분께서도 행복하십시오, 의심스러운 것이긴 하지만."

"의심스럽다니, 왜요, 퀸 씨?" 템플 양이 나직한 소리로 말했다.

"두 분의 일이라고는 생각지 마십시오, 언제나 여자를 싫어하는 저의 결혼관을 말했을 뿐입니다." 엘러리는 급히 말했다.

"정말 퀸 씨는 참 재미있는 분이세요." 템플 양은 갑자기 엘러리를 찬찬히 쳐다보았다. "퀸 씨는 이번의 끔찍한 사건에 대해서 시종일관 말하자면 왕자의 풍격을 가지고 임하셨어요. 그래서 너무 여러 가지 질문을 드려도 안되고, 다만 모든 것이 깨끗이 해결된 데 대해 감사드려야 한다고 생각합니다만. 하지만 아무래도 알 수 없는 일이……."

"템플 양의 지능으로서라면 그건 쉽게 알 수 있는 일입니다. 제가 모든 걸 분명하게 말씀드리지 않았던가요?"

"네, 그렇게 말씀하실 정도로는……." 템플 양은 도널드의 팔에 자기 팔을 걸어 자기 쪽으로 끌어당겼다. "퀸 씨는 그 탄지르 밀감에 대해 상당히 신경을 쓰시지 않았어요? 그런데 거기에 대해서는 아까 한마디도 말씀하시지 않았습니다. ”

엘러리의 얼굴에 그림자가 스쳤다. 그리고 머리를 흔들었다.

“그건 정말 기묘한 일입니다만, 오스본 같은 기막힌 머리를 가지고서 얼마나 어리석은 과실의 비극을 빚었나 하는 것은 템플 양께서도 아시리라 믿습니다. 오스본은 그 터무니없는 반대적인 일을 해냄에 있어서 누군가를 연루자로 끌어들이려는 생각은 추호도 없었다고 전 확신합니다. 아마도 물건을 반대로 하는 일에 전혀 아무런 뜻도 인정하지 않았는지도 모릅니다. 단순히 칼라에 대한 것과 넥타이가 없다는 것을 숨기려고 모든 것을 반대로 했기 때문에, 그것이 갖는 뜻에 대해서는 생각이 미치지 못했겠지요.

하지만 운명은 그 친구한테 불친절했습니다. 운명은 사건에 전혀 관계없는 두서너 가지 사실을 나에게 던져 주었으니까요. 나는 모든 것에서 의미를 찾았습니다. 그러나 이미 설명드린 바대로 잘못된 종류의 뜻을 찾고 있었던 것입니다. 그 결과 나는 누구에 관해서든지 반대적인 것을 모두 조사할 필요가 있다고 생각했던 것입니다. 그래서 그 중에는 템플 양, 당신이라는 대상도 계셨습니다. ” 엘러리의 잿빛 눈이 번쩍 빛났다. “템플 양은 반대적 생활을 하는 나라, 중국에서 갓 오셨습니다. 피해자가 탄지르 밀감——즉 차이나 오렌지——을 죽기 바로 전에 먹은 사실에 대해 내가 어떤 뜻을 찾아내려 했다고 해서, 템플 양은 나를 책망할 수 있겠습니까? ”

“오오! ” 템플 양은 나직한 소리를 냈다. 실망한 모양이었다. “그렇다면 그 사람이 탄지르 밀감을 먹은 것에는 전혀 의미가 없었나요? 전 또 아주 재미있는 이야기라도 있는 줄 알았지 뭐예요. ”

“아무것도 없습니다. ” 엘러리는 우울한 듯이 말했다. “단지 그가 허기져 있었다는 것 말고는. 하지만 그건 이미 다 알고 있으니까 말하지 않아도 되었지요. 그가 허기진 배를 채우는 데 접시에서 배나 사과 같은 다른 과일을 택하지 않고 차이나 오렌지를 집었다는 사실로부터는 난 아무런 광명도 짜낼 수가 없었습니다. 나도 차이나 오렌지를 무척 좋아합니다. 시카고까지 간 것이 내가 간 중국에서 제일 가까운 곳입니다만, 꼭 한 가지 차이나 오렌지에 대해 뭐라고 할까요, 아주 재미있는 일이 있습니다.”

“그게 뭐지?” 커크가 물었다. 커크는 종이에 싼 것을 단단히 쥐고 있었다.

“그것은 운명의 변덕과 장난기를 입증하는 것일세. 왜냐하면 그가 먹은 차이나 오렌지는 사건에 아무런 관계도 없었지만, 그가 가져온 중국의 ‘오렌지’는 이번 범죄에 전면적으로 관계가 있었거든. 범죄의 동기가 되었으니 말일세.”

“그 사람이 가져온 중국 오렌지라고 하면?”

템플 양이 의아한 듯이 중얼거렸다.

“고유 명사의 ‘오렌지’ 말입니다.” 엘러리가 말했다. “즉 그 오렌지 빛 우표 달이에요. 아주 흥미진진한 우연의 일치지요. 내가 가엾은 오스본과 그 생글생글 웃는 땅딸보 중국 선교사 사건을 소설화하는 일이라도 있다면, 난 그것에다가 ‘차이나 오렌지’라는 제목을 붙일 유혹에 도저히 못 이길 것 같은데요.”

천재적 범인과의 퍼즐 게임

엘러리 퀸은 세계의 단편 미스터리소설 문헌 수집에 있어 으뜸가는 자리를 차지하리만큼 많은 양을 자랑하고 있으나, 이 《차이나 오렌지의 비밀》을 읽으면 우표 수집에 상당히 조예가 깊음을 알 수 있다. 로또복권 붐에 비할 수 없는 열정적 우표수집광을 서양에서는 흔히 찾아볼 수 있다.

퀸은 이 작품 속에서 우표 따위나 수집하다니 시시하군요, 그런 건 아이들이나 하는 것인 줄 알았는데 하는 비난에 맞서 "여느 사람들은 대개 우표 수집에 대해 당신과 같은 생각을 가지고 있습니다만, 그게 그렇지 않습니다. 온 세계의 몇백만이라는 사람이 이 일에 열중하고 있지요, 세계적인 취미의 하나랍니다"라고 대답하고 있다.

그리하여 그는 진기한 종류의 중국 지방 우표를 만들어 냈다. 독자적으로 우표를 발행하고 있던 푸저우의 것인데, 2색 인쇄를 하기 위해 인쇄기에 걸었을 때 한 색이 실수로 뒤집혀 인쇄된 것이다. 그러므로 당연히 다른 색의 어떤 그림이 있어야 할 자리가 공백으로 되어 흰 바탕이 보일 뿐이다. 그리고 그 바탕에는 푸저우의 항구 경치가 인쇄되어 있는 것이다.

또한 이 책의 제목 《차이나 오렌지의 비밀》에서 차이나 오렌지는 밀감을 지칭하는 것일 수 있고 오렌지 빛깔의 중국 우표를 말하는 것일 수도 있다. 이 우표는 작은 직사각형으로 얇고 질긴 종이에 밝은 오렌지 빛 한 가지로 인쇄되었으며, 직사각형의 테두리 속에는 유형화된 용이 몸을 서리고 있는 그림이 그려져 있다. 이것은 중국에서 최초로 나온 관제 우표로, 표준 카탈로그에 최초의 우표로서 실려 있는 것보다 몇 년 앞서 발행된 것이며, 그 수가 매우 적고 또한 불과 며칠밖에 실제로 사용되지 않았다는 진기한 종류였다.

그리고 이 신종을 만들어 내어서는 우표 애호가들로 하여금 영국 최초의 전국적 공인 우표인 검은 1페니라고 불리는 것과 비교시켰다. 그런데 그 검은 1페니를 다룬 단편이 퀸에게 또 있다. 그 작품에서의 사건은 맨 처음에 같은 책이 잇달아 도둑맞는 데서부터 시작된다. 그 책을 판 서점에 1페니의 검은 우표를 도둑맞았다며 뛰어든 남자가 있다. 그는 헌 우표를 사고파는 우표상인데, 세 사람의 수집가에게 그 우표를 보여 주었다는 것이었다. 우표를 훔친 사람이 쫓기다가 책방으로 뛰어들어와 책 속에 끼워 두었는데 같은 책이 11권이나 있었으므로 팔린 책을 차례차례로 훔쳐 그 우표를 찾고 있다는 것으로, 마치 코난 도일의 《여섯 개의 나폴레옹》 같은 진행과 구조와 결말을 이루고 있다. 그것이 걸작인지 아닌지는 별문제로 치고, 여기에서는 그 검은 1페니의 우표가 문제이다. 1840년 영국에서 발행되었고 지금도 많이 남아 있으므로 소인이 없는 것도 겨우 17달러 50센트의 값밖에 나가지 않는다. 그러나 그 비장품은 3만 달러나 나간다고 한다. 그 이유는——1839년에 영국에서 처음으로 표준 우편 제도를 확립시킨 롤랜드 힐 경이 이 우표를 만든 사람인데, 여러 가지 사정으로 그때까지 이 제도를 세우지 못했던 것을 힐 경이 비로소 확립시켰으므로 빅토리아 여왕이 매우 기뻐하며 처음의 우표 두 장에 손수 기념 서명을 했기 때문이었다.

이 작품은 푸저우의 뒤집혀서 인쇄된 우표에 상징되어 있듯이, 반대로 뒤집혀진 범죄라고 이름 지어도 좋을 만큼의 기상천외한 사건이다. 피해자가 몸에 지니고 있는 것부터 그 방에 있는 가구며 그 밖의 움직일 수 있는 것은 모두 반대로 뒤집혀 놓였다는, 여태껏 보지도 듣지도 못한 일들이 벌어진다. 비밀이란 말은 확실히 꼭 들어맞는 말이긴 해도 머리글에 있듯이 "그 첫 모험담에 이어 계속 나온 모든 흥미진진한 소설을 통틀어 이 《차이나 오렌지의 비밀》 원고를 읽고 난 다음 받은 인상보다 더욱 큰 감명을 받은 적은 없다"는 말은 조금 과장된 게 아닐까. 우표에 대한 지식은 제쳐놓고라도, 기사도 정신의 소유자와 관련이 있는 연애 등이 적절히 섞여 있으면서 여전히 수수께끼를 푸는 과정이 충실히 그려져 있다. 이 작품이 발표되었던 1943년에는 이미 해미트가 《피의 수확》《데인 집안의 저주》《유리열쇠》《말타의 매》를 발표하여 신선한 하드보일드 스타일이 본격 미스터리소설적인 보수파를 침식하고 있던 시기였다.

엘러리는 작품 속에 "아버지는 해미트의 작품을 지나치게 읽으십니다. 저는 늘 말합니다만, 현대의 이른바 현실파 소설의 피비린내 나는 활극물을 읽지 못하게 금지시켜야 할 계층이 있다면, 그것은 우리의 귀중한 경찰관들입니다. 백해무익한 허망된 꿈만 키워주니까요"라고 말하고 있고, 또한 "해미트나 휘트필즈가 탐정이란 자신의 섹스어필을 마음껏 구사할 수많은 기회가 있다는 듯한 확신을 피력하고 있는 것은 큰 잘못이라고 늘 주장하고 있었는데……"라고 쓴 것에서 해미트 파에 대한 도전 의식이 밑바닥에 흐르고 있는 것을 볼 수 있다. 한편으로는 이러한 사실에서 버너비 로스라는 이름으로 발표된 4부작인 《X의 비극》《Y의 비극》《Z의 비극》《도르리 레인 최후

의 사건》을 완성했다. 그리고 나서 집필한 나라이름 시리즈 8편은 본
격파 추리소설에 대한 그의 정열이 느껴져 독자들을 기쁘게 한다.